Råttfångerskan

INGER FRIMANSSON

Råttfångerskan

THRILLER

NORSTEDTS

ISBN 978-91-1-302254-3
© Inger Frimansson 2009
Norstedts, Stockholm
Pocket 2010
Omslag: Jens Magnusson
Fotograf: Magnus Rietz, Briljans
Tryckt hos: ScandBook AB, Falun 2010
www.norstedts.se

Norstedts Förlag ingår i Norstedts Förlagsgrupp AB,
grundad 1823

Mörkret var kompakt, utom på en punkt högt ovanför henne. Där anade hon flimmer av ljus, som en fyrkant. Var hade hon hamnat? Någon form av bur? Och vad hade hänt med armen, den var vriden på ett otäckt sätt, hon kunde inte röra den.

Smärtan gjorde det svårt att andas.

Hon grät i mörkret, korta skrik.

"Ta bort mej härifrån ... släpp ut mej!"

Var fanns hennes väska med mobilen? Hon måste ringa till sin man efter hjälp.

"Var är du, lilla musunge?" skulle han fråga med en antydan till klander i rösten. "Jag blir orolig, förstår du väl. Lilla musunge, vart har du tagit vägen?"

DEL I

MANNEN

ROSE

HON VÄCKTES AV ETT SKRIK. Ett vilt och ångestfyllt, sedan avklippt tvärt. Hon var sällan rädd numera, ändå kände hon hur hjärtat rusade och så lukten av nattsvett. Hon hade drömt, legat djupt försänkt i dvala. Därför hade skriket kunnat bryta in och överraska henne.

"Det är lugnt", mumlade hon och använde ofrivilligt ett uttryck som Tomas brukat ta till för att provocera henne. Alla dessa modeuttryck, *kommer gå, kommer komma*.

Hon vek täcket åt sidan och klev ur sängen. Fötterna kändes glödheta. Hon tog några steg fram till fönstret. Kikade ut. Genom springan vid rullgardinen skymtade hon något, en rörelse borta vid träden. Räven. I dunklet såg hon hur den slängde med huvudet, ruskade fram och tillbaka. Den höll någonting i munnen. En hare. De långa öronen slokade. Det var harens dödsskrik som hon hört.

Hon tog ett ryckigt andetag och sträckte armarna mot taket. Nattlinnet var fuktigt. Huden över ryggen knottrade sig. Vad var klockan? Tio i fem på morgonen. Hon var långtifrån utsövd. Hon gick på toaletten, blaskade av sig i ansiktet och återvände sedan till sängen. Hjärtat slog normalt igen, hon slappnade av.

Till sin förvåning somnade hon och drömmen tog vid, samma dröm som förut. Det var om Akela, ung och smidig, det var de båda två. Hon sprang med hunden framför sig. Tiken stannade emellanåt och vände på sitt klumpiga huvud. Gav henne en blick, hinner du med? Det var en stor brun blandrastik och när Rose såg henne första gången hade hon omedelbart kommit att tänka på en saga av H C Andersen.

Hon hade varit en god och okomplicerad hund. Cancern tog henne. Tumörer i spenarna, båda raderna. En mycket aggressiv form med ett krångligt och skoningslöst namn. Infiltrativt anaplastiskt carcinom. Veterinären hade stirrat på Rose, liksom anklagande.

"Sånt här kan ju undvikas om man plockar bort livmodern under tikens första levnadsår, innan hon har börjat löpa. Ja, om man ändå inte tänker avla."

Rose hade känt sig träffad trots att hon inte ens vetat om Akela förrän tiken var tre år. Det var en omplaceringshund. Hon hade hämtat henne på Hundstallet. Ett äldre par hade ägt henne men till slut insett att de inte orkade med att vara hundägare. Mannen hade fått en stroke. Även hustrun var sjuklig.

Ett stilla, sjungande sus, det kom till henne genom sömnen, in genom fönsterglipan, rakt ner mot hennes trumhinnor. Hon vaknade på nytt, men gradvis. Svanarna. De stora fåglarna hade börjat återvända. Hon öppnade ögonen och kisade ut i rummet. Ljuset var annorlunda, ett sågande, levande ljus, inte längre gryning.

Hennes säng stod mitt på golvet med huvudänden mot väggen. Hon ville ha möjlighet att stiga upp åt det håll som hon vaknade, vänster eller höger sida, ingen vägg. Mitt emot sängen tronade den gamla byrån som hon ärvt efter sin farmor och till höger om den en stol. Hon hade ställt en vas med blåbärsris på byrån. Det hade redan börjat slå ut och få små rosa blommor. Byrån hade alltid funnits i det rum där Rose sov, också under åren med Titus, då hade de haft foton på den, deras bröllopsfoto, bilder av dem själva som små, semesterbilder. Nu var allt sådant borta. En enda bild fanns kvar. Ett skolfoto av Tomas, taget när han gick i andra klass. Han var klädd i tröjan som hon stickat och luggen hängde ner i ögonen. Han såg butter ut. Eller kanske sorgsen? Hon hade alltid haft svårt att tolka hans känslor.

Hon tog på sig manchesterbyxorna och en gammal långärmad bomullströja. Den började bli sliten. Hon hade klippt bort tvättlappen, den skavde henne i nacken och gav henne sår. Hennes hud var så ömtålig, eksemflicka hade modern kallat henne.

Du kliade och rev dej, vi fick sätta vantar på händerna. Ibland måste vi rent av binda fast dej i sängen.

Rose kom ihåg det. Glimtvisa minnen. Den brinnande klådan över kroppen som fick henne att kvida och kasta sig. Och så paniken av att vara fjättrad. Moderns lilla vesslelika ansikte kom ner över sängen. *Det är för din egen skull. Låt bli att tänka på det, Rosa. Så går det över.*

Ja, hon var döpt till Rosa, det var namnet på en ko. Så fort hon blev stor nog, vuxen. Femton år. Då bytte hon. Fadern hade skrattat och generat försökt forma läpparna i det nya uttalet. Rööös blev det, röoos. Som något slags skånska. Modern vägrade. *För mej kommer du aldrig att vara något annat än min lilla Rosa. Rosa, Rosengull. Och när jag födde dej, på morgonen efteråt. Din hy var som skiraste rosenblad. Inte kunde jag väl ge dej något annat namn, det förstår du väl, gumman? Det namnet stod skrivet i din panna.*

Hennes mamma hade alltid haft en dragning åt det teatraliska. Rose gäspade. Hon körde fingrarna genom sitt tunna bleka hår, på väg att gråna och vitna. Inte längre blondin. En dum blondins bekännelser. Vad var det? Titeln på en bok? En porrfilm?

Hon gick ut i köket. Härifrån såg hon vattnet, nere mellan tallstammarna. Isen var borta, hade brutits upp i block och drivit undan. Vintern hade varit ovanligt mild. Egentligen hade det inte varit någon vinter. I slutet av november kom snö men den låg inte kvar mer än några dagar. Därefter vidtog veckor av ihållande regn. Henne gjorde det inget, hon klev i sina stövlar och gick ut. Så som hon gjort med Akela, morgon, middag och kväll. Däremellan arbetade hon. Hon anlitades av flera förlag, dels som lektör, dels som korrekturläsare. Fast inte längre åt Bladguld, förstås. Förlaget som Titus hade startat. Det hette förresten inte Bladguld längre. Han hade döpt om det till Bruhns Förlag. Uppkallat det efter sig själv.

Ett par gånger hade hon försökt sig på att översätta romaner från danska och norska. Det var svårare än hon trodde. Meningarna blev tröga och föll samman utan spänst. Hon hade tvingats ge upp. Det gjorde inte så mycket. Jo, för självkänslan kanske. Men inte för pengarna. Att jobba med översättningar var uselt betalt i förhållande till allt arbete som krävdes. Å andra sidan behövde hon inte så mycket.

Hon levde snålt, åkte nästan aldrig in till Stockholm numera. Gick i sina gamla plagg, köpte sällan nytt.

Inte längre blondin, tänkte hon, utan en åldrande kvinna. På väg att bli kärring. Om hon inte redan var det.

Det blåste friskt, det såg hon på vattnet. Färgen var bly med vita krusningar. Men snön var nu nästan helt försvunnen, det överraskande snöoväder som lamslagit hela påsktrafiken. Folk hade trott att det var vår. Många hade skiftat om till sommardäck. Det fick de gruvligen ångra, särskilt de som bodde här i trakterna. Södertälje var en stad med branta backar.

Tvärs över viken hade en ny samling hus vuxit fram. Lyxvillor i mångmiljonklassen. För några år sedan hade skogen brett ut sig där borta. Sedan kom motorsågarna och grävskoporna. Hon hade läst om bygget i tidningen, det var något bråk med byggherren. De baltiska arbetare som anlitats hade inte fått betalt som de skulle och tvingades dessutom bo i gamla uttjänta husvagnar. Men nu verkade folk ha flyttat in i alla kåkarna. På nyårsafton hade det blixtrat där bortifrån av raketer och bengaliska eldar.

Hon vred på kranen och hällde vatten i kaffebryggaren. En häger flög med tunga vingslag bort mot holmarna. En grå och gammal häger som hade lyckats övervintra borta i kärret. Den brukade sitta inne bland grenarna vid vassen med uppdragna vingar, kurande och dyster. Dess träck var platta vita blaffor, stora som pannkakor. En gång hade hon tagit med sig en brödskalk bort till holmarna. Hon hade tyckt synd om den ensamma fågeln. Men när hon kom dit var den inte där. Den kanske inte åt bröd förresten. Det var ju ett djur som jagade, en mästare på att överraska sitt byte och hugga det.

Hon gjorde i ordning en tallrik fil och en smörgås. De två skålarna på golvet var tomma. Hon diskade ur dem, hällde friskt vatten i den ena och en klick kall pasta toppad med riven ost i den andra. Sin egen frukost bar hon in på en bricka till det kombinerade vardagsrummet och arbetsrummet. Med foten petade hon undan en trave korrektur och ställde ner brickan på bordet.

Huset var en backstuga på sjuttiotre kvadrat. Röd med vita knutar. Ursprungligen hade den varit bostad åt tjänstefolk. Själva huvudbyggnaden, Borgviks gård, låg längst uppe på kullen med en majestätisk utsikt över kanalen och inloppet till staden. För det mesta stod den tom. Inte obebodd, nej, fullt möblerad för att ta emot sin ägare när han någon enstaka gång kom dit. Han hette Claes Schröeder. Det var av honom som hon hyrde backstugan.

"Du kan väl slänga ett getöga på villan då och då", sa han när de skrev kontrakt. "Jag tänker flytta dit så småningom men just nu passar det inte, jag har för mycket på gång. Men sen, när jag blir pensionär."

"Ah, det måste väl ändå dröja", sa hon inställsamt.

Han log.

"Ja, ja. Men som sagt … ett getöga på villan då och då?"

"Jo … fast … jag kan ju inte precis ta på mej att sköta den", invände hon, orolig för att han skulle ångra sig om hon började krångla.

"Nej för tusan, det var inte så jag menade. Slå mej en pling bara om det skulle vara nåt, så skickar jag hit en kille som fixar det. Jag vill bara inte att några gangstergäng ska komma hit och sabba. Den här stan är full av gangsters." Han sänkte rösten: "Du förstår säkert vad jag menar."

Hon hade alltid haft svårt att värja sig inför antydningar som kunde vara ett förtäckt invandrarhat. Då var det nästan bättre med klarspråk. Hon nickade vagt och det hettade i kinderna. Sträckte sig efter pennan.

Hon fick hans mobilnummer och vid ett par tillfällen hade hon också måst kontakta Claes Schröeder. En morgon var en fönsterruta krossad, en annan gång hade någon målat hakkors på den vackra gula fasaden. Hon hade inte märkt när det hände, inte ens Akela hade reagerat. Första gången när hon ringde lät han yrvaken trots att det var mitt på dagen. Hon antog att han befann sig utomlands, i en annan tidszon än hon själv. Hon tyckte det var pinsamt och bestämde sig för att i fortsättningen inte ringa utan i stället skicka sms.

Huvudbyggnaden uppfördes i slutet av 1800-talet. Den hade använts både som sjukhus, pensionat och barnhem. Under några år stod den tom och förföll en del innan Claes Schröeder trädde in på scenen. Han lade ner stora summor på att restaurera huset och gjorde även en del åt backstugan, där taket börjat läcka.

Rose hade nu hyrt av honom i snart fem år.

Hon kröp upp i soffan och svepte om sig pläden. Nere från viken hördes kanadagässens kärva trumpetstötar. Dagen innan hade hon skymtat två bofinkar i vildrossnåren och glatt sig åt att de klarat köldknäppen några veckor tidigare. Att de inte svultit ihjäl.

Två och två. Överallt såg man dem nu. Skatorna, kråkorna, hack-spettarna, skogsduvorna, talgoxarna och de blåskimrande mesarna. Ivrigt sysselsatta med att bygga bo. Gråhägern var den enda som saknade partner. Liksom hon själv.

Hon skrattade till åt liknelsen. Så långt hade det tydligen gått nu. Att hon kunde skratta åt eländet.

INGRID

HON FÖLJDE MED HONOM tillbaka till sjukhuset. Han hade fått komma hem på permission och tanken var att han skulle stanna hemma några dagar. Det fungerade inte. Sent på lördagseftermiddagen blev hon tvungen att ringa avdelningen. Hon hade tur. Det var syster Lena som svarade.

När hon skulle börja prata fick hon inte ur sig ett ord.

"Hallå?" hörde hon sköterskans stillsamma röst. "Vem är det? Jag hör inte riktigt." Så typiskt syster Lena att uttrycka sig just så. Att undvika allting som kunde verka sårande. "Jag hör inte riktigt." I själva verket kunde hon inte ha hört någonting alls.

Ingrid fick fram ett otydligt hulkande.

"Känn dej inte stressad, jag har tid att vänta", manade syster Lena. Hon hade som ett sjätte sinne. Förstod när någon var för olycklig och genomledsen för att ens kunna presentera sig. Ingrid la ner telefonluren. Hon knöt händerna, hårt, hårt. Sedan spände hon käkarna så att det darrade i halsen. Slappnade av.

"Jo, hejsan ... det är jag, Ingrid Andersson."

Hon hade behållit sitt flicknamn, trots att Titus efternamn var både vackert och ovanligt. Bruhn. Titus Bruhn. Men att dela det med honom vore samtidigt att behöva dela det med hans tidigare liv. Dessutom skulle det ha spätt på hennes skuldkänslor. Varje gång hon använde det skulle hon ha blivit påmind.

Syster Lena visste direkt.

"Hej, du, hur är det med honom?"

"Det ... det går inte längre. Vi klarar inte av det." Hon grät nu, tyst och sammanbitet.

"Då tycker jag att ni ska komma in. Hans säng står här och väntar."

"Tack så mycket ... och förlåt ... Vi kommer."

Hon packade hans saker. Tandborsten, morgonrocken, den sjaskiga necessären som han haft så länge hon kunde minnas och som inte gick att få ren. Vid ett tillfälle hade hon kört den i tvättmaskinen. Han hade blivit mycket arg. Det var något särskilt med den förbannade necessären. Han hade fått den av Rose. Hon hade sytt den åt honom. Beige med ett rutigt foder. Den gick att rulla ihop som ett paket och när man vecklade ut den kunde man hänga den på handdukskroken. Där fanns små fack för tandborste, nagelsax, rakvatten och kam. På utsidan hade ursprungligen hans monogram suttit, påklistrade guldbokstäver i någon snirklig stil. T B. De hade ramlat bort långt före tvättmaskinen. Krullat sig och fallit av som fjäll.

Titus låg på rygg i dubbelsängen. Hakan sköt upp, hakan med det mörka skägget. Håret på hans huvud hade grånat under åren men var ännu tjockt och tätt, egendomligt opåverkat av alla de många behandlingarna. Han kisade mot henne, snappade luft.

"Vi är välkomna in", sa hon.

Han teg.

"Jag pratade med Lena. Hon var fortfarande kvar, ja, dagskiftet alltså."

"Jaha."

"Titus ... jag ..."

"Fan!" Han hade öppnat ögonen men blicken var matt. Som om det gjorde ont att fokusera.

"Det är okej", sa hon snabbt. "Jag älskar dej, det är okej."

"Fan, Ingrid! Fan!"

"Det är okej", sa hon på nytt men högre. "Nu ska jag hjälpa dej med kläderna."

När hon lutade sig över honom kände hon lukten ur hans mun. Som ammoniak. Hon höll andan, försökte låta bli att visa honom. Han trevade efter henne. De långa smidiga fingrarna, kanske var det dem hon först hade lagt märke till, då i början. En hisnande tanke om vad dessa fingrar skulle kunna göra med henne. Huden på händerna var slät. Bortsett från blåmärkena efter dropp och kanyler fanns där inte ett spår av vare sig åldrande eller sjukdom.

Hon trädde på honom skjortan. När hon skulle knäppa den märkte hon att den verkade stor. Det knöt sig i strupen på henne.

"Jag drömde", sa han otydligt. "Jag var ute och paddlade."

"Gjorde du?"

"Mmm."

"Var jag med då?"

"Nej ..."

"Det var aldrig riktigt min grej, va? Det där med att paddla."

Som om hon gjorde bokslut över livet. Bådas liv.

Han verkade inte ha hört.

"Det var Guppyn du vet ... och jag dansade med den ... vi dansade, Guppyn och jag ... nerför vattenfallen."

Då, i början, hade han försökt lära henne. Hon hade varit för rädd. Hennes rörelser blev grova, plötsligt låg hon med ansiktet ner under vattnet. Fastän han sagt att det var nästan omöjligt att kantra. Särskilt för en kvinna, *ni kvinnor har en annan tyngdpunkt*, och han hade klappat till henne över baken och kysst henne. När han fyllde femtio köpte hon Guppyn till honom. En kajak, byggd för forsar och med plats bara för en.

Hon tog hans sockor, rullade ihop dem med fingrarna och förde dem varsamt över hans tår. Tånaglarna behövde klippas. Hon klarade inte av sådant, inte på andra än sig själv. Det äcklade henne. Hårda verkade de också, stenhårda och gula. Var det sant att hår och naglar fortsatte växa efter att döden inträtt? Så fullkomligt vidrigt! Och hur hade man i så fall upptäckt det?

Hon reste sig från sängen och hämtade hans byxor. De hängde prydligt över en stol. En prydlig och ordningsam människa, hur sjuk och medtagen han än var. Alltid blankborstade skor, ingenting fick ligga framme och skräpa. Var sak på sin plats. Själv var hon inte sådan.

Han hade sovit i sina kalsonger. Könet avtecknade sig under tyget, trött och skrumpet. Hon smekte honom skyggt över de korta, kraftiga låren. Smalare nu, betydligt smalare. Hon betraktade hans ansikte. Ingen reaktion.

"Du …"

Han rörde sig inte.

"Du … Titus, käraste. Du vet att jag älskar dej." Hon viskade. "Det vi har … det kan ingen ta ifrån oss."

Han pressade fram ett grin.

"Inte?"

"Nej, så är det väl? Ingen, ingen."

"Hm."

"Jag ska hjälpa dej på med byxorna. Kan du lyfta på rumpan lite? Kan du det?"

Han reste sig tvärt och överraskande. Slet till sig långbyxorna. Hon bet sig i kinderna, det smakade blod. Stod och såg hur han fumlade med dragkedjan. Hur han utmattad föll tillbaka mot det skrynkliga lakanet. Madrassen i vattensängen gungade.

"Ring efter taxin", sa han kort.

ROSE

DET RASPADE SPRÖTT över korkmattan. Späda tassar, klor. Rose
svalde det sista av filen och smög ut i köket. Den mörkgrå råttan
som hon döpt till Tranbär snodde runt när hon fick syn på henne
och intog genast försvarsställning. Öronen drogs bak mot skallen,
kroppen spänd. En liten oststrimla hade fastnat i morrhåren, nu föll
den ner på golvet.

Rose gick ner på huk.

"Men det är ju bara jag", sa hon mjukt.

Råtthonan skvatt till och öronen reste sig. Svansen var stel och
rak.

"Är du hungrig, din stackare? Ät du, jag gör mera sedan."

Som om djuret förstått vad hon sa vände det ryggen åt henne och
slafsade i sig det som var kvar i skålen. Höll med tassarna, som var
välformade och böjliga som människohänder. Att individerna kunde
vara så olika, tänkte hon. En del av råttorna åt snyggt och propert,
utan att skräpa ner det allra minsta. Medan andra kastade i sig ma-
ten, som den här lilla rädda Tranbär. Rose gick fram till diskbänken
och ställde ner sin tallrik. Hon skar av en liten ostbit och höll fram
den mot råttan. Djuret betraktade henne intensivt. Det darrade och
ryckte i morrhåren.

"Kom hit och smaka, lilla fegis", sa Rose. Hon gjorde rösten len
och dämpad. "Det här är smaskens, förstår du, äkta emmentaler."

Råttan tog några trippande steg emot henne men hoppade plötsligt
till och försvann under soffan. Det var där som ingångshålet fanns.

Första gången Rose upptäckte en råtta inomhus hade hon känt
ett häftigt obehag. Hon hade blivit rädd också. Råttor förknippades
med pest och sopor. Hon hade genast cyklat iväg till järnaffären och

köpt en slagfälla. Den stod ute i boden, oanvänd och ogillrad. När det väl kom till kritan hade hon inte förmått sig.

Det hade med boet att göra, boet som hon upptäckte under soffan samma dag. Akelas gamla filt hade ramlat ner bakom ryggstödet och blivit liggande mot väggen, hoptjorvad i veck. Hon hade inte saknat den. Plötsligt uppfattade hon ljud, ytterst svaga pipanden, nästan omöjliga att höra.

Fem rosa små ungar var det. Inte mer än någon dag gamla. De låg tätt ihop, ett varmt litet knyte av liv, fem små hjärtan, små nosar. Moderråttan hade försvunnit när soffan flyttades. Fegt hade hon slunkit ner i hålet, det gjorde Rose upprörd.

Hon hade aldrig tyckt om den där moderråttan. Hon döpte henne till Flod. Hon var fet och stor, även efter nedkomsten. Rose hade studerat henne vid matskålarna, sett hur hon högg efter de andra, inte släppte fram någon förrän hon själv var däst och mätt. Inte ens sina egna ungar. Tranbär var en av dem. Fikon och Smultron fanns också kvar i huset. En hade dött samma kväll, hon hade inte hunnit ge den något namn. Salmbär var försvunnen, förmodligen död hon också. Hon hade haft något fel på ena tassen. Kanske hade modern bitit ihjäl henne.

Även Flod var död nu. Rose hade känt sig lättad när hon hittade den stora råttan liggande livlös nedanför yttertrappan. Det var i november. Ungarna var vuxna sedan länge, klarade sig själva. Flod låg i snön med blod kring nosen. Snön hade sugit upp en del av det röda, så att djuret låg med huvudet som på en flikig, ljusröd kudde. Varför dog hon? Hade hon fått i sig gift? Rose hade ingen aning. Hon var förstås rätt gammal. Fläckig i pälsen och kal. Fick inte några stora kullar längre. Dessa fem var de sista hon klämt ur sig.

Rose hade tagit på sig trädgårdshandskarna och hämtat en svart bajspåse som var kvar efter Akela. Hon lyfte upp det döda djuret i svansen och häpnade över kroppens tyngd. Läpparna var dragna bakåt, som i en sista avvärjande grimas. Hon skymtade de vassa tänderna. Ögonen var vidöppna och brustna. Något sår kunde hon inte se, blödningen måste ha kommit ur örat.

Det hade inte känts fel att lägga Flod i soptunnan. Med Flod hade det inte känts fel. Det var inte något sympatiskt djur. Hon hade nafsat efter Rose, försökt bita henne när hon gick barfota. Hon luktade också, fränt och orent, som av skämda ägg. Lukten fanns kvar i köket långt efter att Flod hade slunkit tillbaka ner i hålet. Hennes avkomma luktade ingenting.

Nu tassade det lätt under soffan. En liten nos stack fram. Rose sjönk ner på golvet med benen uppdragna under sig. Hon knöt ett snöre runt ostkuben och la ut den på trasmattan. Tranbär närmade sig avvaktande. Till skillnad från sina syskon var hon mest aktiv i dagsljus.

"Kom då, din dumbom", manade Rose. "Du ser väl vad det är. Kom så får du smaka."

Tranbär hade rosa öron, och när solen flöt in genom fönstret avtecknade sig små fina blodådror som nerverna på ett blad. Hon tyckte om att ligga i solen. Då förmådde hon nästan slappna av. Tranbär var den skyggaste. Fikon och Smultron var robusta varelser och modiga. Smultron hade till och med vågat sig upp i handen på henne. Hon hade fått smeka över den sammetslena pälsen och pilla lite bakom öronen. En gång hade djuret gripit med tassarna och klättrat in under muddarna på Roses kofta. Det kvillrade och ilade i huden.

Emellanåt försvann de och var borta några dygn. När de återvände var de magra och tufsiga som om de varit i strid. Men de kom tillbaka, alltid kom de tillbaka.

Den försiktiga Tranbär vågade sig aldrig ut.

I början hade Rose känt obehag över svansarna, som vore de fristående, oberäkneliga väsen. Det var någonting med strukturen, något maskliknande. Men så födde Fikon en kull ungar. De höll till nere under golvet någonstans. Rose visste inte hur många de var. Hon hade hört att råttor kunde få upp till tjugo ungar i samma kull. Hon såg dem aldrig. Kanske var det bara den där enda lilla skrutten som så småningom sökte sig ut på darriga ben. Hon såg henne sitta mitt på mattan och titta sig omkring. Hon böjde sig ner och lyfte upp henne. Pälsen skimrade i svart och silver, hade ingen likhet alls med mormoderns. De pyttesmå tassarna, som händer i miniatyr. Svansen var len och rosa med små, små fjun. Smal och smidig som en silvertråd. Fikons lilla baby. Hon döpte henne till Neljä, det finska ordet för fyra. Det bara kom för henne, ett mjukt och vackert ord. Neljä var nästan lika begåvad som sin mor. För ganska snart hade hon insett att råttorna verkligen var olika personligheter. Fikon var utan tvivel den allra klipskaste och klokaste. Det fanns tillfällen när Rose fick för sig att djuret rent av förstod vad hon sa.

En rörelse i snöret, Tranbär var framme nu, hon nosade på osten, var för sugen för att fly. Inte ens när Rose drog till sig snöret, centimeter efter centimeter, sprang hon undan. När ostbiten nuddade vid Roses ena knä släppte hon snöret. Tranbär satt på bakbenen. Hon betraktade henne allvarligt, såg från Rose till ostbiten. Sniffade med den känsliga nosen.

"Varsågod", sa Rose. "Den är din. Och du har verkligen gjort dej förtjänt av den."

Tranbär stötte ur sig ett litet knastrande ljud. Sedan nöp hon ostbiten och försvann i galopp under soffan.

INGRID

DE TVÅ SENASTE GÅNGERNA hade de inte behövt komma via akuten. Titus hade gräddfil ända fram till salen där han låg. Det var han själv som kallade det så. Det fanns tillfällen numera när hans skämtlynne var bitskare än någonsin.

Kruxet var bara att detta var ett akutsjukhus. Här vårdades först och främst de patienter som skulle kunna botas. Häromdagen hade läkaren, doktor Stenström, tagit Ingrid i enrum och nämnt ordet hospice. Det svindlade för ögonen på henne, hon hade måst böja sig fram och luta pannan mot bordsskivan. Läkaren klappade henne valhänt på ryggen.

"Kan jag skriva ut nånting åt dej, Ingrid? Hur är det med sömnen? Sover du om nätterna, det är viktigt att man får sin sömn om man ska orka."

Ingrid rätade på sig. Det susade och ringde kring öronen.

"Hospice ..." sa hon grumligt.

"Ja. Hospice." Doktor Stenström gick tillbaks till skrivbordet. Hon strök håret bakom öronen och lutade sig fram. Små guldclips glänste i örsnibbarna. Ingrid såg dem som i dimma, små nystan av knoppar eller ormbon, hon försökte förtvivlat fokusera.

"Det finns några olika att välja på", fortsatte läkaren. "Vi har Stockholms Sjukhem borta vid Mariebergsgatan på Kungsholmen, mycket välrenommerat och fint. Och så har vi Ersta, också mycket fint. Antroposoferna i Järna finns ju också förstås, Vidarkliniken alltså, men dit är det en bit att åka. Alla är mycket professionella och kvalificerade. Och ... hemtrevliga, om man säger. Vi ska ta och undersöka var de kan ta emot din man. För det är förstås väntetider, det måste man nog räkna med."

"Men här då?" Hon gav till ett litet skrik och tystnade. "Här då?" fortsatte hon sedan, lågt och nästan viskande. "Vi är så nöjda … med allt … och vi känner ju er och ni känner Titus."

Läkaren log. Det var ett obevekligt leende.

"Jag är glad att ni är nöjda. Men faktum är att vi inte kan göra så mycket mer för Titus här hos oss. Han får bättre vård på ett hospice. Bättre och … värdigare … om jag så säger."

Slutstation! Ordet blixtrade till i hjärnan på henne. *Avstigning för samtliga trafikanter.* Hon greps av en hysterisk lust att skratta, måste bita sig hårt i kinderna. Tårar trycktes fram ur ögonen, hon snyftade till och hittade en näsduk. Läkaren gav henne en deltagande blick. Hon satt tyst en lång stund. Ljudet från sekundvisaren på vägg-klockan snärtade som små piskrapp. Till slut harklade sig läkaren.

"Det finns ju ytterligare ett alternativ. Det är om han kan vara hemma. Ni kommer att få hjälp i så fall, det finns ASIH-team, det står för avancerad sjukhusvård i hemmet, med mycket kunnig perso-nal. Ni skulle aldrig behöva känna er ensamma. Det kan jag lova dej. Och som jag har förstått det är ju du mestadels hemma."

Det susade omkring henne på nytt. Rummet snurrade.

"Jo", sa hon tyst. "Men jag vet inte."

Läkaren reste sig.

"Fundera på saken. Så talas vi vid igen."

De kom upp på avdelningen och syster Lena tog emot dem. Hon la fram en skjorta och sjukhusets formlösa trikåbyxor i en urtvättad blå nyans. Ingrid hjälpte Titus att byta om. Han delade rum med en mycket äldre man som aldrig svarade när hon hälsade, bara stirrade på henne med sin vattniga blick. För det mesta var hans hustru där, en rultig kvinna i stickad grå storväst över klänningen. Som många äldre damer föredrog hon att behålla hatten på. Ibland brukade de mötas ute i teverummet, där stod förfriskningar och kakor på ett bord och en liten ask för besökare att lägga pengar i. Ingrid gick och hämtade ett glas vatten. Två sköterskor hade dragit för draperiet runt Titus säng medan de tog hand om honom. De skulle sätta ett dropp. Ingrid valde att gå ut under tiden. Samtidigt var hon rädd för att stöta ihop med doktor Stenström. Risken fanns att läkaren skulle kräva henne på ett svar.

Hattkvinnan satt vid bordet. Hon rörde i en kaffekopp. Runt, runt i allt snabbare cirklar.

"Han har blivit som ett barn", sa hon. "Lyssnar inte längre, svarar helt bort i tok. Jag får nog aldrig mera hem honom."

"Så tråkigt."

Kvinnan vred huvudet mot henne. Det ryckte i mungiporna.

"Jag klarar ändå inte av honom. Han är tung. Han orkar inte upp heller, när han behöver. Varenda dag måste jag till tvättstugan. Och jag … Jag ska fylla åttitvå."

"Har ni ingen hjälp?"

"Hjälp och hjälp. Det vet man väl hur det är med det. Folk som kommer in och snokar. Vi hade några i början, det var nya mänskor hela tiden, ett fruntimmer tog med sig sin unge till och med. Han satt på golvet och snorade medan hon … Ernst är känslig, tänk om han skulle bli förkyld, det vet man väl vad såna där ungar bär med sig, snoriga och dana. Riktigt giftiga kan de vara. Och att släpa med sig en unge till en svårt sjuk mänskas hem … jag ringde sedan och klagade, men de sa bara jaha, att de skulle påtala det. Så jag sa upp den där så kallade hjälpen."

"Trist att det blev så."

"Jag börjar ana varthän det barkar", malde kvinnan på. "Han minns inget längre, ibland tittar han på mej som om han aldrig har sett mej förr. Känner du inte igen mej, frågar jag. Han svarar inte. Jag får aldrig någon vettig kontakt med honom. Han är ju ändå min man. Och läkarna …"

Hon önskade att kvinnan skulle vara tyst. Men hon var fostrad till att alltid vara artig och uppmärksam mot äldre.

"Är det Alzheimers?" hörde hon sig själv fråga.

"Va?" Kvinnan ryckte till, tydligen ovan vid dialoger.

"Din man. Är det Alzheimers sjukdom som han har?"

"Jag får ju aldrig veta nåt. Och själv kan han ju inte …"

Ingrid reste sig.

"Så tråkigt", sa hon igen.

Sköterskorna var färdiga med Titus. Han låg med halvslutna ögon. Han var mycket blek. Ansiktet hade slappnat av en smula. Hon flyttade fram stolen till sängen och tog hans hand. Den kändes het.

"Har du feber?"

Han rörde oroligt på huvudet.

"Kanske …"

"Vill du ha någonting? Lite vatten eller så?"

"Vatten."

Hon hällde upp en skvätt i hans glas och stoppade ner ett böjt sugrör. Förde det till hans mun. Hon tänkte på vinet. När hon kom hem ikväll skulle hon öppna en flaska chardonnay som hon ställt in i kylen. Tanken var att de skulle ha druckit av det båda två. Hon hade köpt skaldjurspaté också och en god Bavaria Blue.

Telefonen vid hans säng gav ifrån sig en dämpad signal. Titus tecknade åt henne att svara. Det var Jennifer, den äldre av hans båda vuxna döttrar.

"Är pappa där?" sa hon kort.

Vad hade du väntat dej, tänkte Ingrid. Trodde du att jag skulle sitta här och svara om inte din pappa var här. Högt sa hon:

"Ja, vi kom hit för en stund sedan."

"Jag ringde på hans mobil. Den var avstängd."

"Det är möjligt."

"Jag vill prata med honom."

"Jag ska höra om han orkar."

Hon höll ner luren.

"Jennifer", sa hon.

Titus famlade efter luren och hon gav den till honom. Hon hörde dotterns röst men uppfattade inte orden.

"Det är som det är", sa Titus. "Nej. Det tror jag inte. Det får du lov att förstå. Jag orkar inte prata så mycket. Du får höra med Ingrid."

Hon tog luren igen.

"Jag kommer upp", sa Jennifer.

"Han är ganska trött."

"Hur länge ska du sitta där?"

"En stund till."

"Hela besökstiden?"

"Du kan väl komma imorgon. Julia och du kan komma imorgon."

Jennifer la på utan att säga adjö. Hon var svår. Julia var något lättare att ha att göra med. Men Titus äldsta dotter hade alltid varit hatiskt inställd till Ingrid. Som om alltihop var hennes fel. Som om Ingrid hade tagit deras far ifrån dem. Ändå var det inte deras mamma han lämnat för hennes skull. Det var Rose.

Titus blundade nu. Han såg ut att sova. Droppflaskan hängde i ställningen över sängen. Här var han trygg. Hon böjde sig fram och kysste honom på den hårda breda pannan.

"Åk hem", viskade han.

"Vill du det? Är det säkert?"

"Ja."

"Okej, då gör jag väl det då."

"Mmmm."

"Du får ringa om du behöver mej. Jag åker hit direkt, det vet du."

Han svarade inte, det kom som en snarkning ur halsen på honom.

Hon vek undan draperiet och tog på sig kappan. Det var en ny kappa, figursydd och svart med en liten krage av fuskozelot. Titus tyckte om den. Han hade varit med som smakråd, det var i höstas i en boutique ute i Danderyd. Det var han själv som pekat ut den i en annons i Svenska Dagbladet. Han sa att hon behövde muntras upp. Hon hade precis blivit av med bokhandeln. Hennes självförtroende var långt under noll.

I dörren ut till korridoren stötte hon ihop med hattkvinnan. Hon bar en bricka med två kaffekoppar och ett fat med kakor.

"Adjö då", nickade hon.

Hon gick över det långa blanka golvet. Dörrar stod öppna, innan-
för skymtade sängar och lampor. Några siffror blinkade på en tavla
uppe vid taket, rött och uppfordrande. Bort, tänkte hon. Bort här-
ifrån innan jag kvävs.

När hon passerade sköterskeexpeditionen kom syster Lena ut i
korridoren. Hennes ansikte var glansigt av trötthet.

"Nu sover han", sa Ingrid.

"Jo, vi gav honom ett dormicumdropp. Han kommer att må bätt-
re imorgon."

"Är det sant?"

"Det brukar vara så."

"Jag åker hem."

"Gör det. Försök att sova du också. Så ses vi imorgon igen."

ROSE

DET VAR MÅNDAG. Hennes födelsedag. Femtiosex år sedan hon föddes. Det lät gammalt, hon var gammal. Men ännu inte färdig med livet.

Hon gick ut. Det gjorde hon varje morgon, tidigt, medan dagen grydde. Hon valde samma stigar som hon gått med Akela, tänkte sig att tiken fortfarande fanns kvar. Att hon lufsade strax bakom henne, sniffade på kvistarna, nosade i myrstackarna där räven bökat hål. Akela hade brukat få fästingar, stora som blodblåsor. Varje kväll fick Rose leta igenom den tjocka brunvita fällen och plocka bort dem. Ursinnigt slängde hon ner dem i toaletten. Sådana ondskefulla, meningslösa varelser, som bara spred sjukdom och elände. De flesta sorters liv hade säkert sin funktion i näringskedjan. Men fästingen?

Luften var kylig. Hon måste gå tillbaka in och ta på sig en kofta under täckjackan. Hon fällde upp kapuschongen. I backen ner mot vattnet lyste några blåsippor. De hade plattats till av snön men när hon böjde sig ner skymtade hon nya, oskadade knoppar. Ludna som små pälsar.

Här bland blåsipporna växte också den gamla björken med sin grova, spruckna stam. Vid dess rot var jorden lös och lucker. Det var här hon begravt Akela.

Hon gick in mellan träden och tittade efter spår, blod eller tussar från haren. Nej. Ingenting. Då fortsatte hon ner till vattnet och följde stranden bort mot varvet. Det var ett varv för medelstora båtar, just nu vilande och täckta av presenningar. Än skulle det dröja flera veckor innan skynkena togs av och aktiviteterna på allvar kom igång.

Varvsområdet beträdes på egen risk, varnade ett anslag. Hon tog några kliv uppför slänten och höll till vänster om "Vale" från Björsund, en svart och vit båt som pallats upp på kraftiga bockar. Den var i starkt behov av ommålning. Färgen kunde plockas loss i stora sjok.

Hon klev över sjösättningsrampen med de breda skenorna där fartygen togs upp för att ses över. Just nu låg där en rundmagad skuta vid namn "Tullia", det såg hon trots att bokstäverna var till hälften bortnötta. Plasten hade blåst åt sidan. I de små runda ventilerna hängde gardiner.

Att bo på en båt. Att ha det som sitt fasta hem. En kort tid hade hon prövat på det. Det var efter kraschen, hon hade drivit runt i ett slags vakuum och bott hos vänner och bekanta. En kort period fick hon hysa in sig hos Franka Isaksson, en av Titus författare. Den livliga och omtänksamma Franka bodde i en gammal permittentbåt som låg förtöjd vid Skeppsholmen. Hon erbjöd Rose att flytta in och dela på hyran, men Rose hade avböjt. Det blev för snävt, som att leva i ett slags kokong. Och samtidigt skrämde det henne. Om nätterna när hon låg vaken föreställde hon sig vattnet långt under sig, svart och sugande. Hon kunde inte släppa tanken på att bara ett tunt skrov skilde henne från djupet och allt som fanns på bottnen, alger, slem och dy. Franka hade pysslat om henne, bryggt stärkande te som hon spetsade med droppar ur en mystisk liten glasflaska. Hon kallade dem räddningsdroppar. Hon var skakad över vad som hänt. Med dramatiska gester rev hon sönder ett kontrakt som hon just hade fått av Titus.

"Jag ska byta förlag!" förkunnade hon. "Jag har redan fått förfrågningar, nu ska han fan i mej få se. Så här gör man bara inte."

Hon hade inte bytt när allt kom omkring. Han hade väl övertalat henne. Kopplat på sin charm, fått henne på andra tankar. Och upprättat ett nytt kontrakt förmodligen, med ännu bättre villkor. Boken kom ut året därpå och blev Franka Isakssons genombrott. Vad hette den? Något med sand och äpplen. Det hade varit intervju i teve med henne för ett tag sedan. Ett inslag i ett kvällsprogram. Rose hade knäppt på teven av en ren slump. Hon såg ut att ha det bra,

Franka. Lät säker och stolt på rösten. Rose hade tappat kontakten med henne när hon flyttade. Så som hon gjort med de flesta av sina tidigare vänner. Felet var hennes eget, om man nu kunde tala om fel. Det var hon som valt att hålla sig undan.

Hon bröt loss en slykvist och slog den hårt mot stövelskaftet. Det visslade och ven i luften. Hon tog några djupa andetag och blev stående en stund. Det svartnade för ögonen, som yrsel. Efter några sekunder gick det över.

Hon vek av mot den första lilla holmen, den där hägern höll till. En sliten träbro ledde dit. Strax före bron var marken underminerad så att en krater hade bildats. Någon från kommunen hade kört ner en träpåk i kratern och ställt dit en kon, knutit fast ett gulrött band som varning. Rose petade ner sin egen kvist i hålet. Det blev visst aldrig lagat. Förmodligen skulle det inte dröja länge innan någon trampade ner sig där. Bröt benet och blev liggande. Med rubriker i Länstidningen som följd. Tidningarna älskade sådant, den enkla lilla människans utsatthet i vardagen. Hon kunde föreställa sig rubriken:

"Gustav, 73, svårt skadad under morgonpromenaden". Och så porträttfoton på människor som brukade vandra omkring här ute, med korta indignerade bildtexter: *Vi har väntat på att det här skulle hända. Ska folk behöva dö innan något görs?*

Holmen hade ett ganska märkligt namn. Den hette Pivoholmen efter ett lättöl som brukade serveras, när det en gång i tiden fanns en dansbana här. Det var länge sedan, i början av förra seklet. Rose hade läst någonstans att dansbanan drevs av nykterister. Hon hade hittat spår av trappsteg och grundstenar. Hon försökte se det framför sig, så som det en gång måste ha varit. En gudaskön plats, där man dansade till dragspel i solnedgången. Stillsamma väluppfostrade ungdomar, berusade enbart av den hänförande omgivningen.

Hon följde stigen runt holmen. Längst ut, nära farleden, brukade hon stanna till. Just här hade hon en morgon sett en bäver, en blank och hård liten skalle som dök upp genom vattenytan. Nu låg blåsten på, vågorna vällde och vrenskades. Hon frös. Hon vände och gick tillbaka över bron. Sällan mötte hon någon här ute, inte så här tidigt. Vissa mornar vandrade en kvinna förbi med en dvärgschnauzer i ett långt koppel. Ibland kom en man med en pudel. Det fanns två äldre herrar också, som i ur och skur hasade runt med stavar. De hälsade högtidligt när de såg henne.

Idag var hon senare än vanligt. En bil stod parkerad utanför den tomma fårhagen. Det var en kombi, hon kände inte igen märket. Vissa hundägare brukade göra det bekvämt för sig när de skulle rasta sina hundar. De lät dem helt enkelt springa lösa innanför stängslet medan de själva satt kvar i bilen. Jo, nu fick hon också syn på en schäfer som lunkade omkring bland kullarna. Ägaren, en man i fyrtioårsåldern, satt med bildörren stängd och rutan nervevad. Han bar en stickad luva som dolde halva ansiktet och sörplade kaffe ur en pappmugg med lock. Hans mobil ringde, en gäll och skrällig melodi som hördes tydligt genom blåsten. Rose uppfattade fragment av samtalet. Någon tycktes ställa frågor till honom. Han svarade kort och motvilligt. Plötsligt såg hon honom sträcka ut armen och kasta ifrån sig den tomma kaffemuggen. Rakt ner på marken. Hon greps av en hisnande vrede. Innan hon hann tänka efter hade hon rusat fram till bilen. Hon lyfte foten och sparkade så hårt hon kunde rakt på ena framhjulet.

"Vad gör du?" skrek hon.

Han glodde häpet.

"Ska du bara kasta den där muggen så där. Vem ska plocka upp den har du tänkt? Tror du att det här är någon soptipp!"

"Hallå", hörde hon från mobilen. "Hallå, hallå!"

"Jag återkommer", sa mannen. Han tryckte av och öppnade bildörren. Schäfern hade kommit fram till staketet. Stel och orörlig hade den blivit stående med raggen rakt upp som en drakfena. Mannen klev ur.

"Vafan har du med det att göra?" sa han hotfullt.

Hon kände sig torr i halsen, hes. Hon skakade.

"Jag bor här!"

Hans ögon var små och ljusa. Han förvred ansiktet i en grimas.

"Hörrudu, din jävla fitta!"

Var fick hon modet ifrån? Efteråt visste hon inte. Hon böjde sig ner, rafsade till sig pappmuggen och slungade den rakt in genom bilfönstret. Locket gick upp. En skvätt kaffe fanns tydligen kvar, hon såg hur det stänkte på hans jacka. Han stirrade på henne.

"Nä, nu jävlar!"

"Vad då jävlar! Ta med dej ditt förbannade skräp i fortsättningen och kasta det hemma hos dej!"

Han tog ett steg emot henne. Han var lång och rangligt byggd, mager om kinderna. Han ryckte av sig mössan och började gnugga med den på kaffefläckarna.

"Du har sabbat min jacka."

"Skyll dej själv."

"Du har sabbat den och nu får du fan i mej pröjsa kemtvätten."

"Äh, jag tänker aldrig någonsin pröjsa någon kemtvätt åt dej!" Pröjsa. Hon fnös fram ordet.

"Du är inte klok", morrade han. "Du är fan sjuk i huvudet."

"Då kan vi ta varann i hand då!" Hon visste inte var hon fick det ifrån, var tillbaka i barndomen med dess enkla, effektiva orddueller. Bakom henne gläfste hunden.

"Det är bra", sa Rose. "Håll ordning på din husse."

Mannen gick fram till grinden och kallade till sig schäfern. För en sekund fick hon för sig att han skulle bussa den på henne. Han öppnade bakluckan och lät den hoppa in.

"Din jävla förtorkade gamla fitta", sa han och spottade på marken framför henne. "Din fula gamla hagga. Du ska inte känna dej för säker."

"Vad menar du med det?"

Han svarade inte, hoppade in bakom ratten och startade.

"Hotar du mej?" skrek hon.

Mobilen skrällde på nytt. Han slet upp den och röt ett svar.

"Ja!"

Då gick hon. Vände och gick bara. Orkade inte mer. Efter några steg hann rädslan ifatt henne. Hon kom att tänka på en händelse i

Stockholm för några år sedan. En man läxade upp två ynglingar som stod och pinkade i en portuppgång. De ilsknade till och slog ihjäl honom.

Den här mannen. Skulle han känna igen henne? Skulle han kunna ta reda på var hon bodde? Hon kastade en blick bakom sig och såg hur bilen mycket snabbt svängde ut på vägen. En röd kombi. Hon kanske borde ha noterat registreringsnumret.

INGRID

HON KOM NER i den stora entréhallen och beslöt sig för att ringa efter en taxi. Visst skulle hon kunna åka buss i stället men just nu stod hon inte ut med tanken. Hon ville hem fortast möjligt. Oftast väntade taxibilar alldeles utanför, men nu såg hon ingen, det var lika bra att ringa. Hon stod och grävde i väskan efter mobilen när någon tog tag i henne.

"Men tjänare, Ingrid. Jag tyckte väl att jag kände igen dej."

Det var Nixon, säljchefen på Karlbacks Förlag. Han hette förstås inte Nixon, men var slående lik den forne amerikanske presidenten. Hon tyckte inte om honom. Det hade inte med utseendet att göra utan mer med hans sätt att ständigt sprida rykten och skvaller. Medan hon hade bokhandeln kom han regelbundet dit för att sälja in de nya böckerna. Hon hade haft svårt att stå emot, han var intensiv och övertalande. Han slängde gärna ur sig insinuationer och menande kommentarer, som en mycket nära vän som visste allt. Och som valt att dela sina förtroenden med just den han för tillfället talade med.

"Hej", sa hon matt.

"Ingrid Andersson Bruhn! Vad gör du här? Snygg kappa förresten."

Trots att han visste att hon inte hette Bruhn envisades han med att kalla henne så. Hon brydde sig inte om att rätta honom.

"Jag ..." började hon.

"Är det Titus?"

Hon nickade.

"Du! Jag har hört om det där. Det är för bedrövligt. Hur är det med honom, ligger han inne här alltså?"

”Ja.”

”Fy fan. Hur mår han?”

”Så där.”

Nixon skakade på huvudet. Han drog henne till sig och kramade om henne.

”En sån kraftkarl! Och så bright och duktig. En lysande förlagsman. Jag minns när han startade sitt lilla förlag … Bladguld … och hur det sedan har vuxit. Jag har alltid varit imponerad av Titus, det ska du veta. Men vem är inte det, vem är inte det?”

”Och du?” gled hon undan. ”Vad gör du själv här?”

”Jag har hälsat på en granne, han har kapat ena benet. Kallbrand.”

”Usch”, sa hon.

”Ja, du. En gammal rökare förstås. Men tror du han tänker sluta för det? Nehej minsann. Nu ligger han där uppe och lider. Inte för benets skull, utan för att han inte får röka.” Nixon skrattade. ”Jag köpte såna där nikotintuggummin åt honom. Men han säger att de inte hjälper. Ja, har man inte problem så … Men är du på väg hem, eller?

”Ja.”

”Bor ni kvar på Tulegatan?”

Hon undrade hur han visste. Men Nixon hade reda på allt.

”Jo.”

”Då kör jag dej hem. Jag har bilen här i närheten.”

”Det behöver du inte. Jag tar en taxi. Eller en buss förresten, bussarna går ju här utanför precis.”

”Kommer inte på frågan! Nu kör jag dej.”

Han hade företagets bil, en silvergrå Volvo. Karlbacks logga med webbadressen prydde dörrarna. www.karlback.se. Hela kupén stank av syntetisk blomdoft. Nixon förklarade varför, han hade skjutsat sin tonårsdotter tidigare på dagen.

”Frida?” sa Ingrid.

Han gav henne ett uppskattande ögonkast.

”Jaså, du minns.”

"Så länge sedan är det väl ändå inte sedan jag lämnade branschen."

"Nååå, den har du väl knappast lämnat, va? Eller hur? Det är ju bara en del av branschen, bokhandeln, som inte längre får åtnjuta din skicklighet."

"Skicklighet och skicklighet", sa hon fränt.

För ett drygt halvår sedan hade Akademibokhandeln slagit klorna i hennes lilla boklåda i Gamla stan. Det var ett led i kedjans nya koncept. Mindre så kallade kvartersbokhandlar, inte bara stora. In i det längsta hade hon kämpat för att kunna behålla den. Trots massiv uppslutning av kunderna med banderoller och stödkvällar blev hon till slut tvungen att ge sig. Allt färre privata boklådor hade idag en chans att överleva. Hotet kom från flera håll, inte enbart från kedjorna och varuhusen. Det verkliga hotet utgjordes av internetbokhandeln. Folk verkade gilla att sitta hemma vid sin dator och beställa böcker som dessutom levererades direkt till dörren. Så egentligen hade hon väl haft tur som fick sälja och slippa konkurs.

Nixon startade bilen och trixade sig elegant ut från fickparkeringen.

"Har du varit förbi och kollat?" frågade han.

"Var då, menar du?"

"Ja, i Gamla stan alltså. Hur de har gjort om det."

"Jag undviker det."

"Det kan jag förstå. Deras logga sitter ju där nu. Och så nån slogan … *Inte nät- utan närbokhandel.* Krystat till max. Eller hur? Och det där personliga, det är borta. Jag ska aldrig glömma dina skyltningar, Ingrid. "

Hon teg. Din lismande djävul, tänkte hon.

"Förresten är det lite skumt att de har fått för sig att satsa på småbutiker. Det kommer aldrig att bära sig, det borde de väl fatta där uppe i toppen."

Ingrid ryckte på axlarna.

"Tja, man vet aldrig var haren har sin gång."

"Nej, det har du rätt i", skrattade Nixon. "Nu, min söta vän, är jag tyvärr rädd för att vi måste passera de där känsliga kvarteren. Du får blunda när jag svänger in på Skeppsbron."

"Var inte löjlig. Så farligt är det inte."

Han satt tyst en stund, trummade med pekfingret på ratten.

"Hur blir det med förlaget nu då?" frågade han till slut.

"Vad menar du?"

"Jo, om Titus är sjuk."

"Vadå, han jobbar väl knappast ensam där. Annie Berg …"

"Visst sjutton, hon blev ju delägare."

"Ja."

"Tänk när den där stollen Curt Lüding flyttade upp sitt förlag till Luleå. Lüdings förlag, det var ju ändå hyfsat stort. Det gick bra för dem. Och så bara dra iväg. Det är väl tio år sedan nu, ganska exakt faktiskt. Jag minns att jag träffade Annie på bokmässan i Göteborg det året. Hon satt i skybaren uppe på Gothia och grinade. Hon hade trivts så bra hos Lüding. Jag frågade lite grann om framtiden. Hon berättade att hon hade tänkt börja frilansa, men det var hon ju knappast ensam om. Det var inte många han fick med sig upp till lapphelvetet. Det var tufft, sa hon. Svårt att få ihop det ekonomiskt. Hon hade ju ungar också. Och nu är hon alltså delägare i Bruhns förlag. Vilket flyt!"

"Ja."

"Fast Lüdings har visst somnat in för gott, har jag hört. Det fattar väl vem som helst att man inte kan sitta i nån lappkåta och ge ut böcker."

"Tydligen inte", sa Ingrid.

"Hon var helt färdig, stackars Annie. Satt där uppe i baren med en öl. Hon saknade väl sin kollega också, var det Berit hon hette? Den där tjejen på Lüdings som bara försvann."

De var på Skeppsbron nu. Ingrid vände blicken bort från husen och såg ut mot vattnet. Ute på Skeppsholmen hade det börjat grönska. På kajen höll en kostymklädd indisk man på att fotografera två kvinnor i färgglada sarier. Han ställde upp dem mot statyn av Gustav III, viftade och dirigerade.

"Ja", sa hon. "Berit Assarsson."

"Fast de hittade ju henne till slut. Det lilla som fanns kvar av henne, om jag säger så. Efter sex år, kan du tänka dej! Men jag menar, ge sig ut på svaga isen så där, det borde hon väl ha fattat. Nåja, familjen kunde i alla fall begrava henne till sist. En grav att gå till, det är viktigt." Han avbröt sig tvärt. "Trivs ni förresten i Vasastan?" frågade han.

"Det är helt okej."

"Vad har du för planer nu då, Ingrid? Du har ju minst tio år kvar innan du går i pension."

"Jag vet inte", sa hon tomt.

"Du kan ju fortsätta med bokhandleriet. Skulle det inte vara skönt att slippa det ekonomiska ansvaret och jobba som vanlig anställd? Jag hörde att Hedengrens är ute och handplockar. Jag kan gärna, gärna lägga ett gott ord för dej där om du vill."

"Tack", sa hon. "Men jag vet inte hur det blir ännu."

ROSE

FÖRST TÄNKTE HON GÅ HEM men ändrade sig och fortsatte ut på Slottsholmen, eller Ragnhilds holme som den också kallades. Ingen skulle någonsin mer få förstöra för henne, tvinga henne att ändra sina rutiner. Hon var torr i munnen, andfådd och uppskakad. En sorts efterreaktion. Förmodligen hade det varit dumt att blanda sig i. Men om ingen vågade säga ifrån, hur blev det då? Ta det lugnt, tänkte hon. Du gjorde rätt, det vet du.

Ändå skrämdes hon en smula av sin egen starka reaktion. Det var så olikt henne. Hon var en kontrollerad människa, hade alltid varit.

Till höger om henne låg en liten småbåtshamn. Vissa av båtarna var bebodda året om. Ingen människa syntes till just nu, men det rök ur två av skorstenarna. Skulle någon ha kommit och hjälpt henne om mannen gett sig på henne? Skulle någon överhuvudtaget ha reagerat? Hon märkte att hon darrade.

"Modigt, Rose!" sa hon tyst. "Synd att ingen såg det bara. Ett ypperligt exempel på civilkurage."

Här ute på Slottsholmen låg ruinerna efter en medeltida fogdeborg. De var ganska väl bevarade, man kunde tydligt se hur rummen hade varit placerade. En minnessten gav en kort historik. Borgen hade byggts på 1300-talet för att få kontroll över den viktiga Täljeleden, men brändes ner några decennier senare på order av Engelbrekt. Idag huserade kråkorna här ute, stora, mörkgrå fåglar som slog larm när de såg henne, som lyfte från björkklykorna och skränande flög runt bland träden.

Hon brukade fantisera om att flyttas tillbaka i tiden, till ett myllrande liv innanför fästningsvallarna. Stå där osynlig och iaktta. Hon gick allra längst ut på udden, det var som en landtunga med vatten på båda sidorna. En gång hade hon och Titus åkt förbi precis här i en motorseglare som tillhörde en av deras tidigare vänner. Aldrig hade hon väl kunnat föreställa sig att hon så småningom skulle bo just här.

Utan förvarning kom gråten över henne, rå och slitande. Hon lutade huvudet bakåt och stirrade upp i den kyliga himmelsluften. Tårarna rann längs kinderna, trots att hon svalde och blinkade. Hon stampade till med ena stöveln så att det gjorde ont i foten.

"Nu får du ge dej! Stå här och lipa som en …"

Till en del var det konfrontationen med mannen i bilen. Men till en del var det också det andra. Det som hon kallade för kraschen. Hon trodde att hon hade kommit över det. Att hon blivit stark. Långa perioder kunde hon intala sig att det var så. Att hennes liv fått en ny dimension, att alltsammans egentligen hade varit meningen. Nu äntligen kunde hon ju råda över sina dagar, göra precis vad hon ville. Inte behöva tassa på tå och ta hänsyn. Och Akela, hon hade aldrig fått lära känna Akela om hon fortfarande hade levt ihop med Titus.

"Vi hade inget bra liv", sa hon rakt ut i blåsten. "Glöm aldrig det!" Hon tog upp en sten, höll den i handen, värmde den. Slungade den sedan så långt ut i vattnet som hon kunde. Hon ruskade av sig kapuschongen och håret stod upp i vindbyarna. Hon frös inte längre, hon var varm, ja, nästan svettig.

"Bara ibland", fortsatte hon dovt och vinden slet orden ur munnen på henne. "Bara ytterst, ytterst sällan. Din jävel, jag hatar dej!"

Hon svor sällan, men nu kom det ur henne ihop med gråten. Svordomar och snor. Så patetiskt allting var. Så in i satans patetiskt.

Hon grävde i fickan efter en näsduk. Orolig med ens för att någon skulle ha hört henne. Kvinnan med dvärgschnauzern till exempel. Men ingen var där, ingen mer än hon.

Hon gick över ängen tillbaka. I ljuset såg hon hur de första späda stråna hade börjat bryta fram genom vissnade nätverk av gammalt gräs. Platt och hopsjunket hade det legat där sedan i höstas och bildat som ett galler. Det var svårt att tro att det någonsin mer skulle

komma liv. Hon mindes Assam från Malaysia som skrivit en bäst-
säljare. Titus hade varit på Frankfurtmässan och lyckats korpa åt sig
rättigheterna till den svenska utgåvan. Assam kom på besök, det var
i februari, någon gång i slutet av 1990-talet. Med oro i det mörka
ansiktet hade han pekat på träden.

"Döda", hade han utbrustit. "Vilken gränslös olycka för ert land.
Hela naturen är död."

Titus hade haft svårt att hålla sig allvarlig.

Assams bok hade blivit en succé även här i Sverige. Huvudbok i
flera bokklubbar, omnämnd i kulturprogram både i radio och i teve.
Alla fyra stora rikstidningarna hade intervjuer och porträtt i sina
söndagsbilagor. Vad hette boken nu igen? Nej. Hon mindes inte.
Allt oftare hände det att hon glömde bort saker. Hon som alltid haft
så bra minne. Det var väl åldern. Kanske bråddes hon på sin mormor
som hade blivit senil redan i 60-årsåldern. Då har jag i alla fall fyra
år kvar, tänkte hon bistert. Fyra år att slå runt och leva livets glada
dagar på.

Titus hade alltid varit duktig på att hitta säljande titlar. Hans
förlag hade fått en rivstart. Först hade det legat på Kungsholmen,
längst ner i ett åttavåningshus på Industrigatan. Men Titus kunde
raskt byta upp sig och idag höll förlaget till på Sveavägen, snett emot
Bonniers och Karlbacks. Så småningom hade han knutit till sig An-
nie Berg från Lüdings förlag och gjort henne till delägare. Det var
Annie som lyckats värva förlagets blivande guldkalv, Sissi Nord, en
chick-lit-författare som sålt i massupplagor. Långt innan chick-lit-
begreppet ens hade börjat användas. Hennes senaste, *Gud ser dig*,
hade legat på bästsäljarlistorna i åtta veckor. Den hade Rose sluppit
beblanda sig med. Hon hade inte längre någonting att göra med
vare sig förlaget eller dess grundare.

INGRID

NIXON HADE SÄKERT VELAT följa med henne upp och ta sig en titt på lägenheten. Sprida ut i hela branschen sedan hur de bodde, hon och Titus Bruhn. Hon sa att hon var trött. Tackade för skjutsen och förklarade att hon måste vila.

"Tänk på det där med Hedengrens i alla fall", sa han. "Och sköt om dej!"

"Du med."

"Hej då." Han vinkade åt henne, klackringen blänkte.

"Hej, ditt äckel", sa hon tyst, men log så han inte skulle ana något.

Lägenheten kändes instängd. Det var en stor våning, inrymd i en fastighet från slutet av 1800-talet. Titus och hon hade köpt den tillsammans, kort efter att de gift sig för fem år sedan. Flera av rummen hade kakelugn. Det gick visserligen inte att elda i dem, men de var vackra i sig, som konstverk, och brukade väcka stor uppmärksamhet hos gäster. Särskilt den i sovrummet, en vit och utsirad pjäs med infattad spegel i guldram. Hela lägenheten genomsyrades av sekelskiftesatmosfär, där fanns stuckatur och höga golvsocklar. Fem miljoner hade de fått ge för den. Ingrid hade sålt sin trea på Ringvägen och Titus sålde villan. Det gick ihop. De fick till och med pengar över. Pengar till bröllopsresan. Till Costa Rica. Titus hade alltid drömt om att resa dit.

"Costa Rica har ingen krigsmakt. Bara en sån sak. Tänk dej att få vistas i ett land helt utan militärer!"

"Vi har väl nästan inga vi heller", sa hon ironiskt.

Han skrattade, det fanns ännu en sådan lekfull retsamhet emellan dem.

Han fick med henne ut på äventyr. Satte henne i en gummibåt ihop med fyra andra turister, hjälmar på huvudena, gula flytvästar.

"Ser du floden, detta är Rio Pacuare. Den ska föra oss ner till lagunen. Och där får vi andas ut. Har du varit i en lagun någon gång, min älskling? Har du det?" Hans högtidlighet och glädje. Allt han ville att hon skulle pröva på. Hon var så vek och oerfaren.

En muskulös yngling satt i aktern och skrek åt dem hur de skulle paddla. Båten formligen flög nerför forsarna. Hon tappade taget nästan genast, foten slets ur gummifästet där det var så viktigt att hålla den kvar. Titus bara skrattade. Titus, Titanen. Efteråt hade de fått köpa bilder som tagits av en dödsföraktande fotograf i en annan gummiflotte. Ingrid satt med hopknipna ögon, munnen som ett streck. Titus hade låtit rama in det. Det hängde på väggen i det rum som de använde till arbetsrum.

Hon tog på sig ett par gamla jeans och en t-shirt. Drog fram dammsugaren och satte igång med att städa. Ljudet från dammsugarmotorn hade ofta en lugnande inverkan på henne, något som Titus absolut inte kunde förstå. Han ville hellre köpa den typen av hushållstjänster. Han var noga med att allt omkring honom skulle vara rent och vårdat, men ville aldrig själv städa. En del av deras gräl brukade handla just om det. Klassiskt nog, tänkte Ingrid. Men vi är ju ändå vuxna människor utan hemmavarande barn.

Naturligtvis var våningen på tok för stor för två personer, även om de ofta måste ha representationsmiddagar och bjudningar. Ingrid skulle ha föredragit en mindre, men Titus vek inte en tum. Ett av de innersta rummen ställdes i ordning för hans båda döttrar, och det var fullständigt onödigt eftersom de aldrig någonsin skulle komma att sova över på Tulegatan. De kom inte ens dit på dagtid.

Hon rev sängkläderna ur vattensängen och tvättade av de båda madrasserna med vinylrengöringsvätska. Dammsög noga mellan skarvarna och fyllde på algmedel. Det luktade unket från vattnet när hon skruvade av de små locken. Risken för mögel var stor. Trots att det var mycket jobb med att sköta sängarna njöt både hon och Titus av den gungande värmen som omslöt dem när de kröp ner. Som att vaggas in i sömnen. Att älska var inte riktigt lika lätt. Men så småningom hade de lärt sig att parera vattnets rörelser.

Sovrummet var det hon tyckte bäst om. Här fanns också en liten balkong där de visserligen aldrig satt, på grund av insynen, men det var skönt att öppna dörrarna och ligga och lyssna på det avlägsna bruset från staden.

Hon stod och torkade rent på Titus sängbord när ett skrik trängde fram ur henne, ett hest och smärtande skrik som överrumplade henne. Det var som om det slitit upp ett sår i halsen på henne, som om själva skriket hade skadat någonting i hennes inre. Hon sjönk ihop på golvet, mitt bland sängkläderna, kröp in i dem, drog dem om sig, över sitt huvud och runt. Titus kropp, hans värme, vem skulle hon vara utan honom, vem skulle hon vara! Hon pressade lakanet mot munnen, men orden kom ändå, kvävda och rasande mellan tänderna.

"Din satans idiot!"

Det var inte han, nej inte han, inte Titus. Det var Nixon. Den snokande dåren, varför hade hon låtit honom köra henne hem! Hon visste precis vad som nu skulle hända. Han skulle sprida ut för hela världen hur illa ställt det var med Titus Bruhn.

"Jag mötte hans *dame* på sjukhuset, hon var fullständigt knäckt."

Exakt det ordet skulle han använda. *Da-me* med tvåstavigt uttal. Hon mindes hur han brukade komma in i bokhandeln släpande på sina väskor. Sniffande med svampnäsan. Skandaler. Bredde ut materialet på bordet i det bakre rummet. Bokomslagen, presentationerna, de som i branschen kallades för sagor. Korta säljande beskrivningar av bokens innehåll.

"Här har jag några klara succéer, Ingrid. Kolla in den här, det är en Augustvinnare. Det är jag beredd att slå vad om, ska vi göra det? Sätter du en femhundring? Men du kanske redan har köpt färdigt?" En elak glimt under de buskiga ögonbrynen. "Du kanske helst går in för ett enda förlag bara? He, he. Helt och hållet. Man har sina favoriter, det vet väl jag."

Och han hade kikat in på toaletten till och med, fanns där spår och tecken?

Det kunde det ha gjort. Ibland var de så oförsiktiga, Titus och hon. Och just där inne, på toaletten. Med kunder i butiken. Det gick för henne då, tanken på hur de klev omkring utanför disken, bläddrade i böcker, väntade. Kvinnor i täckjackor, män. Glasögon och vantar. Kanske trängde hennes ljud av lycka ut trots att hon bet sig hårt i läpparna. Hon satt på handfatet, ett under att det inte lossnade, han höll om hennes lår och växte i henne, stötte, spetsade henne så att hjärnan kröp ihop och exploderade.

Första gången hon såg honom. På det sättet. Bladguld hade bjudit in bokhandlarna till höstupptakt. Förlaget hade ännu kvar sitt ursprungliga namn och låg på Industrigatan. Där fanns en innergård och det var där man hade tänkt sig hålla till, men regnet kom. Sommarljus kostym och kortärmsskjorta. Han var så brun av solen. Hon såg på vecken på hans hals, vid sidan, en plötslig lust att pilla in sitt finger där, att smeka.

”Hallå, mina vänner! Hjärtligt välkomna hit till Bladgulds höstupptakt. Vi ber om ursäkt för att det är trångt. Vi hade ju tänkt vara ute. Men väder kan man inte råda över.”

Hans blick in i hennes, hon stod inklämd bland ett gäng från Åhléns, några snärtor som såg ut att äga världen.

”Varsågoda och ta mera vin! Och det finns mycket mer att äta.”

Titus på en stol för att få överblick, Annie Berg på golvet nedanför, något tungt och återhållet fanns det alltid över Annie, även sedan kvarlevorna efter hennes forna arbetskamrat Berit Assarsson hade hittats.

Därefter författarna, en efter en. Annie och Titus turades om med att presentera dem, gjorde kortintervjuer. Först ut var den där killen Tobias Elmkvist, han som var poet. Den hösten kom han med en deckare. Omslaget var grymt, som det hette nu för tiden. Boken skulle kunna säljas bara genom det. Och det visade sig att han senare mycket riktigt slog igenom just med den boken, blev någon sorts deckarkung under en kort period. Så mycket mer blev det inte. Det hände något otäckt. Han råkade döda någon.

Efter intervjun med Tobias Elmkvist var det dags för Sissi Nord, förlagets kassako. Titus ledde fram henne i handen, hon var klädd i något vitt och nästan genomskinligt. Massiva guldlänkar rasslade mellan brösten.

"Du är tänd på henne, va?" frågade Ingrid med en rå förändrad röst som hon i vanliga fall skulle ha skämts för. Det var flera kvällar senare. Titus hade kommit in i bokhandeln strax innan hon skulle stänga. Han hade lagt av sig glasögonen på stolen och lyft upp henne på butiksbänken.

"Men ... vad gör du?" *Jag är inte sån, har aldrig varit, du ska inte tro att du bara ska kunna komma hit och ta för dej...*

"Vi måste prata. Jag tänkte att vi måste prata."

Men det var inte för att prata som han hade kommit nu, *jag måste låsa*. Och hon gjorde det, gled ner på golvet, slank till dörren och vred om. Han följde efter, var nu alldeles intill. Händerna på hennes höfter, jeansen. Hennes rumpa mot hans mage, hennes hand. *Förlåt mej, Gud, vad händer*, och hon snodde runt, nej, drogs ett varv så ansiktet var mycket nära hans, hans tunga och hans läppar. Hon gör det själv, drar ner sitt blixtlås där på golvet och han viker och han sliter och de ramlar nästan och hon säger kom, det finns en soffa, ja, en soffa där hon brukar sträcka ut sig, vila benen innan det är dags att åka hem, nu är de i den soffan och huden, hennes hud är het, den brinner, är det detta som kallas passion?

Han stryker henne över håret, det är efteråt. Ligger kvar på henne, tungt, och hon har svårt att andas men det vill hon inte heller, inte andas, bara ligga här med tyngden av en man, denne man som hon faktiskt inte känner.

"Vad är det vi gör, Titus?"

"Jag såg dina ögon häromkvällen ... på höstupptakten ... dina stora, djupa pupiller, jag läste vad du ville mej, jag ville samma sak."

Hade hon varit vid sina sinnens fulla bruk! Hade hon bara varit det! Då hade hon hört hur det lät, som floskler lät det. Men hon var inte det, hon var berusad. Efter en dag i butiken, på väg att låsa och gå hem, blev hon berusad av en man som kom och tog henne.

Hon skrattade. Hon hade aldrig hört att skrattet kunde låta så.

"Du hade ju andra där, Sissi Nord till exempel. Den där författarinnan. Du är en sån som alla faller för. En Don Juan. Och jag är ..."

"Vad är du?"

"Jag är bara ..."

"Vad då? En kvinna som handlar med böcker? En vacker och lockande kvinna. En kvinna som jag åtrår och begär. Jag har längtat efter dej ... så mycket ..."

Hans händer med de långa fingrarna. Runt hennes bröst och vårtgårdar. Ner mot magen, in i det fuktiga kruset. Det lilla mjuka där inne, det som hårdnade. Hon hade lärt sig att ta hand om sig själv. Och nu kom han.

På nytt.

Kom han.

Först hon.

Hans fingertoppar hittade och visste.

Och sedan han, doppade sig i henne, svällde.

Gå härifrån, nej, lämna mej inte!

De tog en taxi hem till henne. Var hon en dålig kvinna nu? Han var ju gift och hon var inte sådan, hade aldrig, aldrig varit. Jag måste bara ringa, sa han, och hon klädde på sig medan han gick ut bland böckerna. Hon hörde hans röst i mobilen. Förseningar och möten, det var frun.

Rose hette hon. Rose Bruhn.

ROSE

DET VÄXTE ETT ÄPPELTRÄD på gården, knotigt och förvridet och med fläckiga mossfält över stammen. Rose hade ingen aning om vad det var för sorts äpplen, men skörden brukade bli riklig och frukterna var söta och mättande. Hon gjorde mos av dem eller skar dem i ringar och torkade dem på pinnar i köket. Råttorna älskade att tugga på de sega skivorna. När hon närmade sig backstugan och såg trädet från sjöhållet bestämde hon sig för att beskära det. Hon borde ha gjort det redan förra året men det blev aldrig av.

Hon gick till boden. Det fanns en hel del redskap där, Claes Schröeder hade sagt åt henne att låna vad hon behövde. Han hade stått på gången i sin mörka kostym och kastat en blick på klockan. Bråttom. Alltid tycktes han ha bråttom.

"Låna vad du vill, Rose!" Han var en sådan som alltid petade in ens förnamn i meningarna. "Bara du ställer tillbaks det så."

"Men det är självklart." Hon hade känt sig tillrättavisad.

"Där finns det mesta, tror jag", fortsatte han obekymrat. "Du vet var nyckeln ligger va? Visst har jag sagt det, Rose? Under tegelpannan längst ut till höger."

Hon nickade stelt.

Kanske hade han hoppats att hon skulle ta sig an buskarna och rabatterna uppe vid stora huset om han lät henne få tillgång till redskapen. Men där bedrog han sig. Han borde ha råd att anlita en trädgårdsmästare. Hon tänkte på hans BMW som stod parkerad vid uppfarten.

Med stor möda hade hon lyckats gräva upp ett trädgårdsland i den steniga och magra jorden strax bakom stugan. Där odlade hon potatis och grönsaker. Runt odlingen hade hon brett ut en sträng av kalk för att försöka hålla sniglarna borta. Mördarsniglar. Om det nu verkligen var sådana. Många var de i alla fall. Hon hade sett hur folk gick runt med saxar i sina trädgårdar eller ställde ut bunkar med öl. Sniglarna älskade öl. De drunknade i bunkarna och svällde upp. Hon mådde illa när hon tänkte på det.

Blåsten friskade i. Det kändes som snö i luften. Hon frös om händerna men bestämde sig för att ändå klara av beskärningen nu. Annars blev det väl aldrig av. Hon öppnade dörren till boden och lyfte ut stegen. Det var en skruttig handgjord stege av trä som måste ha funnits här sedan huset byggdes. Den var flammig av intorkad färg och på några ställen hade den lagats med ståltråd. Tung var den också. Hon trixade in den mellan grenarna på äppelträdet och fick upp den mot stammen. Så hämtade hon sekatören och en liten hopfällbar såg, som nog aldrig hade använts. Till och med prislappen satt kvar.

Stegpinnarna var murkna, hon måste kliva försiktigt, det insåg hon. Ändå hände det. När hon var nästan uppe brast brädan hon stod på och hon föll handlöst ner på marken.

Man ramlade inte i den här åldern. När slutade man med det? Barn ramlar hela tiden. Barn gråter också varje dag. Men som vuxen? Hon blev sittande en stund, smått chockad. Det gjorde ont i ena benet, det som hon landat på. Byxorna hade gått sönder, en reva löpte i det gröna tyget. Hon skulle säkert kunna nästa ihop den, det skulle knappast märkas. Och ingenting verkade brutet tack och lov. Benet ömmade. Det skulle bli ett ordentligt blåmärke. Men som sagt, ingenting var brutet. Vilken lättnad. För hur skulle hon ha klarat sig här hemma då? Om hon till exempel brutit armen eller benet. Hon var beroende av sina lemmars fulla kraft, mer än någon annan. Hon hade bara sig själv att lita till.

Likväl borde hon ha haft mobilen med sig i fickan. Det slarvade hon alltid med. Tänk om hon skulle bli liggande någonstans utan att ha en chans att ta sig hem. Hur lätt var det inte att halka på en isfläck eller en hal trädrot i ett nedförslut. Frågan var bara vem hon skulle ringa i så fall? Polisen? Ryckte de ut med sin piket och tog hand om medelålders kvaddade kvinnor? Hon erinrade sig invektiven som mannen med schäfern hade använt om henne. Fula och sårande tillmälen som anspelat på hennes ålder och kön. Hon frös till och borstade bort några torra löv.

Tomas, tänkte hon. Om det hände henne något allvarligt. Hur skulle han få veta det?

Tomas var hennes son. Liksom hon fyllde han år idag. Hon hade fött honom på sin egen trettioårsdag. Nästan samma klockslag faktiskt, det skilde bara några timmar. De tio första åren hade hon fostrat honom ensam eftersom pappan bara var någon hon mött. En natt och sedan aldrig mera. Han var från Leeds, spelade fotboll. Han hette Leonard, efternamnet visste hon inte. Det var i alla fall inte Cohen. Hon var inne i en period när hon mer eller mindre dyrkade Leonard Cohen och kanske var det just själva namnet Leonard som fick henne på fall. Annars fanns inte någon likhet med den kände poeten och sångaren. Hennes Leonard, usch, hon avskydde att använda ordet *hennes* ihop med honom, var en typisk engelsk arbetargrabb, blek med stora öron. De möttes vid en fest på Sandhamn där en kusin till henne firade sin trettioårsdag. Rose hade blivit berusad, inte bara det, rentav aspackad hade hon blivit. En av de ytterst få gånger i livet då hon druckit för mycket. Hon hade hyrt ett enkelrum på hotellet. Hon var tjugonio år och hade haft ett antal korta intensiva förhållanden, men för tillfället var hon fri. Och ensam.

Han dansade bra med de där fotbollsbenen, vilket egentligen förvånade henne, de olika rörelsemönstren tycktes inte ha någonting med varandra att göra. Medan de gled omkring på dansgolvet höll han om hennes armbågar på ett sätt som kändes fräckt och upphetsande, kanske skulle den riktige Leonard ha hållit precis så, han skulle ha betraktat henne under sina halvslutna ögonlock, med sin mörka låga röst skulle han ha nynnat olika strofer ur *You know who I am ... sometimes I need you naked, sometimes I need you wild ... You've stared at the sun, I am the one who loves changing from nothing to one ...*

Så fort hon vaknade intill honom i den smala, hårda sängen nästa morgon ångrade hon sig. Hon klädde på sig och gick ut, ville inte se när han vek lakanet åt sidan. Med dunkande tinningar vandrade hon runt ön i några timmar och när hon kom tillbaka var han borta.

Naturligtvis hade hon kunnat söka upp honom sedan. När hon fått visshet. Antagligen hade han rätt att få veta vad deras möte hade resulterat i. Men hon ville inte. Och hon beslöt sig för att fullfölja graviditeten. Hon började bli orolig, den biologiska klockan tickade allt fortare. Tomas hade aldrig propsat på att få veta vem som var hans far. Det var lite egendomligt. Hon hade väntat på att han skulle ställa henne mot väggen och kräva att hon hjälpte till att spåra den mystiske Mr Leonard. Men han var märkligt ointresserad. Som om han inte förmådde uthärda tanken på att hans mor hade varit ung som han själv, att hon särat på låren och tagit emot en man.

Det hände att hon såg engelsmannen i honom, det var ett drag kring munnen, som ibland fick henne att minnas. Läpparna var stora, amorbågen bred och grund. Halsen var smal vilket fick huvudet att verka större än det egentligen var. Han var lik henne i kroppen, samma kärva senighet, men händerna var inte hennes, händerna med de långa känsliga fingrarna.

Tomas. Var fanns han nu? Hon visste inte. Sist hon såg honom skulle han luffa runt i Sydostasien, det var snart två år sedan. Han hade kommit hem för att hämta några av sina gamla noter. Han hade magrat tyckte hon. De små fjunen på hans överläpp gjorde henne rörd.

"Hur länge blir du borta?" frågade hon och höll honom intill sig. Han stod med hängande armar.

"Ingen aning faktiskt."

"Ja men, lite vet du väl, blir det en månad eller ett halvår? Eller kanske bara några veckor?"

Han gjorde sig fri, det kom något varnande i blicken.

"Det beror väl på!"

"Jaha. Jag undrade bara."

"Är det källaren du tänker på så kan du ju hyra ut den från och med idag om du vill. Jag har nästan inget kvar där nere längre. Bara lite böcker och krafs."

Hon visste aldrig om han skämtade, förstod sig inte på hans jargong.

"Hyra ut?"

"Jamen hallå, det är ju bostadsbrist! Du skulle kunna hysa en hel flyktingfamilj där nere. Eller om du låter dem bo här uppe och du själv flyttar ner. Snacka med den där Lago, han kommunalrådet. Han kommer att bli fett glad."

"Säg inte så", sa hon lamt.

"Ja, jag sticker nu i alla fall. Så hej då, mamma, och sköt om dej."

"Tomas ..."

Han stod vid dörren, beredd att gå. Svart, lång rock, säckiga byxor. Ryggsäcken hängde över axeln.

"Var rädd om dej. Särskilt vid stränder och så. Det kan komma ... du vet ... såna där jättevågor. Jag skulle aldrig ..."

"Jag lovar."

"Ska jag skjutsa dej?" Hon hade sin lilla Ford men använde den inte så ofta. Den var svårstartad dessutom.

"Behöver du inte. Jag går ner till stationen. Det är skönt att röra på sig. Fan vad de bygger där nere vid stranden förresten, jag såg det när jag kom. Inga lyor för flyktingar precis."

"Det blir nog fint", sa hon överslätande.

"Skitfint."

"Hansta strand heter det. Det ska bli bostadsrätter. Såna behövs ju också."

"Visst. För dem som har råd, ja. Nåt mer?"

"Nej ... jag bara ..."

"Hej då." Han öppnade dörren och steg ut.

"Var rädd om dej", sa hon på nytt. Det lät så allmänt, sådant som man sa till ytliga bekanta. En sådan där floskel i stil med "ha en bra dag", som både han och hon föraktade. Han flinade till och tog fram sina solglasögon.

"Klart, morsan. Var rädd om dej själv."

Hon hade känt sig ledsen efteråt. Hon kokade lite te och stod vid fönstret medan hon drack det. Snön låg tung och gnistrande, det var en kall men solig dag som fick hennes ögon att tåras. Hon hade varit förkyld ett tag och hållit sig inomhus. Det gjorde henne alltid deprimerad.

Sedan följde perioder av väntan. Då och då kom ett vykort. Två gånger hade han också ringt, collect call, förstås.

Han hade gitarren med sig, den akustiska, som han fått av Titus i studentpresent. Han tjänade väl ihop det lilla han behövde genom att spela på gator och torg. I Thailand hade han jobbat hos en svensk restaurangägare, dels som servitör, dels som musiker. Det var på Koh Lanta, i svenskkolonin. Rose hade gått ut på nätet när hon fick veta det och sett bilder av sandstränder och badande blonda barn.

"När kommer du hem?" frågade hon senaste gången som han ringde. Han sa att han inte hade någon brådska. Hon ville säga att hon längtade efter honom, att hon saknade honom. Men hon visste plötsligt inte om det verkligen var så.

Hon hasade sig upp i stående. Som tur var hade hon alltid varit noga med sin kropp. Under åren i Bromma gick hon regelbundet och tränade på ett gym. Hon var liten till växten, en och sextio bara, men senig och seg som en enrot. Stark. När de bröt arm på skoj, hon och Titus, hände det att hon besegrade honom. Men det fanns också tillfällen när hon låtsades förlora.

Hon tog stöd mot trädet och fick fuktig mossa under naglarna. Jo! Stegens glanstid var utan tvivel förbi. Hon skulle hugga den i små-bitar och elda upp den. Claes Schröeder skulle få bekosta en ny. Hon linkade in huset och bryggde en kopp kaffe. Tog av sig långbyxorna och betraktade såret som löpte tvärs över huden. Det såg svullet ut och skimrade i blått men var nog inte så farligt.

Irriterande att stegen gick sönder, tänkte hon, när jag nu äntligen hade tagit mig samman. Nu blir det bara halvdant gjort.

I samma ögonblick erinrade hon sig den andra stegen. Den som ledde ner till källarutrymmet.

INGRID

TITUS. TITUS. TITANEN. En stark och vacker man, en osårbar. Första tiden i hemlighet. Det var vad de båda trodde. Långt senare förstod hon att man skvallrade om dem. När branschtidningen Svensk Bokhandel i sitt julnummer delade ut elaka julklappsboktitlar till folk i branschen, och de kunde verkligen vara både skadeglada och elaka, fick Titus Bruhn en bok som hette: *Vad jag har i mina gömmor*. Det var en diktsamling, först förstod hon inte. Sedan var det som om marken sjönk.

Titus blev ursinnig. Han kastade sig på telefonen för att säga upp prenumerationen men besinnade sig i sista minuten. En sådan reaktion skulle knappast göra saken bättre.

Hon visste ju att han var gift. Det gjorde ont att tänka på det. Inte bara så att hon fick dåligt samvete för att hon gjorde en medsyster illa. Nej, smärtan gällde nog mer henne själv. Ren och simpel svartsjuka. Svårt att tåla detta, att han ständigt måste hem till Bromma. Ändå kom han till henne så ofta han kunde. En förläggare har många resor, de for till Paris ihop. Ett förlängt veckoslut var det, hon stängde butiken ett par dagar.

Men Rose. Hans fru, den där Rose. Och en pojke hade hon, en son som hette Tomas.

"Fast han är inte din, eller?"

"Inte på det viset. Jag har inte adopterat honom."

"Hur gammal är han nu?"

"Han börjar bli stor. Han var tio år när Rose och jag träffades. Då kan du räkna ut det själv."

Alla dessa trassliga förhållanden. Titus hade ensam fått sköta sina döttrar när hans fru blev kär i en musiklärare. Ensamstående far.

Men efter ett år föll mamman till föga och tog hand om barnen igen varannan vecka. Titus hade haft svårt att förlåta.

Själv hade Ingrid klarat sig från trassliga förhållanden. Varken varit gift eller förlovad. Inte ens sambo. På så sätt var de lika hon och Rose. Men det dröjde länge innan hon fick veta det.

Ingrid var äldst av tre systrar. Hon hade vuxit upp i Huskvarna, pappan arbetade på Fläktfabriken i Jönköping och mamman var hemmafru. Ett rekorderligt hem, en god och kristen barndom. Båda föräldrarna var nu döda sedan flera år, låg begravda på Östra kyrkogården. Vad skulle de ha sagt om de hade vetat? Deras äldsta dotter, som de var så stolta över. Att hon gav sig till att hora med en gift karl. Att hon, deras Ingrid, fått honom till skilsmässa. Du skall icke hava begärelse … Hon var ormen, fresterskan.

Telefonen ringde. Hon måste svara, ville inte men hon måste. Om det var sjukhuset, om det var han. Hon slingrade sig loss från lakanen och kom på fötter. Marias röst i luren, hennes två år yngre syster. Avvaktande och andfådd.

”Hej, Ingrid. Hur … har ni det?”

”Han är på sjukhuset nu.”

”Jaså … är han?”

”Ja.”

”Hur …?”

”Inte så där väldigt bra.”

”Nehej.”

”Nej. Men sköterskan trodde att han skulle må bättre imorgon.”

”Sa hon det?”

”Ja. Det sa hon. Dom gav honom nån sorts dropp.”

”Men … att du inte är där nu då? Hos honom?”

”Nej, jag åkte hem. Han behöver sova. Han ville det själv.”

Ett spädbarn skrek i bakgrunden. Maria hade nyligen blivit farmor till en liten pojke.

”Vill du att jag kommer?” hörde hon systerns röst.

”Tack, men det behöver du inte.”

”Jag kan göra det annars, ifall du inte vill vara ensam.”

Barnet skrek allt högre, det var svårt att uppfatta vad Maria sa.

"Ta hand om bebisen i stället", sa Ingrid.

"Han har tremånaderskolik, den lille stackaren. Det är så synd om honom, han har så ont."

"Vi kan väl höras imorgon."

"Och Lilian, hans mamma, hon mår inte heller så bra. Mjölken rinner inte till ordentligt längre och så har hon fortfarande den där foglossningen. Hon kan nästan inte gå."

"Då behövs du verkligen", sa Ingrid.

Hon orkade inte, ville bara tystnad. Hade svårt för Marias tafatta erbjudanden. Systern var en sådan som hon alltid fått skydda och ta ansvar för. Hon blev så lätt orolig, målade alltid upp det värsta. I och för sig var Ingrid likadan.

Deras yngsta syster, Cecilia, var av en helt annan kaliber. Hon hade tidigt gett sig ut i världen och arbetade nu bland gatubarn i Rio.

Hon lyfte upp lakanen och la dem i sängen. Orkade inte ta fram några nya. Gick och hämtade vinet och ett glas. Bra att det var skruvkork. Lättare att öppna då. Hon drack några klunkar och väntade in lugnet. Hon ringde till avdelningen. En sköterska som hon aldrig hade träffat sa att Titus sov, hon hade precis varit inne hos honom. Hon lät stressad. Om det hade varit syster Lena kunde Ingrid ha varit mer personlig. Hon kunde ha sagt:

"Stryk honom över kinden ifrån mej. Pussa honom på pannan."

Det lämpade sig inte nu.

Hon drack ytterligare ett glas. Klockan var halv nio på lördagskvällen. Hon erinrade sig patén som stod i kylskåpet men var inte hungrig.

Paté, det var vad de hade ätit då om kvällarna. Hemma hos henne på Ringvägen. Titus var omåttligt förtjust i paté, underligt nog. Han borde ha fått nog av det på alla förlagsfester.

En av dessa kvällar när han för länge sedan skulle ha åkt hem:

"Vad är det du vill med mej?"

Som ett rop!

Han låg i hennes säng men vänd ifrån henne. Han svarade inte. Hon hävde sig över honom och såg hans ansikte. En rynka mellan ögonbrynen, skarp.

"Titus ..."

"Säg så här i stället", sa han hest. "Vad vill vi med varandra, du och jag?"

"Jag älskar dej så mycket, så mycket."

"Mmmm." Han nickade.

"Mer än jag egentligen får. Jag har inte rätt till dej, det är fel! Men du har blivit ett behov för mej. Du har fått mej att ..."

Han la sig på rygg. Drog henne över sig. Hans händer ner mot hennes stjärt. Hon blev våt och svullen och hon grät.

"Vi har inte gjort det så lätt för oss", mumlade han.

"Nej, men vad vill du?" Egentligen vågade hon inte ställa frågorna så rakt, rädd för att tvinga in honom i ett hörn.

"Det vet du."

"Jag tänker på henne, på Rose. Vem hon är och så."

Hon sa det fast hon inte ville veta, måste tvinga sig att lyssna, måste plåga sig.

"Hon är min goda, kära vän och hustru."

Just det hon inte ville höra.

Slog honom i ansiktet:

"Vad ska du då med mej!"

For upp ur sängen och fick på sig morgonrocken. Ställde sig vid fönstret, ryggen stram. Hörde hur han prasslade med kläderna.

"Jag åker nu." Han stod vid dörren och det var ett gap.

"Gör det!"

Det var slut.

Tre dagar gick. Hon klev omkring i sin affär och sålde böcker. Kärleksböcker, poesi. Och alla små förtjusande kunder. Hon var ensam i kvarteren med sin boklåda sedan Hemlins slagit igen, Hemlins på Västerlånggatan som funnits där i nästan ett och ett halvt sekel. Själv hade hon haft sin i elva år.

"Nu har vi bara dej", sa läsecirkelstanterna, så fyllda av lust att diskutera all litteratur som de plöjt. Hon svarade tonlöst, de märkte säkert att hon hade sorg.

"Lilla vän, vi är oroliga för dej."

"Det går över, jag är bara lite låg. Jag brukar ofta bli det på hösten."

Hon tog sig samman. Såg mot dörren.

Och då var han där.

De lekte. Jagade varandra över golven. Ingrids granne till vänster knackade på.

"Ursäkta, men det är väl inget farligt?"

Ingrid röd om kinderna, håret for omkring.

"Nej, förlåt, vi skojade bara. Hoppas att vi inte har stört."

Han hette Titus, vad var det för namn! Han var van vid frågan, hade svaret klart:

"Det finns förläggare som faktiskt heter Brutus. Det vet du väl för fasen? Brutus Östlings Förlag."

Titus. Titus. Titanen.

Stark och osårbar.

En kväll när klockan var åtta:

"Jag ska säga det till henne nu."

"Vad då? Vad ska du säga?"

"Det vet du."

Hjärtat satte igång att bälga, bultade långt ut i fingertopparna.

"Nej", viskade hon.

"Att jag måste lämna henne."

Hon kupade händerna för ögonen. Inne i henne var skratt.

"Hur tror du att hon tar det?"

Han skakade på huvudet, han teg.

Aldrig ville han berätta några detaljer. Om Rose. Om hennes temperament eller sätt att gå. Om hennes ögon när de såg på honom. Om hur hon vaknade om morgonen. Allt detta som hon faktiskt måste få veta. Hon måste pina sig med det, som ett gisselris.

Han sa:

"Allting hade varit så mycket enklare om jag inte respekterat henne så förbannat mycket. Om hon varit en ... ja, som Birgitta, flickornas mor."

"Och den där pojken? Hennes son."

"Ja, Tomas också. Han har ingen far. Så jag har ju fått ... han har knutit an till mej."

"Men han är väl rätt stor nu?"

"Ja, han är vuxen. Han tog studenten förra året."

"Säg mej en sak, Titus. Nånting som jag har undrat över. Och du behöver inte svara om du inte vill. Men vad var det hos henne, Rose, som du såg, jag menar allra först, i början?"

Han gjorde en plågad grimas.

"En stark och glad kamrat."

Alltid just de orden. Vän och kamrat.

"Och älskogen?" Detta ålderdomliga, högtidliga språk som uppstod mellan dem när de kom in på svåra ämnen.

"Älskogen var förstås också av en oerhörd betydelse."

"Var?"

"Ja, var."

"Och nu?"

"För helvete Ingrid, nu är det ju vi."

DET FANNS EN LUCKA I KÖKSGOLVET. Under den ledde en stege ner till ett källarförråd. Den var fäst i två stora krokar och gick att haka loss. Hon fällde upp luckan, la sig på magen och kikade ner. Stegen verkade stabil, den skulle passa perfekt ute vid trädet. Bara hon nu lyckades dra upp den.

Det gjorde fortfarande ont i benet, en dov och molande värk. Hon försökte tänka bort det. Det bästa vore nog om hon tog på sig sina grova arbetshandskar. Då skulle hon få ett ordentligt grepp.

Hon låg en stund och funderade då hon uppfattade ett ljud ner-ifrån mörkret. Det glänste till, två snabba, glimmande punkter.

"Fikon", ropade hon. "Är det du?"

Ett släpande rassel av tassar. Nej. Det här var inte Fikon. Det var ett större djur. Tyngre. Hon hämtade ficklampan. Lyste ner men såg inget. Lika bra att klättra ner.

Golvet var ursprungligen gjort av cement, men Tomas och hans kompisar hade täckt det med kvadratiska plastplattor som enkelt kunde fogas in i varandra. Hette de Brago, eller var det kanske sna-rare ett kex som hette så? Bragokex? Nej, nu mindes hon. Bergo var det. Bergoplattor.

Hon stod mitt på golvet. Ljuset från den öppna luckan föll över henne som en rektangel. I hörnen var det mörkt. Hon svepte med ficklampsstrålen runt väggarna och fick till slut syn på det hon be-farat. Ett nygnagt hål längst ner i ena hörnet. Inte bra. Hon behövde ha koll på råttflocken, den fick inte växa hur mycket som helst.

Hon klättrade tillbaka upp. Hämtade en bit masonit, en hammare och asken med dyckert. Hon la alltsammans i en plastpåse som hon hängde över armen och så klev hon ner.

Den här gången väntade råttan på henne. En hanne. Han satt framför hålet. Det var ett stort exemplar. Hon hade aldrig sett honom förut. Han satt på bakbenen och stirrade på henne, fräckt och utan rädsla.

"Försvinn!" sa hon häftigt. "Dej vill jag inte ha här."

Råttan rynkade nosen så de långa gula tänderna blottades. Han rasslade med svansen som en skallerorm. Han var inte alls som hennes råttor. Detta var en inkräktare. En gigantisk hanne med borstig päls och en svans som var grov som ett finger.

Hon viftade till med påsen.

"Ge dej iväg, sa jag! Stick in i hålet och försvinn från mitt hus. Visa dej aldrig här igen."

Råttan sänkte frambenen och ställde sig på alla fyra tassarna. Han drog upp kroppen så att benen med ens tycktes längre. Så tog han några hotfulla språng emot henne. Hon blev rädd. Hon stampade till med fötterna, det gjorde ont. Men det hade avsedd verkan. Råttan vände och slank in genom hålet. Han lämnade efter sig en hög med våt och fränt luktande spillning.

Rose föll på knä. Hjärtat rusade. Hon tvingade sig till långa djupa andetag. Lyste in genom hålet men såg ingenting. Snabbt satte hon för masonitskivan och började spika. Det var svårt. Dels var ställningen obekväm, hon tvingades vinkla handen så att hon inte fick tillräcklig kraft. Dels var väggen hård. Flera av spikarna kroknade och måste bändas loss innan skivan äntligen satt på plats.

När hon klättrat upp igen kom en skakning över henne, som frossa. Vad gjorde den där stora råtthannen här? Tänk om han gav sig på hennes egna små ömtåliga honor. Hon försökte hålla nere stammen, därför brukade hon plocka undan de unga hannarna och döda dem. I den mån hon upptäckte dem. Det var svårt, det tog en månad innan man såg skillnad på könen. Men den här! Som en maffiaboss!

Hon haltade ut till boden och hämtade råttfällan. Gnagde storhannen ett nytt hål skulle hon fånga honom. Ilskan riste i henne medan hon skar av en bit ost som bete. Precis när hon skulle spänna fast den hejdade hon sig. Bara nu inte hennes egna råttor tog sig in där nere. De var intelligenta, kanske skulle de förstå att det här var något farligt. Men i så fall skulle väl också storråttan förstå det. Med en trött gest knuffade hon undan fällan. Det var för riskabelt att använda den. Det enda hon kunde göra var att låta luckan stå öppen ett tag och försöka höra om hannen var i färd med att gnaga nya hål. Eller lägga sig i bakhåll och fånga den.

Hon letade fram sina tjocka teddyfodrade arbetshandskar och lyckades med mycken möda baxa upp stegen genom luckan. Egentligen hade hon tappat lusten att beskära äppelträdet. Det hade varit för mycket den här dagen. Hon borde sätta sig och jobba i stället. Två tjocka romaner låg för korrekturläsning, den ena av en författare som hon inte ens tyckte om. Han var en ordrik och oengagerande spanjor som brukade nämnas i Nobelprissammanhang. Hans nya roman hette *Askens tårar* och redan i titeln hade hon hittat ett korrekturfel, *Asköns tårar*, vilket var illavarslande. Hittills hade hon bara bläddrat lite i korret, sedan lagt det åt sidan. Kruxet var att hon måste lämna det ifrån sig inom fyra dagar. Blev hon försenad skulle hennes kontakt Oscar på förlaget surna till. Kanske skulle han då inte längre vilja ge henne några uppdrag. Oscar Svendsen var en man på 39 år, det hade hon kollat på en födelsedagssajt på nätet. Mesta kontakten mellan dem gick via mejl, telefon, och bud. Hon var lättad över att inte behöva träffa honom mer än nödvändigt. Han hade ett sätt att titta på henne, som om han gjorde henne en oerhörd tjänst genom att låta henne få läsa korrektur åt det stora fina förlaget. Hans ansikte var smalt och barnsligt och klädseln som det anstod en kulturarbetare, svarta snäva jeans och polotröja. Hårlös.

Som om han känt på sig att hon tänkte på honom ringde han just när hon var på väg ut med stegen.

"Oscar Svendsen på Karlbacks här."

Det kunde gott ha räckt med bara förnamnet och absolut inte arbetsplatsen, men han gjorde alltid så, sa hela sitt namn och förlagsnamnet, som för att ytterligare markera distansen. Och kanske också för att betona att han inte accepterade det vardagliga öknamn som många använde om förlaget. Backen.

"Hej du", sa hon och hörde själv hur andfådd hon lät. En tanke flög för henne, att han ringde för att säga grattis på födelsedagen.

"Har du sprungit?"

"Inte alls. Jag bara …"

"Hur går det?" avbröt han och hon kunde se honom sitta i sin lilla förlagskammare, inklämd bland böcker och manushögar.

"Med vad?" fick hon fram, medveten om att en sådan motfråga kunde göra honom på misshumör.

"Ja, vad tror du?"

"Om du menar Manuel Ramírez är jag snart klar", ljög hon. "Du får det på fredag. Precis som vi har bestämt."

Hon hörde honom vissla, svagt och frånvarande.

"Mhm", kom det sedan. "Du kan inte leverera tidigare?"

"Tidigare?"

"Ja. Onsdag till exempel."

Hon låtsades tänka.

"Jag vet inte …"

"Det har nämligen blivit en miss i planeringen. Den måste gå i tryck lite tidigare än vad som var sagt."

Hade hon något val?

"Det blir nog knepigt", sa hon dröjande. "Det är ju inte bara er jag jobbar åt." Det sista var dumt och hon ångrade sig genast.

Oscar Svendsen skrattade till, kort och klanglöst.

"Du klarar det, Rose. Du är en klippa och det vet du."

Vad han egentligen sa var att om hon inte kunde leverera det färdiglästa korrekturet på onsdag så var det inte säkert att hon i fortsättningen fick några fler korrektur att leverera.

INGRID

ANDRA GÅNGER var det hon som gick. Inte ofta. Och halvhjärtat. *För så här kunde de ju inte ha det.* Hon tyckte att människor glodde. Inte bara folk i branschen. Utan kunderna, en del av dem i alla fall. Och hon började slarva mer och mer. Böcker som hon lovat ta hem. Och så hade hon glömt det. Växelpengar som blev fel. Skyltningen, hon brydde sig inte om den längre, samma fantasilösa blickfång.

Jag måste skärpa mej.

Tanken på Rose och märkligt nog också på pojken.

En dag såg hon dem. Alla tre. De gick på andra sidan, det var Drottninggatan. En kvinnas arm in under hans. Pojken, blek och gänglig, klädd i svart. Kvinnan vände sig mot honom och sa något. Han sken upp. Titus också, de skrattade, alla tre skrattade de. De hade inte märkt henne. Hon kunde inte låta bli att följa efter dem. Iakttog hur de gick in på Hurtigs konditori. En hastig tanke, att hon själv också skulle kliva in där. Beställa en kopp kaffe, slå sig ner.

Nej.

Inte.

Men nu hade hon alltså fått se henne. Rose. Nu visste hon. Så liten hon var, så tunn. Håret ljust och flygigt, inte direkt någon frisyr. Hon hade platta skor, bekväma. Frövi, tänkte hon elakt. Och en skinnjacka som var flera nummer för stor. Hans, for det genom henne, den har varit hans.

Och måste ta reda på det sedan.

De satt i hans bil, det var på en parkeringsplats vid Råcksta.

"Jag såg er på stan, du såg inte mej. Nu vet jag hur Rose ser ut."

Han fick som en ryckning över hakan. Men hon fortsatte.

"Jag kom gående bara. Och ni gick på andra trottoaren."

Han blev arg, hon såg det. Vissa saker fick man inte nämna. Hans händer tog om ratten, vita knogar.

"Den där skinnjackan hon hade …"

"En gammal pilotjacka. Ja. Den var min, för helvete!"

"Det här går inte längre. Jag kan inte komma som en kil och bända isär er. Ni hör ihop, den heliga treenigheten, det stod så klart för mej i lördags när jag såg er. Det fanns en sorts harmoni, en samklang … vem är jag att störa den?"

Han vände långsamt huvudet mot henne. Det blåa i hans ögon var svart.

"Vad gör vi", sa hon gällt. "Vad håller vi på med?"

Och hon gick. Slet upp bildörren och hoppade ut. Först med hörseln spänd till det yttersta. Att han skulle komma efter henne, hans steg. Eller starta motorn och komma glidande. Men inget sådant. Till sist måste hon vända sig om. Bilen stod kvar på parkeringen. Hon ville springa tillbaka, öppna dörren på hans sida och slå honom. I stället gick hon in på tunnelbanestationen. Tåget kom precis, hon hoppade på.

Hon hade väntat att han skulle höra av sig. Själv tänkte hon inte! Hon var stark nu, och *renhårig*, det var ett uttryck som hennes mamma skulle ha använt. *Om bara ens samvete är rent.* Hon trampade sig upp ur skiten nu och marken bar. Han kände väl detsamma, för han ringde inte, inte heller kom han till butiken.

Men veckan före påsk skrev han ett brev.

> Vad du än säger och gör så ska jag berätta det för henne.
> Oavsett vad du har för planer. Så nu vet du. En annan sak:
> På torsdag reser jag till Barcelona. Det finns plats på flyget
> om du vill. Jag har beställt ett dubbelrum på ett hotell rätt
> nära centrum. Har du sett de katalanska barnens procession
> på palmsöndagen? Om inte kan jag visa dej den.

Inget datum, ingen underskrift.

Hon följde med till Barcelona. Han hade inte berättat något ännu. Men han skulle, han tog sats.

"Jag måste förebygga för att inte skada. Det får ta den tid det tar och det förstår du säkert. Orkar du vänta?"

De var i Güellparken, satt på en lång och mosaikbeklädd bänk. Hon strök med handen över ytan.

"Så vackert det är. Jag undrar var de fick alla de här små färgglada bitarna ifrån."

Han visste allt.

"Det är bitar från glas och kakel. Gaudí betalade en massa människor för att de skulle slå sönder dem."

En kraftig vallning drog över kroppen på henne. Rösten blev grumlig.

"Slå sönder för att återskapa."

Han strök henne snabbt över kinden.

Blusen klibbade mot huden. Hon var törstig, fötterna svullna och ömma.

"Säg mej ärligt. Vad är det hos mej som du ... som får dej att ...?"

Hon var ju så vanlig. En kraftig medelålders kvinna med en bokhandel. Hon hade levt ett vanligt liv men ändå inte. Hon var så oerfaren. Var det det? Att han ville känna makten i att vara den som visste mer?

Han svarade. Men hade svårt att hitta orden.

"Allt hos dej, allt."

"Vadå allt?"

"Ta bara en sån liten detalj som när du blir generad, ditt sätt att skruva på dej och snegla ner mot golvet. Dina runda kinder och din kropp, och att du ger den till mej, ger den."

Klockan var tio i tio på kvällen när telefonen ringde igen. Hon kunde ha blivit rädd. För vem ringde så sent, då måste det vara något farligt. Som när pappa dog. Mammas sansade, metalliska röst.

Doktorn sa att finns det barn så får vi nog ringa dem nu.

Men det är mitt i natten?

Ja. Han sa att det är ofta då det händer. Både när man föds och när man dör.

Hon hann inte fram i tid till länssjukhuset Ryhov. Det gick inga tåg förrän på morgonen. Vid lunch steg hon av på stationen. Först åkte hon till lägenheten. Mamma väntade i vardagsrummet, hade inte sovit. Det var så tyst, inte ens trafiken från gatan.

"Mamma", sa hon och ville ta i famn. Modern vred sig undan, hon hade alltid skyggat för kroppskontakt. Hon gick ut i köket och bryggde kaffe. Ville inte ha någon hjälp. Ingrid tittade in i sovrummet, sängarna bäddade, överkastet på. Pappa kunde finnas var som helst, kanske var han bara ute i badrummet eller nere på Närlivs och köpte Kungen av Danmark, han gillade de där rödbruna halstabletterna. Hans skor stod prydligt under stolen. Knytskorna, hon såg de smala snörena och tänkte sig hans fingrar, hur de fumlade med knutar och hål.

"Han är hemma nu", sa mamma. De drack av kaffet, det var beskt och hett. "Han är hemma hos Vår Herre. Där har han det gott. Det är så vi måste tänka, kära Ingrid."

Fadern hade inte varit sjuk. Men han hade inte trivts riktigt sedan de flyttade till lägenheten i Jönköping. Han var Huskvarnapojke i själen. Inte varit sjuk alltså, det var kroppspulsådern.

"Den brast, sa doktorn. "Och ingen idé att operera."

Hon klappade sin mor på armen.

"Han slapp att bli ett vårdpaket ändå."

"Han är hos Gud", upprepade modern och knäppte sina knotiga fingrar. Lederna var svullna och vanställda, Ingrid hade inte noterat det tidigare. Så sällan träffade hon alltså sin mamma.

Ett år senare var det moderns tur. Den gången var det Cecilia som ringde, sent på kvällen, som nu. *För det är ofta då som det händer …*

Tillsammans satt de och vakade. Alla tre systrarna. Mamman kisade mot dem, nästan log. Hon fick fram sina sista ord:

"Jag är så glad att jag har er, kära barn. Men snart får jag möta er far igen. Jag går hem till Gud nu."

Klart och tydligt sa hon detta, med stora läpprörelser.

"Jag går hem till Gud."

Och nu, hos Ingrid, ringde telefonen. Det var sent och det var lördagskväll.

"Hallå, det är Ingrid."

Sluddrade hon? Hon måste ta sig samman, ta sig samman.

"Vem är det?"

Hjärtat slog. En häftig instinkt att kräkas men hon svalde, ryckte upp sig, sa på nytt:

"Det här är Ingrid Andersson. Vem är det jag talar med?"

Då var det någon som grät i luren.

"Hallå!" skrek hon till. "Säg vem det är!"

"Åh ... Det är Julia. Jag ringer kanske sent."

Julia. Hans yngsta dotter. Hade Ingrid kommit in i bilden tidigare skulle hon ha sjungit för dem. Medan de ännu var små. Flickorna. Hon var full av sånger, som hon sparat på ända sedan hon var liten. Hon skulle haft dem till de egna barnen. Nu var de liksom utan värde. *Kom Julia, vi gå med stora träskor på, kom, Julia, kom, Julia, kom, Julia, vi gå.*

För fan Ingrid, skärpning!

"Har det hänt nåt?" sa hon skarpt.

"Det är pappa ..."

"Vad är det med pappa?"

"Han kommer att dö."

Nu grät hon själv, de båda. Sedan sa hon:

"De sa på avdelningen att han skulle må bättre imorgon. När du och Jennifer kommer dit. Då ska du se att han mår mycket bättre."

"Tänk om det är för sent! Tänk om vi aldrig mer får träffa honom."

"Nej då. Så är det inte."

Julia snyftade.

"Han ville inte träffa oss idag."

"Jo, det ville han. Han var så trött bara. Vi hade just kommit dit. Han var helt slut. Men imorgon kommer han att vilja träffa er. Det vet jag."

"Jennifer sa ..."

"Vad sa Jennifer?"

"Att du bara hade slängt på luren."

"Så var det inte."

"Men hon sa det."

"Nej då, det måste hon ha missuppfattat."

"Kommer pappa att dö?"

"Jag vet inte. Nej! Så får vi inte tänka. Vi måste tänka goda tankar, positiva."

"Goda tankar! Tror du verkligen på sånt?" Plötsligt lät hon klar och kritisk.

"Jag vet inte. Men det skadar ju inte att testa."

"Han är så levande, min pappa. Det har han alltid varit. En som tar vara på livet."

"Ja."

"Det är så orättvist!" Julia grät igen. Ingrid ville lägga på, hon kände huvudvärken komma, som alltid när hon drack för mycket vin. En bultande värk innanför pannbenet. Men att Julia ringde var en stor och viktig sak. Det hände så gott som aldrig. Hon fick inte sjabbla bort det.

"Du och Jennifer får gå upp dit imorgon", sa hon i ett lamt försök att trösta och få slut på samtalet.

"Ska du gå dit samtidigt? Du vet hur Jennie är."

"Gå ni först då, så kommer jag senare, mot kvällen."

ROSE

SAMTALET MED OSCAR SVENDSEN hade gjort henne på dåligt humör. Han hade en förmåga att få henne att känna sig svag och utan värde. *Du är en klippa, Rose.* Jo, jo.

"Jag är i alla fall en klippare", muttrade hon sarkastiskt medan hon släpade ut stegen och stagade upp den mot trädstammen. Egentligen borde hon väl vänta med beskärningen och lägga all kraft på korrekturet. Om han nu skulle ha det i övermorgon redan. Men vad trodde han! Hon kände sig obstinat. Ingen liten redaktörssprätt skulle försöka bestämma över hennes arbetsplanering.

Fortfarande gjorde det ont efter fallet. Hon flyttade undan den gamla stegen, skulle hugga upp den till ved så småningom. Hennes händer hade blivit grova av det nya livets kroppsarbete. Valkar i handflatorna, hon var starkare än hon någonsin varit. Hon tyckte om att tänka så. Hon kunde stå framför spegeln i sovrummet och granska sina biceps, spänna dem som en brottare. Till och med eksemet hade försvunnit. Emellanåt kom tendenser, ilningar av begynnande klåda, hon fick stålsätta sig för att låta bli att riva. Efter några minuter brukade det gå över.

Hon klättrade upp på stegen och började med beskärningen. Täta långa vattenskott, det skulle bli svårt att få bort dem alla. Men några skulle hon i alla fall hinna med. Det var tyngre än hon trott och även svårt att komma åt. De mindre kunde hon klippa med sekatören men efter ett tag började det göra ont i tumgreppet.

Hon fällde upp sågen och gav sig i kast med de större grenarna. Nere vid strandkanten skymtade en joggare En stig löpte runt hela udden, upptrampad av fötter under årens lopp. Det hade blivit en populär vandringsled, inte minst sedan det nya bostadsområdet

71

Hansta strand stod klart. Många av dem som flyttat in i de nya bostadsrätterna borta vid kanalen var äldre före detta villaägare. De hade insett att de inte längre orkade med sina trädgårdar. Men de saknade dem. Därför fyllde de balkongerna med prunkande och slingrande odlingar. Och om dagarna tog de promenader runt udden där Rose hade sitt hus.

Ibland poppade det upp förslag från någon politiker om att asfaltera den vildvuxna stigen och ordna med belysning. *Till gagn för medborgarna*. Hon hoppades att det aldrig skulle förverkligas. Och det skulle det troligen inte heller, det skulle gräva för djupt i kommunens magra budget.

Hon arbetade hårt i några timmar. Trädet blev långtifrån färdigt. Hon blev trött dessutom, beslöt att fortsätta nästa dag. Långsamt klättrade hon ner på marken. Hade inte benet värkt så mycket! Och hade inte korrekturet legat över henne som en tvångströja! Då hade hon säkert fixat det.

"Din lille redaktörspitt", utbrast hon.

Stegen fick stå kvar. Hon orkade inte släpa den fram och tillbaka. Det såg inte heller ut att bli regn. Hon kokade vatten och rörde ut en påse Varma Koppen med blåbärssmak. Bredde några smörgåsar. Det fick bli hennes födelsedagslunch. Medan Tomas ännu bodde hemma var hon noga med maten, inga halvfabrikat. Men det var inte särskilt inspirerande att bara laga mat till sig själv.

Var befann han sig nu? Hon visste inte ens i vilket land. Ibland fick hon föraningar om att något farligt hade drabbat honom. Såg honom ligga på en sjaskig brits någonstans, febrig och utmärglad. Hennes son. Kanske hade han skickat ett födelsedagskort? Posten brukade komma sent här ute, inte förrän efter lunch. Förra året fick hon ett. Då var han ännu i Thailand.

"Grattis till oss båda, mamma. Ha det bra."

Ingenting mer. Men ett livstecken.

Så fort graviditeten började märkas kom frågorna haglande. Vem är pappan? Du har ju ingen man?

Gunilla, hennes kusin, hörde till de nyfiknaste. Som om hon anade eller helt enkelt räknat ut tidpunkten för själva konceptionen. Som om hon tagit på sig ett slags ansvar. Det var ju ändå hennes fest.

Föräldrarna reagerade tvärtemot vad hon skulle ha trott. Hon var deras enda barn, de hade sedan länge gett upp hoppet om barnbarn. Men nu. Moderns hökögon. Hon gick rakt på sak.

"Rosa, se på mej. Nog är det väl ändå nånting som du vill berätta?"

Tagen på bar gärning. Hon kände hur hon rodnade.

"Vad då, menar du?"

"Men gör dej inte dum. Sin mamma kan man inte dölja nånting för."

Rose var ännu platt om magen. Ingenting borde synas, tyckte hon. Några större behånummer bara. Och så svindeln när hon steg ur sängen om mornarna och den glupande hungern som, om den inte omedelbart stillades, övergick i kräkningar.

Modern drog henne intill sig. Hon luktade torrt och gammalt, som av myrpiss och barr. Hela Roses luktsinne var i obalans.

"Pappa och jag ska bli morföräldrar, är det inte så? Äntligen ska vi få bli morföräldrar."

Hon hade väntat sig klander och bestörtning. Istället satte modern igång att sticka, gula omoderna kortbyxor med hängslen, sockor, koftor och snibbmössor. Barnet skulle födas i april. I Roses egen månad.

En enda gång kom hon i enrum med sin far. Hans små runda, trötta ögon, alltid rinnande och rödsprängda. Han besvärades av återkommande vagelbildningar, i badrumsskåpet stod kladdiga och hopklämda salvtuber med sedan länge passerat utgångsdatum.

"Flickan min", sa han tafatt.

Hon stelnade.

"Hur mår du?" fortsatte han.

"Jo då."

"Det är kanske lite känsligt detta men … förstår du, jag har tänkt på en sak." Han halade upp en skrynklig näsduk ur fickan och vred den lite, formade en snibb. Förde den mot ögonvrån och lät tyget suga åt sig vätska.

"Jaha", sa hon osäkert.

"Din grossess …" Detta bortglömda uttryck. Han tystnade och till slut måste hon hjälpa honom över blygheten.

"Grossess … ja. Just det. Du menar att jag väntar barn."

"Hm. Jo. Men jag tänkte … nog måtte väl barnet ha en far."

"Nej, pappa", skrattade hon fram, lättad och belåten att hon tordes. "Det här är ren och skär jungfrufödsel. En ängel steg ner och bebådade mej. Jag blev lika förvånad som du."

Han snörpte ihop sitt ansikte. Hon begrep att hon sårat honom.

"Det är klart att barnet har en far", utbrast hon. "Men han eller hon kommer att få klara sig utan."

"Han tänker alltså inte ta sitt ansvar, den där mannen? Berätta vem han är så ska jag tala med honom. Så här får man bara inte göra."

"Nej, pappa. Nej. Det är inte alls som du tror. Jag har helt enkelt bestämt mej för att inte ha med barnafadern att göra. Och nu vill jag inte prata mer om det här. Hoppas du kan förstå det."

Han ruskade på huvudet men slutade upp att fråga.

Kusin Gunilla fortsatte enträget.

"Jag har mina aningar. Jag tror faktiskt att jag vet!"

"Jaha."

"Men varför måste du vara så hemlig? Varför kan du inte berätta? Jag lovar att inte säga nåt."

"Sluta!" sa Rose.

"Det var nån på festen, va? Jag vet det. Nån som inte talar svenska."

"Men sluta, tror du inte att jag kan träffa några andra än dina vänner!"

"Jo, självklart. Det var inte så jag menade. Men om det är han.

Om det är den jag tror. Då har han faktiskt rätt att få veta. Har du inte tänkt på det?"

"Mind your own business!" fräste hon till och ångrade genast att hon sagt det på engelska.

Gunilla tog tag i henne.

"Man måste vara ärlig, snälla du. Allt kretsar inte bara kring en själv. Och vad ska du säga till barnet när han eller hon blir stor nog att börja fråga?"

"Den dagen, den sorgen. Och förresten är väl inte det nånting som angår dej."

Gunilla sög in luft.

"Möjligen inte. Men jag har alltid betraktat dej som en syster. Och sin syster har man som förtrogen."

Längre kom hon inte. Hon hade varit den första att besöka Rose på BB. Hon hade lyft upp en flik av lakanet i den lilla plexiglaskorgen där Tomas sov och granskat honom. Triumferande hade hon stirrat på Rose.

"A little Englishman. Just what I thought."

Rose hade varit rädd att hon skulle kontakta Leonard och berätta för honom att han med allra största sannolikhet hade fått en son. Men det hade hon tydligen aldrig gjort. Och nu var det för sent. Gunilla hade befunnit sig ombord på "Estonia" den där stormnatten i september 1994. Hon tillhörde dem som lyckats ta sig ner i en av livbåtarna, men väl där dukade hon under av kyla och utmattning.

INGRID

TITUS BERÄTTADE TILL SLUT. Ja, till slut hade han förberett och samlat sig så mycket att han klarade av att berätta. Efteråt, på kvällen, stod han utanför Ingrids dörr med en sportbag.

"Jag måste få bo här några dagar, tills hon har lugnat ner sig."

Men Rose behövde inte lugna ner sig. Hon var redan lugn.

"Vad sa hon, hur tog hon det?"

Han satt i fåtöljen med utbredda ben. Hans hår var fett och smutsigt, det fanns något ovårdat över honom som hon aldrig förut noterat. Hon hällde upp vin åt dem. Egentligen skulle det väl ha varit champagne, tänkte hon. Han snurrade nervöst med glasögonen, la ner dem på bordet och tog upp dem. Hon såg att glasen i dem behövde putsas.

"Jag vet inte", sa han. "Jag vet faktiskt inte."

Hon väntade på att han skulle fortsätta. Han upprepade det:

"Jag vet faktiskt inte."

"Du bara sa det då, rakt ut? Rose, jag tänker lämna dej."

"Ungefär så, ja."

"Och hur ...?"

"Hon satt och tittade på teve, Aktuellt var det. Ras på Stockholmsbörsen, bara skojigheter. Jag tog fjärrkontrollen och stängde av. Jaha, sa hon. Tror du inte att jag vet? Det där har jag anat länge."

"Jaså."

"Ja. Så sa hon."

"Frågade hon nåt om ... mej?"

"Nej. Men jag berättade ändå, jag tyckte att hon ändå borde veta. Att vi har känt varandra ett bra tag, du och jag. Att jag inte bara ... Hon sa åt mej att ... ja, vara tyst."

"Jaså?"

"Hon avbröt mej och sa att det var henne likgiltigt. Nånting i stil med att ju mer skit jag släpade in i huset desto svårare skulle det bli att sälja det. Nåt sånt. Men hon var helt och hållet lugn. Nästan lättad, tyckte jag."

Han ruskade på sig och drack av vinet.

"Det var så konstigt. Jag hade inte alls väntat mej en sån reaktion. Jag var så laddad, så full av förklaringar. Och så …"

"Hon kanske också har nån vid sidan av? Hon kanske har gått och väntat på att få bekänna hon också. Och så hann du först. Inte konstigt att hon är lättad."

Titus skrattade, ett torrt och fruset litet skratt.

"Rose? Nej då. Inte Rose."

"Varför inte? Varför säger du så?"

"Rose, hon är så … hur ska jag uttrycka det? Rak. Hederlig eller vad man ska kalla det. Jag tror inte att Rose har ljugit nån gång i hela sitt liv."

Det svajade till i Ingrid.

"Och nu?" sa hon skrovligt. "Vad händer nu?"

"Jag sa till henne att vi inte behöver sälja huset, vi skulle kunna ordna så att hon kan bo kvar, hon och pojken. Att det inte behöver vara nån brådska med såna där saker i alla fall. Jennie och Julia skulle också kunna ha kvar sina rum där i villan. Ja, så länge de behöver. Det skulle inte bli så jävla stor förändring."

"Tycker de om henne?"

"Vilka då?"

"Tycker dina döttrar om Rose?"

"Det har fungerat bra hela tiden. Fast mest bor de ju hos Birgitta, sin mamma alltså."

"Vad svarade hon på det då? Det där om att bo kvar i villan, menar jag."

Han satt tyst en stund. Harklade sig några gånger. Drack på nytt av vinet.

"Hon sa nej. Så vi … så jag kommer att kontakta en mäklare så fort som möjligt."

Ingrid hade trott att glädjen skulle rulla in över henne och lyfta henne från golvet. Hon skulle hänga där uppe bredvid lampkronan och sväva, sväva. Så var det inte. Utan snarare en tyngd, som en olustig dallring i mellangärdet.

"Men vart ska hon ta vägen? Och den där grabben hon har."

"Tomas är i och för sig vuxen, han blir tjugo nästa år."

"Jaha. Men var ska de bo?"

"Det löser sig, allt sånt praktiskt måste lösa sig. Det gjorde det förra gången. Fast då var det jag som blev lämnad."

Han berättade att Rose och Birgitta hade funnit varandra direkt. Det var något med den så kallade personkemin. Ingrid märkte att han inte helt och hållet tyckte om det. Han verkade rädd för att de två tillsammans, dessa kvinnor, skulle utbyta erfarenheter som de haft ihop med honom, deras hemligheter. På ett sätt hade han alltid varit lite ålderdomlig i sitt sätt att resonera. Och kvinnor? Ja, kvinnokraft. Han kunde uttala ordet som förbannelse eller med förakt, som en svordom. Ingrid hade brukat pika honom för det, kalla honom mansgris på skoj. Men det var mest då, i början. Medan hon ännu trodde att hon skulle kunna påverka honom.

Den första tiden efter separationen tog Rose sin tillflykt hem till Birgitta. Pojken tog hon med sig, den så gott som vuxne Tomas. Han och den där läraren som var Birgittas nye man hade alltid kommit bra överens. Båda var musikintresserade. Birgittas radhus räckte till trots att även döttrarna bodde där.

Rose fortsatte att förhålla sig likgiltig. Det var i stället från flickorna som reaktionen kom. De blev fullkomligt ursinniga. Titus gav henne en kort resumé.

"På ett vis förstår jag dem, på ett vis inte. Det har väl med det gamla att göra. De tog parti för mej då, när Gittan stack. De har alltid stått upp för mej, månat om mej, det var ju så att hon svek, för de var små då, flickorna, och det blev jag som fick ta hela skiten. Jag tycker fortfarande att det är skillnad. Att lämna sin partner ensam med två så små barn, jag ser det som nåt oförlåtligt, det gör jag ännu.

Men nu! Vi är alla vuxna människor. Julia och Jennie borde fan inte ha några synpunkter på vad jag gör med mitt liv. I varje fall kunde de behålla sina tankar för sig själva."

Han reagerade med vrede. Hon kunde se det framför sig, böcker och saker som flög omkring hemma i villan. Flickorna var där för att packa, för att röja ur sina rum.

Jennifer hade skrikit åt honom: *Nu gör du ju likadant. Som du alltid har anklagat mamma för. Tänker du ingenting alls på Rose?*

Hon förstod att de hade öst sin galla över henne också, Ingrid. Det dröjde mer än ett år innan han kunde presentera dem för varandra, sin nya fru och sina döttrar. Han bjöd hem dem till Tulegatan, visade dem gästrummet han helt i onödan ställt i ordning åt dem.

"Det här får ni ha ihop, tjejer. Pensionat Tulegatan. Så slipper ni skaka hem på tunnelbanan mitt i natten." Han hade skojat med dem och skrattat. Ingen av dem skrattade tillbaka. De kikade artigt in i gästrummet bara för att han stod där och visade dem.

De var stela och kyliga. Tog henne i handen, inget mer. Hon kände deras blickar av värdering. *Så det är så du ser ut, din feta subba.* Hon hade bakat bröd och gjort en sallad med räkor och kräftstjärtar. Dukat vackert vid fönstret, det var vår och sparvarna tjattrade i rännan. Kaffe med biskvier till efterrätt.

Jennifer och Julia. Två starka unga tonårsflickor och hans barn. Till utseendet olika. Jennifer, den äldsta, hade svart, rätt tovigt hår, men så var väl modet, antog Ingrid. Hon bar en syrenlila virkad topp, mer som ett linne. Ingenting under, man kunde skymta hud och mörka vårtor. Hon märkte att Titus noterade det, såg också att det var meningen. Jennifer hade klätt sig så för att utmana. På fötterna bar hon grova vita skor med höga klackar. Inte vassa, inga stilettklackar, utan fyrkantiga som klossar. Det såg groteskt ut. Hon hade kjol och under den ett par vita uppkavlade byxor.

Naturligtvis lät sig Titus provoceras. Han höll henne en bit ifrån sig, granskade henne.

"Är det så här man ska se ut numera?"

Hon vek inte undan med blicken.

"Japp!"

Julia var blond och föreföll mjukare, eller i varje fall något mindre fördömande. Hon bar en tunn ärmlös klänning med smala axelband och gummistövlar. Båda var kraftigt sminkade med mörkröda läppar och kajalstreck. Deras ögon hölls hela tiden uppspärrade, som om de aldrig hade behov av att blinka. De var gjorda av porslin och alabaster. Som dockor. Ingen av dem bar smycken, vilket fick henne själv att känna sig som en julgran. Hon hade tagit på sig guldhalsbandet, som hon fått av Titus, och ringarna, förstås. En stund hade hon stått och avvägt. Skulle ringarna vara för provocerande? Sedan tryckte hon ner dem över ringfingret. Hon var ju sammanvigd med flickornas far. Någon gång måste de väl acceptera.

I smyg studerade hon dem, letade efter likheter med Titus. Hon hittade inga och det gjorde henne egendomligt sorgsen.

"Varsågoda och sitt", sa hon. Hon kände sig storväxt och klumpig intill dessa gracila unga varelser. Jennifer fäste blicken på henne, ansiktet orörligt som en mask.

"Varsågod", sa hon på nytt och gjorde en gest mot stolarna. Jennifer stod kvar som om hon inte hade hört. Det är något fel på henne, for det genom Ingrid. Hon verkar psykiskt instabil. Julia gled fram och slog sig ner på stolen. Jennifer satte sig till sist bredvid henne, Titus och Ingrid mitt emot.

"Berätta nu, hur har ni det?" sa Titus glättigt.

"Bra."

"Äh, vad är det för svar."

Julia ryckte på axlarna. Jennifer satt orörlig.

"Jennie, du tar ju studenten nästa år. Ni har det jobbigt, förstår jag. Mycket plugg och så, menar jag. Jag minns hur det var när man själv ... Men det kanske är annat nuförtiden."

"Det är okej", kom det snävt.

"Vet du vad du vill bli?" sköt Ingrid in.

"Nej."

"Nej, det är väl inte så lätt kanske. Jag visste inte jag heller."

"Du har ju pratat om att läsa konsthistoria", sa Titus.

Jennifer lät blicken glida upp över väggarna. Hon teg. Titus vände sig mot Julia.

"Du då, Jullan. Du går och funderar rätt mycket, det vet jag. Och du skriver ju också. Hon är riktigt duktig på att skriva." Han log mot Ingrid och vände sig på nytt till Julia.

"Kan du inte berätta för oss. Du vill ju plugga litteraturvetenskap, eller har du tänkt om?"

"Åh, ska du gå i din pappas fotspår?" utbrast Ingrid.

"Ingen aning."

"Läsa litteraturvetenskap", fortsatte Ingrid. "Det är nånting som jag alltid har velat göra."

Julia log artigt.

"Och varför gör du inte det då?"

"Ja. Säg det."

"Ingrid har en bokhandel, som ni kanske vet", sa Titus.

"Men just därför", sa Julia och lät plötsligt mycket äldre än vad hon var. "Är inte det en grundförutsättning för att vara bokhandlare? Att man vet nånting om varorna man säljer?"

"Lilla gumman", skrockade Titus. "Tids nog blir du medveten om verkligheten. Ibland har jag en känsla av att vissa av dem som arbetar i bokhandel lika väl kunde stå bakom disken och sälja korv."

"Är det nåt fel på att sälja korv?" sa Julia.

"Bara om man tror att det är böcker." Han såg på dem som om han väntade sig skratt. Det kom inget. Ingrid log nervöst. Hon höll fram fatet med salladen mot Jennifer. Flickan tycktes stelna ännu mer. Hon gjorde ingen ansats att ta emot fatet. Ingrid såg att Titus höll på att ilskna till.

"Vad är det Jennie, varsågod och ta för dej nu. Ingrid har stått hela dagen och gjort sallad."

Hettan sköljde över henne.

"Sluta, det har jag inte alls!"

Titus vred fram ett leende.

"Men vad är det Jennie, mår du inte bra?"

"Pappa, du vet ju!" Hennes röst var överraskande kraftfull. "Jag är ju allergisk mot skaldjur."

Det var som om hon hade fått en örfil. Ingrid märkte själv hur röd hon blev, hur flammor av rodnad steg från bröstet, upp över halsen och ut mot kinderna.

"Men Titus, varför sa du inget?"

Julia föll in:

"Pappa, vet du inte det? Det är klart du vet. Varken Jennie eller jag kan äta skaldjur."

MANUSBUNTEN VAR PÅ nästan femhundra sidor. Hittills hade hon bara bläddrat i den, ögnat här och var. Det hon sagt till Oscar Svendsen, att hon var nästan färdig, var en mycket grov överdrift. Så på sätt och vis fick hon skylla sig själv. Men nu gick det inte att komma undan längre. Hon kröp upp i soffan med en kudde bakom ryggen och de första hundra sidorna lutade mot knäna. Grep sin rödpenna, satte igång. Oscar Svendsen hade för ett tag sedan uppmanat henne att vara noggrann, vilket fått det att koka i henne. En korrekturläsares viktigaste egenskap var självklart just detta med noggrannheten. Det var ingenting som måste påpekas. Och det var just den sortens beskäftighet från unga tuppar som hon hade så svårt att tåla. Men hon visste att förlaget fått kritik i några av de senaste recensionerna för alltför många korrekturfel. Tack och lov gällde det inte hennes böcker.

Hon började läsa, det gick trögt. Långa vindlande meningar och filosofiska utläggningar. Trodde de verkligen att den här boken skulle sälja? Men det var klart, om Manuel Ramírez fick årets Nobelpris i litteratur var det ju en bra investering. Den givna julklappsboken. Snygg att ha på soffbordet även om man aldrig orkade läsa den.

Mobilen låg bredvid henne. Hon hade haft den avstängd sedan Oscar ringde. Dessutom jagades hon av en ettrig försäljare från Tele 2 som ville få henne att byta abonnemang. Det bästa hade förstås varit att omgående säga nej, jag är inte intresserad. Men när han ringde i fredags hade hon tvekat lite. Han bredde på om 3G och mobilt bredband och bättre täckning, hon skulle få en ny telefon till nästan ingen kostnad alls.

Till sist hade hon svarat att hon ville ha helgen på sig att fundera.

"Okej, Rose, då ringer jag igen på måndag", hade han sagt. Joakim på Tele 2. Rose. Som om de kände varandra.

Faktum var att hon ibland hade funderat på att byta upp sig till en nyare mobil. Det var inte så bra täckning överallt här ute på holmarna. Inne i huset gick det bra. Så kanske ändå, kanske skulle hon slå till. Men när hon vaknade på måndagsmorgonen retade hon upp sig på den där Joakims attityd och beslöt sig för att inte ha med honom att göra mer. Hon fick väl åka in till stan i så fall. Och köpa en över disk.

Hon läste några sidor och hittade tre, fyra fel. Gick ut i köket för att dricka vatten. Lilla Neljä trippade över golvet. Råttan var fortfarande liten med en päls som skimrade i silver. Hon måste ha gener från en tamråtta, tänkte hon. Råttor brukade väl mest vara bruna eller grå?

Hon öppnade kylskåpsdörren och tog fram plastpåsen med ost. Neljä tvärstannade. Hon blev sittande på bakbenen, sniffade i luften och vädrade.

"Sugen på ost förstår jag", skrattade Rose.

Neljä vispade till med svansen. Morrhåren stod ut som en liten bukett.

"Kom, lilla gumman!" Rose gick ner på huk och sträckte fram en ostkub. Snabbt var Neljä där och nappade till sig den. Höll den mellan tassarna. Åt upp den.

Rose sänkte rösten.

"Har du sett den stora mafiosoråttan? Du ska akta dej för honom, du. Det är en otäck typ. Såna vill vi inte ha att göra med."

Hon kom att tänka på att storråttan kanske var far till Neljä. Hon rös till. Hon höll fram handen och med sprättiga, dröjande steg vågade sig Neljä närmare. Hon tog ett litet vingligt skutt och hamnade rakt i Roses handflata. De små rosa trampdynorna var varma och mjuka. Försiktigt lyfte hon fingret för att smeka den glänsande pälsen. Men det blev för mycket. Neljä slank ner ur handen och flydde.

"Din lilla dumbom", skrattade Rose.

Hon återvände till soffan och bläddrade håglöst bland papperen. Läste några sidor. Tog en paus igen. Hon satte på radion. P1. Kulturnytt. Lyssnade med ett halvt öra, uppfattade ett namn som hon kände igen. En av Bruhns författare. Halvbra kritik. Han skulle gå i taket, Titus.

Nej! Bort med honom nu! Bort med honom!

Hon tittade på klockan. Snart halv tre. Då måste väl posten ha kommit.

Brevlådorna satt vid grindstolparna. En för henne och en för Claes Schröeder. Själva grinden var sedan länge borta. Hon kikade ner i Claes Schröeders låda och tog upp några reklamblad och ett ex av en gratistidning. Både på hennes egen och Claes Schröeders brevlåda satt lappar med nej tack till reklam. Det hjälpte inte. Samma trycksaker hittade hon i sin egen låda. Där låg också två vykort. Ivrigt vände hon på dem. Nej. Ingenting från Tomas. Besvikelsen högg till i henne. Men det var väl inte så lätt med postgången förstås. Var han nu befann sig. Kanske skulle det komma något under veckan.

Ena kortet var från Birgitta, Titus fru för länge sedan. En korg med rosor och vita syrener.

Grattis på födelsedagen. Vi kan väl ses snart. Gittan.

Det andra var från Annie Berg och avstämplat i London. Motivet var urtavlan på Big Ben, fotograferad underifrån och inramad av gula tulpaner.

Kära Rose. Grattis på din födelsedag. Är i London, bokmässa kombinerat med semester. Hoppas allt är bra med dej. Vi måste ses, jag bjuder dej på lunch i maj, en vårlunch på Djurgården. Ringer när jag kommer hem. Stor grattiskram från Annie.

Det var genom Annie som hon hade träffat Titus. Hon och Annie hade gått samma förlagskurs i början på nittiotalet. De hade mycket gemensamt. Annie var ensamstående mamma till två pojkar, av vilka den äldste var jämnårig med Tomas. Hon arbetade på Curt Lüdings förlag vid den tiden.

Själv hade Rose hankat sig fram på vikariat innan hon till sist lyckades få fast anställning på ett mindre förlag. Det hette Blommans Bokhus och gav huvudsakligen ut trädgårdslitteratur. Ägarinnan, Ilse Blomberg, var en översvallande kvinna med en jättelik och uppseendeväckande frisyr.

Rose mindes anställningsintervjun. Ilse Blomberg i en violett och kraftigt urringad klänning där brösten jäste som deg. Håret hade hon dekorerat med prästkragar. När Rose kom närmare såg hon minimala små skalbaggar krypa omkring bland kronbladen.

Kvinnan la armen om Rose och förde henne till det växthus som man måste passera för att komma till redaktionen.

"Heter du Rose, lilla vän? Jag kan inte tänka mej ett lämpligare namn."

Tyvärr hade Ilse Blomberg större fallenhet för odling än för räkenskaper och efter några intensiva år tvingades hon lägga ner förlaget. Rose stod utan jobb. Då hade Annie funnits. Trygga, stabila Annie med sin svaga lukt av svett. Annie hjälpte henne. Ordnade fram en del knäck åt Lüdings, senare även åt Bladguld.

Och där, med fötterna på bordet, satt förlagets grundare med sina hängslen. Titus Bruhn.

Först var det pojken, Tomas. Han var så ovanligt bra med pojken. Rose var inte van vid det. De flesta brukade tycka att han var oppfostrad.

Tio år gammal var han när de träffades. En fest på Gärdet, en drakfest. Annie också där med grabbarna. Picknickkorgar och filtar. Då kom Titus vandrande med sina små döttrar. Flätförsedda. Flickfrisyrer var en sak han tvingats ge sig i kast med, berättade han senare. Innan döttrarna själva hade lärt sig.

"Det tog sån tid. Stå där och fippla med trassel och band och bråttom hade man iväg till dagis. Jag tyckte de kunde ha kort hår, men vilket ramaskrik det blev. Näe, så där fick man allt ge sig."

"Hm, det var ovanligt när det gäller dej", retades Annie.

Titus skrattade.

Han hade brett ut sin filt, en grå med röda ränder. Sommaren därpå skulle han breda ut samma filt i en skyddad skogsdunge strax utanför Nynäshamn.

"Rose, kom", skulle han viska och dra ner henne på marken, knäppa upp hennes blus och kyssa de platta små brösten. Men därom anade hon ännu ingenting.

Han granskade henne intresserat.

"Jaha, var har du din gubbe då?"

"Har ingen."

"Jaså, inte du heller? Ensamma Pärons Klubb. Yes! Här har vi den blivande styrelsen. Ska vi alltså ta och konstituera oss."

Tomas satt bortvänd med uppdragna ben. Hade knappt ens hälsat. Som vanligt, Rose skämdes. Hon ville säga något, be honom att åtminstone försöka vara lite gladare, hon visste att det inte hade någon effekt men hon ville det ändå, för att ursäkta.

"Tomas", började hon. "Snälla Tomas, kan du inte ..."

Titus tittade på henne. Hon noterade plötsligt att hans ögon var blå. Nästan omärkligt skakade han på huvudet. Sedan vecklade han fram en jättedrake som han burit med sig hopfälld. Lysande färger och en svans av guldrosetter. Han hade byggt den själv.

Han tog Tomas i handen.

"Kom!"

Tomas, trög och stel i början men kom av sig. Hon såg dem bana väg mellan filtarna och ut på den torra gräsplanen. Såg draken höja sig till sist och stiga, såg Tomas krama hårt om snöret. Han sprang med den, sprang! När han kom tillbaka var han svettig. Och det fanns en min kring munnen som hon aldrig tidigare hade sett.

Under tiden satt hon där med flickorna. De var blyga och fnissiga.

"Delad vårdnad", mimade Annie. "Jag berättar mera sen."

Ja. Senare fick hon veta. Om hustrun som förlupit hemmet, om hur han satt sig i sinnet att fixa allt det praktiska själv. Visa den satmaran!

Ungefär som jag, tänkte Rose.

Ensamma Pärons Klubb.

Han var rolig. Entusiasmerande. Fick både henne och pojken att tina.

En förmiddag ringde han oväntat.

"Titus här. Hänger ni med en sväng till Grönan, jag och tjejerna ska dit i eftermiddag."

Som om det var ett hugskott bara. Långt senare berättade han att han hade funderat i flera dagar. Innan han vågade ringa. Rädd att bli avspisad igen, rädd att bli sårad. Hon lärde sig att det den förra hustrun gjort mot honom hade satt spår som ständigt skulle finnas där. Långsint och hetsig i humöret. Men så lätt att prata med. Han lyssnade, han kom med goda råd. Hon insåg att hon varit dränerad på vuxenkontakt. All sin lediga tid hade hon gett till Tomas.

Sedan gick allting mycket fort. Efter bara några månader blev de en familj. En stor familj med ens, en trebarnsfamilj. Åtminstone varannan vecka. Tomas och Rose packade ner sina pinaler i bananlådor och flyttade till villan i Bromma. Jag har kommit hem, tänkte hon. Det var hans hus och flickornas, det var de som satt sin prägel på det. Ändå kändes det som om hon bott här i hela sitt liv. Ett slags trygghet, ett lugn.

Även Tomas tycktes trivas. Han fick byta skola och hon hade oroat sig för det, han var känslig och skydde förändringar. Det fanns stunder i livet när hon misstänkt att han hade någon form av autism. Vad visste hon om engelsmannens arvsanlag?

En gång tog hon kontakt med en barnpsykolog men väntetiden var lång och när kallelsen äntligen kom tyckte hon att Tomas blivit öppnare. Så hon avbokade tiden.

Titus var lätt att leva med. Åtminstone det första halvåret. Han var sinnlig och kärleksfull, kom hem med små presenter, som hon inte fick öppna förrän det blivit tyst i huset. Exklusiva underkläder, strumpeband. Hon märkte att hon började tycka om att se på sig själv, hon som alltid haft komplex för sin pojkkropp. Stod där framför badrumsspegeln, helfigur. Gräddfärgat siden med snörningar. Hon hade aldrig vetat att det kunde kännas så. Titus som väntade i sängen, hennes älskade käraste man. Han fick henne att utan blygsel träda över tröskeln.

"Åh, så fint! Vänd på dej så får jag se. Åh, Rose, du är vacker, vacker."

INGRID

HON LÄT BLI att kontakta avdelningen på söndagsförmiddagen. Ringde inte ens. Hon ville låta flickorna få tillbringa så mycket som möjligt av dagen ihop med Titus. Inte förrän framåt kvällen tog hon treans buss upp till sjukhuset.

Det var varmare än hon trott. Hon satt inklämd på en fönsterplats och upptäckte att det blommade och prunkade i alla rabatter. Tulpaner och påskliljor, blå fält av scilla. Sjok av färg där det alldeles nyligen hade varit grått. Sommaren var på ingång. Titus och hon hade talat om att åka tillbaka till Barcelona, innan det blev för hett. Vandra längs den breda La Rambla igen, ta en sangria på en bar nere vid stranden.

Vi ska göra det, dunkade det i henne. Du ska bli stark igen och vi ska göra det!

Damm och grus for upp i en virvelvind när hon klev av vid ändhållplatsen. Hon fick skräp i ögat, måste skynda in på toaletten och badda med vatten. Hennes ansikte där inne: blekt och svullet. En åldrande kvinnas ansikte. Det gick inte att komma ifrån. I det skarpa ljuset såg hon tydligt att hon borde beställa tid för att färga om sitt hår. Det var mörkt längst inne vid hårbotten, hon hade alltid föraktat kvinnor som lät det gå så långt. På hakan hade hon fått en konstig blemma, det ömmade när hon petade på den. En vit och varig topp men ingenting kom ut. Tvärtom syntes det ännu mer efter att hon klämt och pressat. Tonårsacne när man var nästan femtiofyra! Hon huttrade till. Fick upp kammen, drog några tag. Det blev knappast bättre. Hon var så trött med ens, så oändligt trött. Helst av allt skulle hon vilja gå tillbaka ut till busshållplatsen och kliva på igen, sitta kvar och bara åka, åka. Bussen gick mellan två stora sjukhus, Södersjukhuset och Karolinska.

Hon oroade sig för hur Titus mådde idag. Var han utmattad efter att ha haft döttrarna hos sig? De hade slutat anklaga, till sist hade de fått acceptera att han gjort sitt val. Det som stört dem var att han betedde sig precis så som deras mamma Birgitta hade gjort när de var små. Hon som sårade deras pappa så svårt att han aldrig riktigt kommit över det. De hade ställt upp för honom på den tiden, stöttat och tröstat. Deltagit i hans fördömande av Sveket med stort S. Nu hade han själv gjort precis samma sak. Det gick tydligen inte ihop för dem.

Ändå var ju inte Rose deras mor, tänkte hon. Så oförsonligt de reagerade. Så oförklarligt. Nej, det måste vara henne själv, Ingrid, som de av någon anledning inte tålde. De tycktes ha ingått en pakt för att frysa ut henne. Hur kunde det bli så? Så barnsligt. Som mobbande skolflickor.

Det brände till i mellangärdet, jo, hon mindes. Skolgården i Huskvarna, hur hon sprang och ställde sig vid gaveln varje rast, då fanns flyktvägar åt flera håll. Karin och Kattis var de tongivande i klassen. De två K:na. Ingen vågade sätta sig upp emot dem. Ständigt hittade de saker att slå ner på. En gång sprang hon över till den närbelägna kyrkogården, lät bli att gå tillbaka in när klockan ringde. Vandrade omkring bland gravstenarna, önskade sig ner. Ner under jorden. Patetiskt kunde man tycka så här i efterhand. Men hon mindes ännu sin vilda och ödsliga förtvivlan över att varje dag behöva möta rädslan. Över att vara så fullkomligt ensam.

Hon tog ett djupt och darrande andetag. Rose? Hade Jennifer och Julia fortfarande kontakt med henne? Hon hade flyttat bort från Stockholm, det visste Ingrid. Hon bodde i något gammalt torp i en skog utanför Södertälje. Satt väl där och slickade sina sår. De talade sällan om henne numera, Titus och hon. Det hade funnits stunder tidigare, då hon inte kunde låta bli att dra upp ämnet Rose. För det mesta tänkte hon bort henne. *Det är vi två nu, han valde mej. Han valde.* Men ibland kom det över henne en värkande förnimmelse av skuld. Som om hon måste plåga sig genom att föreställa sig Rose. Och prata om henne. *Hur tror du hon har det nu? Hur tror du hon mår?* Till sist fick det Titus att explodera.

"Lägg av nu, för fan! Du har ingen skuld. Inte jag heller. Man glider ifrån varandra. Så kan det gå till i livet, om du till äventyrs inte visste det."

Och likväl. Hon såg det tunna kattansiktet framför sig, ja som en tilltufsad katt, så tänkte hon sig Rose. De smala, vilsna ögonen, hur hon tryckte som ett djur i busksnåren. Hon hade dragit sig undan från ett vanligt aktivt liv och gått över till en eremittillvaro. Det var inte normalt.

"Men Titus … vi har gjort henne illa."

Han for upp från stolen där han satt och smällde tidningen i bordet. Vasen med blommor stöp omkull, vatten droppade från kanten. Han gick ut. Dörren igen med ett brak.

Hon böjde sig över handfatet och drack direkt från kranen. Vattnet hade en bismak av olja. Hon grävde fram en magnecyl ur väskan och svalde den med ännu mer av det oljiga vattnet. Under en sekund fick hon för sig att hon skulle svimma. Men så gick det över.

När hon kom ut i entréhallen blev hon stående med tungt hängande armar. *Jag orkar inte, jag vill hem.* Hon betraktade den väldiga reliefbilden till höger om entrén, gjord av glaserat stengods. Två kvinnogestalter med framåtsträckta kupade händer. Fåglar fanns omkring dem, svanar och bibliska duvor.

Som i en dödsannons.

Hon kom att tänka på en tavla vävd i flamsk som modern en gång gett henne. Just sådana vita fåglar. Var hade hon gjort av den? Inte kunde hon väl ha kastat den? Saker och ting från ens tidigare liv, vart tog allt sådant vägen? Hade tavlan funnits i lägenheten på Ringvägen? Inte upphängd väl? Hon mindes inte. En sak var i alla fall säker. Titus skulle inte ha tyckt om den. Han var inte mycket för plotter och plotter var precis vad han skulle ha kallat den där fågeltavlan som hennes mamma hade vävt. Hon rätade på ryggen och harklade sig. Svalde häftigt, började gå.

Redan i korridoren visste hon att flickorna var kvar. En känsla bara, men stark och illavarslande. Hon saktade ner på stegen, kikade in på expeditionen. En sköterska med det blanka svarta håret samlat i en hästsvans satt lutad över datorn. Ingrid knackade lätt.

"Hallå?"

Sköterskan vände sig om. Ingrid hade aldrig förut sett henne.

"Hej, jag är Titus hustru, Titus Bruhn alltså. Ingrid heter jag." Hon höll blicken fäst vid sköterskans ansikte, varje skiftning, varje liten min. Det var där hon skulle kunna utläsa den första informationen om Titus tillstånd.

Kvinnan reste sig och sträckte fram handen. Hon var äldre än vad Ingrid först hade trott.

"Mariana, sjuksköterska." Det fanns något avvaktande i rösten som inte undgick henne.

"Hur mår han?" sa hon snabbt.

"Döttrarna är där inne hos honom, hans båda vackra döttrar."

"Jaså, de är kvar."

Sköterskan nickade. Hennes blick gled undan. Var det ett tecken på försämring?

"Men hur mår han då?" Hon tvingade sig.

Sköterskan tycktes ta sats.

"Ja, vad ska jag säga", började hon. "Han har sovit gott inatt och …"

Klapper av Birkenstock i korridoren. En annan sköterska kom in på expeditionen. Även hon var ny. Ingenstans såg Ingrid syster Lena eller någon annan som hon lite grann lärt känna. De båda sköterskorna började prata med varandra med låga, snabba röster.

"Ursäkta", sa Ingrid.

De tittade på henne, irriterat tyckte hon. Men hon måste ju få veta.

"Syster Lena … jobbar inte hon ikväll?"

Mariana gjorde ett kast med huvudet. Den tjocka hårsvansen föll fram över bröstet och dolde namnskylten.

"Skulle ha gjort. Men hon är sjuk."

"Åh, är hon?"

"Ja."

"Vad är det med henne? Inget allvarligt, hoppas jag."

Syster Mariana ryckte på axlarna.

"Det vet man aldrig. Hon har gått in i väggen, som det kallas. Och sånt kan ju ta tid."

Jennifer och Julia reste sig när hon kom in i rummet. Bakom dem skymtade hon Titus. Han låg med slutna ögon och en syrgasslang i näsan. Hon ville springa fram till honom, vräka flickorna åt sidan, krypa upp bredvid honom, bara ligga där. Men hon stod kvar.

"Hej", sa hon dämpat.

Julia muttrade fram ett hej till svar. Från Jennifer hördes ingenting.

Ingrid tog några prövande steg. Ett gruskorn under ena sulan, det knastrade vasst och malde. Ett ljud som förstärktes mot väggarna. Förekades, tänkte hon. Ett talande ord, men fanns det?

Sängen mittemot var tom. Sängen där den äldre mannen legat. Renbäddat nu med spända lakan. Sängbordet torkat, sterilt.

Ingen av flickorna gjorde en min av att vilja flytta på sig. Hon tvingades gå runt. Hon böjde sig ner, la sin hand över Titus båda. Varför låg han så? Händerna knäppta över bröstet, som om han redan glidit in i dödens tillstånd. Men huden var febrig och het.

"Hej", sa hon lågt. "Det är jag, det är Ingrid."

Han reagerade inte.

En viskning kom emot henne, hon förstod inte först varifrån. Hes och väsande av vrede.

"Kant …"

Ingrid ryckte till. Hon märkte att Julia gjorde en rörelse som för att avstyra något. Hon höjde blicken. Jennifer var mycket blek. Maskara hade runnit nerför kinderna på henne. Hon drog tillbaka läpparna och blottade sina tänder.

"Kant, kant, kant."

Ingrid stirrade på henne. Hon behövde sätta sig men stolarna stod hos flickorna, på andra sidan sängen.

"Vad är det du säger?" viskade hon. "Kant?"

"Det är engelska", sa Jennifer. "Du får väl gå hem och slå upp det. Det stavas med c och u."

Då förstod hon och det svindlade.

Steg i korridoren, Mariana hastade in. Hon kände på Titus, kollade pulsen. Strök lite vaselin på hans läppar och vände på kudden.

"Jag tror er far behöver vila", sa hon, vänd mot flickorna.

Julia föll in:

"Vi var just på väg, vi var på väg."

Hon tog sin stora väska och knyckte upp den över axeln. Jennifer stod kvar. I samma ögonblick som sköterskan lämnade rummet tog hon några språng runt sängens kortsida. Därefter: en blixtrande smärta rakt in i Ingrids högra överarm. Det gick så fort att hon inte hann parera. Ett karateslag. Jennifer hade drämt till henne med handen. Armen kändes slapp och domnad. Hon blev stum. Tårar sköt upp i hennes ögon.

Flickorna var på väg ut. I dörröppningen vände sig Jennifer om och log lite. Uttalade på nytt det där fula och vedervärdiga ordet.

"Cunt."

Sedan försvann hon bort i korridoren.

Titus tycktes inte ha märkt intermezzot. Hon ställde sig vid fönstret, grät en skvätt, darrade. Som något slags villebråd. Långsamt fylldes hon av ilska. Varför hade hon inte försvarat sig? Eller åtminstone rutit till! Bara stått där passivt och velande, tagit emot.

Hon återvände till sängen och sjönk ner på den ena stolen. Trevade efter en pappersnäsduk men utan att hitta någon. Hon reste sig, hängde av sig kappan och satte sig igen. När hon lugnat sig märkte hon att Titus öppnat ögonen.

"Hej du", sa han skrovligt.

Hon tvingade sig lugn, att andas.

"Hej."

"Så du kom i alla fall."

"Det är väl klart."

"Jag tänkte att du kanske inte orkade."

"Orkade? Visst orkade jag men jag ville ju att flickorna ..."

"Ja. Flickorna."

"Titus, lyssna! Jennifer måste vara psykiskt sjuk!" Nej. Naturligtvis sa hon det inte. Han måste skonas ifrån detta som han förhoppningsvis inte hade märkt något av. I så fall skulle han väl ha ...

Men det var så det måste vara. Psykiskt sjuk, ja, rentav bindgalen. Ingen normal människa betedde sig så som Jennifer hade gjort. Armen var fortfarande bortdomnad. Till och med fingrarna. Hon skulle kunna göra en polisanmälan för misshandel. Sätta dit den där förvirrade galningen innan det gick för långt.

Högt sa hon:

"De gick precis."

Han nickade stilla. Hans ansikte var grått och liksom urholkat. Hon tyckte att hans näsa ändrat form. Bara sedan igår. Från att ha varit rund och bullig med kraftigt välvda näsvingar hade den smalnat av och blivit nästan vass. Huden över knogarna tycktes spröd som utnött tyg. Hur kunde det ha gått så snabbt? Eller var det först nu som hon insåg det? Hur sjuk han faktiskt var. Hon såg hans ådror avteckna sig, de sköt upp som åsar över handryggen.

"Hur mår du?" brast hon ut och sedan grät hon. Brydde sig inte längre om att dölja det. Grät så att det värkte i halsen. Han gav hennes hand en liten tryckning.

"Älskade flickan min."

Kroppen riste på henne, det kom ljud och hulkningar. Åh vad hon hatade detta, att inte kunna behärska sig. Hon hade alltid varit sådan. En liplisa. Det var precis vad barnen på skolgården hade ropat åt henne, Liplisa, Liplisa!

Till slut måste hon gå ut på toaletten och hämta papper. Hon märkte att någon kom in i rummet, hon drog igen dörren och låste. Det knöt sig av rädsla i magen. Hon tryckte örat mot dörren, hörde sedan att det var en sköterska.

"Lena", viskade hon mot den vitmålade dörrytan. "Kära, snälla syster Lena. Om du ändå hade varit här!"

När hon kom tillbaka ut verkade Titus aningen piggare. Någon hade höjt hans säng, han halvsatt, håret tufsigt och platt.

Hon gjorde en kraftansträngning.

"Din rumskamrat?" sa hon. "Den där gamle mannen. Han har tydligen fått åka hem."

"Han dog."

"Va?"

"Han dog inatt."

"Gjorde han?"

Titus nickade långsamt.

"Vi låg här inne, han och jag. Jag hörde hur han hostade. Sedan dog han."

Hon strök honom över fingrarna. Dessa händer som han ... Dessa älskade Titushänder, hennes man.

"Åh nej, vad sorgligt", pressade hon ur sig.

"Tja. Han var gammal och sjuk."

Hon teg. Hörde honom fortsätta.

"Och snart är det väl jag."

"Sluta ... så får du inte säga. Absolut inte! Du skrämmer mej!"

Han log en smula, skinnflådda, spruckna läppar. Något vitt i mungiporna, som skum.

"*Den utmätta tiden*. Minns du den boken? Peter Noll."

"Ja. Brombergs förlag, eller hur?"

"Författaren var lika gammal som jag. Och samma sjukdom."

"Det var länge sedan den kom ut. Men jag tror den finns i pocket." Hon babblade på för att styra undan samtalet.

"Han skrev ... om sina tankar och känslor. Inför det som han visste skulle ske."

"Ja", viskade hon. "Men det var han och du är inte han."

Han hörde inte.

"Själv ligger jag här också och tänker."

Nu kom den igen, den vällande kvävande sorgen. Fast hon måste vara stark och modig. Hon måste finnas till för honom. Genom gråten hörde hon honom fortsätta.

"Det är så mycket dumt som jag har gjort i mitt liv."

"Det gör vi väl alla!" hulkade hon. "Du har inte gjort dummare saker än nån annan!"

Han slöt ögonen, bröstkorgen hävde sig.

"Tyst nu", sa han.

Han gled bort en stund, som om han slumrade. Syster Mariana tittade in några gånger. Ute från korridoren hördes slammer av en vagn. Frän lukt av kaffe. Vad var egentligen klockan? Tjugo i åtta. Besökstiden var för länge sedan över. Varför lät de henne sitta kvar? Varför körde de inte ut henne, *nu får du vara snäll och gå*. Men nej. Inte ens ett förebrående ögonkast. Var det för att Titus skulle dö inatt? Så som den gamle mannen i sängen mitt emot hade gjort. Hon tänkte på hans hustru, hennes ältande monologer. Nu satt hon ensam i sitt hem bland alla minnen.

"Det finns kaffe i en termos där ute om du vill ha." Ett biträde som Ingrid kände igen, en rund och rultig flicka med ständigt blossande kinder. Hon måste ha förfrusit dem någon gång i barndomen.

"Tack."

Men hon ville inte ha något kaffe. Hon ville åka hem, lägga sig i badkaret, slå upp ett glas vin. Låsa dörren ordentligt till lägenheten och på med säkerhetskedjan. Barrikadera sig.

Hans ena hand på väg mot henne, krafsande och svag. Hon tog den mellan sina båda. Hans visslande, pipande andetag.

"Jag har legat här och tänkt", kom det på nytt.

"Jag vet."

"Det är en sak jag måste be dej om."

"Jaha? Vadå?"

"Det är Rose … Jag vill att du hämtar hit henne. Jag måste få prata med Rose."

ROSE

MEN HAN VAR EN MAN med tvära kast. Det lärde hon sig också. En kväll när barnen somnat och de satt på terrassen började han ställa frågor om Tomas pappa. Intresserade först, försiktiga. Efter hand alltmer abrupta. Hon värjde sig.

"Jag har aldrig berättat för nån."

"Men jag är inte nån, vem som helst. Jag är mannen som älskar dej."

"Ja. Jag vet."

"Då finns det väl inga gränser?"

Hon teg.

"Har du inte förtroende för mej?"

"Jo. Men ... det handlar inte om det."

"Vad handlar det om?"

Hon hade inga svar. Tonen i hans röst oroade henne. Han började gå, fram och tillbaka på terrassen.

"Förstår du inte? Det här intresserar mej. Jag skulle vilja veta hur du tänkte den gången. När du upptäckte att du var gravid. När du bestämde dej för att föda barnet. När du bestämde dej för att hålla fadern hemlig. Att inte ens han själv skulle få veta. Pojkens pappa! Som om han inte var en del av det ni gjort tillsammans."

Han fick det att låta som en rättegång. Förlåt, ville hon ropa. Förlåt! Även om hon visste att hon inte kunde ha gjort på något annat sätt. Titus dundrade på:

"Inser du inte att du har förvägrat honom en av livets största gåvor, en liten pojkes existens. Hans son."

"Titus, snälla ..."

"Var finns han? Brukar du träffa honom?"

Var det helt enkelt svartsjuk han var? Nej, något djupare, något tyngre och hotande. Hon skakade stumt på huvudet.

"Se på mej! Nej, se på mej, sa jag!"

Han tog i henne, tvingade henne.

"Nej", viskade hon och hon grät nu, för första gången på mycket länge.

"Han bor i England ... vi har bara setts den där enda helgen, då när det var fest på Sandhamn. Jag vet ingenting alls om vem han är."

Svängningar. Men ändå stabilitet. Åt Tomas blev han en mentor. Under hela pojkens tonårstid. Han fick Tomas att lyssna, förmådde motivera honom att inte hoppa av från gymnasiet, vilket han flera gånger var på väg att göra. Jag hade nog inte klarat det, tänkte hon. Jag hade tappat greppet helt.

Flickorna var lättare. Dels var de bara hemma varannan vecka. Dels avgudade de sin far och tycktes glada åt att Rose nu flyttat ihop med honom. På kvällen efter bröllopet hittade hon en bukett slokande vitklöver på sin kudde i dubbelsängen. En liten lapp med barnsliga bokstäver var fäst kring stjälkarna

Rose välkommen till vårat hem och som våran bonus mamma.

Hon hade blivit rörd, visat brevet för Titus. Alla barnen var den kvällen hos Birgitta. Deras bröllopsdag. En enkel, värdig ceremoni i rådhuset med de tre barnen som vittnen.

Han tog hand om henne. Hon hade tvingats vara stark så länge. Eller: De tog hand om varandra. Om nätterna, hon låg med ryggen mot hans varma mage, kände honom styvna mot sitt lår. Hans lugna trygga rytm, hur han kom i henne medan orden stillnade, *du min älskade kvinna, du är vacker, du är ljuvlig, du är skön.* Aldrig förut hade någon sagt att hon var vacker. Och hon blev det också, vacker. Köpte nya kläder, flickorna var med som smakråd. Trots att de var så små var de otroligt modeintresserade. Jennifer kammade håret på henne, testade olika frisyrer. Julia masserade hennes fötter och smorde dem mjuka med lotion. De täckte hennes ansikte med masker och plockade hennes ögonbryn. Under en lång period drömde de båda om att bli hudterapeuter. Hon fick bli deras försökskanin.

Hon träffade Birgitta också, det gick inte att undvika. Första gången var hon spänd och reserverad. Men flickorna följde med henne. De tog tunnelbanan ut till Hässelby, där Birgittas radhus låg, där hon bodde med sin nya man. *Pianoklinkaren* som Titus föraktfullt brukade kalla honom. Hans riktiga titel var musikpedagog. Området där de bodde hette Kärleksörten. Även det lockade fram sardoniska yttranden.

Birgitta visade sig vara en generös och gladlynt kvinna. Hemmet var trivsamt och bohemiskt. Mitt i vardagsrummet tronade pianot och noter låg spridda över golvet. Elmer satt och spelade när de kom. Långt ut på gatan hörde de musiken. Det var en Abbalåt, "The Winner Takes it All".

"Jag har gjort rabarberpaj", sa Birgitta. "Vi har en täppa på baksidan, inte särskilt stor men det räcker för rabarber och vinbär."

Hon skar upp en bit och serverade. Tomas och flickorna hade försvunnit in i huset. Birgitta sänkte rösten.

"Gud, vad jag är glad över att du har kommit", sa hon. "Ja, inte bara hit, menar jag. Utan in i Titus liv. Han har varit så förbaskat bitter. Det färgar av sig på flickorna också, de blir hätska och fördömande. Kanske kan du få honom att bli lite mer … vad ska jag säga, fördragsam."

Rose tyckte om den här kvinnan. Spontant kände hon det.

Birgitta fortsatte:

"Och det där att ni har gift er. Jag får verkligen gratulera, fast jag vet inte om jag ska säga det till dej egentligen. Det borde snarare vara till honom. I vilket fall som helst så önskar jag att ni får det bra tillsammans. Ett bra liv … Och det tror jag att ni får. Vi hade det … Men så råkade jag hitta en annan."

Hon tystnade och log mot Elmer.

"Kärleken är blind."

Han skrattade.

"Vad menar du med det, älskling?" Hans röst var sjungande och mild. Han kom från Estland. "Var det inte min fagra nuna som du föll för? Det har jag alltid trott."

Senare ville Titus ha detaljer. Först sa han att han inte ville veta. Men efterhand kom frågorna smygande.

"Hur verkade hon, tyckte du?"

"Är det inte snarare honom du undrar över? Pianoklinkaren?"

Det ryckte till i honom, som om han inte visste hur han skulle ta det. Sedan brast skrattet fram, ansträngt men alltmer lättat. Kanske, tänkte hon, kanske skulle hon faktiskt lyckas göra honom mer fördragsam.

INGRID

HON GICK GENOM LÄGENHETEN, rum efter rum. Ljuset från fönstren glänste i parketten som stora vassa rektanglar. De bländade henne. Hon var tung i huvudet, tung i hela kroppen. Det hade varit fullkomligt omöjligt att somna kvällen innan. Till slut gav hon upp och svalde en sömntablett. Husläkaren hade skrivit ut dem åt henne kort efter att hon tvingats lämna bokhandeln. Hela hennes tillvaro hade varit i svajning.

Ungefär som nu. Som nu!

Hon föll i sömn men vaknade några timmar senare, av en mardröm. Jennifer hade kommit in i sovrummet. Hon hade format sina sparrisbleka fingrar runt Ingrids hals och långsamt börjat strypa henne. Och Ingrid lät det ske. Passivt, utan motstånd.

Jennifer hade betraktat henne, sorgset och urskuldande.

"Du vet att jag är tvungen att göra det här. Du vet varför. Eller hur? Jag vill att du berättar varför."

I drömmen hade Ingrid varit liten, hon hade legat som en kyckling på Jennifers knotiga knän. En sorg hade funnits i henne, *rädda mej*. Men samtidigt måste det ju ske. Det insåg hon mer än någon annan.

Hon frös när hon vaknade. Pannan och tänderna molade som om hon fått bihåleinflammation. Hon mindes omedelbart. Det som Titus bett henne att göra. Hon gav ifrån sig ett kvidande.

Först hade hon försökt värja sig.

"Men du kan väl ringa henne själv", hade hon vädjat.

"Jag vet inte hur hon reagerar. Jag vill inte riskera att hon bara lägger på."

"Kan du inte fråga dina döttrar då? De känner ju Rose, det är väl mycket lämpligare att de kontaktar henne än att jag gör det."

"Jag vill inte blanda in dem. Och en sak till. Det här är nånting som också gäller dej. Jag vet ju hur mycket du tänker på henne, allt det där snacket om skuld. Jag vill att ni ska tala med varandra. Förstår du? Jag vill att ni ska försonas. Och så vill jag att hon ska komma hit. Kan du vara snäll och göra det här åt mej, Ingrid? Jag ber dej?"

Hon ställde sig vid fönstret i sjukrummet. Färgen på fönsterkarmen hade spruckit en smula. Hon skrapade med tumnageln, fick loss en flisa vitt. Den sprätte ner på golvet. Det hade börjat regna, hon hörde hur det slog mot rutorna. Vad var det med honom? Varför kom han med en så orimlig begäran? Insåg han inte vilket krav han ställde på henne? Tänk om tumören hade spritt sig till hans hjärna? Hon mindes en grannfru till föräldrarna. Där hade cancern gått upp i pannloben. Grannfrun hade varit djupt religiös men nu slog det över åt andra hållet. Hon började ropa könsord åt sin magra, bedrövade man, anklagade honom för att vara en horbock, steg upp på en stol och blottade sig i köksfönstret. Hon mindes sin mammas bestörtning. De hade känt den här familjen länge, brukat dricka kaffe hos varandra. Herr och fru Dahlin. De var båda över sjuttio, hade levt ett fromt och skötsamt liv tillsammans.

"Ingrid?" hörde hon från sängen. Snodde runt.

"Snälla du, tvinga mej inte, snälla du, låt mej slippa."

Plågad såg han på henne, vände undan huvudet. Och hon fylldes av en svindlande förtvivlan. Hörde sig utbrista:

"Jag vet ju inte ens var hon finns."

Han rörde sig stilla på kudden.

"Dra ut den där lådan", uppfattade hon. Han var trött nu, behövde vila. Hon såg det på honom, hur genomtrött och utmattad han var. Liksom hon själv. Hon ville hem och låsa in sig. Sova. Åh, hon ville sova, djupt ner i mörkret under täcket.

Hon gjorde som han bad, drog ut den skeva lådan i hans sängbord.

"Till vänster ... Ser du, en lapp."

Den låg där som han sa. En hopvikt, lite skrynklig papperssida, riven ur ett kollegieblock. Hon gav den till honom, tyst.

"Nej, öppna den", mumlade han.

Förtvivlan, på nytt kom den vällande. *Jag vill inte, tvinga mej inte.* Men hon gjorde det. Vek upp det vita arket, läste hennes namn. Rose. Och så ett mobilnummer och en adress. Borgviks gård i Södertälje.

Hon kokade te, tanken på kaffe fick det att vända sig i magen. Åt några skedar yoghurt. Klockan var nio nu. Nio på måndagsförmiddagen. Satt med telefonen i handen. För tidigt att ringa. Rose kanske sov, hon kanske var den morgonsömniga typen. Måste ge henne tid.

Ringde sjukhuset i stället. Avdelningsexpeditionen. Insåg för sent att det var rondtid.

En syster Camilla svarade:

"Din man har ju en egen telefon vid sin säng. Du får gärna pröva att ringa dit."

Hon ville inte, orkade inte prata med honom nu.

"Men hur mår han", sa hon tunt.

Hörde sköterskan bläddra i papper. Hörde röster och skratt. Visst. Det var en arbetsplats. Även om döden då och då kom på besök var det ändå en arbetsplats med människor som levde och skämtade.

"Som igår ungefär. Nja, en aning bättre faktiskt. Han har varit uppe en liten sväng, vi hjälpte honom. Men du kan som sagt ringa på hans egen telefon. Han är vaken, jag var just där inne."

Hon stod i badrummet. Morgonrocken hade hasat ner på golvet. Hon såg sin kropp, sin mage. Det farliga bukfettet, BMI. Body Mass Index. Sedan hon blev av med bokhandeln hade hon börjat slarva. Åt för mycket. Åt fel. För mycket alkohol också och för ofta. Alla kläder stramade, hon borde börja köpa större storlekar men det vore att kapitulera. Rose var nätt som en fjäril. Men äldre, tänkte hon. Minst ett par år äldre.

Hon letade i garderoberna, måste vara fin. Fin och stark nu när hon skulle tala med Rose. Även om det bara var per telefon. Självkänslan. Det var den det handlade om. Ett par svarta jeans, svart förminskade, och under ett par glansiga trosor. Långbyxorna gled på bättre då, än med tröga bomullsrosor. Vad skulle hon ta för tröja? Hon hittade en mintgrön. Den hade varit snygg när hon köpte den i höstas. Hon tog den på sig, diafragman putade. Jävlars, tänkte hon. Jävlars, jävlars, skit!

Hon åt några skedar igen. Tryckte sedan in mobilnumret. Alla siffrorna utom den sista. La tillbaka luren i panik.

Jag säger till honom att hon inte var hemma. Att jag ringde och ringde. Hon kanske faktiskt inte är hemma heller. Hon kan vara på semester. Utomlands. Ja, hon har rest på långsemester till Thailand!

Skulle hon kunna servera Titus en sådan lögn? Skulle hon i så fall någonsin komma över det? Att hon varit för feg för att utföra den kanske sista tjänsten. Utan att tänka slet hon till sig luren och slog numret igen, denna gången alla siffrorna. Signaler gick fram. En. Två. Tre. Efter den fjärde la hon på. Satt kvar med handen kring luren. Hjärtat vrålslog. Men om Rose sov borde signalerna i alla fall ha fått henne att börja vakna. Klockan var nu halv tio.

En halvtimme senare försökte hon på nytt. Nu väntade hon så länge att telefonsvararen hann gå igång.

"Hej, ni har kommit hem till Rose Bruhn, jag kan inte svara nu men tala in ett meddelande efter signalen så ringer jag upp. Eller försök senare."

Ingrid höll andan. Signalen kom, tre korta små pipande toner. Hon slängde på. Hon var svettig i handflatorna. Roses röst. Första gången som hon hörde den. Sträv och mörk, inte alls så som hon föreställt sig. Denna spröda, lätta lilla varelse. Med nästan som en basröst. Kanske var hon rökare. Rökare fick ofta en förgrovad röst. Kanske var det också därför som hon var så smal. Ingrid hade rökt för länge sedan, ett paket Prince om dagen. Då var hon också smal. När hon slutade gick hon snabbt upp femton kilo. Hon hade ännu inte lyckats tappa något av dem.

Vad skulle hon göra nu? Telefonen ringde, hon ryckte till. Rose? Tänk om hon hade nummerpresentatör. *Varför ringer du till mej utan att lämna något meddelande?* Men det var inte Rose. Det var Titus.

"Hej, min älskling." Han lät stark.

"Men hej!"

"Hur går det?"

"Du låter piggare. Är du det?"

"Lite kanske. Jag har varit uppe och gått. Med en rollator i och för sig. En sån där rullhistoria, du vet. Som pensionärerna har. Men i alla fall."

"Vad bra."

Nu kom den oundvikliga frågan.

"Har du fått tag i Rose?"

"Jag har ringt och ringt."

"Och?"

"Hon svarar inte. Hon är kanske bortrest."

"Tror du det?"

"Jag vet inte. Hon svarar i alla fall inte."

"Åk dit, Ingrid. Gör mej den tjänsten. Åk dit."

"Va?" ropade hon.

"Vi förlorar tid. Du måste åka hem till henne och se efter om huset verkar tomt."

"Det kan du bara inte mena!"

"Jag vill veta hur hon bor och hur hon har det. Att hon har det bra. Du ska ta reda på det åt mej. Åt oss båda."

"Snälla!"

"Lyssna nu! Jag ber dej att göra denna enda lilla tjänst. Det betyder så oändligt mycket. Förstår du inte? Jag håller ju på att dö!"

"Nej", skrek hon. "Så får du aldrig, aldrig säga!"

Han var tyst. Hon andades, tungan svepte över läpparna.

"Titus", snyftade hon. "Lova mej att aldrig, aldrig mera …"

"Min älskling", sa han trött.

Tyst en stund, avvaktande ordlös väntan. Tills hon inte längre förmådde.

"Men var bor hon då, jag vet ju inte ens var hon bor. Ute i skogen nånstans, hur hittar jag dit?"

"Eniro. Gå in på Eniro och kolla. Så många Borgviks gård kan det knappast finnas."

Han avbröt sig och började hosta, ett dovt och sönderslitande ljud som skrämde henne. Det tog flera minuter innan han var tillbaka.

"Förlåt mej", sa han otydligt.

Hon snyftade till.

"Jag ska göra som du bad. Jag gör det. Jag kollar på datorn, jag kommer säkert att hitta det. Men dö inte. Lova det! Dö inte ifrån mej!"

"Jag älskar dej", hörde hon. Hans röst lät avlägsen.

"Jag älskar dej också", sa hon tungt.

DEL 2

KVINNORNA

INGRID

HON STARTADE DATORN. Hon frös. Hämtade sin tjocka gröna fleecejacka, den som Titus tyckte var så ful. Parkettens ljusrektanglar hade blivit starkare. Ändå var det ingen sol. Höll hon på att få migrän? Hennes syster Maria hade lidit av migrän när de var unga. Hon beskrev det som blixtrande attacker och hon måste linda en gammal halsduk över ögonen för att mildra dem.

"Ologiskt", hade Ingrid försökt förklara för henne. "De måtte väl ändå skapas inne i dej själv de där blixtarna. Inte hjälper det att täcka ögonen, det fattar du väl."

Maria hade blivit sårad, nu efteråt kunde Ingrid mycket väl begripa varför.

Skärmbilden kom upp. Det var ett foto av henne själv och Titus. De stod på en svajande gångbro över ett vattendrag i Rincon de la Viejas nationalpark i Costa Rica. Bröllopsresan. Guiden fotograferade dem, Titus hade bett honom. Hon mindes att hon tänkte att det var dumt, kameran var ny och dyr, han skulle tro att de var miljonärer. Han visade ingen reaktion. Han knäppte några bilder, de blev bra.

Hon kollade sin e-post. Hade inte gjort det på över en vecka. Hon fick nästan aldrig några personliga e-mejl numera. Bara skräppost. Även nu. 328 nya spammeddelanden. Råd om hur hon skulle få en större penis. *Make sure your tool grows to immense proportions. Your new rod will shoot deeper into her mouth.* Erbjudanden om Rolexklockor för bara 99 dollar fast de egentligen var värda flera tusen. Hon tömde hela spamkorgen. Ingenting privat. Det kändes som om hon var på väg bort nu, bort från det aktiva livet.

Hon klickade på Eniro och skrev in orden Borgviks gård. Fick fram en vägbeskrivning, hur man tog sig dit med bil. Huset tycktes ligga på en udde. Nära vattnet, Mälaren. Hade Rose haft råd med strandtomt? Knappast. Hon hyrde säkert bara.

Hur skulle hon komma dit? Bilen stod i garaget, en nougatfärgad Audi, men Ingrid hade aldrig kört den. Det var alltid Titus som satt vid ratten. Själv var hon för feg, för rädd i den starka trafiken. För många år sedan hade hon haft en bil, en rostig Mazda. Den hade hon kört utan rädsla. För många år sedan hade hon varit modigare med det mesta.

Taxi då? Nej, vad skulle inte det kosta! Titus var ekonomisk. Han skulle fråga ut henne efteråt. Bli arg på henne om hon slösat pengar. På nytt slog hon numret till Rose. Fortfarande inget svar.

Hon letade reda på SL:s hemsida. Skrev in vart hon skulle och varifrån. Fick ett detaljerat svar med klockslag. 16.12 gick ett pendeltåg från T-centralen. 16.55 skulle det vara framme vid Södertälje C. Därefter buss 751 mot Ritorp. Den verkade inte gå ända fram. Hon skulle bli tvungen att promenera en bra bit. I fullkomligt okända trakter. Det gällde att klä sig ordentligt. Dagen hade varit ganska solig. Nu såg det ut att mulna på.

Det pendeltåg som hon tänkt ta var inställt på grund av vagnfel. Perrongen fylldes av folk. Rusningstid. Hon insåg att hon borde gått hemifrån betydligt tidigare. Men plötsligt var det så mycket som hon måste uträtta där hemma. Diska upp och städa lite. Skriva i sin dagbok. Hela tiden kom hon på nya saker.

Men till sist gav hon sig iväg. Strax före halv fem kom ett gammalt nerklottrat tåg inrullande till perrongen. Uzbekistanexpressen, tänkte hon och greps av en galen lust att skratta. Att peta till någon av de andra passagerarna i sidan och få honom eller henne med sig i skrattet. Uzbekistanexpressen! Var det så här de stackars pendlarna hade det? Hon hade hört talas om pendeltågseländet, om förseningar och skraltiga tåg. Nu fick hon pröva på det själv. Tack himlens alla härskare för att hon bodde i Stockholm.

Naturligtvis fick hon ingen sittplats, inte förrän i Tumba där många steg av. Hon stod inklämd mellan en invandrarkvinna och en man i kostym och ryggsäck. Kombinationen verkade fel. En tråd hängde fram ur hans öra. Han stirrade stelt och talade rakt ut i luften. Det lät som en affärsuppgörelse. Bakom henne gallskrek ett spädbarn. Den unga modern ryckte nervöst i handtaget, hela barnvagnen skakade.

"Sch", väste hon. "Schhh ..."

Hon skulle av vid slutstationen i Södertälje. Ingrid hjälpte henne att lyfta ut vagnen. Barnet skrek fortfarande. Hon såg en skymt av ett par fäktande armar. Tänkte på sin syster igen. Farmor nu. Själv skulle hon aldrig få barnbarn, varken bli farmor eller mormor. *Titus flickor? Nej.* En hastig längtan efter sitt eget, mamma och pappa, småsystrarna. En tid då det ännu funnits drömmar. Nej, slog bort det. Stark nu, stark och målfokuserad!

Hon hittade bussen mot Ritorp. Visade fram sin biljett och klev ombord. Hon bad chauffören tala om när de kom till Ragnhildsborgsvägen. Det var där hon skulle gå av. Han ruskade buttert på huvudet och gjorde en gest.

"Kommer automatiskt på displayen."

"Tack", sa hon lamt.

Det sög till i magen. Snart skulle hon vara framme. Skulle Rose känna igen henne? Visste hon överhuvudtaget hur Ingrid såg ut? En gång i bokhandeln. En episod. En kund som kanske var Rose. Smal och hätsk, *kan jag hjälpa dej?* En glödande blick av förakt, *nej det tror jag knappast.* Hon hade nämnt det för Titus efteråt, kunde det ha varit hon, tror du? Han hade snäst åt henne.

"Varför det? Varför skulle Rose göra nåt sånt?"

"Jamen för att ..."

"Du inbillar dej så mycket. Sluta upp med dina skuldkänslor. Hon är inte sån. Rose är en hederlig människa. Hygglig och rejäl. Absolut inte en person med dolska avsikter."

Men hur skulle hon reagera nu när kvinnan som tagit hennes man ifrån henne kom och bultade på dörren? Titus avskydde det där uttrycket. Tagit ifrån.

"Som om jag vore ett föremål som man kan flytta hit och dit."

Han hade rätt. Visst hade han rätt.

Hur skulle hon formulera sig när hon stod ansikte mot ansikte med Rose? Olika fraser for runt i huvudet.

"Jag har kommit med ett bud från Titus." Det lät bibliskt, *utgick ett påbud ... att hela världen skulle skattskrivas ...*

Eller:

"Hej. Du tycker kanske det är konstigt att se mej men jag är Ingrid och jag måste prata med dej." Var det bättre? Ja. Bättre. Men skulle Rose lyssna? Skulle hon gå med på att besöka Titus? Det måste hon väl? När hon fick klart för sig hur allvarligt det var. Att Titus var sjuk. Mycket, mycket sjuk ...

Ingrid svalde. Försökte titta ut och koncentrera sig på omgivningen. Hon frös inte längre, hade tagit täckjackan över fleecen. Det blev tjockt och stumt men värmde. Rose skulle granska henne. Uppifrån och ner.

Är det så hon ser ut, den som har brädat mej. Jag trodde Titus tyckte illa om fetknoppar.

Men å andra sidan. Rose skulle inte behöva upptäcka hennes svällande midjemått. Om de överhuvudtaget träffades skulle Ingrid aldrig gå in i huset, aldrig ta av sig jackan. Bara knacka på och överbringa hälsningen. Just så. Överbringa.

Svett bröt fram under brösten, klibbade mot magen. Hon luktade väl inte? Hon hade duschat länge och smort in sig med en lotion som var alldeles ny. Titus hade alltid tyckt att hon luktade så gott. Men de senaste veckorna hade han störts av lukter. Till och med tandkrämen fick honom att må illa.

Hon vek upp kartan som hon skrivit ut från datorn. Det var dags att stiga av. Hon hoppades att det inte var för långt att gå. Kartan var lite förvillande. Hon kände sig darrig. Bussen stannade och hon klev ner på asfalten. Med ett pysande ljud stängdes dörrarna bakom henne och bussen for vidare. En dunst av diesel. Hon höll andan. Korsade gatan och började gå. Villor först och radhus. Det såg prydligt ut, inte alls så som hon föreställt sig Södertälje, gängkrig och kriminalitet. Ödsliga gator. Välskötta små täppor med vårblommor i rabatterna. Idyll. Den tyngde henne. På nytt fylldes hon av lättnad över att bo inne i stan. Man var mer anonym där, inte så exponerad. Här visste väl alla allt om varandra.

Titus och hon hade pratat om att skaffa ett sommarställe men det hade aldrig blivit av. Efter åren i villan var han trött på gräsklippning, det skulle i så fall vara en naturtomt. Inte alltför långt bort. Och gärna ute i skärgården.

Så skulle det aldrig bli. Lika bra att vara realistisk. Inte ens om Titus blev frisk skulle det bli så.

Annie Berg, hans kompanjon, bjöd förra året ut dem till sitt sommarhus i Södermanland, några mil utanför Flen. Hon hade övertagit det efter sina föräldrar. Det fanns en sjö, Ingrid kom inte ihåg vad den hette. Men det var vackert. Huset var enkelt och omodernt. Hygienen fick man sköta vid en brygga nere i sjön.

De rodde ut en sväng med ekan. Annie vid årorna, klädd i shorts och linne, de nakna breda fötterna tog spjärn. Hon var solbränd och helt olik den Annie som Ingrid dittills sett.

”Det är här jag laddar batterierna”, förklarade hon.

”Är du aldrig rädd”, frågade Ingrid.

”Nej.”

”Inte ens när åskan går? Eller om du vaknar på natten?”

”Alla är inte så ängsliga som du, min lilla harpalt”, skrockade Titus.

Åh, hon längtade efter honom. Åh, om den här dagen vore över. Hur långt var det egentligen till den där Borgviks gård? Mycket längre än hon hade föreställt sig. Fel skor också. Hon hade rotat fram ett par väl ingångna kängor, spruckna i skinnet, bruna och med röda band. Banden passade inte riktigt, de borde varit bruna de också, men röda var de enda hon hittat när de gamla en gång gick sönder. Hon brydde sig inte om det. Det var ett tag sedan hon använt kängorna. Hon mindes inte när. Hon insåg nu att de var lite för små. Hennes fötter tycktes ha vuxit. Det skavde bakpå vänstra hälen. Det höll på att bli ett sår. Hon stannade och rotade i väskan. Ibland fanns det plåster i något fack. Dock inte nu. Hon måste vila lite. Dikena var gula av tussilago. Sådana hade hon inte sett på flera år. I stenstaden växte varken tussilago eller blåsippor. Hon erinrade sig något som hon hade hört för länge sedan. Hästhovsbladen kunde läggas på sår. De hade en läkande effekt. Men då skulle de förstås inte vara så här dammiga.

Hon fortsatte att gå. Hälen gjorde allt ondare, det måste ha gått hål. Hon kikade på kartan, stämde den verkligen? Hon visste inte längre. Vägarna löpte kors och tvärs. Måste fråga någon. Kruxet var bara att det inte fanns någon att fråga. Inte en enda människa. Klockan var sex. Folk borde väl ha kommit hem från jobbet vid det här laget? Hon började bli törstig också. Och varm. Hon drog ner dragkedjan i jackan, fläktade in luft.

Hon hade kommit allt längre bort från tätbebyggelsen. Alltmer lantligt med enstaka hus. Hagar med betande hästar. Hon kom till en korsväg. Mellan träden glittrade vatten, då kunde det väl ändå inte vara så långt kvar.

Hon vände sig om och lyfte på byxbenet. Ryckte lite i sockan, den satt fast. Smärtan fick henne att kvida. Titus fel, hans orimliga krav och önskemål. Hon fylldes av förbittring. Tog upp en sten från vägen, slungade den hårt in i skogen. En sky av damm där den föll ner. Hon grymtade till av förtvivlan. Och så skulle hon tillbaka igen, samma långa väg, samma plågsamma canossavandring. Med det här såret! Nej! Hon skulle banne mej ta en taxi. Ända hem till Tulegatan.

NÅGOT RÖRDE SIG PÅ TRAPPAN. Det lät som steg. Var det någon som kom? Vem i så fall? Hon väntade ingen, fick sällan besök. Tomas? Om han hade återvänt till Sverige? Och nu ville överraska henne! Komma till henne som en födelsedagspresent, så som han en gång hade gjort. För tjugosex år sedan. Det ilade till längs ryggraden. Rose la ifrån sig manusbunten. Lyssnade. Jo, där var det igen. Någon trampade runt där ute. Tomas! Det kunde inte vara någon annan.

Hon flög upp ur soffan, glömde bort sitt onda ben. Tassade fram till ytterdörren. Lyssnade. Jo. Det knackade. Någon knackade på dörren. Hon kände hur det började rycka i läpparna, en vild och barnslig glädje.

"Jag kommer", ropade hon. "Alldeles strax, jag kommer!"

Och så var dörren öppen.

Kvinna, en kvinna. Inte han. En kvinna i täckjacka, hon såg svettig ut, ögonen glansiga och små. Besvikelsen fick henne att flämta till. Bröstkorgen hävde sig. Kvinnan öppnade munnen och hasplade fram något. Hennes röst var tonlös och tunn.

"Rose? Det är väl du som är Rose?"

Handen fram till en hälsning. Rose tog emot den, slappt.

"Känner vi varandra?" fick hon ur sig.

Ändå något vagt bekant, en förnimmelse av olust.

"Inte direkt. Jag är Ingrid. Ingrid, du vet ... jag kommer med ett bud från Titus."

Som om en pelare hade format sig om henne. En hög och genomskinlig pelare. Där inne stod hon nu och allt var tyst. Såg hur kvinnan öppnade munnen. Såg hur hon talade. Men vakuum.

Strax därpå var det över. Hörseln kom tillbaka i ett brus.

Kvinnan tog stöd mot dörrkarmen. Hennes naglar var målade i rosa. Hon log spänt.

"Får jag bara komma in en liten, liten stund. Jag ska genast gå, jag ska inte störa. Men om jag kunde få lite vatten bara. Och om du råkar ha ett plåster. Jag har fått ett sånt jäkla skoskav."

"Bud?" sa hon, för det var ordet som hade stannat kvar. Hon häpnade över hur rösten bar henne. Och ännu mer. Hur hon slog upp dörren helt och släppte in den främmande kvinnan.

Hon stod i hallen nu. Bland Roses ytterkläder och stövlar. Hon vidgade näsborrarna.

"Jag ska strax ge mej av igen. Jag skulle bara …"

"Stig in och sitt en stund", hörde hon sig själv, en gäll metallisk röst som kom ur den snörpta strupen. "Du ser helt färdig ut. Hur har du tagit dej hit? Du har väl inte gått?"

Kvinnan som var Ingrid log igen. Vädjande. Så knep hon ihop ansiktet och brast i gråt. Hickande som en barnunge.

"Jo, jag gick. Det var så långt … jag fick ett så förfärligt skavsår."

"Men kom in ett tag, vet jag."

Kvinnan såg osäkert på henne. Böjde sig sedan ner och fumlade med skosnörena. Stod i bara strumplästen. Rose föste in henne i vardagsrummet. Lyfte undan några klädesplagg från fåtöljen. Tryckte ner henne där. Det bultade i hennes trumhinnor, *bonk, bonk*, som hammarslag. Hämtade en mugg vatten. Kvinnan drack i långa, djupa klunkar. Vatten rann längs hakan, ner på halsen och jackan. Hon gjorde ingenting för att torka bort det. Satt och virade med tummarna, lugnade ner sig.

"Vad hade du för ärende, sa du?"

Kvinnan lyfte huvudet, såg henne rakt in i ögonen. Stickande blick med små pupiller.

"Det var Titus som skickade mej."

"Vem?"

"Titus. Det var han som ville att jag skulle göra det här." Kvinnan tog sats. Snabbt och forcerat började hon prata, som om hon måste skynda sig att häva ur sig allt det som hon måste säga. Medan hon ännu hade mod.

"Jag skulle aldrig själv ... jag vet ju ... Men det är Titus, han vill träffa dej."

Rose hade sjunkit ner på armstödet till soffan. Det smakade illa i munnen, en bitter och frätande smak. Hon nickade.

"Jaha", sa hon.

"Han är sjuk, jag vet inte om du har hört det men jag antar att du har kontakt med hans döttrar och då vet du det säkert, hela bokbranschen vet ju också, så kanske har du hört det därifrån om inte annat."

Jo. Ett rykte hade cirkulerat. Titus Bruhn skulle ha drabbats av cancer. Den store förläggaren Bruhn. Hon hade inte velat lyssna. Det kom henne inte vid.

"Nej", sa hon.

"Så är det i alla fall. Han ligger på sjukhuset nu. Han ..." Hon tog en klunk vatten och tystnade. Muggen darrade i hennes hand.

Även Rose var tyst. En koltrast började sjunga, klara, jublande toner. Ofta satt den i björken, högst upp, hon brukade se den som en svart liten vippa bland grenarna. Den sjöng över Akela, brukade hon tänka. Den sjöng över Akelas grav. Den här vintern, som inte hade varit någon riktig vinter, hade den bott under rishögen borta vid bersån. Den hade livnärt sig på nerfallna äpplen. Hon hade pratat med den och den hade lyssnat. Inte flytt undan utan suttit kvar, rund och uppburrad. Tittat med sitt lilla knappöga.

Kvinnan på stolen ändrade ställning.

"Min älsklingsfågel", sa hon. "Vet du att koltrasten är min älsklingsfågel? Varje vår när man hör den ... då anar man hur livet återvänder. Hur det mörka och dystra liksom sveper bort."

"Mmm."

"Så vackert den sjunger", fortsatte kvinnan. "Som ett instrument, en flöjt eller nåt. Så underbar naturen kan vara. Jag tänkte på det också när jag gick från bussen. Vilken idyll här är."

"Ja."

"Trivs du bra? Det måste du väl göra?"

"Jag trivs."

"Ja, jag bor ju ... vi bor ju inne i stan, mitt inne i smeten så att säga. Fast det är fint det också, på sitt sätt. Jag är nog en stadsmänniska egentligen. Livet blir mer spontant liksom, konserter och så, teatrar ..." Hon förde handen till ansiktet och strök en slinga hår bakom örat. Hon var fläckig och flammig ner mot halsen. "Inte för att vi gör så mycket sånt numer förstås. Han har inte orkat."

Han. Titus.

Rose stod vid bordet, fötterna i kramp mot golvet. Som om hon vreds fram ur bräderna, skruvades. Hon kände hur läpparna stelnade, allting stelnade, fingrarna, bröstkorgen, tårna. Till och med ögonlocken. Pelaren av glas var tillbaka. Hon var i den. Den omslöt henne.

"Jag skulle h...hälsa så my... mycket till dej", kom det stammande från fåtöljen. "Han håller liksom på och reder ut sitt liv. Det som har varit ... och han ..." Hon kacklade till och gned sig över läpparna. "Förlåt ... jag är inte riktigt mej själv, det har varit en jobbig tid, han har varit så sjuk, jag har pendlat mellan hopp och förtvivlan ... just idag lät han bättre, men det ändrar sig, hela tiden ändrar det sig, man kan aldrig veta säkert, upp och ner går det, men nu säger de att han inte kan vara kvar där längre, ja på sjukhuset alltså, utan att han måste flytta till ... ett hospice ... och det låter så, ja du vet ..."

Hon pressade knytnävarna mot ögonen men ingen grät. Efter en stund:

"Hans önskan är nu att få träffa dej. Jag har skrivit upp hans telefonnummer. Och rummet där han ligger, och sjukhuset. Jag lägger lappen här."

Ett papper på bordet, överst på högen av manus. Ett papper med ord och siffror. Handen som la det där, fingret hade ringar av guld. Två stycken var det, med stenar. Hon fortsatte.

"Jag vet ju att ni ... vad han gjorde mot dej. Alltså ... hur du säkert uppfattade att han gjorde, även om ... Eller vad *vi* gjorde. Rose, kan du förlåta oss? Det var inte vår mening att skada dej. Det hoppas jag att du förstår. Och även om du inte kan förlåta helt och hållet ... så gäller det honom nu. Vi måste tänka bort oss själva, dej och mej. Det skulle betyda så oändligt mycket om du ville åka in till honom, bara ett kort besök, bara så att han får ..."

Rose rörde sig inte. Till och med andningen tycktes upphöra. Genom pelarglaset såg hon hur den främmande kvinnan krånglade sig upp ur stolen. Hur hon stod en stund och vacklade. Såg henne lyfta den tomma muggen och haltande ta sig mot köket.

"Jaha, jag ska väl ta och gå då. Tack snälla för att du tog emot mej. Eh ... jag ställer ut den här muggen på diskbänken. Men innan jag går ... tror du att du råkar ha ett plåster?"

Nu var hon ute i köket. Hörde henne skrika till. *Det är ett djur, en råtta!* Hörde henne skrika. Hörde muggen som krossades mot golvet.

Och så ett annat ljud, ett starkare, ljudet av glas som exploderade.

Med ett vrål sprängdes hon ut ur pelaren.

INGRID

MÖRKER, ETT SKÄRANDE MÖRKER.
Kroppen tvärt av, tvärs itu.

Och alla kungens hästar och alla kungens män
de kunde inte draga upp Måns Klumpedump igen.

Någon läser? Farmor? En darrande farmorsröst.
Du ska sova nu, käraste flicka. Sova, det är sent, det är natt.

Hon drogs fram. Tillbaka ut i smärtan, vit som glöd. Låg på rygg, nacken sned och vriden. Andetagen. Ett och två. Outhärdlig tyngd mot bröstet. Revbenen bräckta, av.

Mammahjälpmej, kom.

Gled iväg. Behagligt. Farmor med sitt vita hår. Rullat till en korv och fäst i nacken.

Gud vill ha mej sådan, ser du. Herrens brud.

Och hon lossade nålarna, en efter en. La upp dem på bordet i rader. Håret långt och glest. Föll ut över farmors axlar. Mitt framför Ingrids ögon förvandlades farmor till häxa. Häxan i blåbärsskogen. I ett hus av sirap och bröd. Grep med de knotiga fingrarna.
Men vad tar det åt dej, tös?

Och nu då? Nu? Var är jag?

Kvar i samma läge. Försöker röra en arm! Kan inte. För tung. Järn-
balk till arm, till armar.

Är det ett jordskred som har drabbat oss? Är jag blind? För jag kan
inte se. Trots mina vidöppna ögon.

Fingrarnas toppar. Känselspröt.

Kära lilla Gud, var är jag?

ROSE

DET VAR BLODSTÄNK I KÖKET, ända upp på väggen var det blod. Muggen låg krossad, skärvor av porslin. Mitt bland skärvorna låg någon död, med spretande livlösa lemmar.

Rose hade smällt igen luckan, dragit över mattan. Täckt. Föll på knä nu, lyfte upp det ännu varma lilla djuret. Huvudet var intryckt. Långa svansen slapp. Blod och något vätskande, gråvått.

"Neljä", viskade hon. "Neljä."

Men allting var över. För sent. Hon kände hur axlarna skakade.

Hon gick till garderoben. En skokartong. Hade sina finskor där, de högklackade, som hon bara använt en enda gång. Augustfesten i Berwaldhallen. Annie hade övertalat henne. Fast hon inte ville, kände skygghet, hat. Det var precis efter kraschen.

Annie lockade.

"Du behöver komma ut bland folk. Och *han* kommer inte att vara där. Ingen av våra böcker är nominerade. Du vet hur han resonerar. *Varför skulle jag då gå dit och betala en massa pengar för att se andras författare få pris?* Det är dyrt. Du vet ju vilken snåljåp han kan vara."

Så hon lät sig övertalas.

Skorna. Enda gången. Hon tog upp dem nu, ställde dem på golvet. En slankig tuss av damm i kartongen. Hon bar ut den i köket, torkade rent. Hela bomullspåsen, bredde ut på botten till en mjuk och veckig bädd. Fann servetterna, de som passade till muggen. Samma blommiga mönster. Två muggar, servetter och ljus. Tomas hade köpt dem åt henne för länge sedan. En jul. Alla servetterna var kvar. Hon hade aldrig några gäster. Två blommiga muggar, nej en. Den andra var i blodiga skärvor.

Neljä.

Djuret låg på rygg i hennes handflata. Tassarna i vädret, utan liv. Klorna var små välformade fingrar. Till och med naglar hade de.

Hon tog en av servetterna, svepte. Sänkte sakta ner i bomullen.

Ute skymningsmörkt. Hon tog på sig stövlarna. Borta under björken var jorden porös, uppblandad med sand och tallbarr. Lätt att gräva. Djupt. Tätt intill Akelas viloplats. Svepte med ficklampskäglan. Blåsippor. Rev av några stjälkar. Klädde gropen fin. Innan hon sänkte ner kartongen.

Där inne skulle allting vara orört. Hon hade städat. Torkat upp. Dragit mattan över luckan ner i golvet.

Hon skulle sova nu.

Orört.

Ingenting alls hade hänt.

Just då, ett ljud. Ett stilla purrande. Det kom från väskan. Först nu blev hon medveten om den. En stor brun väska av mocka. Hon drog den till sig. Öppnade.

Ljudet kom från en mobil. Likadan som hennes egen. Hon tog upp den, satte den mot örat. Rösten tydlig men rädd.

"Ingrid. Var är du? Har det hänt nåt?"

Hon höll andan.

"Älskade Ingridflickan min! Du måste svara, jag är så orolig."

Då knäppte hon av.

Gick tillbaka ut med spaden.

INGRID

FLAGOR AV MINNEN, som trasor.
Jag.
Är.

Ingrid Margareta Andersson. Född den nionde september 1954 på Jönköpings KK. Pappa och mamma Andersson. Edvin och Vega. Det var deras barn jag var, deras fina äldsta dotter.

Var jag en god dotter? Nog var jag det? Jag har alltid försökt göra mitt bästa.

Det klibbade av tårar. Hon rörde handen, lyckades böja en led. Där på rygg i mörkret lyckades hon känna sina ögonfransar.

Liplisa. Men nu? Vem skulle inte gråta?

För jag ligger i ide nu. Ingrid Andersson Bruhn.

Nixons brutala näsa.

"Här har du det ju fint. Fin liten boklåda. Ett riktigt litet näste! Och här kommer jag med ännu flera godisbitar. Den här gången, Ingrid, den här gången kommer det att bli ett sug. Du kommer att sälja som fanken. Du kommer att bli rik som ett troll."

Alla nya glassiga bokomslag. Han radade upp dem på bordet i det bakre rummet. Titus hade lagt henne där, på rygg som nu. På rygg mot den röda duken, som hon köpt för att skapa lite hemkänsla. Han hade vecklat upp kjolen på henne, jo, hon hade börjat använda kjol. Kände sig kvinnlig plötsligt. Och ville det.

Alla nya glassiga omslag.

"Fast du kanske redan har försett dej? Du kanske föredrar ett speciellt förlag?"

Nixons näsa rynkades, hans skratt. Små bubblor av spott på hennes händer.

Nej. Hon hade inte kvar den. Akademibokhandeln hade slagit klorna i hennes lilla välskötta bokhandel. Ett föredöme i branschen. Se där, det går att driva bokhandel privat. Grupper hade kommit på studiebesök. Bokhandlerskan i Gamla stan. Se här är en som har lyckats!

En förmiddag hade två utsända spejare från den stora kedjan klivit in över tröskeln. En kvinna och en man.

"Du har verkligen en förnämlig liten rörelse här."

"Tack", hade hon sagt. Oron kvillrade i magen.

De hade gått omkring och plockat bland böckerna. Kikat in i bakre rummet. Tagit mått. Kvinnan hade högklackade stövlar. Nerstoppade byxben, hon var ung.

"Verkligen förnämlig", hade hon nickat.

Dåsade en stund igen. Men frös. Trevade efter sitt täcke. Alltid frampå småtimmarna blev det så kallt i rummet. Vargtimman, skrattade Titus och öppnade sin breda famn.

"Kryp över hit till mej, ditt lilla pyre. Kryp över hit så ska jag värma dej."

Ett fladder av purpur, av smärta.

ROSE

HON UPPTÄCKTE MANUSHÖGEN och då mindes hon. Hon hade ett arbete att utföra. Midnatt. Tillbaka i soffan. Började läsa. Oscar Svendsen skulle inte få någon hållhake på henne. Hon var exakt den där klippan som han lite överlägset hade kallat henne.

Hon hade kokat starkt, uppiggande kaffe som hon nu drack av. Inte ur den ensamma blommiga koppen. Utan en annan, handdrejad, som hon köpt uppe på Torekällberget. Annie och hon hade varit där på julmarknad. I och för sig tyckte hon illa om sådana jippon. För mycket folk, för många kinkande ungar. Men en vacker blå kopp att dricka morgonkaffet ur. Annie hade köpt en, även hon.

"Jag ska tänka på dej när jag använder den. Då kan vi tänka på varandra."

Annie var inte så sorgsen längre. Det var skönt. Kvarlevorna efter hennes försvunna arbetskamrat Berit Assarsson hade återfunnits. Hon som varit borta i flera år. Ovissheten hade slitit på Annie. Men nu fanns det en förklaring. Berit hade tydligen irrat sig ut på den tunna Mälarisen utanför Hässelby. Hon hade drunknat. Flera år senare hade hon drivit i land. Eller det som var kvar av henne. Nu fanns det en grav att gå till. Ett avslut.

Ibland försökte Annie berätta om Titus. Hon träffade ju honom varje dag, de var kompanjoner. Rose ville inte höra.

"Jag bryter vår vänskap om du för det namnet på tal."

"Så illa är det alltså?"

"Så illa är det."

Hon läste några sidor. Inga fel. Var det verkligen sant? Hon måste läsa om dem. Hittade genast flera stycken. *Det kommer visa sig så småningom.* Kommer *att.* Ilsket plitade hon dit ett infinitivmärke. Översättaren var en välkänd, ofta anlitad man. Han om någon borde veta.

Vidare: Glömt kommatecken på två ställen. Felstavat ord, *kongruens.* Konkruens stod det. Eller såg hon fel?

Hon höll upp sina glasögon mot lampan. Smutsiga. Gick ut i badrummet och blaskade av dem. Sneglade mot köket. Luckan stängd. Mattan rak och sträckt med breda ränder. På sommarens hetaste dag brukade hon tvätta den. Bära ner den till stranden och banka på. Så som kvinnorna gjorde förr i tiden. Låta den torka i solen. Doften av såpa, rent!

När hon en gång flyttade in i stugan med Tomas visste ingen av dem ännu om källarutrymmet. Inte förrän hon en dag bestämde sig för att göra en ordentlig storstädning. Hon hade noterat luckan med dess ring i golvet men inte brytt sig om den. Det var för nära efter kraschen, detaljer intresserade henne inte. När hon rullade ihop mattan satt Tomas i soffan med uppdragna ben. Han lutade sig intresserat fram över bordet.

"Kolla! Vafan är det där?"

"Ser ut som en lucka."

Han var nere i ett nafs och grep om ringen. De hjälptes åt att ställa upp luckan, det fanns en liten spärr som gjorde att den inte föll tillbaka. Lukten av fukt slog emot dem. En stege ledde ner i mörkret. Tomas hämtade ficklampan, en rejäl stavlampa, vilket verkligen behövdes här ute på landet, det hade hon ganska snart blivit varse. Han klättrade ner. Det hade kommit något barnsligt, entusiastiskt över honom, något som hon inte sett på mycket länge. Lampljuset fladdrade där nere.

"Hittar du nåt?" ropade hon.

"Näe, här är tomt."

Hon erfor en svävande lättnad.

"Jaså, ingenting alls?" frågade hon.

Hans huvud dök upp ur luckan.

"Men det kan bli fint, morsan. Det kan bli grymt läckert här nere.
Man får bara vädra lite förstås."

Hon rynkade på näsan.

"Jo, men det är säkert", fortsatte Tomas. "Jag tar hit polarna så
fixar vi till det."

Han var myndig och på väg ifrån henne. Skolan var över, han var
vuxen.

"Gör vad du vill", sa hon.

För säkerhets skull ringde hon Claes Schröeder.

"Har du nåt emot om min son rustar upp det där källarutrymmet
lite? För det är väl knappast K-märkt?"

Claes Schröeder skrattade torrt i luren. Hon hörde motorljud,
ibland försvann hans röst.

"Nej då, det går bra", uppfattade hon. Sedan bröts samtalet.

Tomas hade velat ha en musikstudio och de andra killarna, hans vän-
ner, hjälpte till att ljudisolera rummet under golvet. De talade till
och med om att schakta ut och göra en separat ingång så man slapp
gå ner genom luckan. Men så långt kom de aldrig.

En av dem hade kontakter inom byggbranschen och körde upp ett
lass plattor av stenull och glasfiberväv. Därefter följde en tid av ener-
giskt hamrande och bultande. Till och med en kemtoa ställde de in
i ett bås. Den blev aldrig helt installerad. Hon hörde dem prata om
en fläkt som skulle mynna ut någonstans och en motor. Men så blev
det inte. Hon visste inte hur mycket toaletten hade använts. Eller
ens om. För övrigt fanns ingen elektricitet där nere. Tomas drog ner
förlängningssladdar när de brassade på med instrumenten.

"Ska det vara nödvändigt med den där toaletten", invände Rose.
"Det verkar lite överdrivet. Ni kan väl använda den som finns här
uppe?"

"Fast man kan bli jävligt skitnödig när man komponerar", skäm-
tade killen med stenullsplattorna. "Det kan vara frågan om sekun-
der." Han var en glad och bullrig grabb som egentligen inte alls
passade ihop med Tomas.

Hon lagade mat åt dem, medan de arbetade. Pannkakor och grytor med bulgur. Bakade bullar som om de varit förskolebarn. De åt med glupande aptit.

De bildade ett band. Nameless. Ingen av dem kom på något annat. Tomas spelade gitarr och grabben med stenullsplattorna, Rogge, spelade trummor. Det fanns några andra också, hon hade nästan glömt dem.

Isoleringen fungerade bra. När de satt under golvet och spelade trängde bara svaga ljud upp i köket, som vibrationer, som ett daller av små dova stötar. En kväll fick hon komma ner och lyssna. De hade placerat ut värmeljus och lyktor runt väggarna och först blev hon rädd att det skulle ta eld någonstans. Tomas hade skrivit både text och musik. Nakna, råa ord som oroade henne. Hon försökte känna sig stolt men gråten sköljde upp och tog över. När de märkte det tystnade de.

"Det är nånting med luften ..." urskuldade hon sig. "Jag blir visst allergisk."

Hon såg på dem att de inte trodde henne.

Några turnéer blev det aldrig, inte heller någon inspelning som de hade drömt om att få göra. Ingenting fanns längre kvar av Nameless musik. För någonting hände. Bandet upplöstes. Om de tröttnade bara? Eller blev osams? Hon vågade aldrig fråga.

Hon hade bara varit nere i rummet några få gånger sedan Tomas gav sig av. För att kolla att allt var som det skulle. Den smala sängen stod bäddad, ifall han skulle komma tillbaka. Men egentligen hade han aldrig velat sova där nere, det blev för instängt, tyckte han.

Det mesta av sitt hade han gjort sig av med när han stack. Kvar fanns en bokhylla med böcker och noter. Vidare några enkla stapelbara stolar och det svarta soffbordet av härdat glas som han varit så stolt över. Nästan tvåtusen kronor hade det kostat på Ikea och han hade betalat det med egna pengar och själv lyckats montera ihop det. Av beskrivningen framgick att man måste handskas varsamt med det och hon hade tänkt på pojkarna och deras slängiga rörelser. Men skivan hade undgått repor.

Första gången hon klev ner hade hon haft med sig en trasa och putsat av bordsytan. Det låg en penna på bordet. När hon lyfte den såg hon tydligt hur dammigt det var. Hon förundrade sig över var allt damm kunde komma ifrån. I ett sådant slutet utrymme.

Innan hon klättrade tillbaka hade hon kikat in på kemtoan och öppnat locket. Det luktade svagt av kemikalier.

Då och då ställde hon upp golvluckan för att vädra. Men för det mesta var den stängd och täckt av mattan.

INGRID

GRADVIS KOM HON TILLBAKA. Till någon form av nu.

Hon hade rest sig från fåtöljen i Roses vardagsrum. Skulle ställa ut sin mugg. Kvinnan som var Rose hade lyssnat. Allting hade gått bra. Hela uppdraget var nästintill utfört. Hon hade hittat huset, blivit insläppt av Rose och framfört sitt meddelande. Nu skulle hon bara få ett plåster på det otäcka skavsåret. Rose skulle ge henne ett plåster. Därefter skulle hon gå ut ur huset. Lämna det. För alltid.

Hej då, Rose, och tack för din storsinthet.

Väl ute på vägen, *äntligen*, skulle hon ringa efter en taxi. Borgviks gård. Det visste de, de hade GPS:er. Och medan hon väntade på taxin skulle hon ringa Titus.

"Jag har gjort som du sa. Hon verkar sjyst. Jag tror att hon lovade att komma."

Fram till dit.

Men sedan?

Mer och mer lyckades hon få kontroll. Kroppen kändes öm och förbrukad, tungan smakade järn.

Benen. Hon drog upp dem och rörde vid sina knän. Med högerhanden. Vänsterhanden var inte riktigt med ännu, den måste ligga kvar och vänta. Knäna. Hennes runda knän i byxorna. Solbrända på sommaren, små kullar. Han tyckte om att kupa händerna över dem, de passade ihop, sa han. Hennes knän under hans handflator.

Det var väl inte sommar nu, vad var det? Hon frös. Kanske var det vinter. Knäskålarna värkte. Först hade hon trott att de var krossade, så hade det känts. Men så illa var det nog inte.

Hon fortsatte sin undersökning. Ner mot vaderna. Vid hälen sved det till. Hm. Det var skoskavet. Sockan satt fast, hon ryckte loss den. Smärtan gjorde gott. Det var den sortens smärta som man kunde härleda.

Hon tryckte med rumpan mot underlaget. Då blev det kallt och vått. Hennes byxor var blöta. Hon hade kissat på sig. Gode Gud. Pinkat i byxorna. Sidentrosorna, hon hade fått dem av Titus. Ett litet paket vid frukostbordet. Det fanns en affär uppe på Drottninggatan, med exklusiva underkläder. Där brukade han ofta gå och handla. Hon hade en känsla av att det var länge sedan. Mindes sedan sjukhuset. Och Titus. Då måste hon stillna en stund och bita sig hårt i kinderna.

Var det ett golv hon låg på? På ett golv i sina sidentrosor. Och en jeansbak som var våt och tung. Hon huttrade. Tryckte ner skulderbladen, ett i taget. Det vänstra gjorde ont. Det skar som eld långt ut i hela armen. Det var något med armen. Vad var det?

Gled bort igen. En olycka. Jo. Nu visste hon. Hon hade suttit i en taxi och den krockade. Taxichauffören skriker, ett vrål, hon ser en bil, den kommer rakt emot dem. Nu är det över, tänker hon, hinner hon faktiskt tänka. Ja. Så måste det ha varit.

För kraschen minns hon som ett dån rakt in i ansiktet.

Jo då. En trafikolycka.

Är hon på sjukhus nu? Så är det. Så måste det vara. Är hon kanske nedsövd och drömmer? Har de amputerat hennes vänstra arm och drar sig för att nämna det för henne. Fantomsmärtor. Hon får skämta lite för att lugna dem. *Det gör ingenting, var inte rädda. Tur i oturen att jag är högerhänt. Men se till att ni får stopp på blodet bara. Där har jag inga reserver.* En sköterska, syster Lena är det, med det milda sorgsna leendet. Hon säger något, lågt, och munnen snörper.

Det kan vi faktiskt inte garantera.

Så hård hon har blivit, syster Lena. Ingrid kvider, hon söker sin arm. Och hon har tur, hon hittar den. Den ligger ju bredvid henne på golvet. Lättnad. För en stund. Men hon är törstig nu och törsten stiger. Gräver fåror i läppar och svalg. Hon tänker på rinnande vatten. Hör också ett porlande ljud, som ett brus strax intill henne. Hon smackar, det är torrt och strävt mot gommen.

Ser Titus, hur han skrattar, ser hans tänder.

Din förtjusande lilla klumpedump.

Och de andra på flotten, hur de skrattar.

Åh, vilken liten klumpig klumpedump.

Det kommer ett ljud ur hennes strupe.

"Ta bort mej härifrån, jag vill hem."

Gråter torrt i mörkret. Korta skrik.

Var är hennes väska, telefonen? Hon ska ringa till någon efter hjälp. Titus ska hon ringa till, sin man.

"Var är du, lilla musunge?" ska han fråga med en antydan till klander i rösten. "Jag är orolig för dej, förstår du. Lilla musunge, varför hör du inte av dej?"

Nej, ingen trafikolycka.

Såg på nytt hur hon steg upp ur fåtöljen.

Skulle gå ut med muggen bara.

Skulle ställa den i köket som den väluppfostrade gäst hon var.

Då:

En rörelse vid mattan. Något levande, ett djur!

Hon började hyperventilera. En vedervärdig, stinkande råtta. Hon såg den långa svansen mitt i språnget. Armen med muggen flög ut. Siktade och språnget klipptes av. Det var i självförsvar, så mycket minns hon. Och förvåningen över att hon träffade.

Inget, inget mer.

ROSE

ALLTING VAR SOM VANLIGT. Köket städat och klart. Borde hon sova? Nej, jag hinner inte, Oscar har ringt och ändrat tiden. Oscar, den stroppen. Han var gift, det visste hon. Hustrun hade tjänst på Sveriges Radio. De hade barn också, tvillingar i sexårsåldern. Arthur och Benjamin. Hm. Benjamin. Den gossen skulle aldrig kallas Benny, i varje fall inte av föräldrarna. Hon drack av kaffet. Kände hur den varma drycken silade sig ner genom strupen, hur den la sig tillrätta i magsäcken. Stirrade på texten. Bokstäverna rände runt som myror. Hon nöp efter dem med fingrarna, de slank undan.

Kongruens.

Nej, det var visst inget fel, det såg hon. Och att-ordet stod där som det skulle.

Var för trött helt enkelt. Måste sova. Några timmar bara. Föll tillbaka ner i soffan, lät sig falla. Inte sängen med dess bråda djup. Kröp ihop mot dynorna. Och slocknade.

När hon vaknade var klockan fem. Ljuset hade börjat stiga. Koltrasten sjöng för gryningen.

Vet du att koltrasten är min älsklingsfågel?

Min också. I princip.

Hon gick på toaletten. Duschade. Hett och länge. Smorde in sin torra hud.

De trasiga manchesterbyxorna. Hon skulle laga dem, så fort hon var färdig med arbetet. Allt annat måste vänta nu. Oscar Svendsen stod först i kön av plikter. Klämde försiktigt på benet. Blått och ganska ömt men bättre.

Gick på mattan i köket. Rakt över ränderna. Ett, två, tre. Såg några blodstänk. Blev stilla.

Hon skulle bli tvungen att tvätta mattan. Ta ner den till sjön fast det var kallt. Alldeles för kallt var det. Kanske till och med is kvar i vattnet.

Hon rullade ihop den med foten och undvek att se på handtaget som nu blottades. Den runda järnringen som var fäst vid luckan och aningen nersänkt i golvet. Tog fram plastflaskan med såpa, en rotborste och ett par gummihandskar. Lite luft, åh, hon längtade efter luft.

Kanadagässen smattrade och skrek utifrån öarna. Ett fartyg var på väg, de skrämdes. "Sunnanvik" konstaterade hon, ett av de största, med det orange skrovet. På väg in i Mälaren. Så nära gick det att hon såg männen ombord, klädda i lysande overaller. En av dem vinkade. Hon kunde inte vinka tillbaka. Hon bar den hoprullade mattan och såpan och borsten.

Alldeles nedanför kullen fanns en vik. En liten långgrund sand-strand. På sommaren kom folk hit och badade. Lämnade skräp efter sig. Tomma påsar och pet-flaskor. Hon gick förbi ibland, de blängde på henne. Satt där i sina baddräkter. Fimpar och öl. Hon kunde inte göra något för att hindra dem. Marken var kommunens. Tomtgrän-sen gick inte ända fram till vattenbrynet.

Hon bredde ut mattan och skakade den. La sedan ner den i det isiga vattnet. Fingrarna valnade omedelbart. Naglarna värkte. Det här var inte bra för hennes känsliga eksemhud. Hon hällde ut en klick såpa på rotborsten och började skrubba. Kallt vatten tog bort blodfläckar. Använde man varmt koagulerade blodet och fläckarna blev kvar för alltid.

Hon skrubbade med hårda tag. Skrubbade tills knogarna värkte under handskarna. Så här hade de haft det förr, statarkvinnorna. Och tjänstehjonen på de stora gårdarna. Hukat nere vid bryggorna med svullna artrosleder. Släpat hem det vattentyngda byket. Hur skulle hon förresten få mattan torr? Himlen var mulen, ingen sol idag. Det fick bli en senare fråga.

Hon hörde någon bakom sig, en röst. Hon ryckte till. Det var en man med en Jack Russel. Hade aldrig sett dem förut. Hon nickade avmätt. Mannen stannade och såg på henne.

"Stortvätt på gång?"

"Jo."

"Verkar kallt."

"Ingen fara." Hon gnuggade på med borsten, måste visa att hon inte hade tid för en massa tjafsande. Där inne på bordet låg manusbuntarna, betydligt mer än hälften kvar.

"Ursäkta att jag frågar, men varför inte vänta tills det blir lite varmare?"

Hon visste inte vad hon skulle svara. Hon gjorde en knyck med huvudet, kunde tas för en axelryckning. Till slut gav han upp och fortsatte bort mot båtvarvet. Rose stod med stövlarna i vattnet, kände kylan gå in i tårna. Böjde sig ner och lyfte mattan. Satte igång att skölja. Det svåra skulle bli att få hem den. Hur hade hon gjort tidigare? Då hade det varit sommar. Då hade den tunga blöta mattan bara svalkat henne, hon hade slängt upp den på ryggen och burit den.

Hon lyckades rulla ihop den till sist. Vatten trängde ut ur tyget, gjorde den hal och svårhanterlig. Hon fick grepp om rullen, släpade den. Den skulle bli smutsig igen men inte på samma sätt. Det här var något som hon skulle kunna borsta av när mattan väl hade torkat.

Golvet såg naket ut. Djurens skålar var tomma. Hon diskade ur dem och fyllde på med mannagrynsgröt. Man kunde köpa färdig gröt på Ellbes Livs. En gång i veckan brukade hon åka dit och storhandla. Nu var det snart dags för det igen.

Så fort hon ställde ner skålarna var Fikon och Smultron där. Även Tranbär stack fram sin lilla nos. Hon undrade om de hade märkt att Neljä inte längre fanns. Det var sällan de kom fram så här tillsammans. De satt i en ring kring skålarna. De tog i gröten med tassarna, slickade sedan av dem. Hon stod och såg dem äta. Plötsligt vände de sig allihop mot henne och blev sittande med darrande morrhår. Fikon satt på bakbenen, den långa svansen var stel. Ett tecken på rädsla, hade hon lärt sig.

"Vad är det?" viskade hon. "Mej är du väl inte rädd för?"

Så mindes hon. Fikon var Neljäs mor.

Hon tänkte på vad hon hört om elefanterna. När någon i hjorden dog samlades de andra för att sörja. Och varje gång de passerade platsen för dödsfallet brukade de dröja kvar ett tag. Stå där med hängande snablar. Hon hade sett det på teve också, en gripande och vacker film som gjort henne sorgsen hela kvällen.

"Neljä är död", sa hon långsamt. "Neljä kommer aldrig mer tillbaka. Neljä sover där ute under björken."

Fikon gned med tassarna mot nosen. Snart skulle också Fikon ligga död. Två år. Äldre blev de inte. En del blev inte ens så gamla. Fikon gick ner på alla fyra och tassade fram emot henne. Hon lyfte upp henne, strök över sammetspälsen. Råttan var rädd. Det lilla hjärtat pickade mot hennes tumme.

"Det är inte farligt", mumlade hon. "Rose ska ta hand om er. Allt ska bli som det har varit."

Men inom sig visste hon att det inte var sant.

INGRID

HON HADE LYCKATS komma upp på alla fyra. Eller tre, för vänsterarmen var obrukbar. Hon insåg visserligen att den fortfarande satt fast vid hennes kropp och hörde ihop med henne. Men något hade hänt med den. Den hade vridits på ett otäckt sätt och smärtan fick henne att flämta, att ta korta, huggande andetag.

Det hade kostat henne nästan övermänskliga ansträngningar att ta sig upp från ryggläge. Flera gånger hade hon förlorat medvetandet. Varje gång hon tappade kontrollen så där skruvades smärtan åt i den skadade armen. Men nu satt hon i alla fall på knä och trevade sig fram med högerhanden.

Mörkret var ännu kompakt, utom på en punkt någonstans ovanför henne. Där anade hon flimmer av ljus, som en fyrkant. Hon visste nu, hon hade fallit. Hon mindes ett hål och en lucka. Den stod öppen som en fälla. Rent livsfarligt var det.

Med yttersta möda kom hon upp på fötter. Det svaga ljuset satt för högt. Hon skulle aldrig nå det. Hon skulle aldrig orka upp till luckan och klara av att öppna den. Hon började förflytta sig. Små, små steg, små myrsteg. Stötte emot någonting och måste känna, höger hand fick söka av. Hittade kanter på ett lågt runt bord och några stolar. Lite till vänster fanns en säng. Strävt ylle, en filt. Den var bäddad. Hon satte sig på kanten, hon skakade. Föll sedan tungt rakt ner mot kudden.

Sov en stund eller domnade. Det var något konstigt med luften. Hon svettades och frös på samma gång. De blöta byxorna brände mot huden. Långsamt lirkade hon upp de hårt omstoppade filtkanterna, svepte in sig.

Rose. Det var Rose som hade knuffat ner henne i hålet. Hon mindes detaljerna allt skarpare. Med ens kunde hon återkalla vrålet, när det bröt sig in i hennes eget skrik, och sedan kvinnan som kom rusande över golvet.

Rose måste vara sjuk.

Hon var i händerna på en psykopat.

Skräcken fyllde henne, fick hennes tänder att skallra. Plötsligt mådde hon illa. Innan hon hann hejda det hade hon kräkts rakt ner på jackan och filten. Hon försökte torka bort det, strök av mot kanten på sängen. Det kladdade och stank mellan fingrarna.

Senare. Andra tankar, hopp: Rose hade nog inte menat att knuffa henne. Det var en olyckshändelse. Alltså måste hon väl släppa ut henne snart. Eller om hon ville skrämmas lite. Hon måste ju vara ganska arg på Ingrid. Ingrid hade stulit hennes man och vänt upp och ner på hennes trygghet. Skrämma henne lite, straffa henne. Säkert skulle hon öppna snart. Hjälpa henne komma till en läkare. Hon måste få den skadade armen omsedd. Rose skulle se hur skadad den var, hur konstigt och fel den hängde. Alldeles säkert var den bruten. Om hon någonsin mer skulle kunna använda den måste den opereras. Så den inte läkte ihop fel.

Titus. Nu mindes hon. Han måste vara utom sig av oro.

Vad kunde klockan vara? Hon hade ingen aning. Hennes armbandsur var inte av det självlysande slaget. Men om hon försökte tänka: Hur länge hade hon legat här nere? Det var kväll när hon kom fram. Kanske hade det gått några timmar. Hon hade legat bortdomnad. Då var det kanske natt nu. Ja. Natt var det. Natt.

Hon mindes sin mobil. Visst var den väl på? Jo, det var den. Den måste vara kvar där uppe i väskan. Om inte väskan fanns här nere hos henne? Det visste hon inte. Det kunde hon inte heller se. Men troligen var den där uppe. Titus måste ha ringt henne. Då måste Rose ha svarat. Vad hade hon sagt? Att Ingrid gett sig av och snart skulle vara hemma igen. Naturligtvis. Så måste hon ha svarat. Knappast att hon knuffat ner hans nya hustru i ett källarhål.

Då kommer hon väl snart, hade han tröstat sig.

Men om Ingrid inte kom hem? Vem skulle märka det? Vem skulle bry sig?

Titus! Han skulle märka det. Han skulle också veta var hon fanns och sända hit någon. Att hjälpa henne. Om han inte hade blivit sämre förstås. Så att han inte orkade. Så att han … Men då skulle sjukhuset ringa hem till henne. Be henne komma in. Och om de inte fick tag på henne? Vad skulle de göra då? Ringa hans barn förstås. Vi har försökt få tag på hans hustru, vet ni något om var hon finns?

Hon rynkade ihop sitt ansikte och stönade.

"Sluta!" sa hon högt. "Sluta, för helvete!"

Folk skulle komma hit, de skulle hitta henne.

Bara de upptäckte luckan! Rose hade ju stängt den. Tänk om hon sa att Ingrid, hon har aldrig varit här. Jag vet inte vad ni talar om.

Rädslan fick henne att gny.

Sedan sansade hon sig. Varför i hela fridens namn skulle Rose driva saken så långt? Nej. Allt skulle lösa sig.

Men det var en annan sak: Den där råttan i köket. Den där råttan som hon träffat med muggen. Den hade varit stor och skorvig med en vidrig svans. Den tänkte hoppa på henne. Hon hejdade den.

Tänk om den inte varit ensam! Råttor är väl flockdjur? De håller till i mörka utrymmen. Tänk om det fanns fler här nere! Hon kved och snyftade, drog upp sina ben i sängen.

I stan vimlade det av råttor nuförtiden. Flera gånger hade hon sett dem och de fyllde henne med avsky. Hon var rädd för dem. Råttfrossa. De slank fram under bilarna på väg mot soprummen. Någonstans hade hon hört att det gick fem råttor på varje människa i Stockholms innerstad. De kunde bli farliga också. Hon hade hört om en baby som blivit angripen. Mamman hade ställt ut vagnen på gården. Efter ett tag uppfattade hon hjärtskärande skrik. När hon sprang ut satt en stor råtta i vagnen. Den åt på barnets kind. Titus hade avfärdat det som en vandringssägen. Han tyckte att hon överdrev som vanligt. Han förstod inte hur paniskt rädd hon var för dessa djur. För att hjälpa henne komma över rädslan hade han köpt en dvd-film om tecknade råttor. *Råttatouille* hette den. De hade tittat tillsammans men inte ens det hade hjälpt henne. När horderna av tecknade råttor vällde fram över teveskärmen måste hon blunda.

En del av råttorna i stan var stora som katter. Det hade inte den i köket varit, men hon hade sett dess tänder. Långa och gula. Rakt på väg mot henne. Så hade det i alla fall verkat.

Hon kröp ihop, höll om den skadade armen. Höll den pressad mot hjärtat, kände hur det pickade av skräck. Hon måste ut! Genast!

"Hallå!" ropade hon. Ljudet lät stumt och dämpat. "Hallå", skrek hon igen, högre nu, men varje ansträngning fick det att svindla av smärta. "Rose, är du där? Släpp ut mej."

Eller också var alltsammans ett missförstånd. Senare tänkte hon det. Senare, när luckan ännu inte hade öppnats och hon inte hört ett ljud där uppifrån. Rose hade kanske inte sett henne. Inte heller kommit rusande i köket. Hon mindes fel. Rose måste ha trott att hon redan hade lämnat huset.

DET VAR SÅ TYST där nerifrån.

Jo. Det skulle det förstås vara.

Men trots isoleringsplattorna hade ljud ändå trängt upp från pojkarna när de höll till i sitt källarrum och övade. Ett hetsigt trumsolo. En dallrande tonström från gitarren. Dovt och dämpat, ändå fullkomligt hörbart.

Nu fanns det en kvinna där nere. En främmande ovälkommen gäst hade tagit sig in i Roses hus och störtat ner genom det vidöppna luckhålet. Slukats som av ett jättegap.

Hade hon överlevt? Rose insåg att hon måste få veta. Hon ville inte men hon måste. Först därefter kunde hon börja överväga hur hon skulle hantera detta vansinniga som hon helt oförskyllt råkat in i.

Om inte den bruna mockaväskan legat kvar nedanför fåtöljen i vardagsrummet hade allting bara kunnat vara en ond dröm. Men nu låg den där, hopsjunken och sladdrig. Hon lyfte upp den. Den främmande kvinnans väska. Handtagen hade mörknat efter kontakten med hennes händer. Dragkedjan var öppen. Jovisst, det var ju hon själv, Rose, som öppnat den för att få tag i mobilen. När hon tänkte på mobilen och på Titus måste hon sluta ögonen och ta långa, djupa andetag.

Lugn, lugn. Hjärtat stormslog. Lugn!

Hon vek undan de båda flikarna och kikade ner. Ett lila, hopfällbart paraply. Ett par fingervantar. En plånbok. En hårborste med hårstrån i. Blonda. Kvinnans hår. En sminkväska av plast med läppstift, puder och kajalpenna. En nyckelring med flera nycklar och ett litet glashjärta. Hon stirrade på det. Det hade en ingraverad text. Je t'aime, läste hon.

Hon bredde ut en tidning på bordet, gårdagens ex av Dagens Nyheter. Där vräkte hon upp alltsammans. Längst ner i väskan låg en fickkalender i svart skinn med kvinnans namn i guldbokstäver. Ingrid Andersson. Jaså. Inte Bruhn då? Men Rose visste att de hade gift sig.

En gång i tiden hade hon själv varje år fått en sådan kalender av Titus. Han beställde dem från ett företag och lät trycka namn på pärmarna. I november delade han ut dem till de anställda och till de mest framgångsrika författarna.

Hon granskade den lilla boken. INGRID ANDERSSON i guldskrift och en snygg versal antikva. Det var Rose som valt typsnittet. Hon mindes hur han visat henne en snirklig skrivstilsvariant och frågat vad hon tyckte. För krusidulligt, hade hon svarat. Han hade lyssnat på henne, litat helt på hennes smak.

Motvilligt öppnade hon Ingrids Anderssons kalender. Den luktade sött som av konfekt eller parfym. Namn och adress på första sidan, skrivet med en barnslig bakåtlutad handstil. Klipskt, tänkte hon. Perfekta vägledningen för en tjuv. Och nyckelknippa också, smart.

Almanackssidorna var tomma, bara några glesa noteringar. Gynekologen nu på onsdag. Och längst bak fanns en adresslista med namn och telefonnummer. Inte många som hon kände igen.

Hon vek upp plånboken. Fyra hundralappar och två tjugor i sedelfacket. Några mynt. Ett körkort som skulle gå ut i mars 2015. Ingrid var yngre än hon själv, konstaterade hon, ett drygt år. Vidare ett Visakort och ett ICA-kort. En förköpsremsa hos SL.

Sedan såg hon fotot. Det satt bakom ett buckligt plastfönster som förvrängde anletsdragen. Men det var han, det var Titus. Hans blå blick gick rakt in i hennes.

Hon slängde tillbaka alla Ingrids saker i mockaväskan. Svepte tidningen om dem, pulade ner. Hon måste bli av med väskan, ville inte ha kvar den i huset. Hon bar ner den till redskapsboden och tryckte in den bakom några säckar planteringsjord som blivit över från i somras.

Vad håller jag på med, tänkte hon. Vad i hela fridens namn håller jag på med? Hon lutade huvudet bakåt och lät det svala ljuset svepa över pannan, *stärk mej, gör mej ren*. Jo, hon var ren. Och nu fanns det saker som väntade. Livet måste byggas upp kring hållpunkter, sysslor att utföra, som ett flätverk. Det var dessa olika uppgifter och rutiner som höll ihop en människa, fick tillvaron att fungera. Hon var en rutinernas mästare. Det var tack vare det som hon lyckats börja om på nytt efter kraschen.

Idag var det tisdag. Oscar Svendsen skulle ha tillbaka korrekturet imorgon, onsdag. Krasst räknat hade hon ungefär ett dygn på sig att läsa klart. När det var bråttom brukade han skicka en budbil för att hämta korrekturet. Det skulle han få göra även denna gång.

Hon kokade en stor kanna te och bredde två smörgåsar. Hon var inte hungrig. Men hon måste ju ha näring för att orka arbeta. Fågelsången ljöd stark denna förmiddag. Den flödade in genom de stängda fönstren och fyllde hela huset. För första gången störde det henne. Hon grep den stora högen med papper och försökte koncentrera sig. När hon såg hur mycket det var kvar att läsa erfor hon en sugande yrsel. Hon tvingade sig på nytt att ta djupa andetag, att andas ända ner i magen så som hon en gång lärt sig på en avslappningskurs. Det fungerade under några minuter. Sedan kom yrseln tillbaka.

Teet var hett. Hon brände tungan och svor till. Inte likt henne att svära. Ett rent och vackert språk, fritt från floskler och ogräs. Tomas brukade pika henne för det.

"Häng med nu morsan, vafan. Språket förändras och förnyas, det är naturens gång."

Tomas, ja. Vad var klockan? Inte dags för posten ännu. Nej, nu måste hon ta sig samman. Hon började läsa högt, lättare att hålla skärpan då. Fyra sidor, fem. Sedan smög sig blicken ner längs golvlisten och ut mot köket.

"Låt bli!" sa hon högt.

Hon tvang sig att läsa några sidor. Hittade inga fel. Fann sig plötsligt stirrande ut mot luckan i golvet. Orörlig med halvöppen mun. Som den utvecklingsstörde pojken som bott granne med dem när hon växte upp. Modern brukade knuffa till henne, *stäng munnen, Rosa, du vill väl inte se ut som Conny.*

"Jag måste arbeta", sa hon rakt ut i rummet. Reste sig sedan och drog igen dörren. Den var trög och svår att stänga helt. Dessutom kändes det fel, den här dörren brukade alltid vara öppen. Hon läste ytterligare åtta sidor. Om det åtminstone hade varit något engagerande, inte detta eviga ordmalande. Hon skulle säga det till Oscar Svendsen. Det här kommer att bli en flopp. Hur stor är upplagan egentligen? Han skulle svara med en spetsig snärt som alltid. Rose var en underhuggare. Hon skulle inte blanda sig i förlagets kalkyler och utgivningsstrategier. Det där var sådant som hon inte begrep.

Hans beniga ansikte med de lätt utstående öronen kom för henne. Polotröja och kavaj. Utan att hon ville det dök bilden av hans hustru upp. En sängkammarscen, Oscar med nedhasade kalsonger. Hon ruskade på sig, äcklad, och la ifrån sig pennan.

Hon stöd i köket, mycket tyst, höll andan. Var det något annat ljud än fåglarna? Blåmesarna och talgoxarna, de hade hållit igång sedan gryningen. Och nu föll koltrasten in.

Vet du att koltrasten är min älsklingsfågel?

Nej, hur fan ska jag veta det?

Vet du att? Det där var tydligen ett uttryck. Norrländskt troligen. Det fanns människor som talade så, som titt och tätt la in den lilla frasen. Curt Lüding hade brukat göra det. Han var från Norrbotten, det var dit han hade flyttat sitt förlag. Varför tänkte hon på honom nu? Hon hade bara träffat honom ett fåtal gånger. Titus hade bjudit hem lite förlagsfolk som han tyckte om. Hon mindes en klänning som hon haft den gången. En vit med holkärm och ett brett resårskärp till. Hon hade känt sig glad. Titus hade lagt armen om henne och sett stolt ut. Medan de åt hade han då och då betraktat henne med en min av oerhörd ömhet. Och nu kom orden som hon glömt, orden från Curt Lüding.

"Vet du att jag tycker du är vacker?"

Säkert var det avsett som en komplimang. Men riktigt så hade hon inte tagit det.

Hon satte sig på golvet. Tappade kraften och sjönk ner. Det snurrade och ven omkring henne. Satt en stund tills det gick över. La sig då på mage på det nakna golvet. Huvudet på sidan, örat tätt mot bräderna, vid luckan.

Inte en rörelse där nerifrån.

Död, tänkte hon mekaniskt. Ingrid Andersson är död.

Om hon ens är här?

Återigen den där overklighetskänslan. Hon strök med handflatan över golvet och fick en liten flisa i tumgreppet. När hon flyttade in hade köksgolvet täckts av en tråkig och sliten kork-o-plast. Under fanns ett brädgolv, ganska fint men bitvis flisigt. Hon hade slitit loss plasten och slipat golvet. Tydligen hade hon glömt några ställen. Och förresten brukade mattan ju ligga här. Just nu hängde den ute på förstubron men hon förstod att det skulle ta tid innan den torkade. Det var alldeles för fuktigt i luften.

Hon låg kvar på mage, sträckte långsamt ut sin arm. Kände hur handen sökte sig bort mot luckan, utan att hon styrde den.

"Nej", värjde hon sig. Men det var som om hon inte längre rådde över sin egen kropp. För nu var fingrarna där. De hittade ringen, slöt sig om den, grep runt det svala, hårda.

Hon satte sig på huk. Vred undan huvudet och öppnade.

INGRID

ETT GNISSLANDE LJUD och en ljusflod. Hon hade legat hopkrupen med filten svept omkring sig. Fötterna som isklumpar. De tunna sockorna gav ingen värme alls. Hon kom upp i sittande, försökte säga något.

"Rose?"

Som ett kvävt och oskönt kraxande.

Ett ansikte tog form. Kort blont hår, smala kinder.

Ingrid gled ner på golvet och hasade fram till ljuset. *Stäng inte, stäng inte, vänta.* Stirrade rakt upp. Ansiktet tycktes sväva över henne.

"Snälla du …" sluddrade hon, med en iver som fick orden att staka sig. "Jag råkade visst ramla ner här … Jag tror att jag har brutit armen. Du kan väl vara hygglig och hjälpa mej."

Roseansiktet vaxartat. Ögonen stela som emalj.

"Snälla, du ka…?"

Luckan igen med en smäll. Det kändes som en örfil. Ingrid skrek, hörde sin röst, hur den skar sig.

"Du kan inte göra så här! Jag måste upp och hem. Rose! Öppna luckan!"

Orden föll tillbaka som stenar.

Det hade varit ljust i köket. Så mycket hade hon sett. Det var dag. En hel natt hade hon alltså tillbringat här under golvet. Där uppe fanns Rose. Det var hon som bodde i huset. Rose visste att hon var i källaren. Därom rådde nu ingen tvekan. Men varför slog hon igen luckan? Vad var det hon tänkte göra?

Ingrid hade inte hunnit se hur det såg ut i källarrummet. När luckan väl öppnades hade hon varit helt koncentrerad på det tunna, djurliknande ansiktet uppe i hålet. Titus hade älskat den kvinnan. Han hade famnat henne, smekt henne, tröstat. Hade han någonsin anat denna mörka och sjuka sida? Eller var det bara så att Rose hade råkat in i en tillfällig förvirring. Att hon hade blivit så chockad av att möta Ingrid i sitt eget hem att hon fått någon sorts psykos. Sådant kunde väl gå över? Säkert skulle det göra det. Alltså gällde det bara för henne själv att spela med och inte förstöra något.

Det skulle inte dröja länge innan Titus började leta. Han skulle fortsätta ringa på mobilen ända tills någon svarade. Hur var det med batteriet? Jo, än skulle det nog räcka ett tag. Men om Rose hade hittat telefonen och stängt av den? Det skulle göra honom ännu mer orolig. Han skulle ringa till Rose, höra sig för om vad som hänt. Då mindes hon vad hon tänkt för några timmar sedan och utan att kunna hålla igen började hon storgråta. Rose skulle mycket väl kunna säga att Ingrid gett sig av hem igen. Eller att hon aldrig varit där. Men i så fall skulle Titus väl ringa polisen? De skulle skicka ut patruller och folk som gick skallgång. De skulle komma hit till Roses hus och leta igenom det. Ingrid skulle skrika och föra oväsen, då skulle de höra henne. Poliser brukade ha hundar. Stora schäfrar med exceptionellt bra hörsel. De skulle få nosa på någonting som tillhört henne.

"Tillhör", korrigerade hon sig. "Inte tillhört. Mina saker, de får nosa på mina saker och så kan de börja spåra. De kommer fram till köket och sniffar sig fram till luckan. Där stannar de och skäller."

Hon frös, mer än hon någonsin frusit tidigare. Stod på golvet, förde benen upp och ner. Måste få igång cirkulationen. Armen sprängvärkte så fort hon rörde sig. Hon bet ihop käkarna så att det ilade i tänderna, försökte stå ut med smärtan.

"Hallå!" skrek hon. "Hör du mej där uppe! Du måste öppna luckan!"

Och senare. Mörkret lika tätt. Hon behövde kissa. Tog sig till kortänden av sängen, hasade ner byxorna och satt på huk. Några förskrämda små droppar. Törstig också, började bli törstig. Om Rose inte öppnade fler gånger? Tanken fick hjärnan att brinna. Om Rose aldrig mer tänkte öppna den förbannade luckan? Varken ge henne vatten eller mat. Utan hålla henne här nere tills hon ...

Nej. Inte så. Hon måste försöka tänka positivt. Det låg inte riktigt för henne. Hon var den borna pessimisten. Titus brukade pika henne för det.

"Du ska då alltid måla allting i svart."

"Nej, jag ska inte göra det längre", sa hon för sig själv. "Så fort jag kommer ut härifrån ska jag bli en glad och positiv människa. Du ska få se, Titus, du ska få se!"

Titus skulle rädda henne. Titus. Hennes älskade sjuka man. Oron för henne skulle ge honom krafter. Han skulle lämna sjukhuset och dra igång en räddningsaktion. Snart, snart skulle hon vara fri.

Hon la sig på rygg i sängen. Den fick bli hennes trygghet tills vidare. Mörkret var kvävande, det tyngde mot hennes ögon. Hon spärrade upp dem, sneglade mot ljusfyrkanten. Lyssnade efter ljud. Roses ljud där uppifrån. Tyckte sig plötsligt höra som ett skrapande någonstans i närheten. Nere hos henne själv. Ett knaprande, gnagande i mörkret.

Satte sig spikrakt på madrassen.

Skrek.

ROSE

DEN FRÄMMANDE KVINNAN hade stått rakt under luckan, smutsig och uppsvälld. Som en gris. Grymtande och snörvlande. Stanken av grispiss och spyor. Rose hade stirrat en stund, försökt ta till sig vad hon såg. Kvinnan var kvar i källarrummet.

Orkade inte se mer. Drämde igen luckan.

Tankarna trängdes i skallen, for runt och virvlade som bin. Ja, en bisvärm, det var vad hon hade i huvudet.

Det är inte sant, vad gör hon här? Förstör. Hon har redan en gång tidigare raserat hela mitt liv. Nu är hon tillbaka. Nu gör hon det igen, vilken kränkning. Vilken oerhörd kränkning!

Läsa. Måste läsa.

Gick till vardagsrummet, fyra sidor till. La dem i högen med färdiglästa. Det märktes knappt. Högen med icke läste sidor mätte en halv decimeter. Färdighögen bara några millimeter.

Ta dig samman, Rose. Du klarar det.

Ytterligare fyra sidor, tvang sig. Tyckte sedan att hon hörde motorljud. Såg på klockan. Halv ett. Ryckte åt sig jackan och gick ut. Luften var sval, moln och regnstänk. Hon kröp under mattan som hängde mellan de båda små bänkarna på förstubron. Den var dyngsur och full av barr och löv. Hon halvsprang bort mot brevlådorna. Postbilen var där. Brevbäraren sträckte ut handen mot henne och viftade med något.

"Idag var det ett vykort. Långväga ifrån, ser jag."

"Tack."

Utan att titta på det stoppade hon ner det i fickan. Mannen log mot henne. Vänster framtand var avslagen i ena hörnet.

"Lite småkyligt idag."

"Ja."

"Våren tycks dröja."

"Det gör inget", hörde hon sin röst. "Jag måste ändå jobba."

"Jag också. Men nog drömmer man om fjärran länder." Han sneglade mot fickan där hon stoppat kortet.

"Jo", sa hon. "Vit, mjuk sand och ljumma vågor."

Hon var en duktig simmare. Det hände att hon simmade ända ut till farleden, vände och crawlade tillbaka. En tidig morgon hade Tomas och hon simmat i kapp. Det var ett av de få tillfällen då hon sett honom riktigt glad. När han besegrade henne. Hans långa våta kropp, hon sträckte sig efter handduken. Började frottera honom, som när han var liten. Generad vred han sig undan, ännu med skratt kvar i ansiktet.

Postbilen backade och vände.

"Hej då!" hörde hon. "Lycka till med jobbet."

Hon vinkade tillbaka.

Hon ville inte läsa kortet inne i huset. Hon gick ner till stranden. Små hårda vågor med gäss. Varsamt drog hon upp det ur fickan. Det föreställde två thailändska dansare, en kvinna och en man. Båda iförda toppiga huvudbonader och vackra pärlbroderade kläder. Kvinnan bar ett bälte med ett stort runt spänne strax under naveln.

Hon vände på det. Jo. Från honom, Tomas.

Kära mamma,
Varmaste gratulationer på födelsedagen. Jag firar min i
Uttaradit där jag bor vid floden Nan. Har en present till
dej men du får den senare. När jag så småningom kommer
hem.

Tomas

Hon läste och förundrades över hans ordval. Och present? Olikt honom. Han hade aldrig varit mycket för traditioner.

När jag så småningom kommer hem. Han hade alltså planer på att återvända. Men inte ett ord om när. Hon hade känt häftig glädje när hon insåg att han faktiskt kommit ihåg hennes födelsedag, att kortet var från honom. Nu blev hon arg. Hans nonchalans, hans brist på respekt. *När jag så småningom kommer hem.* Det kunde lika väl ha stått *om*.

INGRID

TÖRSTEN TILLTOG. Saliven hade torkat till trådar av slem. Det fick henne att sätta i halsen, att hosta. Varje gång hon hostade gjorde det så ont i armen att hon nästan svimmade. Nu började även hungern komma smygande. Men så fort hon tänkte på mat fick hon kväljningar.

Vad var klockan? Var det kväll nu? Vilken dag var det? Hon tvingade sig att fundera. Hon hade kommit hit sent på måndag eftermiddag, tillbringat en natt här nere, alltså måste det nu vara tisdag. Ja. Tisdag! Då kunde det inte dröja länge innan hjälpen kom. Att någon försvann och var borta så här länge, det måste väcka oro. Räddningsinsatser måste kopplas in. Strax. När som helst skulle luckan öppnas och en rad poliser skulle hoppa ner och lyfta upp henne. Poliser och sjukvårdare. De skulle svepa in henne i varma, rena filtar och placera henne på en bår. I ilfart skulle ambulansen ta henne till sjukhuset.

Det lättade att tänka så. För en kort sekund fick hon faktiskt för sig att det redan hade hänt. Att hon låg på båren, att hon kände rytmen från stegen hos dem som bar henne. Deras brådska, det är över nu.

Men det var det inte.

Hon trevade i fickorna, ibland hade hon halstabletter där, citrongula, lindade i papper. Gott att stoppa i munnen när man blev sugen. Inget sådant nu. Bara ett tomt och skrynkligt karamellpapper. Hon höll det en stund mot tungspetsen men förnam ingen smak.

Uppifrån var det tyst. Även det knaprande ljudet hade slutat. Kanske var det inget, kanske hade hon bara inbillat sig det. Att en råtta hade kommit in till henne. Att den när som helst skulle hoppa ner i hennes säng. Den enda någorlunda tryggheten hon hade.

Då och då ropade hon. Grät och bönföll:

"Rose! Snälla rara Rose, du kan väl öppna."

Men när desperationen ökade tog vreden över och hon galiskrek:

"Förbannade jävla människa, du är inte klok. Vänta bara, du kommer att åka fast för det här, det är misshandel och tortyr. Det är kidnappning. Du kommer att hamna på Hinseberg för resten av livet."

Efter varje sådant utbrott blev hon tyst och urlakad. Livrädd. Tänk om Rose hade hört henne. Hon skulle aldrig släppa iväg henne i så fall. Aldrig.

Men hur resonerade hon egentligen, den sjuka och galna kvinnan där uppe? Ju längre hon väntade desto svårare skulle ju alltsammans bli. Än så länge skulle alltihop kunna få en okomplicerad upplösning. Rose skulle till exempel kunna förklara för Ingrid att hon drabbats av ett sjukdomstillstånd som gjort henne oförmögen att hjälpa Ingrid. Tillsammans skulle de kunna svarva ihop en trovärdig berättelse. Ingrid skulle mer än gärna ställa upp på en sådan historia, mer än gärna. Men ju längre det dröjde desto omöjligare blev det. Rose skulle när som helst inse att det vore en risk att släppa henne. Att Ingrid skulle bli tvungen att berätta vad hon varit med om eftersom hon varit borta så länge. Även om hon avgav ett heligt löfte att aldrig yppa ett ord. Rose skulle aldrig våga lita på det.

Hon kunde knappast hålla henne här så länge till. Inte utan mat och vatten i alla fall. Men fick hon något att äta och dricka, då var hon verkligen en fånge. Då kom något helt annat in i bilden. En avsikt. En vägran att hjälpa. Då blev det något straffbart, ett brott.

Och om inte. Om luckan förblev stängd? Om den aldrig mer öppnades?

Hon grät på nytt. Vad dog man av först? Törst eller hunger? Gled man in i ett tillstånd av koma? Skulle det göra ont? Paniken fyllde henne.

"Jag vill inte dö!" ropade hon. "Det var inte så här jag hade tänkt mej att mitt liv skulle sluta."

Snor och tårar vätte hennes kinder. Utan att kunna hjälpa det började hon slita sig i håret med den oskadade handen, slet och ryckte i desperation. Levande begravd. Det var ingenting annat. Hon var levande begravd och skulle aldrig mer få komma upp i ljuset och den rena friska luften. De döda i sina kistor, de skendöda. Som vaknat när kistan sänktes, hört skovlarna med mull rassla ner på kistlocket. Som öppnat munnen och försökt att ropa, *nej, jag lever, begrav mej inte, jag är här*. Som liten hade hon föreställt sig det. Hur fasansfullt det skulle vara. Skulle det bli så med henne? Att man i en avlägsen framtid skulle bryta upp det här golvet och finna hennes förtorkade lik.

Hon slog sig hårt över munnen. *Lägg av!* Reste sig i mörkret och började treva sig runt. Kanske fanns det ändå en väg ut? Så typiskt henne att ge upp direkt. Hon hade ju inte ens undersökt sitt fängelse ordentligt. I och för sig hade hon varit inställd på att Rose skulle släppa henne. Men nu var det bara att inse faktum.

Med högerhanden utsträckt följde hon väggarna, lät fingertopparna söka av alltmer av ytan. Vad brukade Rose egentligen använda det här rummet till? Det var ju inrett som ett sovrum? Men hur tog hon sig ner, det fanns ju ingen trappa? Det verkade synnerligen opraktiskt. Så mycket möbler tycktes det inte heller finnas. Det var det runda soffbordet, tre stolar och sängen. Lite senare hittade hon en bokhylla. Hon drog med naglarna längs böckernas ryggar, försökte ana sig till titlarna. Fackböcker eller skönlitteratur? Det kändes som en glimt av hopp, en tröst.

Till höger om bokhyllan löpte några rör uppifrån och ner. Hon hade hört brus ibland. Det var väl när Rose vred på kranarna. Eller spolade på toaletten.

Trots att hon inte druckit var hon kissnödig igen, en svidande känsla i urinröret. Som vid blåskatarr. Samma procedur. Satte sig på golvet, klämde fram några ynkliga droppar. Hon var känslig och skör där nere, hade alltid varit. Och det hade knappast blivit bättre efter klimakteriet.

Trosorna hade i alla fall torkat. Det stank om dem, hon märkte det själv. Med möda lyckades hon få upp dragkedjan i långbyxorna. Just när hon stod där och fumlade med knapphålet rasslade det till vid taket. Hon stelnade i rörelsen, blev stående. Med ett knarrade ljud gled luckan upp och ljusrektangeln låg över golvet. Precis över henne.

Hon böjde nacken och väntade.

ROSE

ETT DYGN. Så gammal hade Tomas varit vid den här tiden för tjugofem år sedan. En ynklig blåaktig varelse med hopdragna lemmar och små apögon. Plirande mot henne, vem är du? Ja en nyfikenhet hade hon tyckt sig spåra i hans skeva ögonspringor. Den försvann med åren.

Hon var medtagen efter förlossningen. Efteråt hade barnmorskan pratat igenom det hela med henne.

"Jaha, det här var ju en normal och bra förlossning."

Var det, hade hon tänkt.

Hon mindes att hon skrikit, att hon inte kunnat låta bli. Det hade fått henne att skämmas. Föda barn, det var något som kvinnor gjort i alla tider.

"Fin liten kille du har fått." Barnmorskan strök henne över armen.

"Tack."

"Jag tror han liknar dej."

Bara han inte liknar sin pappa, tänkte hon. Barnmorskan hade inte ställt frågor. Inte den barnmorska som så småningom förlöste henne. När hon kom in hade det varit en del tjafs.

"Har du ingen med dej? Pappan?"

"Jag har ingen kontakt med honom", hade hon pressat fram medan värkarna skruvade sönder bäckenet på henne. Så kändes det. Hon skruvades isär, monterades ner i delar.

"Och du har alltså ingen annan med dej nu då?" Det var den första barnmorskan, tack och lov gick hon hem så småningom. Rose hade känt avstånd. Hennes händer var kalla när de bände sig in mellan benen på henne. Hastig blick på klockan.

"Det här kommer att ta tid. Bara öppet en fingerblomma ännu."

Som ett slags straff.

Mamma hade erbjudit sig att följa med. Att sitta hos henne och badda hennes svettiga ansikte. Att massera ryggen på henne när det satte in som värst. Hon hade avböjt. Lite ångrade hon detta när förlossningen hade pågått hela natten utan någon egentlig framgång. Mest låg hon ensam på rummet. Från korridoren hördes långdragna skrik. Personalen verkade stressad, det var högsäsong.

Frampå morgonen började det gå fortare. Den nya barnmorskan hette Ingegerd. Hon hade tittat noga i journalen

"Gratulerar på trettioårsdagen. Det blir en fin födelsedagspresent du kommer att få."

"Nej", hade hon jämrat sig. "Det blir inte idag, det kommer att dröja mycket längre."

Ingegerd hade tagit hennes ansikte mellan sina händer.

"Vi fixar det här du och jag. Vi fixar det!"

Hon var inte ensam längre. Det blev ett lagarbete. Och en kvart över tolv var pojken född. När de gjort honom i ordning la de ner honom intill henne, ett varmt och tungt litet paket. Hon var trött, rädd att han skulle glida ner på golvet. Hon hade inga krafter kvar, att hålla honom fast. Ingegerd tycktes se det på henne och lyfte över honom till den lilla babysängen.

Han skulle heta Tomas. Det hade hon bestämt långt innan hon såg honom.

Hon fick stanna kvar på BB några dygn. Tomas hade fått gulsot. Hon delade sal med två andra kvinnor. Deras män kom på besök, chokladaskar och guldarmband. I smyg utbytte de blickar och ömkade henne. Hon märkte det, hon sträckte på sig och försökte gnola när hon stod ute i tvättrummet och kammade sig.

Jag är lycklig, tänkte hon.

Och på något sätt var hon också det.

Mamma kom förstås. Och pappa. De nyblivna morföräldrarna. Mamma hade tårar i ögonen.

"Rosalills baby. Så söt och fin han är. Titta på de små öronen. Och näsan, som en liten boxare."

Rose nickade. Hon förundrades över att han var så färdig. De små fingrarna som spretade och ryckte, hon kände igen hans rörelser från sin livmoder.

Mamma gav henne en vädjande blick:

"Du bor väl hos oss första tiden, Rosa. Vi har redan ställt i ordning ditt gamla flickrum. Vi har fått låna barnsäng och lite annat smått och gott av grannarna, du vet Cissi och John, deras ungar är skolmogna nu men de hade inte gjort sig av med babygrejerna. Kanske blir det ett sladdbarn där så småningom. Jag tror nästan det, de verkar så kära i varandra de där två."

Först hade hon protesterat men ganska snart gav hon med sig. Hon var trött och medtagen. De senaste månaderna hade hon drabbats av kramp i benen och sura uppstötningar så fort hon kröp ner i sängen. Nu lät de henne sova så länge hon ville och hon kunde ligga på mage, äntligen. Sängen, hennes flicksäng, var bäddad med spetsprydda lakan. Mamma hade aldrig varit mycket för nymodigheter. Dit räknade hon påslakan. Örngotten hade veckade band och monogram i vitbrodyr.

Det var mamma som lärde henne att sköta den lille. Att byta på honom, att tvätta försiktigt mellan pungen och den pyttelilla penisen. Att akta fontanellen. Första tiden hade hon svårt med amningen. Brösten var så små. Visserligen hade de blivit större under graviditeten men ändå var det svårt att tro att de skulle kunna ge tillräckligt med näring. Mamma visade hur hon skulle hålla.

"In med hela vårtan, låt honom få ett ordentligt tag."

Själv hade hon bara ammat ett enda barn. Rose. Det var länge sedan. Trettio år sedan. Ändå tycktes hon minnas allt.

Om kvällarna, när Tomas hade sin skriktid, vankade pappa runt med honom över axeln och sjöng Taubevisor. Rose visste att hon inte hade klarat sig utan föräldrarnas hjälp. Åtminstone skulle saker och ting ha blivit betydligt mer komplicerade.

Ibland kom ämnet barnafadern upp. Mamma kunde sätta sig intill henne i soffan och puffa lite vänskapligt på henne.

"Rosa, ska du ändå inte ta och berätta för oss vem den lille pojkens pappa är?"

Det kom något anklagande i rösten, något som fick Rose att sluta sig inom sig själv och tiga.

"Dessutom har han ju rätt till en pappa, inser du inte det, Rosalill? Var inte så hård, min flicka."

Hon satt stram och blek i soffan. Fick mamma att till slut ge upp.

"Nåja, han har ju oss tre i alla fall. Den lille krabaten."

Emellanåt funderade hon över hur engelsmannen skulle ha reagerat. Om hon tog reda på hans adress där i Leeds och for dit med barnet i sin famn. Stod utanför det slitna tegelhuset med en svans av nyfikna ungar efter sig. Såg honom öppna dörren, klädd i fotbollsshorts. De magra, långa benen.

"Who the hell are you?"

Han hade varit lika berusad som hon. Det var ett under att de lyckats genomföra samlaget. Att de tillsammans lyckats åstadkomma denne lille pojke som nu vuxit upp till en tjugofemårig man.

Hon gick in i sovrummet och ställde sig att betrakta fotot på byrån. Skolpojken Tomas buttra uppsyn.

Min son, tänkte hon.

En liten pedant hade han varit. Noga med allt. En egenskap som tilltalat Titus.

Nej! Bort det!

Blåbärsriset hade vissnat. Hon hade glömt att fylla på vatten. Lika bra att kasta det. Hon tog vasen och bar ut den i köket. Fikon dök fram under soffan. Svepte med den långa svansen, snodde runt. Det var något konstigt med hennes beteende. Runt, runt som om hon inte kunde sluta.

"Fikon, vad är det?" viskade hon. Hon föll på knä och lyckades fånga in råttan. Höll fast henne mellan händerna. De spröda morrhåren skälvde.

"Du är ledsen", sa hon stilla. "Du sörjer ditt barn förstås."

Djurets blanka svarta ögon tycktes vidgas.

"Det är så, förstår du, vännen min. Våra ungar, vi har dem bara till låns. En vacker dag är de förlorade för oss. Det blir som om vi aldrig har haft dem, aldrig burit dem, aldrig fött fram dem."

Hon satte ner Fikon på golvet. Djuret började springa över luck-an, skuttade till över ringen, sprang tillbaka. Tvärstannade.

"Hon är där nere", sa Rose. "Hon som dödade ditt barn."

Det kylde längs nacken när hon tänkte på det.

Hon lyckades läsa femtio sidor. Tvingade sig. Varje gång som tankarna började glida reste hon sig och gick runt några varv i rummet. Därefter tillbaka till arken. Det tråkiga med detta manus var att där inte fanns några kapitel. Allting var lättare om man kunde bestämma sig för att läsa si och så många kapitel. Femtio sidor var en hel del. Hon var nu uppe i sammanlagt sjuttiotre sidor. "Bara" fyrahundra kvar. Tättskrivna, utan paus.

Hon började få huvudvärk. Insåg att hon hade glömt bort att äta. Hon gick ut i köket och öppnade kylskåpet. Vad fanns det? Nästan ingenting. Gröten till råttorna. Där hade hon köpt på sig ett lager både av mannagrynsgröt och risgrynsgröt. Det vore billigare att koka den själv men uppe i affären fanns dessa färdiga grötkorvar, de var så behändiga och inte särskilt dyra heller. Hon plockade fram en förpackning med risgrynsgröt och snittade upp den. Klämde ut en klatt på en tallrik. Mjölken var nästan slut. Jag måste handla, tänkte hon. Men inte nu, inte idag. Jag gör det när jag har läst färdigt. Nu är det jobba som gäller. Ora et labora.

Hon åt av gröten. Drack direkt ur kranen.

Igår vid den här tiden.

Kvinnan på väg till hennes hus.

Hon är kvar.

Sitter där nere under golvet.

Jag vill inte. Men hon sitter där. Sitter i min pojkes rum.

Hon började gråta. Lutade sig fram och slet upp luckan. Det gick så hastigt att hon bröt en nagel.

Kvinnan stod på golvet. Håret risigt och fett.

Rose tog sats:

"Om du ändå aldrig hade kommit!"

Hon grät nu, högt och råmande. Avskydde sig själv för det. Hon hade inte gråtit förut. Men nu. Nu när allting var för sent.

"Om du ändå aldrig hade klivit in här i mitt hem och smutsat ner det."

Kvinnans mun med torkade spyor kring hakan. Hon stod och höll om ena armen. Det såg patetiskt ut. Läpparna kippade som på en fisk.

"Förlåt", sa hon grumligt. "Snälla Rose, förlåt mej."

INGRID

ROSE GRÄT. Ett gott tecken, jo, det måste det vara. Uppenbarligen var hon inte helt igenom hård och känslokall. Titus hade yppat detaljer. Det var efter skilsmässan och det hade funnits något sårat i hans sätt att beskriva henne.

"Rose, ser du, hon är van att stå på egna ben. Hon behöver egentligen ingen karl. Hon är så in i helvete stark, såväl psykiskt som fysiskt."

Nu gällde det för Ingrid att komma innanför skalet på henne. Hindra henne från att på nytt slå igen luckan. Hon kände att hon inte skulle orka med det. Hon skulle bryta samman, bli vansinnig här nere i råtthålet. Hela huden stack och kliade.

"Rose?" sa hon försiktigt. "Snälla, snälla du. Kan du nånsin förlåta mej för allt ont jag gjort dej?"

Rose satt på huk. Tårarna droppade genom hålet, rakt ner på Ingrids huvud. Hon huttrade till. Rose vaggade fram och tillbaka, hon grät och jämrade sig.

"Allt har du förstört för mej. Allt. Hela mitt liv har gått i spillror."

"Förlåt mej. Kära lilla Rose, förlåt mej."

Rose satt kvar, hon slog händerna för ögonen och vajade. Snabbt lät Ingrid blicken glida genom källarrummet. Soffbordet, stolarna, sängen. Och bokhyllan med böckerna. Nu visste hon. I ena hörnet, bakom henne, stod också något garderobsliknande som hon inte hade varit medveten om.

Kvinnan blev nu stilla där uppe.

"Rose", mumlade Ingrid och orden klistrade i munnen på henne. "Jag är så törstig. Snälla du, får jag be dej om … nånting att dricka?"

Hon hörde hur kvinnan reste sig, hörde vatten spola och rinna. Det värkte i svalget. Strax därpå dunsade någonting ner intill henne. Det var en pet-flaska med skruvlock. Det skvalpade om den. Hon böjde sig ner och fick tag i den. Klämde fast den mellan knäna, lyckades öppna. Locket ramlade ner och studsade undan. Hon förde flaskan till läpparna och drack, drack. Ytterligare något kastades ner. Det landade vid hennes fötter. Det liknade en mjuk och gråaktig plastkorv.

"Det är gröt", hörde hon Roses röst där uppifrån.

"Åh tack", sa hon. Och sedan mycket snabbt och utan att riktigt hinna tänka:

"Nu, Rose, nu vill jag att du hjälper mej upp."

Rose stod vid luckan. Ingrid såg hennes fötter i de svarta sockorna och tofflornas korksulor. Ena foten lyftes, smälldes ner med kraft.

"Tror du att du kan ge mej order! Tror du det!"

Ingrid skrek till:

"Nej, förlåt, det var inte så jag menade, förlåt, förlåt."

Men för sent. Luckan for igen med ett brak.

Hon stod kvar på samma ställe och väntade. Inramad av det knappt förnimbara ljuset. Luckan skulle snart gå upp igen, hon skulle fortsätta att be Rose om förlåtelse, hon skulle falla ner på golvet och knäböja, jag gör vad du vill, bara du släpper ut mej. Aldrig befalla mer. Bara be och vädja.

Väntade. Lyssnade.

Tystnad.

Hon hade vattnet. Kramade flaskan hårt i högerhanden, släpade sig tungt mot sängen. Visste var den stod nu, riktningen. Drack på nytt några klunkar. Väntade.

Insåg slutligen att det inte var någon idé. Genom att ta sig ton mot Rose hade hon förstört sina chanser. Nu måste hon finna ut en ny strategi. Om det inte var för sent. Om nu bara luckan öppnades flera gånger.

Jo. Det måste den. Rose hade i alla fall gett henne vatten. Och den där gröten? Hon erinrade sig plastpaketet som Rose kastat ner. Mindes ungefär var det hamnat.

Hon måste ha mat, ha näring. Svälten grävde i henne, kastade henne mellan hunger och kväljningar. Ner på knä i mörkret. Men först ställa undan flaskan på ett säkert ställe där hon inte skulle råka välta den. Åh, välta den ... så att livets vatten rann ut. Hon hittade ett bordsben, följde det upp. Bordsskivan. Där. Två handsbredder in. Ner med flaskan. Säkert.

Så här måste det vara att inte kunna se, att vara blind. Jag är det nu. Blind. Vad mycket jag har tagit för givet genom åren. Tankarna snurrade i henne, sedan sprängde förtvivlan fram och hon måste kura ihop sig på golvet och gråta.

Blev lugnare efter ett tag. Tung och lugn. Mindes gröten. Hur skulle hon hitta den i mörkret? Hon kom på att hon kunde ligga på rygg och svepa med högerarmen som en snöängel. Stympad men inte helt förlorad. På så vis kunde hon söka av golvet. Vänsterarmen höll hon pressad mot hjärtat. Hon hade lyckats krångla av sig jackan, den hindrade hennes rörelser. Hon önskade att hon haft något att binda fast den skadade armen med, fästa den vid kroppen i ett stadigt läge. Hon tänkte på lakanet i sängen. Underlakanet. Men det var för stort. Inte heller skulle hon klara av att göra det utan hjälp. Hon drog upp nederkanten på fleecetröjan och lyckades vika den om vänsterarmen. Bet fast i fållen med tänderna. Där kunde armen vila. För kortare stunder fungerade det. Nu låg hon på rygg på golvet och släpade sig fram i ett slags ensidigt ryggsim.

Det tog en stund men slutligen hittade hon förpackningen. Mjuk och sval i hennes handflata, tog ett stadigt grepp. Lyckades sätta sig upp. Hon släppte taget med tänderna och tröjan gled ner över magen. En stund satt hon kvar, helt slut.

Hon måste få hål på plasten. Få hål på den och komma åt dess innandöme. Lystet förde hon paketet mot munnen och slet till med hörntänderna. Den lösa smeten vällde ut över fingrarna på henne. Hon nafsade och sörplade, slickade och bet. Mannagryn.

När hon svalde kom kväljningarna rullande.

Farmor hade kokat mannagrynsgröt åt henne när hon var riktigt liten.

"Den är mild och god, den ger dej näring."

Hos farmor hade det varit mjölk till. Den hade blivit ljummen av den varma gröten på tallriken. Socker och kanel. I smyg öste hon åt sig flera skedar av det knastrande sockret. På julafton serverades risgrynsgröt. Mamma brukade gömma en mandel i den, vit och skalad, och ett renkokat silvermynt. En tioöring.

"Det är en lyckoslant förstår, ni, töser! Den som får den slanten hon blir rik. Men den som får mandeln! Hon blir gift."

Alltid var det Ingrid som fick slanten.

Systrarna slogs om mandeln. De var så små. För dem var det blodigt allvar.

Hon grämde sig över att hon inte hade hunnit titta på klockan medan luckan var öppen. Hon antog att det nu var kväll. Kväll efter en lång dags färd mot natt. Och nu. Nu skulle en lång natt följa. En lång och tröstlös natts färd mot en lika tröstlös morgon.

ROSE

EN KVART I FEM på tisdagseftermiddagen måste hon kapitulera. Det fanns inte en chans att hinna läsa klart till nästa dag. Ursinnet slog ner i henne. Vem var Oscar Svendsen som kunde utsätta henne för en sådan här press! Hon beslöt sig för att ringa honom, sätta hårt mot hårt. Han skulle tvingas ge henne åtminstone en dag till. Ingen plats för förhandling. Han skulle bli tvungen att acceptera eftersom han insåg att det i alla fall skulle gå snabbare än att försöka hitta någon annan som kunde ta över och fullfölja.

Var fanns mobilen? Nu mindes hon. Den var ju avstängd. Hon letade en stund, hittade den sedan i soffan där den hade glidit bakom en av dynorna. Nu måste hon skynda sig att få tag på Oscar Svendsen innan han gick hem för dagen. Till sin tomtebolycka.

Hon tryckte in koden. Innan hon hann leta reda på Oscar Svendsens nummer plingade det till i mobilen. Flera meddelanden väntade. Tänk om det var något från Tomas? Hon borde inte ha haft den avstängd igår.

Hon slog 222 och lyssnade av den mekaniska kvinnorösten.

"Togs emot igår 11.05."

Inte Tomas.

Tele 2-killen.

"Hejsan, det här är Joakim på Tele 2. Tänkte höra vad du har kommit fram till under helgen. Du skulle ju fundera, kom vi överens om. Hå, hå ... jag ser förresten också just att du fyller år idag. Grattis så jättemycket. Verkligen! Som present ska jag fixa till lite extra bonusgrejer. Ring mej på det här numret så ordnar vi med alla detaljer."

Joakim på Tele 2. Honom hade hon glömt. Flera av meddelandena var från honom. Hon raderade dem.

Klockan 21.18 i på måndagskvällen hade Titus ringt. Hon var inte beredd, hans röst kom rakt in i örat på henne, svag och bruten. Hon hade inte känt igen den om han inte sagt sitt namn.

"Hej, det här är Titus. Kan du ringa mej." Hest och skrovligt, en åldrad man. Hon slöt ögonen och försökte hämta sig från chocken.

Klockan 22.02 var han tillbaka. Med yttersta ansträngning lyckades han få fram sitt meddelande:

"Titus här. Förlåt … att jag stör dej. Har Ingrid … har hon varit hos dej? Jag måste få veta. Var snäll och ring mej. Du kan ringa … hur sent du vill … väntar."

Han var sjuk. Uppenbarligen var han riktigt illa däran. I bakgrunden hördes klirr och skrammel, typiska sjukhusljud. Hon blev fuktig om händerna, fick svårt att greppa telefonen. Det ryckte i läppen som av spasmer. Hon pressade dit pekfingret och fick dem till slut att stillna.

Nästa meddelande hade tagits emot klockan tio på tisdagsförmiddagen. Det var från Jennifer.

"Tjena, tjena. Det var länge sen. Hoppas allt är bara okej med dej. Du, jag vill be dej om en grej. Det är pappa … han är … väldigt sjuk faktiskt. Uppriktigt sagt vet jag inte …" Här blev det tyst några sekunder, hon hörde hur flickan svalde och harklade sig. "Jo. Hm. Som sagt. Jag vet hur du känner och allt det där … men jag tror det typ skulle underlätta för honom att få träffa dej. Bara en snabbis alltså, han orkar inte så mycket. Men så att han fick nån sorts … vad ska jag säga … tja, så han blev lite lugnare. Snälla, ring mej så berättar jag mer."

Hon var tvungen att gå ut. Mobilen i fickan, bara gå. Ner längs promenadstigen som ledde in mot staden. Här skulle växa vitsippor snart, när blåsippstiden var över. Och sedan alla konvaljerna. Därefter smultronen, hon brukade plocka flera deciliter och få sig ett högtidligt aftonmål. Ingen annan verkade intresserad. Smultronen avlöstes av de söta vilda hallonen. Denna vackra nejd som hon gjort till sina domäner.

En cykel skramlade förbi, hon hörde den knappt, fick hoppa undan för att inte bli påkörd. Det gula stenhuset, som var det första till vänster efter skogen, skulle tydligen säljas såg hon nu. Det var ett tag sedan hon passerat här. Fönstren blänkte tomma och på en av balkongerna hängde en skylt. Till salu. Tidigare hade där bott ett medelålders par, med en tax. Hon undrade vart de tagit vägen. Akela hade tyckt om den lilla hunden. De nosade vänligt på varandra när de möttes, utbytte förtroenden.

Hon vek ner till höger i backen och följde strandpromenaden förbi de gula tegelvillorna som en gång byggts åt Scanias högre tjänstemän. Ypperligt läge med sjöutsikt och små bryggor. En bit bort, tvärs över vattnet, tornade Astra Zenecas många byggnader upp sig. Om kvällen när det lyste i alla fönstren kunde det påminna om Manhattan. Huvudbyggnaden liknade ett palats.

Hon passerade båtklubben. Det var full fart så här års. I mitten av maj skulle det vara dags för sjösättning. Hon gick längs den dammiga grusvägen och sneglade in genom stängslet. Kvällssolen bröt fram mellan skyarna och värmde henne över axlarna. Hon kände sig stel och mörbultad.

"Ska vi köpa en båt?" hade han frågat. Titus. Alldeles i början.

Hon hade varit med på det och under några månader for de runt och tittade på båtar. Det blev ingenting av med båtköpet. Hon kom inte ihåg varför. Men en sommar hyrde de en kanalbåt i England och puttrade fram genom slussar och små samhällen. Tomas och flickorna var med. De turades om att öppna slussarna som var manuella och fler än hundra stycken. Titus satt solbränd på bänken och fotograferade Rose medan hon styrde. Hennes livs roligaste semester. Och ändå var det strax före kraschen. Han måste ha hållit på med Ingrid redan då. Det hade pågått länge. Alla i hela branschen tycktes känna till det. Alla utom hon. Jo, hon märkte ju alltmer att han förändrades. Men det dröjde innan hon insåg varför. Innan hon tillät sig inse varför!

Strax innan hon kom fram till de nya Hansta strand-husen kände hon sig stark nog att ringa. Hon satte sig på huk vid gräskanten och tryckte in Jennifers nummer. Flickan svarade direkt.

"Jennie. Det är Rose. Du hade sökt mej."

"Åh, tjena, sjyst att du ringer. Hur är läget?"

"Bra. Hur … hur är det själv?"

"Inte så bra. Du vet pappa …"

"Jag hörde det."

"Tror du att du skulle kunna tänka dej att komma in och hälsa på honom?"

"Jag vet inte."

"Nej?"

"Det du ber mej om, Jennie …"

"Okej, det där måste du ju själv avgöra. Men …"

"Är han …?"

Jennifer avbröt henne:

"Han är så orolig också, det gör det hela mycket värre. Han ligger där och tänker och grunnar. Tror du Rose kan förlåta mej, håller han på och ältar. I den stilen. Inte vet jag, tydligen är det skitviktigt för honom att liksom göra upp."

"Göra upp?"

"Ja. Typ. Du fattar."

"Nån slags absolution alltså?"

"Va?"

"Syndernas förlåtelse och ett evigt liv. Amen."

Jennifer skrattade nervöst.

"Kanske. Eller vill han bara få se dej … en gång till. Vet inte. Men det suger."

"Hur mår Julia då?" gled hon undan.

"Skitstressad. Precis som jag. Denna jävla förbannade pestsjukdom. Du vet, vi har alltid varit ihop vi tre, pappa och Jullan och jag. Ända sedan mamma … ja, du vet. Han är våran underbara pappa … vi älskar honom! Och nu ligger han bara där, det är så himla sorgligt … och man kan inte göra nåt, man är maktlös."

"Ja, det är sorgligt", sa hon stelt.

"Förresten du, en annan grej. Har den där horan Ingrid varit hos dej?"

Trots att Rose väntat på frågan ryckte hon till.

"Ja, igår", fick hon ur sig. "Men bara en kort stund."

"Jaha. Okej. Det verkar som om hon … jag vet inte, men pappa har fått för sig att hon typ har försvunnit. Han skickade dit mej för att leta, alltså hem till dem på Tulegatan, men där var det tomt."

"Jaså. Vad konstigt."

"Visst. Och det gör ju honom ännu mera stirrig."

"Har ni försökt ringa hennes mobil?"

"Ja, pappa har gjort det. Massor med gånger. Och messat också. Grejen är att hon inte svarar. Hon är ju lite koko, om man säger, hon kanske bara har glömt att ladda mobilen. Men hon borde ändå vara hemma, tycker jag."

"Ja, det kan man ju tycka."

"Sa hon nåt till dej, hur verkade hon?"

Lögnen föddes i henne, just i detta ögonblick.

"Ja du … jag känner ju inte henne direkt, men hon verkade nedstämd och låg. Jag tror hon antydde nånting om att hon inte orkade mer. Just det. Nu kommer jag ihåg. Jag kanske reser bort ett tag, sa hon. Nåt i den stilen. För att vila lite."

"Reser bort?"

"Ja. Så sa hon."

"Den fittan!"

"Jennie …"

"Så jävla likt henne att bara svika så där. Ta för sig och korpa åt sig. Men när det verkligen gäller …"

"Ja, men nu ska vi väl inte …"

"Vafan, försvarar du henne också, den horan!"

"Inte precis, men …"

Jennifer avbröt henne.

"Vet du? Nu ska jag berätta nåt för dej, lova att inget säga. Jullan och jag körde lite voodoo på henne. För att få bort henne liksom. Och nu … Wow! Det har säkert tagit skruv. Grymt alltså! Att sånt kan funka! Men läskigt också. Fy fan. Jag nästan ryser."

"Vadå voodoo? Vad menar du?"

"Tja, lite häxkonster så där. Jullan gjorde en jävligt cool docka. Lite nålar och så där, typ."

Rose pressade fram ett skratt.

"Ni är tokiga. Men hon hör säkert av sig snart."

Det blev tyst en stund i luren. Sedan Jennies röst igen:

"Så hon stack alltså? Redan igår då, tror du?"

"Tydligen. Fast det kanske bara var nåt som hon sa."

"Knappast. Hon är ju borta. Hon nämnde inte nån plats?"

"Njae ... nej, det tror jag inte. Faktum är att vi inte snackade så värst länge. Jag hade bråttom. Jag satt och jobbade. Jag ligger lite risigt till med en grej som måste vara klar imorgon. Ett jättemastigt korrektur på nästan femhundra sidor."

"Femhundra sidor! Oj! Jag ska inte störa mer. Men du kan väl fundera på det där med pappa. Man kanske får vara lite ... hur säger man ... storsint ibland."

INGRID

HON DÅSADE, försvann i en flimrande slummer. Vaknade av sin egen röst, den hade skrikit, ropat.

Hans namn.

Titus.

Vad detta måste göra med honom! Detta att hon inte längre fanns. Att han ingenting visste och förstod. När han behövde henne som allra mest. När hon skulle vara hos honom, hålla honom i handen, lugna. I nöd och lust. Nej, kanske var det inte exakt så det hade formulerats där i rådhuset. Men det var så hon hade tänkt. Innerst inne hade hon önskat sig ett jättebröllop. Innerst inne var hon bara en liten drömmande flicka. Där inne i sig själv hade hon önskat bort hans båda elaka döttrar, önskat dem åt helvete. De var som Askungens styvsystrar. De hatade henne.

"Försök förstå dem", hade han vädjat. "Jag var så hård mot deras mor när hon lämnade mej. Alldeles för hård förmodligen. Jag har förstått det efteråt, sedan du och jag ... att det satte sina spår hos flickorna. Sedan kom Rose och allting lugnade ner sig. I och för sig är de stora nu, de borde fan i mej inse att jag lever mitt eget liv. Men det är det där gamla, det hänger kvar."

Ingrid var rädd för dem. Till slut hade hon tvingats erkänna det. Inte för Titus, självklart inte. Bara för sig själv. De skrämde henne. Hur kunde de vara en del av honom? Ofattbart.

Om hon varit yngre. Titus också. Om de båda. De skulle ha fått barn tillsammans. Barn som burit bådas drag, stabila trygga ungar, utan grymhet.

Tänk om han inte levde längre! Tänk om han just nu i detta ögonblick gav upp andan i sin sjuksäng! Så att hon aldrig, aldrig mer!

Skräcken fick henne att fara upp på madrassen. Hjärtat satte igång att bulta, det dånade och högg i bröstkorgen. Och armen. Armen värkte mer än någonsin. Hon lutade sig bakåt, pressade huvudet hårt mot väggen. Nöp sig i låret, allt för att övervinna smärtan. Grinade och grät.

"Hjälp mej, kan ingen komma hit och hjälpa mej."

Och efter en stund, patetiskt, så hon själv kunde höra det:

"Vad har jag gjort för ont i livet för att drabbas av det här?"

Strax därpå en ilska och den vreds iväg mot honom.

"Det är ditt fel, Titus, ditt fel, fattar du! Det var du som skickade hit mej. Du tvingade mej, minns du det, det gjorde du. Du borde ha vetat, du har levt med henne så länge. Hon är psykiskt sjuk, hon är farlig. Ingen normal människa skulle göra så här. Hon kommer att döda mej, jag kan se det i hennes ögon, döda mej. Tänk om du visste det, tänk om du ville ..."

Korta gutturala läten, inifrån henne själv. Som en rad snabba tag med en såg.

"Hon kommer att dö... hö... hö... höda mej, jag kommer att dööö här nere, kan ingen rädda mej, kan ingen komma, det gör så ont i armen på mej, åh, så ont, så ont, jag vill inte vara här längre, jag vill hem."

När hon blundade riktigt hårt uppstod blixtar. De sköt runt skallen med ett fräsljud. Först trodde hon att luckan öppnats. Sedan insåg hon att det inte var så. Hjärnan kunde reagera på de mest oväntade sätt. Epileptiska anfall. Stroke.

Hon var kissnödig igen. Dessutom, något värre. Magen. Hade grötslabbet varit förgiftat? Ingenting skulle längre förvåna henne. Hon knep ihop skinkorna och det gick över. Men snart, mycket snart skulle hon bli tvungen.

Hon tänkte på sina skor som stod kvar där uppe i Roses tambur. Trofasta bruna kängor som hon haft i många år. De hade alltid passat henne. Många, många mil hade hon traskat med de där kängorna. Hennes stabila färdkamrater med de glada, röda snörena. Nu till slut hade de svikit. De var på hennes sida, Roses. De hade gett henne skavsår när hon gick från bussen. Det var därför som hon lurats in i huset. När var det egentligen? I förrgår? Igår? Hon mindes inte längre. Och så detta mörker. Om hon haft ljus hade hon kunnat göra skrapmärken, ett för varje dygn. Så som fångar gjort i alla tider för att inte helt tappa greppet. Om hon haft ljus ... Det fanns en sorts tortyr där lysrör ständigt brann i den inspärrades cell. Hon skulle ha föredragit ljus, hon hade alltid skrämts av mörker.

Varför hade detta hänt henne, denna mardrömssituation? Hon som aldrig gjort något illa. Hon som var världens snällaste mest följsamma och eftergivna människa. Ja, faktiskt. Eftergivna.

Tänkte på en av de män som hon haft ett förhållande med. Hasse. Hur hon alltid tystnat under deras gräl. Det hade provocerat honom.

"Fan, vilken mes du är! Har du aldrig nån egen åsikt?"

Hans ord hade gjort henne förvirrad. Han blev ju alltid så arg när hon sa vad hon tyckte. En dag slog han henne. Höjde handen och smällde in en örfil rakt i ansiktet på henne. Ångrade sig genast, nästan grät. Men det väckte henne. Äntligen fick hon kraft att bryta upp. Han hade gift sig något år senare med en kvinnlig landstingspolitiker, som ofta figurerade i medierna. Hon hade ett dubbelnamn.

Det knep på nytt i magen, knep och körde. Hon kunde inte hålla tillbaka det längre. Hon hasade sig ner från sängen och bort mot väggen, så långt hon kunde komma. Krånglade av sig byxorna. Hukade.

Skrek sedan rakt upp mot taket.

"Förbannade Rose, släpp ut mej!"

HON FORTSATTE längs strandpromenaden, som höll på att ställas i ordning efter byggandet. En svag lukt av asfalt nådde hennes näsa. Hon hade varit orolig för att området skulle bli för hårdexploaterat, men det kändes inte längre så. Det såg bra ut. Hon mindes Tomas kommentar om att det knappast var bostäder för flyktingar som skulle byggas här vid kanalkanten. Sant. Här bodde de rika och besuttna, de som haft råd att slänga fram ett antal miljoner.

Hon sneglade in mot balkongerna i ett av de nybyggda husen. Längst ner höll en kvinna på att plantera i två gigantiska lerkrukor. Hon log förtjust mot Rose och höll upp en kaktusliknande växt.

"Agave", sa hon.

"Jaha."

"Den ska tåla frost och i det här landet kan man ju aldrig vara riktigt säker. Men jag tror ändå att våren har kommit för att stanna, tror du inte det? Gud, vad jag har längtat efter den här tiden."

En halvdrucken vinflaska på bordet, glad musik inifrån lägenheten. Tomheten växte i henne. Vid minigolfbanan gick en man och krattade. En annan snyggade till banorna. Säsongen var på ingång. Hon hade tänkt att hon skulle bjuda hit Annie en helg. I flera år hade hon tänkt så. De kunde gå bort hit till golfbanan och ta en match. Sedan hem och äta middag. Annie skulle kunna sova över, så hade hon tänkt.

Hur skulle det bli med allting nu? Hela hennes tillvaro och liv. Hon ruskade på sig. Hon frös trots att hon gått med snabba steg. Var hon på väg någonstans? Hade hon ett ärende till stan? Apoteket? Hon mindes inte längre. Ett slags tröghet hade lagt sig över hjärnan, hindrade henne från att tänka klart.

Jag måste tillbaka! Det kom som en gurgling ur bröstet på henne. Hon hade hunnit fram till gamla Tobaksfabriken, där vände hon tvärt och började springa. En stark förnimmelse av att något höll på att hända. Något med källarrummet, något värre än vad som redan hade hänt. Att den främmande kvinnan hade bänt upp luckan och kravlat sig ut. Att hon stod där i köket och väntade på henne. Eller redan hade gett sig iväg. Att en polisbil skulle glida in på gården.

Varför kom hon, tänkte hon. Varför måste hon komma till mej? In i mitt hem och min trygghet ... hon förstör allting hela tiden, inte bara en gång, utan igen, igen, när jag nu äntligen ...

Jag släpper ut henne! Det är det enda. Jag kör henne till pendeltåget och säger att det var en olyckshändelse.

Men sedan:

Nej. Det är för sent. Det har gått alldeles för lång tid.

Fast om jag säger att jag inget visste.

Det håller inte, det har gått ett dygn. De kommer att ta dej. Det är för sent, Rose. Alldeles, alldeles för sent.

Hon var inne mellan träden och stannade. Det ilade i kindtänderna.

"Lägg av!" sa hon hårt. "Använd hjärnan! Du är inte nån som bryter samman! Och det vet du."

Just i det ögonblicket brast koltrasten ut i sång i trädtoppen bakom henne. Det kändes som ett tecken.

"Det ordnar sig", sa hon dovt. "Jag kommer på hur allt ska ordna sig, jag löser det."

Hon hade blivit en smula lugnare. Ett fnitter steg ur bröstet.

"Var och en sin egen psykiater. Bra, håll humöret uppe. Det har du alltid varit bra på. Bäst."

En bil stod parkerad på grusplanen. Hon såg den direkt. Polisen, for det genom henne och det värkte till i strupen. Sedan kände hon igen den. Claes Schröeders BMW. Hon kastade en blick mot stora huset men upptäckte honom inte. Hastigt skyndade hon ner till backstugan, kröp under den tunga, blöta mattan och låste upp. Blev stående en stund och lyssnade. Lyssnade. Rassel av små fötter bara, inget mer. De blev rädda när hon dundrade in så här, *förlåt, mina små, om jag skrämmer er, men det är bara Rose, ingen fara.*

Luckan nerfälld i golvet. Ingenting var rört. Allt var precis som det skulle.

Jo!

Det var det!

Hon lutade sig mot diskbänken, svetten ångade. Drog ner blixt-låset i jackan. Drack direkt under kranen. Lyssnade spänt ner mot golvet. Hasade hon omkring där nere? Sov hon? Hon hade fått mat och vatten. Allt var som det skulle, inga ljud.

Gick tillbaka ut och låste noggrant om sig.

Claes Schröeder stod på kökstrappan och rökte. Han hörde hennes steg i gruset.

"God dag, Rose", sa han högtidligt. "Jag var nere vid stugan och knackade på, men du var inte hemma."

"Nej, jag kom precis. Tog en kort promenad bara."

"Hur har du det?"

"Jo då, bra."

"Du verkar stressad. Är du det?"

"En smula, om jag ska vara ärlig."

Han gav henne en blick över glasögonen.

"Ja, ärlig ska man alltid vara."

Hon teg.

"Du ser ut som om nån har jagat dej."

Rose hostade till.

"Ja … det är ungefär så det känns. En slavdrivare till redaktör, det är han som jagar mej. Jag måste bli klar med ett jobb. På minimalt med tid. Det är hårda villkor för oss frilansare."

Claes Schröeder granskade henne intresserat. Drog långa bloss på cigarretten. Det grå håret var kort och tätt och gick ner i en snibb i pannan. Hon tänkte på *Världarnas krig.* Han var klädd i en mörk jacka som såg skräddarsydd ut och ett par glansiga svarta byxor av utländskt snitt. Skjortan var uppknäppt i halsen, krusiga hårstrån stack fram. Trots årstiden var han solbränd.

"Jaha?" sa han. "Nåt stimulerande jobb?"

"En tippad Nobelpristagare. Hans nya bok. En spanjor, som du aldrig har hört talas om, det kan jag lova."

Han fimpade cigaretten i en liten kopp som stod på översta trappsteget.

"Du kanske inte tror mej", sa han och borstade av några askflagor från jackärmen. "Men jag tycker om att läsa. Jag är en stor litteraturslukare. Nej, inte slukare, det är fel ord, utan snarare gourmet. En litteraturgourmet. Så vad heter den där spanjoren?"

"Manuel Ramírez."

"Aha, ja. Bor i Madrid, eller strax utanför. ¿No es así? Av honom har jag läst två grandiosa romaner, *Solvändare*, den bygger på hans liv, och *Mot världens kant*. Särskilt mycket tyckte jag om den första."

"Grandiosa? Menar du verkligen det?"

"Absolut. Och dessutom har jag varit på en av Ramírez föreläsningar."

"Oj!" utbrast Rose.

"Överraskad?"

"Ja."

"Hm. Och du menar nu att du sitter och arbetar med hans nya bok. Vad är det du gör? Översätter, eller?"

Hon rörde på huvudet.

"Nej, så bra är jag inte på spanska. Jag läser korrektur."

"Mhm. Vad heter den?"

"*Askens tårar*."

Han upprepade titeln, liksom smakade på den.

"Tycker du om den?" frågade han.

"Tyvärr inte."

Han gav henne en beklagande blick.

"Inte det, nej. Inte det."

"Så du är hemma ett tag nu då?" sköt hon in, ville byta samtalsämne.

"Helt kort bara. Jag åker imorgon igen. Har det hänt nåt särskilt här omkring?"

"Nej."

"Jag såg att du har haft stortvätt."

"Va ...?"

"Mattan som hänger utanför dörren."

"Ja, jag råkade ... jag spillde ut nåt. Jag blev tvungen att blaska av den, men jag tänkte inte på att det skulle ta sån tid att torka den."

"Inte?"

"Nej", sa hon osäkert.

"Och sedan beskär du träd, konstaterade jag."

"Jo ... Jag fick för mej att fixa till det där gamla äppelträdet. Det ser inte mycket ut för världen, men det blir goda äpplen på det."

"Ingrid Marie."

För några sekunder svartnade det för hennes ögon.

"Va?"

"Sorten heter Ingrid Marie."

"Jaha. Ja visst ja. Goda är de i alla fall."

"Rose, får jag bjuda på nåt när jag nu för en gångs skull är i Söder-tälje? Ett glas vin kanske?"

"Tack, men jag hinner helt enkelt inte. Måste in och fortsätta med Ramírez."

Han tittade länge på henne.

"Synd", sa han. "Vi kunde ha en del att prata om. Om du ångrar dej är det bara att knacka på."

INGRID

DET VAR DE DÄR KÄNGORNA. Att de var kvar uppe hos Rose. Hon ville ha dem hos sig här nere. Tanken på kängorna gjorde henne svag. Hon såg dem framför sig, hur hon ställt dem ifrån sig, tåhätta mot tåhätta. Det spruckna, goda lädret. De illande röda snörena. Hon hade alltid haft stora fötter. Dessa var storlek fyrtiotvå. Det hade fått henne att skämmas. Hon hade föst in dem bakom draperiet i Roses hall. Ett draperi i gult med svarta ibisfåglar. Hon mindes mönstret så tydligt, det satt etsat på näthinnan.

En gång för mycket länge sedan hade kängorna varit nya. Tio år sedan var det, om inte mer, vilket tydde på kvalitet. Dyra var de också, mycket dyra. Trots att hon köpt dem på rea. Hur skulle hon annars haft råd, hon, en fattig bokhandlerska?

"Skorna", hulkade hon, "jag vill ha mina skor, mina kära, fina kängor, jag vill ha dem hos mej, på mej."

Långt inne i sitt medvetande hörde hon hur sjukt det lät. Som om skorna var den största katastrofen. Ändå fortsatte skoorden att komma, som ett slags flödande tungomål. Hon grät så att huvudet värkte.

Till slut fick hon ur sig sitt namn. Tvingade fram det, ryckigt och kraftlöst, men dock.

"Ing–rid."

Het, vattnig snor. En plötslig klåda. Det pirrade och stack där håret växte.

"Ing-rid, ingridingrid ..."

Hon tänkte bort de där förbannade kängorna. Hon försökte. Men ett minne glimtade till, ett olustigt minne hon förträngt. De var ute och gick, hon och Titus. Kom rakt in i gänget av ungdomar. Flickorna var där, hans döttrar. Hon kände deras blickar som pilar.

Kolla pjucken. Och snörena!

Inte högt, inte så att Titus hörde.

Men hon. Vilket också varit deras avsikt.

Nu ringer han, jag vet att han ringer.

Ja. Gode Gud, mobilen. Men den är hos henne, hon är det som har den, Rose.

Så starkt hon visste det inom sig, att Titus just nu i detta ögonblick tryckte numret till hennes mobil.

Och så hör du den där rösten som inte är jag, för den är bandad. Och så når du mej inte ... och snart är det för sent ... för sent ... men du vet väl ändå att vi älskar varandra, att vi hör ihop ... tills döden skiljer oss åt ... och dör du nu så följer jag med dej ...

Vad skulle hon ha att leva för om inte Titus fanns? Utan honom var hon ingenting. Hon låg på rygg och grät, hon riktigt ylade. Tårarna rann in i hennes öron och vidare ner över halsen.

Tills hon inte orkade mer.

Tills hon tystnade och flöt in i dvala. Och där, på gränsen till sömnen, såg hon Titus, hur han stretade uppåt i en bred och gyllne trappa, han var svept i skynken, ungefär som Jesus i den *Bibel för barn* hon fått i söndagsskolan. Hon ropade hans namn, kravlade efter honom, halkade som om det vore isbark.

"Vänta, det är jag, vänd dej om så kan du se mej!"

Men han märkte henne inte, kämpade vidare, håret blåste på honom, det var långt och lockigt med kastanjeglans, och skynkena böljade och blåste. Längst där uppe, där trappan tog slut, fanns dörrar med nitar och beslag. Och en sång steg upp, ett brus, *att han ska öppna pärleporten*. Hon var liten igen, i församlingssalen. Satt på bänken som var grå och blankpolerad efter alla dem som suttit där, sedan tidernas, tidernas begynnelse. På den smala hyllan framför henne hade hon lyckats ställa ifrån sig psalmboken, den var tjock, hon förmådde inte greppa den.

Så med ens börjar psalmboken glida. De ser det, både mamma

och hon. Mammas mun vrids samman till en näbb, ögonen vidgas till kratrar. Boken, faller, faller. Det kraschar till, därefter djup av tystnad.

Hon hade varit mycket, mycket hungrig. Men så fort hon slitit upp en reva i grötkorvsplasten började hon må illa. En lång stund satt hon där och försökte svälja, små, små tuggor, hon måste ju äta om hon skulle ha en chans att klara sig. Förmådde inte. Kväljningarna riste i henne. Ursinnigt slängde hon ifrån sig förpackningen ut i mörkret.

Hon hade längtat efter äpplen och cider. Ännu fanns vatten i flaskan. Lite hade hon spillt i sängen, men en skvätt fanns kvar, hon måste dricka. Kom upp i sittande, skrek till. För ett ögonblick hade hon lyckats glömma armen. Hon lät fingrarna treva över bordet, hittade flaskan, tog den. Skakade den med tummen över öppningen, för att försöka lista ut hur mycket där var. Inte mycket. Nåja, en munfull skulle hon unna sig, en munfull för att skölja bort den vidriga smaken i gommen.

Hon satt upp, hon svalde några klunkar.

Då var det ett ljud över golvet. Ett läte, som något som fnös.

"Nej!" gnällde hon.

För en kort sekund blev det tyst. Därefter fortsatte ljudet. Det smaskade och snörvlade. Det var någon som åt.

Hon var inte ensam här nere.

Flaskan halkade ur hennes händer. Hon hörde hur den träffade golvet och det kluckande ljudet när de sista dropparna rann ut.

MEKANISKT ÅTERVÄNDE HON. Gick direkt till soffan, lyfte till sig manuset, fortsatte läsa.

Inte tänka på annat, bara läsa, läsa, läsa!

Femton sidor. Fyra fel. Ett stycke förefoll vara ett rent översättningsfel. Eller fattades det något? Hon gjorde en markering i kanten.

"Metaforerna kan liknas vid av godhet är du sprungen."

Vad menades? Var detta helt enkelt prov på Nobelprisspråk? Hon drog med tummen längs manusbunten. Kände paniken komma pickande. Jagad. Det var det hon var. Så mycket att det rentav syntes på henne.

Hon skulle ju ha ringt Oscar Svendsen! Det hade hon helt glömt bort. Vad var klockan nu? Halv nio? Då var det nog inte för sent ändå att slå en signal hem till honom. Helst ville hon det inte, inte komma i kontakt med den del av Oscar Svendsen som var hans privata. Men nu var det nödvändigt.

Hon fick fram hans hemnummer. Efter flera signaler, just när hon tänkte lägga på, svarade en kvinna. Kort och ilsken röst:

"Fabiola."

"Förlåt?"

"Det är Fabiola. Fabiola Svendsen."

"Jaha." Rose kom nästan av sig. Hette hustrun Fabiola? Vilket namn. "Ursäkta mej, jag söker …" I samma stund började några barn skrika i bakgrunden. Gälla, skärande röster. Tvillingarna.

"Mamma, han rasar mitt lego … Mamma!!!! Säg till honom."

Dunsar och vrål. Illtjut. Rose blev tvungen att hålla bort luren från örat. Hon hörde kvinnan ryta åt barnen.

"Hallå?" sa Rose.

"Ja? Vem är det? Vem söker du?"

"Hej, mitt namn är Rose Bruhn. Jag arbetar som frilansare åt Karlbacks Förlag. Jag skulle vilja byta ett par ord med Oscar bara. Och jag skulle inte ringa hem om det inte vore för att …" Nya skrik från pojkarna fick henne att tystna.

"Han är inte hemma", sa kvinnan vresigt.

"Nehej?

"Det var nån förlagsfest. Eller releasefest eller nåt. I vilket fall som helst är han inte hemma."

"Vet du när han kommer?"

Kvinnan skrattade fränt. Sedan verkade det som om hon fick tag i ett av barnen. Rose hörde gråt och smällar.

"Nej. Det vet jag inte."

"Då får jag be om ursäkt att jag störde. Jag ringer honom på jobbet imorgon."

"Gör det."

Luren på med en smäll.

Efteråt insåg hon att hon borde ha bett om hans mobilnummer. Nåja, det gick väl att hitta. Men samtidigt skulle det kännas dumt att ringa honom mitt under en förlagsfest. På något konstigt vis skulle det försätta henne i ett underläge. Nej, tidigt imorgon skulle hon söka honom på jobbet. Det var det bästa hon kunde göra.

Hon läste några sidor under stark koncentration. Hon hade satt sig med ryggen vänd mot köket. Tyckte plötsligt att det var någon i rummet. Alldeles bakom henne. Snodde runt med vidöppna ögon. Nej. Ingen där.

Men ett ljud? Var det inte ett ljud?

Hon stack fötterna i tofflorna och gick ut i köket. Höll andan. Stirrade på luckan och den nerfällda järnringen. Rörde den sig? Nej. Naturligtvis inte. Hur skulle den kunna göra det?

Köket var fult och naket utan matta. Ogästvänligt. Om den inte torkade snart måste hon skaffa en ny. Hon ville inte se den där luckan längre, orkade inte.

Eller lägga på ett brädgolv. Täcka alltihop.

Hon sjönk ner på knä. Fingrarna slöt sig om handtaget, det stack som elektriska stötar. Utan att hon ville det pressade hon läpparna mot skarven och gav ifrån sig läten. Korta, desperata snyftningar.

"Jag måste ju jobba", stönade hon. "Jag måste för satan bli färdig."

Hon kände hur fingrarna hårdnade. Kände hur luckan gled upp. Ett sug av unken luft, som en virvel. Stinkande av spyor och avföring. Hon stirrade torrögt ner i dunklet. Väntade på en reaktion.

Kvinnan hade lagt sig på sängen. Filten om benen, ett bylte. Andades hon? Rose kunde inte se det. Det ilade till i magen. På golvet låg den tomma plastförpackningen efter gröten. Fullständigt renslickad.

"Hallå?" sa hon högt.

Byltet på sängen rörde sig. Filten kanade ner, ett gråvitt spökansikte.

"Hjälp ... mej ..."

Ena armen vriden i en onaturlig ställning, stor och liksom missformad. Men ätit hade hon, det var klart. Rose reste sig och gick till kylskåpet. Tog fram en ny grötförpackning. Kastade ner den i hålet. Den hamnade på sängen, träffade kvinnans ena ben. Hon gnällde, kved sedan på nytt med en hes guttural stämma, som knappast ens lät mänsklig.

"Snälla, snälla ... hjälp mej."

Innan Rose hann svara knackade det på dörren.

INGRID

REN OCH SYRLIG LUFT föll över henne i ett svall av ljus. Hon vred sina ögon mot ljuset och tvingade sin röst att bli stark.

"Hjälp ... snälla, hjälp mej."

Över henne, långt där uppe, hängde Roseansiktet som en måne.

Hon måste lyfta huvudet och irra med blicken mot golvet. Det som smaskat och tuggat, fanns det kvar? Eller var det hennes skrämda fantasier? Hon hade alltid haft lätt för att förstora upp saker och ting. Måla fan på väggen. Det brukade störa Titus, hon mindes det så tydligt just nu.

Skulle du tycka att jag förstorade upp det här också? Skulle du det?

"Hallå?" viskade hon, men utan att det hördes. Måste lyfta huvudet, måste se. Nacken kändes stel och försvagad, som om musklerna till sist hade gett upp. Då kom hon på en utväg. Mitt i all förtvivlan, som en ruta i en tecknad serie: som det där klassiska stearinljuset!

"Rose, jag gör vad du vill bara du släpper mej. Allting som är mitt blir ditt. Du tar min plats, du flyttar hem till Tulegatan ... mina pengar, mina ägodelar, allt. Det måste väl vara tusen gånger bättre än ett liv som eremit i skogen. Jag ger det till dej, donerar det ... och honom också, han som är kvar ... allting vill jag ge dej ... för jag häftar så i skuld, det onda som jag gjort och ännu gör dej. Bara en enda sak vill jag i gengäld ha av dej. En enda sak ... Och det vet du vad det är ... det vet du."

Månansiktet, ingen reaktion.

Kanske hade hon bara tänkt det? Kanske hade hon aldrig sagt det högt?

Men en lösning vore det, en lösning.

Arvet efter Titus. Den del som enligt lag var hennes. Rose skulle få den. Själv behövde hon ingenting. Hon kunde flytta hem till Maria och senare, när hon blivit stark igen, skulle hon hitta sig en lägenhet att hyra. Tillbaka till Huskvarna, ja, hem, allt var också billigare i landsorten, och där vid Vättern fanns ju hennes trygghet och rötter. Säkert kunde hon få jobb också, på Akademibokhandeln i Jönköping, hon med sin gedigna erfarenhet.

"Vad svarar du? Visst vill du!"

Det stilla månansiktet lyste.

"Snälla, snälla … Om det är det här du tänker på … det här … så lovar jag att aldrig berätta … Jag går ed på det. Det är ett heligt löfte."

Ingen nåd, nej, alls ingen nåd att vänta.

Hon slöt ögonen, men öppnade dem på nytt när någonting dunsade ner i sängen. Hon gnällde till. Vad var det? Ett djur? En råtta som tagit sats och hoppat upp till henne? Hon gjorde en kraftansträngning och lyckades sätta sig upp. Samtidigt drog en frossbrytning genom kroppen, inifrån och ända ut i porerna.

Det bankade till där uppe hos Rose. Någonstans långt bakom henne. Med nacken tungt mot väggen såg Ingrid hur hon snurrade runt med ett uttryck av fasa i ögonen.

Därefter åter mörker.

HON RAMLADE när hon skulle resa sig, halkade och tappade ena toffeln. Det bultade på nytt. I strumplästen sprang hon ut i hallen. Vem kunde det vara som kom så här sent? Som kom överhuvudtaget? Inte Tomas, inte han, det tror jag inte längre. Hon lyssnade mot dörren, hörde steg.

Om jag är tyst förstår de att jag sover.

Men samtidigt lyste det i hela huset.

Jävlars.

Vem var det? Den där typen med schäfern som hade tagit reda på var hon bodde och nu kom för att hämnas? Eller ... nej ...? Titus? Som blivit skjutsad hit med ambulans?

Ytterligare en bultning, rakt in i örat på henne. Hon öppnade en springa, tänkte att hon borde ha skaffat säkerhetskedja. Varför hade hon inte gjort det! När Akela levde hade hon aldrig varit rädd. Men nu!

Det stod en man på förstukvisten. Han hade klämt sig in under den våta mattan och försökte nu hålla den ifrån sig. Claes Schröeder. Hon kände en pust av alkohol.

"Krångligt det här, du, förbaskat krångligt."

"Jag vet, förlåt. Men den torkar ju aldrig."

"Hör du, du sov väl inte? Eftersom det lyste så chansade jag."

"Nehej ... jag sitter och jobbar."

"Jag ville bara visa dej en sak, förstår du. Nånting som jag hittade i mitt eget privata bibliotek. Titta här får du se!"

Triumferande höll han fram något mot henne. En bok. Den var häftad och uppsprättad. Ingen bild på framsidan, bara text. Hon läste:

Dikter av Manuel Ramírez.

"Vilket sammanträffande, va!" utbrast Claes Schröeder. "Han är poet också, visste du det?"

"Eh … nej."

"Ursäkta, men får jag bara titta in ett litet, litet tag, Rose. Jag vet att du är upptagen, men bara en kort, kort stund. Det skulle roa mej att få kasta en blick på det där manuset."

Hon kom inte på något argument för att hindra honom.

"Här är ganska stökigt", mumlade hon.

Han lade huvudet på sned.

"Äh, sånt där tänker inte karlar på", log han. Kokett, tyckte hon. Han försökte väl inte lägga an på henne?

"Nehej", sa hon. "Varsågod då."

Han steg in utan att ta av sig skorna. Mest bodde han ju utomlands. Där gjorde man så, där gick man aldrig i strumplästen in i andra människors hus. Han verkade hitta direkt. In i vardagsrummet, fram till soffan. Det var den enda plats som fanns att sitta på. Fåtöljen och stolen var belamrade med pappershögar.

"Tillåter du att jag slår mej ner?"

"Jo. Det är klart."

Han såg sig omkring i rummet.

"Så trevligt du har gjort det här. Så ombonat."

"Tack."

"Jag tycker det verkar som om du trivs här i stugan."

Hon nickade.

"Det är inget du behöver då? Nånting som måste åtgärdas eller så?"

"Nej."

"För i så fall säger du bara till. Det vet du."

Nej. Det visste hon egentligen inte. Men hon nickade. Hon måste försöka få iväg honom snart, men utan att stöta sig med honom. Febrilt försökte hon komma på hur. Han lutade sig mot ryggstödet och knäppte händerna bakom huvudet.

"Bor du ensam nu?" frågade han. "Du hade väl en son också, om jag inte minns fel. Spelade inte han nåt instrument?"

Hjärtat hoppade till på henne.

"Jo", sa hon. "Tomas. Men han är utomlands nu, du vet en sån där backpacker."

"Bra, bra. Det ska unga pojkar unna sig."

"Det tycker jag med."

"Ja, flickor också, för den delen. Men grabben, bildade han inte nån sorts rockband till och med?"

"Han hade väl tänkt sig den karriären", sa hon lätt. "Men du vet hur det är. Dagens ungdomar har inget tålamod."

"Du pratade en gång om att inreda källaren. Att de skulle öva där, repa eller vad det heter. Blev det ingenting av det heller?"

"De började lite. Men det blev aldrig färdigt. De gav upp. Som sagt, det finns ingen uthållighet."

"Vad har du den till?"

"Va?"

"Källaren."

"Ingenting. Slänger ner lite skit där bara. Sånt som är i vägen, ja, du vet."

Han gav henne en svårtolkad blick. Hon skyndade sig att peka på manusbunten som låg på bordet. Rev åt sig några av de färdiglästa sidorna.

"Jaha, här är det alltså. Manuset. Det är en hel del fel. Men här har du det i alla fall. Om du vill titta."

Han tog några sidor, bläddrade förstrött.

"*Asköns tårar*, ja … " Han skrattade. "Ja, här har du att göra, det ser jag."

"På förlaget tror de att Ramírez får Nobelpriset."

"Det kan han säkert vara värd."

"Vad tror du om det här då?" Hon bläddrade fram den sida där hon hade fastnat. 'Metaforerna kan liknas vid av godhet är du sprungen.' Finns det nåt som helst förnuft i den meningen?"

Han såg upphetsat på henne.

"Men förstår du inte? Man kan inte bara …"

Han tog ifrån henne arket och läste. Rynkade sedan pannan.

"Springa och sprungen, ursprung ... det är såna begrepp som Ramírez tycker om att leka med." Han avbröt sig och slog upp dikt-boken. "Lyssna här!" Och han började deklamera:

> Eggen
> mot den springande
> PUNKTEN
> Förlåtelsen
> för
> låten
> fallande

Orden skrämde henne. Var det hans avsikt? Förlåtelse och falla, var-för valde han just en sådan dikt? Anade han något? Hon kände en smygande yrsel. Blev tvungen att sätta sig, det fanns ingen annan plats än bredvid honom i soffan.

"Vad är det?" sa han vänligt. "Mår du inte bra?"

"Jag vet inte ... lite yr bara ... men det går över."

Han klappade henne på benet.

"Du blir yr av poeten Ramírez! Då är han väl sannerligen värdig ett Nobelpris!"

Hon var mycket blek, hon kände det. Det pärlade av svett under armarna. Hans ögon kom nära, för nära.

"Men ... Nu blir jag orolig för dej, vännen. Jag tror du behöver nåt starkt. Du är helt enkelt överansträngd. Pappa går upp och häm-tar nåt starkt att dricka. Vänta här."

"Oh, nej, det behövs absolut inte."

"Jag kanske förresten inte vågar lämna dej. Har du ingenting själv? En whisky skulle sitta fint. Jag skulle själv behöva en, om jag ska vara uppriktig."

"Nej", viskade hon. "Jag har inget sånt, jag dricker nästan ald-rig."

I samma ögonblick hördes det. Ett rop. Ett kvävt och ylande rop, det kom från köket.

Claes Schröeder stelnade.

"Vad i helvete var det?"

Hon stod på golvet nu, i sina sockor.

"Det var inget."

"Jo, absolut. Jag hörde ju! Ett barn … Det var ett barn som skrek, en pojke."

"Nej, nej", sa hon och gick hastigt ut i köket. Då såg hon! Luckan var inte riktigt stängd. Hennes ena toffel hade fastnat i springan. Hon böjde sig fram och ryckte loss den. Luckan föll igen. När hon vände sig om stod Claes Schröeder i dörröppningen.

"Vad gör du?" sa han tyst.

HON LÅG OCH HÖLL om plasten, värmde den. Stoppade in den under tröjan, huden het. Hade hon feber? Det blir bättre om jag äter, jag ska äta snart, jag ska proppa i mej hela grötpaketet. Då kommer inte råttorna … och jag ska inte kräkas, bara äta.

Dåsade en stund. Iskalla händer och fötter. Mindes sedan trögt att något hänt. Rose hade blivit rädd. Någon hade bankat på dörren.

"Titus", jämrade hon sig och öppnade ögonen. En luddig trekant av ljus, den låg som en fisk över golvet. Luckan var inte riktigt stängd.

Hon höll andan. Röster där uppifrån, en mansröst och så Roses snabba. Dovt och dämpat kom de ner till henne, som om hon befann sig under vatten. Som den gången när hon fastnade under bryggan. Hur de ropade på henne, kom fram! Det var på kyrkans sommarkoloni. Hon hade gömt sig för att skrämma dem. Både ledarna och de andra barnen. För att få dem att sluta vara dumma. När hon sedan ville upp satt hon fast. Hade inte en av ledarna fått syn på henne hade hon drunknat.

Hon försökte lyssna. Inte missa något nu, inte förstöra. Var det Titus skulle han inte ge sig. Han skulle gå runt i stugan och leta, varenda liten millimeter skulle han söka av.

Hon samlade kraft för att ropa. Satte i halsen, fick en hostattack.

Han hade kommit åkande med bilen. Deras bekväma nougatfärgade Audi. Han hade rest sig ur sjuksängen:

"Nu räcker det fanimej, nu räcker det! Jag kan inte ligga här i ovisshet längre."

Hans vackra breda händer med de prydligt klippta naglarna. Vrider om bilnyckeln, lossar handbromsen. Kör.

"Nu kommer jag, Ingrid. Jag ska hämta dej."

Hon fick fram ett bräkande, en ansats till ett rop. Upp mot den flimrande trekanten.

"Hallå. Jag är här, här nere."

Det var som om bröstkorgen trycktes ihop. Ingen stämma, bara väsningar och krax.

Igen:

"För Guds skull … jag är här … här nere."

Om han bara gick ut i köket! Om han bara gjorde det! Han skulle förstå direkt. Han skulle böja sig fram och formligen slita upp luckan. Och då skulle han förstå. Ursinnig skulle han bli. Ursinnig. Hon hade sett honom sådan några gånger. Hur kroppen tycktes växa på honom, hur ådrorna på halsen grovnade. Det gick inte att prata med honom då. Gick inte att nå honom. Någon enstaka gång hade vreden drabbat henne. Inte ofta, bara någon enstaka gång.

Men nu. Nu var det Rose den skulle drabba! Åh, vilken lättnad, komma upp!

Långt bortifrån ett dämpat sorl. Ett samtal. Vad gjorde de? Frågade han ut henne? Förhörde henne? Som en domare som utmäter ett straff. Varför kom han inte? Varför satte han inte genast igång med att leta? Han måste väl förstå hur svårt hon hade det.

Titus är sjuk, Ingrid. Han ligger i sin sjuksäng och dör.

Varifrån kom den främmande rösten?

Hon plockade med fingrarna mot halsen, så trögt med ens att få luft.

Och så igen, med en sista kraftansträngning:

"Hallå … jag är ju här, här nere …"

Dunsande steg över golvet.

Någon sorts ritschljud.

Sedan mörkt.

CLAES SCHRÖEDER stod och höll sig mot pannan. Han hängde tungt mot dörrposten, såg ut att rasa ihop. Rose gick fram till honom. Hon var fortfarande skakad, hur mycket hade han sett?

Gjorde rösten stadig, det var viktigt nu:

"Hur är det?"

"Jag ... måste ut."

"Ja, ja, jag följer med dej."

Hon föste honom varsamt mot hallen. Där knep han tag om armen på henne, klamrade sig fast.

"Men snälla Claes ..." För första gången använde hon hans namn. "Är du dålig? Du får väl inte en stroke?"

Han *skulle* kunna få det, här i farstun. Folk drabbades av hjärnblödning och dog. Vad var det man skulle göra om man misstänkte att någon höll på att få en stroke? Tre saker. Be personen le. Be honom säga sitt namn. Och det tredje, vad var det. Vad var det?

Handen höll fast henne, ett grepp av stål.

"Nej", sa han gällt. "Det handlar inte om nån stroke."

"Jag blev orolig."

"Följ med mej!" Det lät som en befallning. Han hade öppnat dörren. Med ett ryck slet han undan mattan, som hängde där ute. Vräkte ner den på marken. Fortfarande höll han henne i armen. Det gjorde ont, men hon vågade inte be honom släppa. Han ledde henne upp för backen, över gruset, in i huset. Först när de kommit in släppte han henne. Då började han också andas mer normalt.

"Förlåt om jag skrämde dej", sa han och harklade sig. "Men när jag såg den där luckan i golvet ..."

Hon stod på spänn och väntade. Vågade inte se på honom.

"… allt kom tillbaka", hörde hon.

"Vadå allt?"

Han drog ett långt och hackigt andetag. Som om han gråtit.

"Allt. Jag ska förklara."

"Mår du bättre nu? Vi ska inte ringa efter en ambulans?"

"Nej, för fan. Jag mår bättre. Men gå inte än, stanna kvar."

Hon såg sig vaksamt omkring. Hallen hade träpanel och gröna vävtapeter. På ena väggen hängde fem gevär arrangerade i en solfjäder och förankrade med kedjor. Intill dem ett uppstoppat rådjurshuvud. Hon tyckte att det döda djuret stirrade på henne. Claes Schröeder noterade hennes blick.

"Jag fick det i present när jag fyllde femtio", förklarade han. "Visst är det skickligt gjort? En god vän till mej är konservator. Han låg och lurpassade på det där kreaturet, varenda natt kom det in i hans trädgård och glufsade i sig hans tulpaner. Nu har det glufsat för sista gången."

Hon tänkte på rådjuret som hon mötte ibland om mornarna. En mager hind med en skada på ena flanken. Hon hade inte sett den sedan i höstas.

"Stig på!"

Två glasdörrar stod vidöppna. Han gjorde en gest mot dem.

Hon insåg att det var första gången hon var inne i huset. När de skrivit hyreskontraktet hade det skett nere i backstugan. Rummet innanför hallen var stort och övermöblerat, som om han just flyttat in och ännu inte visste hur han skulle ha det. Längs väggarna stod rader av stolar. De såg antika ut. Mitt på golvet tronade ett avlångt orientaliskt bord med nersänkt kopparskiva, omgivet av två klassiska bruna öronlappsfåtöljer. Hon satte sig i den ena. Skinnet var halt och kallt.

"Jag ska hämta nåt att dricka", sa Claes Schröeder. "Nu behöver vi det båda två."

Hann han märka något, virvlade det i henne. Kommer han att avslöja det nu?

Claes Schröeder återvände med en bricka. Den hade ett slags in-

tarsia, gjord av tändstickor i små kvadrater. Två glas med isbitar stod
på brickan och en flaska med en skvätt whisky. Han hällde upp. Han
fäste blicken på henne, inte längre svag.

"Nu, Rose, nu vill jag faktiskt prata."

INGRID

STAVAR AV IS. Stavar av vitglödgad is. Hon tyckte att hon sprang över isen. Ett bångande ljud, då var det farligt. Då var det risk för råk.

Käkarna skallrade okontrollerat, tänderna högg. Som pressar- foten på en symaskin. När tungan kom emellan blev det sår. Det svullnade och blödde ur köttet.

Så att jag inte kan andas längre. Så att det täpper till och kväver mej.

Det var tyst nu. Men en annan sorts tystnad. De hade gått, hon viss- te det.

Hon låg med uppdragna ben och grötkorven pressad mot magen. Som en mikro, tänkte hon otydligt. För just det var vad hon var. Hon värmde gröten med sin kropp. Senare skulle hon öppna den och äta.

Senare.

Febern slog mot trumhinnorna. Dunkande snabba slag.

Han hade gått ifrån henne.

Rose hade följt med.

Rose hade lyssnat på henne och antagit hennes erbjudande. Nu flyttade hon hem till Tulegatan. Titus och hon. Nu tog de vid där det hela en gång upphört.

Ett upprättat kontrakt med Rose.

Det var bara en sak som hon glömt.

Att öppna luckan.

Inte bara armen längre. Hela kroppen var det. Lederna, musklerna. Varenda del av henne ömmade och värkte. Hon välte över på rygg. Grötkorven låg kvar på hennes mage, fasthållen av den mintgröna tröjan. Tröjan verkade förresten större.

Jag magrar, tänkte hon, men likgiltigt. Jag magrar och förvandlas till skelett.

Med högerhanden började hon söka av sin kropp. Kände benstommen innanför huden. Hon hade alltid haft en kraftig benstomme, det var därför det varit så svårt att bli smal.

Håret flottigt. Det kliade i svålen, hon hade rivit och fått blod under naglarna.

Öronens små mjuka snäckor.

Hon hade haft ett så alldagligt utseende.

Men han hade sett något annat.

Hon fortsatte känna ner mot nyckelbenen. Det fanns ett födelsemärke där, strax intill vänstra axeln. Ett märke som liknade en jordglob. Maria och hon hade skämtat om det där märket. Det borde sitta på Cecilia i stället, deras yngsta syster. Det var en ju symbol för äventyr.

Lilla Cecilia, vad gjorde hon nu? En krampartad saknad vällde upp i henne. Cecilia som aldrig någonsin gav sig. Som hela tiden var beredd att kämpa för de små och ömkliga. Hon hade skickat ett foto från Brasilien. Det föreställde henne själv, sittande på en halvt raserad trappa. Runt omkring henne stod trashankar till barn. De skrattade med sina vita tänder. Även Cecilia skrattade.

Här är jag och barnen, skrev hon i följebrevet. Vi behöver pengar till skolan. Allt ni kan avvara är välkommet.

Nästan som ett tiggarbrev, hade Maria tyckt. Och hon frågade ingenting om hur systrarna hade det. Hon visste inte ens om att Maria skulle bli farmor. Maria hade stört sig på det. Man behöver väl inte glömma bort sin egen familj bara för att man har flyttat utomlands. Ändå hade de skickat varsin femhundring. Lagt i ett kuvert och skickat. Det fanns en adress där i Rio. Och banker fanns det väl också. Så att Cecilia kunde ge sig dit och växla.

När skulle Maria och Cecilia få veta? Att deras äldsta syster var försvunnen. Skulle hon någonsin få se dem mer? Det kändes skarpt och kallt i hjärnan. Om det nu inte var Titus som hade kommit hit till huset? Utan någon annan. Naturligtvis var det inte Titus, hur hade hon kunnat få för sig något sådant. Hur blåögd och korkad fick man vara! Titus var ju sjuk. Inte kunde han helt plötsligt bli så frisk att han gav sig ut för att leta efter henne. Hur orolig han än måste vara. Men han ringde kanske till Maria. Är hon hos dej, jag har tappat bort henne? Och Maria skulle räcka över det skrikande spädbarnet till sin sonhustru. Hon skulle inte ha ro längre, att vara en tröstande farmor.

Fast man kommer ifrån varandra, tänkte hon. Även om man vuxit upp i samma familj. Vad vet jag om er? Vad vet ni om mej? Ni kommer aldrig, aldrig att få veta.

Hon grät igen. Såg sig själv om eoner av tid, hur luckan sakta öppnades.

"Men Herregud, det ligger nånting här! Det ser ut som rester av en människa."

En sekvens flimrade förbi, från en matinéfilm hon en gång sett, en scen ur *Tarzan*. Spår av en koja i djungeln. Och längst in ett kranium, till hälften dolt av slingrande vilda växter. Tarzans mammas ögonhålor hade förföljt henne i hennes mardrömmar långt upp i tonåren. De glättigt grinande tänderna.

Nu skulle hon själv.

Ett kranium.

Hon gled in i en förvirrad slummer. Vaknade med ett skrik.

"Nej, jag ska leva, jag ska leva!"

Fortsatte känna av sin kropp, fortsatte där hon hade slutat. Än fanns hon kvar, än fanns hon. Fingrarna in i vänster armgrop, lite stubb. Hon brukade raka såväl ben som armhålor. Minst varannan vecka. Med en elmaskin, den hette Ladyshave. Hon ville vara attraktiv.

Hade velat.

En gång hade Titus nämnt en kvinna som han äcklats av. Hon praktiserade på förlaget, Mirjam.

"Du skulle se henne! Går klädd i en gammal herrskjorta över ett linne, men frampå förmiddagen tar hon alltid av sig skjortan, och så de där hårtussarna som glipar fram i armhålorna. *Disgusting!* Ser man ut så på en arbetsplats? Jag har lust att säga till henne. På ett vis är jag ju hennes chef, vad tycker du, ska jag säga nånting?"

Tanken på Mirjam hade fascinerat henne. Hur hon oblygt och utan att förställa sig stegade omkring i förlagslokalerna. Hon blev tvungen att göra sig ett ärende. Och där satt flickan Mirjam, vid ett bord mitt emot Annie. Skjortan var på den dagen, och runt halsen pärlor av plast. Ingrid hade känt sig gammal.

Annie log mot henne.

"Titus är på Förläggareföreningen. Han skulle vara tillbaka efter lunch."

"Hej", sa hon osäkert och sträckte fram handen mot flickan.

"Ja just det", utbrast Annie, som om hon först nu kom på att hon varit oartig. "Det här är Mirjam. Hon pluggar litteraturvetenskap. Hon tänker bli förläggare, säger hon."

Praktikanten hade sminkat sina ögon så att de knappt syntes under all färgen. Hon verkade så obeskrivligt ung. Hon höll fram en rund och knubbig hand. På pekfingret satt en ring, utformad som tecknet för kvinna.

Till Titus förvåning hade Mirjam så småningom startat ett eget förlag. Hon gav ut böcker av kvinnliga författare. Förlaget hette Syster, vilket hade fått Titus att kasta huvudet bakåt och gapskratta.

Varför tänker jag på detta nu, på sådana saker?

Handen fortsatte neråt kroppen. Den formade sig kring brösten, som tunga och fullmogna flöt ut över revbenen. Huden brände, att man kunde bli så het. Men bara kroppen, fingrar och tår var iskalla. Hon höll kvar sina fingrar en stund, för att försöka värma dem. Men de blev inte varmare.

Försiktigt vidrörde hon armen, den brutna och trasiga. Skulle den någonsin mer gå att använda? Något vasst där inne, gjorde fruktansvärt ont. Hon tryckte med naglarna. Och skrek.

Hon förlorade medvetandet. När hon vaknade igen låg hon kvar på rygg, men grötkorven hade glidit ner på sidan. Hon drog upp knäna och lät handen runda sig kring låren. Byxorna var fuktiga av svett. Trots sockorna var hälarna som isklumpar.

Om hon fick i sig lite näring? Hon trevade efter grötkorven, den slank undan. Hon petade till den med foten, men nådde den inte. Spelade ingen roll. Det var nog lika bra att vänta. Hon förstod att hon skulle må illa och hon orkade inte det, orkade inte konvulsionerna, orkade inte kladdet.

Hon låg med tårna mot grötkorven och den var ännu ljummen efter hennes kropp.

Då var det en rörelse mot benen. Som om någonting hade hoppat upp. Tagit sats nerifrån golvet och hoppat upp till henne.

Hon visste vad det var. Hon drog till sig sina fötter och gallskrek.

ROSE FÖRDE GLASET till läpparna och drack. Hon var verkligen inte van vid starka drycker. Det brann som ättika i strupen, hela vägen ner till magsäcken. Hon öppnade munnen och stötte ut luft. Sedan tog hon ytterligare en klunk.

I den andra fåtöljen satt Claes Schröeder, framåtlutad med armbågarna på låren. Han lutade hakan i händerna.

"Det är så omtumlande", sa han. "Så oerhört omtumlande När jag såg den där luckan … Okej, jag ska förklara."

Han tystnade och snurrade på glaset. Isbitarna klirrade.

"Den där stugan du hyr", fortsatte han. "Backstugan. En gång för länge sedan bodde det en man där. Han hade sin säng precis där du har din soffa. Hans täcke var av siden och mörkrött."

Hon gav honom en orolig blick. Såg honom förvrida ansiktet.

"Han hette farbror Gunder. Eller fan … Gunder, menar jag. Gunder Lärkeman."

Hon såg honom rynka ögonbrynen och suga in en bit av överläppen under tänderna. Han satt med uppdragna axlar, liknade en ruggig stork.

"Jaha? Hur … hur vet du det?"

"Han var alltid så snäll, farbror Gunder. Han var alltid så snäll mot barnen."

Han reste sig snabbt och gick ut ur rummet. Kom tillbaka med en oöppnad whiskyflaska. Gned sig hårt över nacken, fyllde sedan på sitt glas. Ända upp till kanten.

"Jaha?" upprepade hon osäkert.

"Det här huset, där vi nu befinner oss. Det här stora fina huset. Det har en mycket lång historia."

"Jo, jag har förstått det."

"När jag var liten fungerade det som pojkhem. Uppfostrings-anstalt för vanartiga gossar. Nja, så sa man förstås inte. Men i prak-tiken var det var det var."

Hon väntade.

"Sovsalarna fanns på övervåningen. Här nere bodde rektorn. Rektor Eyvind Dahl. Han var norrman. Det fanns en byst i gips av honom i matsalen. Så att han alltid skulle vaka över oss, eller hur jag ska säga. Jag kan ännu se det där vänligt grinande ansiktet. Till och med rynkorna hade de fått fram, som skrattrynkor kring ögonen. Konstigt nog, för man såg honom aldrig skratta. Dörrarna hit in var alltid låsta, det var andra dörrar då, jag har gjort om det. Helt och hållet har jag gjort om det här jävla huset, för jag äger det nu. Och jag gör precis vad jag vill med det."

"Jag förstår", sa hon nervöst.

"Vi pojkar gick aldrig in den här vägen, vi fick ta kökstrappan."

"Vi pojkar?"

"Just det. Och då kanske du börjar ana."

Hon nickade.

Han satt tyst en stund, trummade med lillfingret mot bordet. Han hade en ring där, en smal slät guldring.

"Jag tänkte fråga dej en sak", utbrast han. "Du som är i bokbran-schen. Hur gör man för att få en bok förlagd?"

"Har du skrivit en bok?"

"Jäpp." Han rörde överkroppen, på en gång både ivrigt och gene-rat. "Jag har skrivit en bok om tiden här. Om min sorgliga, förtju-sande barndom."

"Fin titel!" Hon försökte låta entusiastisk. Till varje pris måste hon undvika att stöta sig med honom.

"Ska jag skicka in den nånstans?" sa han vädjande. "Jag antar att det är så man gör. Vart i så fall? Eller ringer man först? Och måste det vara utformat på nåt särskilt sätt?"

"Det finns ju mängder av förlag", sa hon. "Varför inte börja med det största?"

"Vilket är det då? Bonniers?"

"Nej, Karlbacks."

"Va? Jaså, Karlbacks Förlag är det största?"

"Ja."

"Så du tror att de skulle kunna vara intresserade?"

"Det kan man aldrig veta. Det är förresten de som ger ut Ramírez. Jag gör en hel del jobb åt dem."

"Gör du?"

Hon nickade, ångrade redan att hon sagt det. Han högg direkt.

"Du skulle inte vilja förmedla kontakten?"

"Jo, kanske ..." sa hon vagt.

"Fast det är inte precis nån rolig läsning."

"Det kan jag föreställa mej. Men ofta är det just sånt som säljer. Hur länge bodde du här?"

"Kom hit när jag var fyra. Blev kvar tills jag fyllde femton."

"Elva år!"

"Ja. Elva år av blod och förnedring."

"Var det så?"

Han nickade eftertryckligt. Han hade tagit av sig glasögonen, satt och gned sig i pannan.

"Men att du ville ha det här huset då? Vore det inte naturligare att försöka komma bort ifrån det? Så långt bort som möjligt."

"Tvärtom!" utbrast han. "Nu är det jag som äger det och jag som bestämmer här."

Hon förstod logiken, men fick det ändå inte att gå ihop.

"Dina föräldrar då? Varför bodde du inte hos dem?" Hon märkte att whiskyn började verka. Det kändes slappt och behagligt i kroppen. När han höll fram flaskan mot henne lät hon honom fylla på. Imorgon bitti skulle hon ringa Oscar Svendsen. Hon orkade ändå inte jobba mer ikväll.

"De dog unga. Min far hade en faiblesse för snabba bilar. Han importerade en Ferrari, men våra svenska vägar var knappast anpassade för så höga hastigheter. Han körde ut i bushen i en kurva utanför Anderstorp och brann upp ihop med bilen. Och min mor ... ja, hon tyckte väl det blev lite enformigt att leva vidare som änka. Så en månad senare klättrade hon upp på det högsta berg hon kunde hitta och tog ett kliv rakt ut. Trodde väl hon kunde flyga."

"Usch, så förfärligt."

"Det är som det är med den saken. Man får acceptera ibland att föräldrar inte orkar. Men det jag inte kan acceptera - eller förlåta - det är vad som hände här."

Hon teg. Väntade in honom.

"Farbror Gunder, ser du. Vi måste kalla honom så, fast han egentligen inte var så gammal. Han var nån sorts alltiallo. Högg ved och hjälpte till med trädgården och underhåll av husen. Ja, det fanns fler byggnader här då, bland annat en tvättstuga och en vedbod nere vid sjön. Men det är rivet nu."

"Jag har sett rester." Hon petade på de fernissade tändstickorna i brickan. Hörde honom skratta hårt och fult.

"Farbror Gunder, ja. Det var en jeppe det. Han tyckte så mycket om oss pojkar. Han brukade ta ner oss till sin stuga, alltså den där du nu bor. Han var så snäll. Så snäll, så snäll … Så länge vi var snälla tillbaka, vill säga. Var vi inte det … ja, då blev det luckan."

"Luckan?" viskade hon.

"Då slängde han ner oss där. Tog oss i nackskinnet, slängde ner oss. Så fick man sitta där tills man blev mör. Jag utvecklade en fobi för spindlar där nere. Det har tagit mej år av mycket dyr terapi att komma tillrätta med den."

Hon vågade inte se på honom.

"Var det aldrig nån som sa nåt?"

Claes Schröeder fnös till.

"Tror du att nån lyssnar på en osnuten pojkvasker! Tror du verkligen det? De visste ju att man hade det bra hos farbror Gunder. De såg honom som nån sorts förebild för oss killar. Att få komma hem till honom kunde till och med få fungera som belöning. Om man hade skött sig och så. Därför ville man ju inte det, alltså sköta sig, menar jag. Utan man sabbade och jävlades bara för att få slippa. Straffet för att jävlas var stryk. Men det var ändå … hur ska jag uttrycka det … lindrigare."

"Åh … så hemskt. Jag vet inte vad jag ska säga."

"Du ser den där brickan." Claes Schröeder pekade på tändsticks-brickan. Han torkade bort några droppar smält is från den. "Jag hade en vän, han hette Johnny. Han gjorde den till mej. Han var gubbjävelns favorit. Honom klämde farbror Gunder skiten ur. Efter en natt under luckan kunde gubben göra vad han ville med honom. Ja, fy fan."

Hon rörde på huvudet. Drack.

"Vi planerade att mörda honom. Vi försökte klura ut en massa bra metoder, men naturligtvis blev det aldrig nånting av med det. Vi var så små. Och han var så stark och vuxen."

"Är det sånt du har skrivit om i boken?"

"Ja. Jag har suttit Nice i och skrivit den, jag har en lägenhet där. Jag åker tillbaka dit imorgon."

"Det måste väl ändå ha fungerat som nån sorts terapi … jag menar att försöka skriva av sig?"

"Absolut. Men jag har som sagt gått i vanlig terapi också. Och gör det fortfarande. Så småningom ska jag kunna stanna här lite längre perioder, har jag tänkt. Ännu klarar jag bara några dygn i taget. Kanske kan jag en gång bo här för gott, det är mitt mål. Ibland tänker jag att det här är den vackraste platsen på jorden."

"Ja, det är det nog."

Han sträckte på sig.

"Men än är det för tidigt. Det stod klart för mej när jag kom ner till dej i backstugan. Då var det som om allting vällde över mej igen. Den där ohyggliga luckan." Han tystnade och tände en ny cigarrett.

"Tror du att man kan hallucinera?" sa han hest. "Förut, när vi var där nere hos dej … Jag kan gå ed på att jag hörde nån gråta."

DEL 3

PLANER

KLOCKAN VISADE en kvart i ett när hon till slut kröp ner i sin säng. Hon var berusad. Det kändes skönt. Och precis innan hon skulle somna kom hon på en lösning. Temporär visserligen. Men ändå. Hon satte väckarklockan på ringning, hade nästan glömt bort hur man gjorde. De senaste åren hade hon vaknat tidigt av sig själv varenda morgon.

Hon hade suttit kvar hos Claes Schröeder och fått honom lugn. Låtit honom älta och prata. Hon hade alltid fått höra att hon var en god lyssnerska.

Kanske hade hon lyckats övertyga honom.

"Jag vet att man kan höra röster ibland, om man befinner sig under riktigt stark press. Och det gjorde verkligen du, allt det där hemska du berättade om. Det måste ju ha kommit tillbaka till dej, allt med den där avskyvärda mannen. Och i mitt lilla gulliga hus."

Hon hade fått honom att skratta. Tillsammans hade de skrattat åt att farbror Gunder nu var död. Det hade hänt för bara några veckor sedan. Claes Schröeder gav henne detaljerna.

"Lova att inget säga. Det är en så in i helvete genialisk hämnd. Du vet, han blev ju gammal, inte senil, men riktigt gammal och orörlig. Han satt i rullstol och behövde hjälp med det mesta. Kunde inte ens torka sig i arslet själv. Han fick en personlig assistent. Gissa vem? Jo, Johnny."

Han gav ifrån sig ett pipande, kluckande skratt. När han skulle hälla upp mer whisky skvätte det ut på det glansiga tyget i hans byxor. Han tycktes inte märka det.

"Gubben bodde i en tvåa i Bagarmossen. Han tyckte om att komma ut. Du vet, sitta instängd i en lägenhet så där, det kan inte vara särskilt muntert. Så Johnny brukade ta ut honom ibland. De åkte tunnelbana in till stan. Sent en kväll så råkade det, råkade det, råkade det ... Jojomänsan. Det hände en olycka i tunnelbanan. Det blev nåt fel på rullstolen, jag tror att det var nånting med bromsarna. Medan Johnny tittade bort ett pyttelitet ögonblick började stolen rulla. Rakt ner över kanten. Just när tåget kom. Inga vittnen, det var alldeles tomt på perrongen. Johnny sa till mej efteråt att gubben förmodligen hade rullat iväg den där stolen själv. Han ville inte leva längre."

Han gav Rose en lurig blick.

"Glasklart! Eller hur?"

"Fanns det inga såna där övervakningskameror då?"

"Nej. Tydligen inte. Brandkåren kom sedan och fiskade upp honom. Det som var kvar."

"Tråkigt."

"Ja. Mycket tråkigt. Jag vet inte vad de gjorde av honom. Han hade inga släktingar. Det blev väl samhället som fick bekosta begravningen. De svenska skattebetalarna. Jag kan se den där akten framför mej. Liket nerslängt i en billig kista. Några ljus och en psalm. *Härlig är jorden* ... det är väl den de brukar köra med. Kanske en ros på kistlocket. Röd som gubbens gamla täcke. Inget mer."

"Det känns bra va?" log hon.

"Det känns jävligt bra. Och nu skålar vi för den saken."

Hon kände sig upplivad. För en tiondels sekund fick hon lust att dansa. Sedan mindes hon och sjönk ihop.

"I maj kommer Johnny ner till Nice och bor hos mej", sa Claes Schröeder. "Han har aldrig varit i Frankrike. Det är så mycket jag vill visa honom. Känner du till Nice?"

"Nej."

"Det är en underbar stad. Och där har jag ju också min terapeut."

Det var en lättnad att han skulle åka tillbaka redan imorgon. Om han fick för sig något? Att han ville öppna luckan. Som ytterligare ett led i terapin. Den där Johnny hade uppenbarligen blivit botad. Men inte Claes Schröeder.

Det fanns en särskild typ av terapi, det visste hon. Den kallades

för KBT. Patienten fick till uppgift att utsätta sig själv för ångest-
framkallande situationer. Hon hoppades att det inte var den sorten
som Claes Schröeder behandlades med.

Hon vaknade en halvtimme innan klockan ringde. Huvudet värkte,
men vad hade hon väntat sig? Minst två rejäla glas whisky hade hon
fått i sig. Hon svalde en magnecyl och medan hon duschade började
det kännas en smula bättre. Planen från inatt stod kvar.

Ur garderoben plockade hon fram de kläder som hon brukade ha
när hon skulle möta människor. Ett par svarta långbyxor, en polo-
tröja och en sammetskavaj. Kavajen hade hon köpt på Kapp-Ahl för
flera år sedan. Den såg fortfarande ny ut.

Någon frukost skulle hon inte kunna få i sig. Hon drack ett glas
vatten och en stor kopp svart kaffe. Klämde ut gröt i de små skå-
larna. Gick sedan direkt fram till luckan och slet upp den. Ställde
sig att stirra ner.

Lukten där nerifrån var ännu mer påtaglig. Det fanns ju toalett i
skåpet. Varför kunde människan inte använda den? Hon tänkte på
bergoplattorna. De var perforerade.

"Du!" ropade hon ilsket. "Du behöver inte precis skita på golvet.
Det är så gott som nytt. Det åker ner i hålen då och går inte att få
bort!"

Ingrid verkade sova. Gröten var uppäten, bara plasten kvar. Ren-
slickad och slafsigt slängd under en av stolarna. Kanske behövde
hon något att dricka. Rose letade fram ytterligare en pet-flaska, som
hon fyllde med vatten. Hon knöt fast ett snöre och sänkte ner den
på glasbordet.

Kvinnan rörde sig inte.

"Vatten!" sa Rose. Hon släppte snöret. Det ringlade ihop sig till
en spiral.

"Vatten!" sa hon på nytt, högre denna gång.

Ingen reaktion.

Jag måste ner till henne.

Nej. Det måste jag inte.

"Hallå!" ropade hon. "Jag ger mej iväg nu. Jag får se om jag kommer tillbaka."

Det sista var grymt, hon kunde inte hjälpa det. Det bara slank ur henne. Men det hade effekt. Ingrid stönade och rörde på sig.

Rose kastade ner ett grötpaket. Hon siktade på sängen, det tog skruv. Ett tunt och sylvasst skrik sköt upp ur Ingrids strupe.

"Men tyst med dej!" röt Rose och häpnade över den kompakta vrede som fyllde henne.

Ingrid kom klumpigt upp ur sängen, hon rullade runt och dråsade ner på golvet. Hon såg rent för jävlig ut.

Ordval, Rose, ordval! Ditt språk är på väg att bli slappt.

"Kommer tillbaka? Vadå?" Hon gapade tomt med sin fiskmun. Den munnen hade Titus kysst. Han brukade leta med tungspetsen runt hennes ansikte, följa amorbågens konturer. Kittla fram hennes lust.

"Jag får se!" sa hon hårt. "Hur jag känner det."

"Men ... då ... måste du väl släppa upp mej nu ...?" Hon lyfte ena armen, den andra höll hon pressad mot kroppen. Håret låg i platta, gråfeta stripor. Rose betraktade henne. Hon erfor en ilning kring blygden.

"Måste jag det?"

"Men snälla? Hur tänker du egentligen? Vad tänker du göra?"

"Jag ska avlägga ett sjukbesök."

Ingrid vinglade till. Hon tog några stapplande steg. Gav ifrån sig ett gurglande läte. Rose rättade till kavajslaget.

"Kommer du ihåg hur du tumlade runt med honom? Kommer du ihåg det? Var var ni alla de där gångerna när han sa att han måste jobba? Hemma hos dej förstås? Eller i bokhandeln? Din hora. Din förbannade jävla hora. Det finns en särskild plats i helvetet för kvinnor som tar andras män. Ska jag förresten hälsa honom nåt? Från hans horbrud."

Ingrid svalde och kippade. Skovor av klet kring munnen.

"Är det Titus ...? Snälla du ... Har du hört nånting, hur mår han?"

"Han mår säkert precis som han förtjänar."

"Åh, nej, nej … Du kan inte …"

"Om han frågar efter dej? Om han gör det? Vad ska jag hälsa honom då?"

Ingrid grät nu, storgrät.

"Snälla … Kan du aldrig … aldrig förlåta?"

"Nej", sa hon kort och insåg i samma ögonblick att precis så var det.

Hon ringde några samtal. Det första var till förlaget. Oscar Svendsen hade anmält sig sjuk. Bakfull, tänkte hon skadeglatt. Men så mycket bättre. Då har jag den här dagen som respit.

Det andra var upp till Claes Schröeder. Han var vaken, rösten sprucken och grov.

"Tack för igår", sa hon.

"Tack själv. Du låter otäckt pigg."

"Det är jag inte. När åker du?"

"Om en timme. Planet går lite över ett. Man måste vara ute i så förbannat god tid numera."

"Jag tänkte, kunde jag få åka med dej in mot stan. Jag har några viktiga ärenden att uträtta."

"Det går väl. Vi ses om en timme då."

Hon gick ut till redskapsboden och lyfte undan säckarna med planteringsjord. Väskan låg där hon gömt den. Det hade kommit fläckar på den bruna mockan. Hon borstade bort lite spindelväv och öppnade. Lyfte upp tidningspaketet där hon lindat in alla Ingrids saker. Plockade fram det hon behövde.

En kortsiktig lösning var det. Men det skulle ge henne tid att fundera.

INGRID

HON DRACK av vattnet. Hon tyckte att febern hade gått ner. Lite i alla fall, pannan inte längre lika brännhet. Och där i mörkret öppnade hon också grötpaketet. Nafsade försiktigt ett hål. Kväljningarna låg och lurade, men hon övervann dem. Andades med djupa andetag. Den slingrande gryniga massan. Ner i henne ringlade den sig. Ner i hennes krympta lilla magsäck.

"Råttan", mumlade hon varje gång som magen var på väg att vända sig. "Han känner direkt att det finns mat. Och det vill du väl inte, du vill väl inte ha några råttor här i sängen."

Pratade som till ett barn. Förmanande.

Ett litet barn som inte ville äta.

Hon hade hört på ljudet att det var ett kraftfullt djur. Det fnös och nafsade i plasten. Hon hörde hur tänderna tuggade. Hon hade trevat över bordet och fått tag på något vasst. En penna. Den skulle hon använda om besten kom tillbaka upp i sängen. Hon skulle hugga efter den, hugga hjärtat ur kroppen på den. Den kunde anfalla tillbaka och bita ihjäl henne. Men då hade hon i alla fall försökt försvara sig.

Hon åt upp all gröten. Lyckades rulla ihop den slankiga plasten och klämma fram det allra sista. Ingenting kvar åt råttan. Gröten la sig i magen som en klump. Det knep och ilade, men det var inte farligt. Näring var det, näring.

Rose hade lämnat huset. Hon visste det, det var en speciell sorts tystnad. Så länge Rose befann sig där uppe hade hon genom feberyran kunnat förnimma som små ytterst fina vibrationer. De uppstod när Rose gick omkring. När hon rörde sig. När hon arbetade. Till och med när hon andades.

Men nu. En påtaglig stumhet.

När Rose slängde ur sig att hon kanske inte tänkte komma tillbaka hade hon känt panik. Inte längre så. Hon behövde vara ifred inför det hon nu skulle göra. Ingen skulle få hindra henne. Hon tog över nu, det var hennes liv.

ROSE

DAGEN VAR KLAR OCH SOLIG. Hon satt bredvid Claes Schröeder i hans BMW, en alldeles ny modell. Det hade han stolt talat om för henne. Hon såg ingen skillnad. Men hur mycket pengar hade han egentligen? En barnhemspojke.

"Hur bakfull jag än är skulle jag helst vilja köra den hela vägen ner till kontinenten", sa han. "Det gör jag kanske nästa gång. Jag är ju snart tillbaka i Sverige igen. Men nu ställer jag den på långtids-parkeringen."

Senaste gången hon suttit så här i en bil bredvid en man. Då var det Titus. Han hade älskat att köra. De hade dragit iväg ner genom Tyskland på semestrarna, han hetsades av farten på Autobahn. Rose hade känt sig rädd ibland. Utan att hon sa något märkte han det och det gjorde honom stingslig.

"Slappna av! Litar du inte på mej? Tror du inte jag klarar att han-tera en kärra!"

Claes Schröeder valde gamla Stockholmsvägen. Den var krokig och lugn och löpte vid sidan av E4:an. Han pekade ut över ängarna och den späda grönskan.

"Se hur det kommer! Det går fort nu. Alldeles för fort."

Hon tänkte på korrekturet.

"Ja", sa hon.

"Här är så gudomligt vackert. Och särskilt just nu, med det vidun-derliga nordiska ljuset."

"Jag trodde att du föredrog det franska."

"Både och. Både och. Jag kommer tillbaka om nån vecka. Och då tar jag med mej det jag har skrivit. Om du kanske skulle ha möjlighet att titta lite på det innan?"

"Vänta till i höst", sa hon snabbt. "De har i alla fall semester snart på bokförlagen. Hela branschen ligger nere på sommaren. Det är fullkomligt dött."

Han såg sliten ut. Glasögonen fick huden under hans ögon att förstoras. Han sög på en halstablett.

"Vill du ha? Påsen ligger i handskfacket."

"Nej tack."

"Var ska jag släppa dej?"

"Skärholmen blir bra. Då kan jag ta tunnelbanan."

När han stannade bilen höll han fast hennes hand.

"Tack igen, Rose. För att du lyssnade. Och du, nästa gång jag kommer, då tänker jag bjuda dej på middag."

"Det behövs inte", sa hon lamt.

"Jo då. Det gör det."

Flickorna väntade utanför sjukhusentrén. Hon hade inte sett dem på länge. Första tiden efter kraschen hade de haft regelbunden kontakt. Men med tiden blev det allt glesare.

De verkade äldre. Vilket de ju också var. Hon kramade dem hårt och länge. Julia grät tyst. Rose strök henne över håret. Hon kände sig ordlös.

"Sjyst av dej att komma", sa Jennifer.

Rose ryckte på axlarna.

"Hur är det med honom?"

"Vi har inte varit där ännu idag. Vi väntade på dej."

"Jaha."

"Är du okej?"

"Ja. Ja visst."

"Då går vi då. Han väntar säkert på oss."

När de steg in i entréhallen kom hon på att fråga om Ingrid.

"Hon sitter väl inte hos honom nu, hoppas jag?"

"Knappast", sa Jennifer. "Ingen verkar ha hört av henne. Så det är nog som du tror, att hon har stuckit nånstans."

"Hon kunde ha sagt nåt!" Julia strök med jackärmen över sina svullna ögonlock. Hon var omålad, det var ovanligt att se henne sådan.

"Ja", fyllde Jennifer i. "Det är så jävla egotrippat att bara dra så där."

"Om hon verkligen har gjort det …"

"Det har hon. Det vore så aslikt henne. Och förresten, var skulle hon annars vara?"

De gick i en lång korridor. Det frasade om deras kläder. Överallt stod dörrar på glänt. När de passerade en expedition med sköterskor hörde de att någon ropade på dem. Flickorna stannade till. En mycket ung sköterska med späda axlar skyndade efter dem över det blanka golvet. Hon hade pastellfärgade plastskor på fötterna. De såg obekväma ut.

"Hej, vi har flyttat er pappa", sa hon. "Han ligger på nummer elva nu."

"Varför det?" frågade Jennifer.

"Nu får han eget rum. Det kan vara ganska skönt."

"Hur är det med honom?" kom det kvävt från Julia.

Sköterskan la armen om henne. Det såg konstigt ut. Hon var huvudet kortare än Julia.

"Han är ganska orolig. Har ni fortfarande inte fått tag i Ingrid?"

"Vi tror att hon har rest bort", sa Julia.

"Rest bort?"

Julia ryckte på axlarna.

"Ja. Men det här är i alla fall Rose, hans ex. Pappa vill träffa henne också har han sagt. Jättemycket vill han träffa henne."

Sköterskan såg på Rose. Hennes ögon var bekymrade. Hon sträckte fram handen.

"Jag heter Linda. Jag är sjuksköterska."

"Rose Bruhn."

"Det är så att doktor Stenström föreslår att Titus ska flyttas härifrån helt och hållet. Det är ju också det vanliga. När man inte längre … Men saken är den att det inte finns plats för tillfället på nåt hospice. Och i hans hem … Vi har ju inte kunnat stämma av med hustrun Ingrid. Men i alla fall har han fått eget rum nu. Tills vidare. Det är det som ligger längst ner i korridoren."

Hennes första förnimmelse var lukten. Kompakt, som av ruttnande äpplen, blandat med aceton. Han låg med ansiktet mot dörren. En droppflaska hängde på en ställning. Hon kände inte igen honom.

Flickorna sprang fram.

"Pappa, det är vi, hur mår du?"

Han såg inte på dem. Det var bara på henne han såg. Ögonen var små och insjunkna. Ansiktet föreföll mindre, hela han tycktes ha krympt. Huden spände över kindknotorna.

Julia vände sig mot henne.

"Pappa, titta, vi har tagit med oss Rose till dej. Du ville ju så gärna träffa henne."

Det rosslade av slem ur bröstet på honom.

"Rose", väste han. "Tack. Du kom."

Hon närmade sig sängen. Bakom henne satte någon fram en stol. Hon sjönk ner på den. Hans hand trevade efter henne, hans magra åldrade hand. Han var het, han brändes.

"Ja, jag kom", sa hon.

Det gick som en skälvning genom kroppen på honom.

"Du gör mej så glad."

Luften i rummet plågade henne. Hon måste hålla andan. Hon gav hans hand en liten tryckning. De var tysta en stund. Flickorna hade ställt sig vid fönstret. Hon såg på deras ryggar att de grät.

Hon fäste blicken på droppflaskan.

"Hur är det med dej?" frågade hon.

Han rörde på huvudet, det ryckte i hans ögonlock.

"Illa."

"Jaha?"

"Vägs ände." Han försökte le.

"Så ska vi väl inte säga."

Han rynkade pannan.

"Hyckla inte! För jag vet. Vägs ände är det. Jag är där."

Julia snodde runt. Tårarna flöt över hennes kinder.

"Fast det kan ju i så fall vara en återvändsgränd. Hur kan du veta att det inte är en återvändsgränd? Du blir bra, jag vet det, jag känner det här inne!" Hon tryckte knytnäven mot hjärtat.

"Stumpan …"

Flickan fick fram en blöt pappersnäsduk och vände sig om. Jennifer la armen runt henne. Vaggade henne fram och tillbaka.

"Rose …" viskade Titus.

Hon stirrade på slangen till droppflaskan. På sängbordet stod ett kladdigt glas med nyponsoppa, några rondskålar av pressad papp och två färgade små plastskålar för mediciner. Där låg också hans armbandsklocka. Den som han alltid hade burit. Han hade envisats med att ha den på höger arm och hon hade retats med honom för det.

"Rose", viskade han på nytt. "Jag ville bara se dej … lite …"

"Jag är här."

"Och höra …"

"Det är ingen fara, allt är bra." Hon visste inte vad hon skulle säga. Hon tänkte på de amerikanska filmerna, *it's okay, honey, it's okay*. Varför fanns det inga sådana heltäckande uttryck i svenskan? Till intet förpliktande.

Hans ögonbryn rynkades, de hade glesnat, tappat färg.

"Och höra …" upprepade han.

"Höra?"

"Att du inte tänker ont …"

"Jag tänker inte ont. Allt som hänt är passerat. Glöm det!"

Hans anletsdrag slätades ut. Han blundade. Hon såg hans ögon röra sig under ögonlockens tunna hud. Flickorna hade vänt sig om. Sida vid sida stod de där och tittade, med ansiktena upplösta i tårar. Under några minuter föreföll det som om Titus sov. Sedan spratt han till och spärrade upp ögonen. Fingrarna krafsade efter henne.

"Och Tomas då? Din pojke."

"Ja, Tomas ja!" sa hon hurtigt. "Han är i Thailand för tillfället.

Han bor i en liten by med ett konstigt namn som jag inte kommer ihåg. Jag fick ett kort igår."

Julia ropade till.

"Oj, shit alltså. Ni har ju fyllt år precis. Både Tomas och du. Shit att vi glömde det. Shit, shit, shit. Men grattis i efterskott!"

Rose gjorde en avvärjande rörelse.

"Strunt i det. Vi firar ju inte sånt där längre." I själva verket stämde inte det. Hon hade alltid kommit ihåg flickornas födelsedagar och skickat små presenter till dem. Även efter att hon flyttat från dem.

Julia högg tag i sin syster.

"Gud, va pinsamt alltså. De fyller ju år på samma dag, Rose och Tomas. Att vi inte kom ihåg det, Gud, va pinsamt!"

"Tyst nu", sa hon vänligt. "Ni har verkligen haft annat att tänka på än några triviala födelsedagar."

Hon tittade ner på Titus. Huden på hans läppar var sprucken. Han rörde på munnen, försökte säga något. När han förstod att hon inte hörde högg han tag i henne och drog ner hennes huvud mot sitt ansikte.

"Ingrid", viskade han.

Hon gjorde sig fri.

"Ingrid!" Det kom som ett gurglande från kudden.

"Vad menar du? Ingrid?"

"Ingrid är ... försvunnen."

"Flickorna sa nånting om det. Men försvunnen?"

"Jag bad henne ... gå hem till dej. Jag skickade henne ... Och nu ..."

"Jo visst, det stämmer. Hon var mycket riktigt hemma hos mej. Det var i måndags."

"Ja, i måndags. Vad är det nu?"

"Onsdag, pappa", kom det från Jennifer.

"Två nätter! Och snart två hela dagar. Åh, nånting måste ha hänt."

"Det är inte säkert."

"Jo, men hon ... Ingrid skulle aldrig ... Vad sa hon till dej när hon kom?"

"Ja, att du ville träffa mej. Hon hade försökt ringa tror jag, men saken är den att jag ofta stänger av mobilen när jag arbetar. Jag vill inte bli störd."

"Ja, hon sa … att du inte svarade."

"Just det. Och då åkte hon hem till mej i stället. Ett driftigt fruntimmer du har fått tag i."

Hon märkte att hon gjorde honom illa.

"Hur verkade hon?"

"Alltså, jag känner ju inte henne."

"Nej … men …"

"Hon verkade spänd. Det vågar jag nog påstå. Kanske var det för att hon skulle träffa mej, inte vet jag. Men hon var också tydligt deprimerad. Och sånt brukar man ju kunna dölja för en okänd. Det kunde inte hon. Jag tror att hon faktiskt var ganska nära ett sammanbrott. Hon pratade om nån resa. Att hon inte orkade längre, att hon tänkte resa bort. Jag trodde att ni hade pratat om det, hon och du."

Hon tyckte att han upphörde att andas.

"Hon var …" fortsatte hon.

Titus började plötsligt hosta. Det bubblade och pep ur bröstet på honom. Kroppen spändes bakåt i en båge, armarna for ut så häftigt att han slog omkull glaset med nyponsoppa.

"Ring!" skrek Julia. "Tryck på klockan så det kommer nån!"

Rose sträckte sig över mannen i sängen. Mannen som hon älskat, som varit en del av hennes liv. Det fanns ingenting kvar av det nu. Hon tryckte hårt på larmknappen. Nästan omedelbart rycktes dörren upp. Syster Linda var det, hon fick tag i en rondskål och höll den under Titus haka.

Rose vände hastigt undan blicken. Ändå hann hon se att det kom blod.

INGRID

ARMEN HADE BLIVIT mycket större. Så föreföll det åtminstone. Det gick inte att hålla den mot kroppen längre, den stod ut. Smärtan var outhärdlig.

"Tydligen inte ändå", sa hon grusigt. "Du har ju härdat ut rätt länge nu, inte sant?"

Hon stod på golvet och blev medveten om den struktur som Rose hade talat om. De perforerade plattorna. Hon kände dem mot fotsulorna, genom sina tunna sockor.

Hon sträckte ut den friska armen och började förflytta sig. Det kanske fanns en dörr någonstans eller några lösa plankor. Hon hade förlorat mycket tid på att inte försöka leta utan bara ligga som en passiv klump.

Så typiskt dej, Ingrid, att hela tiden vänta på att andra ska hitta lösningar.

Små, korta steg, beredd att när som helst komma emot något. Något levande. En päls. En kal och vispande råttsvans. Hon rös. Stampade till med foten. Ropade:

"Försvinn ur min väg, jag slår ihjäl er!"

Högerarmen höll hon utsträckt med raka fingrar. Känsliga som antenner. Stötte emot något slätt. Ett handtag. Det måste vara den där garderoben som hon skymtat tidigare. Vad var det Rose hade sagt? Någonting om att använda toaletten.

Dörren gick upp med ett knarrande. Hon lutade sig in och trevade med fingertopparna. Jo, faktiskt, någon form av toalettstol. Ett lock som gick att fälla upp, en dunst av kemikalier. Det fanns papper också, en hel rulle. Hon krånglade av sig byxorna och satte sig. Kissade. Bara några droppar kom. Det sved i urinröret. Huden kändes skinnflådd.

Hon försökte spola, men det fanns ingenting att spola med. Hon torkade sig varsamt. Klämde sedan fast rullen mellan knäna och rev åt sig löpor av papper som hon stoppade i fickorna. Det kunde vara bra att ha. Från och med nu kunde allting vara bra att samla på sig.

Medan hon kämpade med jeansknappen föll något ner i håret. Hon skrek till och började hysteriskt borsta bort det. En kall liten kropp. En spindel. Eller en skalbagge. De starka små benen klamrade sig fast vid henne för en sekund innan de släppte taget. I vanliga fall var hon paniskt rädd för alla sorters insekter och kryp. I vanliga fall skulle hon ha svimmat. Hon ruskade på sig och slätade till håret. Det fanns inte längre tid för svaghet. Hon måste spara sina krafter, hushålla med dem, både psykiskt och fysiskt. Inte slösa bort dem på utbrott.

"Du får tåla det", sa hon och rösten hade grovnat, blivit hård. "Nu ska du komma ut, det är det enda."

Hon trevade sig runt hela rummet utan att hitta någonting som tydde på att det fanns en annan utgång än genom luckan. Det tog ner henne för ett tag. Hon var tillbaka vid sängen. Hon hittade vattenflaskan och drack. Snöret ringlade sig över hennes handled, det som kommit ner ihop med flaskan. Kunde hon använda det till något? Att hänga sig i kanske? Eller locka ner Rose och strypa henne?

Med en arm! Ett skratt bubblade upp i henne, ett förvirrat, förtvivlat skratt. Hon smällde till sig själv över munnen. Tystnade.

Att hon var fånge här nere behövde inte betyda slutet. En utväg fanns det ju ändå. Luckan. Om det inte stod något tungt placerat ovanpå den så måste den gå att öppna. Även underifrån. Det gällde bara att nå den. Rose var borta nu. Hon måste passa på innan Rose kom tillbaka. Hon måste ta sig samman och försöka. Tänka positivt för en gångs skull. Med lite tur skulle det kunna lyckas.

ROSE

VÅREN HADE HUNNIT betydligt längre här inne i stenstaden än ute
hos henne, på landet. Trädens knoppar svällde och det skulle inte
dröja länge förrän de slog ut. Gatorna låg torra, men ännu inte so-
pade efter vinterns halka. Ibland kom en vindstöt och blåste sand i
hennes ansikte. Det blev strimmigt och svart när hon snöt sig.

Hon hade tagit tunnelbanan från Skanstull och klivit av vid Hö-
torget. Lämnat flickorna att vaka över sin far. Det var sista gången
som hon såg honom, hon visste det. Hon hade inte trott att det
skulle beröra henne, det hon haft med honom hade för länge sedan
upphört. Men när hon kom ut från avdelningen började hon gråta.
Hon blev tvungen att hitta en toalett där hon kunde stå en stund och
försöka sansa sig.

Nu var hon lugn. Dessutom hade hungern hunnit ikapp henne.
Hon slank in på en kinesrestaurang på Sveavägen och beställde Tre
små rätter. Inte särskilt gott. Men miljön var stilla och rofylld. I en
rund bassäng i golvet gled loja karpfiskar omkring. Det porlade och
rann av vatten. Klockan var halv tolv. Ännu hade inte lunchrusning-
en börjat.

Medan hon åt studerade hon kartan. Hon skulle fortsätta längs
Sveavägen, förbi Adolf Fredriks kyrka och ABF-huset. Sedan vika
av till höger någonstans vid Konsum. Tulegatan var en parallellgata
till Döbelnsgatan. Där hade hon för övrigt haft sin gynekolog. Hon
undrade om Ingrid gick till samma läkare. Bläddrade lite i hennes
almanacka, om ett par timmar skulle Ingrid ha varit hos sin. Klockan
14.15. Det slapp hon nu. Sådana undersökningar var aldrig trev-
liga.

Hon betalade och gick ut. Detta var klassiska förlagskvarter. Karlbacks och Bonniers låg snett över gatan och en bit längre bort fanns Bruhns, Titus förlag. Hon hoppades att hon inte skulle möta någon bekant, orkade inte med en massa konversation. Hon hade inte mer än tänkt den tanken förrän någon ropade hennes namn. En kvinna.

"Men Rose, är det verkligen du?"

Hon vände sig om och upptäckte Franka Isaksson, författarinnan som tagit hand om henne efter att Titus lämnat henne. Solen lyste på hennes ansikte och avslöjade aningen för mycket rouge. Hon hade åtsittande vita byxor och en lila midjekort jacka av fuskpäls. En sjal låg draperad kring halsen. Franka kramade om henne, kysste henne på kinderna. Tre gånger, växelvis. Visst ja, det var så det gick till.

"Ska vi äta lunch?" sa Franka entusiastiskt. "Jag är kanonhungrig."

"Tyvärr, jag har precis ätit."

"Åh nej! Men vi får ta det en annan gång. Hördu, vi måste verkligen träffas och prata ordentligt. Hur har du det?"

"Bra."

"Är det säkert? Du flyttade. Var det till Nyköping eller vart tog du vägen?"

"Södertälje."

Franka klev ett halvt steg bakåt.

"Södertälje! Är det sant?"

"Ja", skrattade Rose. "Vad är det med det?"

"Oj, kan man bo där? Har du flyttat dit, menar du? Man hör ju nästan varje dag om alla våldsbrott och illdåd. De skjuter ju sönder hela polisstationer till och med. Och det där Ronna. Bara namnet låter våldsamt."

"Det finns mycket annat också. Sånt som är bra och fint."

"Ja, jag skulle då inte vilja bosätta mej på en plats med ett sånt rykte. Och alla de där invandrargängen. Det är väl de som regerar hela stan. Rena maffiametoderna. Har du läst Jens Lapidus bok? *Snabba cash* eller vad den heter. Den handlar just om de där typerna. Han är tydligen jurist också, han vet vad han talar om. Jag menar, han ser nog en hel del i sitt jobb. Boken är visserligen fiction, men precis så måste det vara."

"Hur är det med dej då?" sa Rose avledande.

"Du, vi bara måste prata. Kan vi inte ta en kopp kaffe åtminstone?"

Det gick inte att komma undan. Franka släpade henne med sig genom tvärgatorna och in på ett litet kafé. Beställde varsin latte åt dem och en ostfralla till sig själv.

"Jag bjuder. Säkert att du inte vill äta nåt? Jo då. Med mej är det super, super."

"Det märks."

"Gör det? Tja. Åldern börjar väl ta ut sin rätt, men annars ..."

"Det går bra för dej, har jag sett. Du var på teve för ett tag sedan. Säljer du utomlands också?"

"Jajamensan. Jag har till och med skaffat mej agent."

"Jaså."

"Du har säkert hört talas om honom. Matti Jason. Han är duktig, men lite het, om jag säger. Han vet i alla fall vad han vill."

"Jag tror dej."

"Min senaste, *Snäckan i badkaret*, den har han sålt både till Tyskland, Frankrike, Spanien och ... Litauen! Av alla länder."

"Gratulerar. Vad handlar den om?"

"Det är en deckare. Du vet, jag har mer och mer börjat nischa in mej i den genren. Min huvudkaraktär är en ung snygg manlig ogift polis som gillar hårdrock, inte nån gammal frånskild och försupen kriminalare, som lyssnar på opera och så. Nej, såna figurer börjar folk att tröttna på."

"Kanske det. Bor du förresten kvar nere på båten?"

"Båten? Nej. Det var länge sedan. Anselm bor där nu. Han är son till min sambo. Vuxen son alltså. Och själv har jag flyttat ihop med hans pappa."

"Nån jag känner till?"

"Nej", log Franka. "Rob är dykare. Han hjälpte mej när jag hade fått nån skit i rodret. Totalt illitterat. Men med många andra kvaliteter."

Hon lyfte menande på ena ögonbrynet.

"Och du då? Nån ny efter … Titus? Kanske någon välbyggd irakisk flykting rentutav?"

"Nej, jag håller inte på med sånt där längre." Rose försökte skratta. "Jag klarar mej utmärkt utan."

"Sånt där?"

"Ja."

"Dumheter! Hördu, har du förresten nån kontakt med honom, Titus? Han är ju väldigt sjuk hörde jag. Ja, jag kanske ska berätta att jag inte är kvar på Bruhns längre. I höstas gick jag över till Backen. Du vet, de har alltid varit ute efter mej och till slut tänkte jag att, what the hell, varför inte testa? Nu när Titus … ja, när man inte riktigt vet. Jag går inte så bra ihop med Annie heller. Hon är alldeles för feg enligt min åsikt. Så mjäkig. Vågar aldrig satsa på nåt extra. Mankell och grabbarna, dem smäller de upp på stora helfigursbilder i bokhandeln. Men jag får en simpel liten affisch."

"Mankell kommer väl inte ut hos Bruhns heller", invände Rose.

"Näe, men jag tycker ändå att Annie borde ha tagit lärdom av hur andra behandlar sina författare. Bruhns marknadsföring är under all kritik. Han är ju lite, vad ska man säga, ekonomisk, den gode Titus. Och Annie har gått i hans ledband. Hon vågar inte göra ett pillevitt på egen hand."

Rose såg på klockan.

"Tusan också!" utbrast hon. "Nu måste jag rusa. Jag har ju en tid att passa, det hade jag glömt. Det var roligt ändå att se dej. Sköt om dej, Franka, tack för kaffet. Vi hörs."

Hon valde Tegnérgatan. Det fanns en djuraffär där som hon alltid brukat titta in i. När Tomas bröt benet under sin allra första skoldag köpte hon honom en blå parakit till tröst. Den hade rosa magdun och två onaturligt stora svarta ögon, vilket så småningom fick henne att inse att det var ett nattdjur. Hon hade hoppats att fågeln skulle muntra upp Tomas, att han skulle lyckas tämja den och göra den till sin vän. Men fågeln blev aldrig tam. Den flaxade förskrämt varje gång man skulle ge den frön och vatten och högg nervöst med näbben. Till karaktären påminde den om sin unge husse. Till slut hade hon blivit tvungen att lämna tillbaka den. Hon hoppades att djuraffären skulle ge den en partner. Länge satt den kvar i sin ensamma bur. En dag var den borta. Hon kunde ändå inte låta bli att titta efter den när hon var inne i stan. Om den skulle ha kommit tillbaka till affären på nytt. Det var många år sedan, men parakiter kunde bli gamla. Hon kände ännu lite skuld och ansvar.

Luften i butiken stod stilla. Från rummet längst in hördes kraxanden och fågelkvitter. En fetlagd flicka satt uppflugen på en pall bakom disken, hon bläddrade förstrött i en tidning.

"Har ni några råttor?" frågade Rose.

"Där inne." Flickan gjorde ett kast med huvudet.

"Får jag titta på dem?"

"Absolut."

Rose passerade ett utrymme med djurtillbehör, kattsand, koppel, matskålar. Djuren fanns i det bakre rummet. Väggarna täcktes av burar med olika sorters tropiska fåglar. Undulater, risfåglar, zebrafinkar och nymfparakiter. Fast ingen sådan som Tomas hade haft. En del av burarna var försedda med holkar, hon såg ett rufsigt undulathuvud titta fram ur ett hål. Smådjurens burar stod staplade på golvet med möss och marsvin längst ner. Över dem i en större avlång bur låg två råttor och tryckte. Hon petade på gallret, men de reagerade inte.

"Hej där", sa hon mjukt. Hon stoppade ner pekfingret och rörde vid pälsarna. Hon kände ryggraden på den ena. Den hade en liten utväxt på baktassen, som en böld.

Hon tänkte på sina egna där hemma. Tranbär och Fikon. Lilla Neljäs sargade kropp. Hon fick en impuls att öppna råttburen och smussla med sig de här två. Släppa ut dem i någon park, kanske borta vid Johannes brandstation. Men hon insåg att hon skulle göra dem en björntjänst. Dessa två försvagade exemplar skulle inte ha en chans mot de tuffa aggressiva stadsråttorna, som hade hela innerstaden som sitt revir.

"Kan jag hjälpa Er med nåt?"

Flickan hade kommit in i rummet utan att Rose hade hört henne.

Hennes tilltal störde Rose. Fick henne att känna sig gammal. Flickan liknade Ingrid en smula, skulle ha kunnat vara hennes dotter.

"De där råttorna mår inte bra", sa hon avmätt. "En av dem har dessutom en böld på ena tassen."

"Jaha."

"Har du inte noterat det?"

"Det är inte jag som bestämmer här." Flickan hade blivit blodröd i sitt runda ansikte.

"Nehej. Vem är det då?"

"Steffe. Det är han som äger affären."

"Och vilken är din funktion?"

"Funktion, vadå funktion?"

"Antar att du är anställd här!"

"Ja. Jag säljer och så."

"Se då till att du säljer de där två snart", sa Rose och pekade på råttorna. "Till ett bra hem. De lider, och det är graverande att varken du eller den där Steffe har upptäckt det."

Flickan stramade upp sig.

"Lider och lider … Köp dem själv då, om det ska vara så."

"Hördu din lilla fetknopp. Jag tror du borde skickas iväg på en charmkurs. Jag får nog ta ett snack med Steffe om det. Om hur man bemöter sina kunder."

Hon lämnade butiken mycket snabbt. Hon kände inte igen sig själv. Varken sitt ordval eller sina reaktioner. Hon brukade förakta människor som inte kunde lägga band på sig. Som tjafsade med kreti och pleti, som lät sin frustration gå ut över harmlösa underhuggare.

Vad var det som höll på att hända med henne?

Allting var den där kvinnans fel. Allting hade hon kunnat hantera, fram till i måndags när Titus hustru Ingrid klev in i hennes hem.

INGRID

HON STÄLLDE SIG rakt under luckan och höll upp armen mot den tunna ljusrektangeln. Inte en chans att nå den. Den var långt, långt över henne. Hon skulle behöva stå på något. Vad fanns det? Sängen? Den var för låg. Men ett bord fanns det. Hon hade även sett några stolar.

Hon beslöt att försöka med bordet. Det stod bredvid sängen, ett runt och litet bord, ett typiskt soffbord. Ändå var det överraskande tungt, det märkte hon medan hon släpade fram det. Hon lät fingrarna glida över skivan. Vad var det för material? Marmor? Nej, då borde det varit ännu tyngre. Kanske glas? Kunde man kliva på glas? Skulle en skiva av glas orka bära tyngden av en fullvuxen kraftig kvinna? Eller skulle hon trampa rakt igenom och skära upp pulsådrorna?

Jo. Skivan verkade stadig, den skulle nog hålla om hon tog det försiktigt. Bordsbenen däremot var rangliga. Aluminium, tänkte hon. Hon prövade att sätta sig på bordet. Det gnisslade från aluminiumbenen och vinglade en smula. Men det höll.

Hon drog upp fötterna och lyckades häva sig på knä. Satt en stund och hämtade andan. Samtidigt måste hon lyssna. Hon fick inte glömma det, inte glömma bort att lyssna. Om Rose helt oväntat kom hem! Hon blev svag av att tänka på det.

"Sluta", sa hon sammanbitet. "Den fighten får du väl ta då. Koncentrera dej nu i stället på det du måste göra. Det här är din enda chans."

Titus, for det genom henne. Det är för din skull som jag måste klara det här. Jag vet att du väntar på mej, jag vet att du är utom dej av oro, jag har inte försvunnit, tro inte det, käraste, käraste Titus ...

du vet att du kan lita på mej. Min älskade Titus, håll dej kvar i livet, dö inte, jag ska klara det. Jag ska visa dej hur stark jag är. Jag ska överraska dej, håll ut, jag kommer.

Hon började resa sig. Långsamt, långsamt. Först gick det inte. Hon var alldeles för darrig och upphetsad. Benen skakade på henne och fick hela bordet att vibrera. Hon måste sätta sig igen och klamra sig fast vid bordsskivan. Tvingade sig att andas regelbundet, tvingade sig att lägga all sin kraft på enbart detta. Att få upp den tröga, tunga kroppen i stående ställning.

Hon hade varit orörlig så länge. Blodet hade inte fått syre nog, muskler och leder hade försvagats.

Ena benet först, sedan det andra. Hon skakade och darrade och skalv. Kom mödosamt upp på huk, rätade sedan bäckenet och höjde resten av kroppen, kota för kota, långsamt. Lårmusklerna kändes som deg. När hon höjde nacken vinglade hon till och tog ett litet snedsteg på bordet. En sky av svett sprack ut över ryggen. Hon tvingade fram starka höga andetag. Hittade till slut balansen.

Att ett så litet bord kunde kännas så högt. Men det var mörkret också, mörkret som förvirrade henne, i ett ljust rum hade hon bara kunnat lyfta foten och kliva upp.

Nu var det som att stå vid en avgrund.

HUSET PÅ TULEGATAN hade en elegant fasad. Det låg mitt emot Norra Real och hon såg elever röra sig i lektionssalarna. Titus hus. Det var här han bodde, hade bott. Hon stod en stund och betraktade det. Räknade de symmetriska fönstren, fick dem till trettiofyra. Högst upp fanns svarta kupor, som tydde på att vinden inretts till lägenheter.

Det var alltså hit de hade flyttat för att bygga sig ett hem ihop. Titus och hans hora till fru. Hm! Hon hade börjat ta efter flickornas språkbruk. Hon måste skärpa sig, verkligen skärpa sig. Men i det här fallet stämde det. Något annat uttryck fanns inte. Hora till fru! Så var det.

Hon undrade vilken våning. Kanske i en sådan där vindslägenhet rentav? Utan kontakt med marken. Nja, det verkade inte alls likt Titus.

Hon korsade gatan och gick fram till porten. Tog i handtaget. Som hon anat var det låst. Ingrids nycklar låg i hennes väska, ringen med det lilla glashjärtat. Hon halade fram dem och hittade genast den rätta. Låset gick upp med ett klick. Trapphallen var snygg och välvårdad. Inte en tillstymmelse till klotter eller skräp. Inte ens ett torrt litet löv som virvlat in med blåsten. En tjock röd matta ledde fram till hissen. Hon tog några steg på den, som en vip-person.

Till vänster på väggen satt en tavla med en förteckning över dem som bodde i fastigheten. Hon hittade namnen direkt. Andra våningen. Bruhn–Andersson. Det smärtade till i henne. Men gråten var försvunnen nu, hon kände sig kall och målmedveten. Tog trapporna i några snabba språng.

Dörren var låst, dels med ett vanligt patentlås, dels ett sjutillhållarlås. Hennes händer fumlade. Med klumpiga rörelser lyckades hon vrida om nycklarna. Dörren gnällde en smula, behövde smörjas. Sådana detaljer brukade han annars vara noga med.

Hon kom in i en tom och naken hall med parkettgolv. Inga kläder som låg och skräpade, allt hade hängts undan i de höga skåp med speglar som löpte längs ena väggen. Hon såg sig själv i en av speglarna. Mager och sträng, något framåtlutad. Nästan lite lunsig, faktiskt. Plötsligt verkade hennes kläder så omoderna, hela hon. På parkasen fanns dessutom en fläck som hon inte tidigare noterat. Den måste Franka Isaksson ha sett. Hon med sin obarmhärtiga blick. Och nu skulle skvallret börja rassla.

Hon har gått ner sig, Rose Bruhn. Hon håller på att tappa greppet.

Hon rätade på ryggen och sänkte axlarna. Gick nära. I hennes ögon fanns ett nytt och främmande uttryck. Det kröp som små myror över huden.

"Sätt igång då", sa hon. "Stå inte här och jamsa!"

Hans hem. Men själv skulle han aldrig mer träda in över den här tröskeln. In på den plommonfärgade dörrmattan, skava av sig rocken, hänga den bland sina egna och hennes ytterkläder. Rose förde spegeln åt sidan och där inne fanns de, hans gamla pilotjacka som hon hade brukat låna fast den varit alldeles för stor åt henne, en senapsgul kappa som var Ingrids, jackor, kavajer och rockar. Hon drog ner pilotjackan. Galgen svängde till och föll på golvet. Stående framför spegeln klädde hon på sig Titus svarta skinnjacka över sin egen fula parkas och körde händerna i fickorna. Något runt och skrumpet, en kastanj. Hon hade själv stoppat ner den där en gång för hundra år sedan. Då hade den varit blank och fullmogen, hon hade föreställt sig saker medan hon smekte den. Hon hade varit glad. Glad över hela livet.

Ännu med jackan på fortsatte hon inåt i lägenheten. Luftigt och rent överallt. Inte alls som hemma hos henne. Här var så stort. Behövde de verkligen en sådan här jättevåning? Hon kände inte igen någonting av det som funnits i hennes och Titus hem. Allt här måste vara nyanskaffat, eller också Ingrids saker.

Hon kom in i ett vardagsrum med en enorm grön kakelugn. Äggskalsfärgade väggar, ett golv tillräckligt för en balsal. En enda krukväxt stod på golvet, någon sorts palm. Fönstren vette mot skol-gården, men hon hörde inga ljud, inte ens trafiken hördes in genom treglasrutorna. Det fanns inte många möbler i rummet. Nedanför fönstren stod en grönaktig soffa med några färgglada kuddar. På bordet ett fat med blockljus och en vas med en vriden gren. Troll-hassel, tänkte hon. Som hämtat ur en inredningskatalog.

Nästa rum var en matsal. Ett långt bord täckt med en grov vit linneduk, två silverkandelabrar och ett keramikfat med vindruvor. Frukten hade börjat sjunka ihop en smula. En sky av små flugor flög upp när hon närmade sig. Även här fanns en kakelugn, enkel och vit med gröna slingor. Ingenstans såg hon ved. Det kanske inte gick att elda i alla dessa kakelugnar. De kanske bara var till lyst.

Här dukade han alltså upp till middag för kolleger och gästande författare. Ingrid trippade runt som värdinna, Rose kunde se det framför sig och en morrning trängde ut ur henne, en lust att ha sönder och slå hål.

Känslan stegrades när hon kom in i sovrummet. Golvet bredde ut sig som ett hav. Längst bort stod dubbelsängen bäddad, men hon såg att det var slarvigt gjort. Överkastet släpade i golvet, kuddarna låg snett. Kakelugnen i sovrummet överträffade alla de andra. Den hade en guldinfattad spegel och små mässingsluckor. Här fanns en bal-kong också. Hon öppnade dörrarna och steg ut. Lutade mot väggen stod två hopfällda stolar och ett dammigt bord. I hörnet en vissnad gammal krukväxt i en korg. Hon petade på räcket och fick smuts på fingret. Strök det rent mot väggen.

Hon gick tillbaka in och slängde sig bakåt i sängen. Hickade till av överraskning: en vattensäng! Det hade hon aldrig förut prövat. Hon krängde kroppen fram och tillbaka så att underlaget skvalpade. Vilken sida låg Titus på? Vänster antagligen. Närmast balkongen. Hon vek undan överkastet och kröp ner. Lakanen var skrynkliga och ofräscha. Hon lyfte på den andra kudden och såg gräddfärgat siden.

Hon la sig tungt på rygg och svepte om sig täcket. Långsamt drog hon ner blixtlåset i sina byxor. Höll andan. Nästan skyggt lät hon pekfingret glida in under byxorna, in under troslinningen, ner. Eoner av tid, allt sådant hade för länge sedan upphört. Hon trodde att hon hade förlorat det. Nu kom det tillbaka som strömmar, en svällande tyngd, en dunkande, bultande blöta. Hon rörde fingret snabbare, det ilade kring höfterna och bak över korsryggen, hon slängde med huvudet mot kudden, hans kudde, i gropen efter hans skalle, hon dök från den högsta trampolinen rakt ner i det fräsande skummet.

Länge låg hon kvar med läpparna värkande och heta. Blodet hade genomströmmat henne, varje del av hennes kropp. Hon låg i Titus säng och blicken löpte ut över fasaden mitt emot. På en balkong på tredje våningen stod en man och rökte. Han stirrade ner på henne, men rörde inte en min. Hon mötte lugnt hans blick. En svart katt balanserade på räcket. Han kliade den mellan öronen och blåste ut rök.

En klang tog form inom henne, just i det ögonblicket. En melodi. Mycket enkel, två toner upp, två toner ner. En barnvisa om en snigel. Tomas hade övat den på sin blockflöjt, när han först försökte lära sig spela. Men det visade sig snart att flöjt inte var något instrument för honom. Han plockade isär den till slut och slängde bitarna.

Rose mindes inte texten. Men melodin hade stannat i henne. Nu växte den och föddes på nytt. Tonerna stöttes ut ur henne medan hon tog sig upp från det gungande underlaget. Mannen hade gått in. Även katten var försvunnen.

Hon öppnade en garderobsdörr och drog ut en låda med silkiga underkläder. Behåar och trosor, höfthållare och strumpeband. Naturligtvis. Samma sorts lyxiga presenter. En spetsbehå i svart och syren. Hon mätte runt sig själv. Kuporna var enorma. På etiketten läste hon. 85 G. Mekaniskt la hon ner den i sin väska, tog en hel näve av trosorna och lät dem gå samma väg.

Vad var klockan förresten? Snart halv tre. Nu stod gynekologen och väntade på Ingrid. Tittade ut i väntrummet, sneglade på sitt armbandsur. Han började bli irriterad. Men den här gången skulle han slippa rota mellan hennes feta lår. Likväl skulle han sända henne en faktura för att hon upptagit hans dyrbara tid.

Hon gick tillbaka ut i hallen, bredbent. Melodin ljöd högt i hennes öron, svullnaden i skötet var kvar. I ett hörn stod ett ställ av mässing, avsett för paraplyer. Hon valde ut ett av dem, med ett skaft av hårt snidat trä. Vagt kände hon igen det. Titus, det var hans, han hade haft det när de bodde tillsammans. Hon lät jackan hasa av. Den föll i en hög på golvet. Den liknade ett vaksamt djur.

Hon stod vid sängen, paraplyet i sin hand. Hon slog. Det gungade och kluckade under lakanen. Hon slog tills handleden domnade.

Och hela tiden melodin, den sjöd ur hennes inre, växte i hennes mun, vällde ut och fyllde hela våningen.

INGRID

HON HÖLL ARMEN UTSTRÄCKT, främst för balansens skull. Höjde den sedan mot taket och rörde den fram och tillbaka. Ingenting fast, bara luft. Hon såg sina fingrar som en skugga mot det svaga skenet, såg att det var decimeter kvar.

Hon öppnade munnen och svor.

"Din sjuka jävla psykopat, jag ska döda dej"

Hoppade klumpigt ner på golvet. Måste bort till sängen en stund, lägga sig på rygg och samla krafter.

Vad fanns det mer?

Stolarna.

Ja. Stolarna.

Paniken knep åt om strupen. Klockan gick. Var det kväll snart? Skulle Rose alldeles strax komma tillbaka? Hon låg stilla och lyssnade. Nej, samma förnimmelse av stumhet och vakuum.

Var hade hon sett stolarna? I vilken riktning? Hon mindes inte, allting flöt ihop.

Titus, vänta på mej, jag kommer.

Nej. Inte gråta nu. Det gör dej ynklig. Inte gråta, du ska vara stark.

Hon kom på fötter och ganska snart hittade hon stolarna. Kände av dem, försökte lista ut hur de var gjorda. Någon sorts trä med stålben. Ryggstöden hade ett hålmönster av utstansade cirklar. Hon drog med fingret i cirklarna och knuffade fram en stol mot bordet. Skrek högt när hon lyfte upp den och placerade den på bordet. Armen, den förbannade armen!

Stolsbenen nådde precis fram till bordets kanter. Det verkade synnerligen osäkert. Om hon rubbade stolen det minsta skulle den välta. Om hon då stod på stolen skulle även hon välta. Ramla ner utan chans att ta emot sig. Smärtan blixtrade till i henne när hon föreställde sig den.

Hon kom på att hon kunde släpa fram sängen också och ställa den intill bordet. Då skulle hon åtminstone falla mjukt. Förutsatt att hon ramlade åt rätt håll förstås.

"Men jag ska inte ramla", sa hon dovt. "Jag ska kliva upp på det förbannade bordet och se till att det står stilla, sedan kliver jag upp på stolen och därefter når jag luckan. Då kryper jag upp och är ute."

Hon önskade att hon varit mera böjlig. Hennes kropp hade alltid varit stel. Det var något med kotorna, hon hade ofta ont i ryggen, hade haft det redan som barn. Skolläkaren hade skickat iväg henne på hållningsgymnastik, hon hade tvingats hänga i ribbstolar och balansera på bommar. Hon hade avskytt det. Alla former av rörelser. Även nu, som vuxen. Ingen skulle någonsin mer tvinga henne att göra saker som hon inte ville. Så hade hon tänkt. Särskilt efter att de kommit hem från Costa Rica. Hon kunde ännu höra Titus skratt när hon vettskrämd klamrade sig fast i flotten. Hur den for som ett fröskal nerför forsarna. Nästan genast hade hon slungats omkull och blivit sittande på flottens gummibotten vid de andras blöta ben och fötter. De hade skrattat åt henne, skrattat. Hon hade låtsats att hon skrattade med.

Hon kände på stolsbenen. De var smala och stabila. Så länge de hölls kvar på bordet. Hon insåg att hon måste ta risken, det fanns ingenting att fixera dem med. Hon blundade, tänkte fram en fras som mantra. En fras som hon ofta hade använt, både i skolan och senare. *Borthärifrånbortärifrånbortärifrån.* Hon kramade tummen med fingrarna. Nickade stilla och tog sats. Foten in mellan stolsbenen. Inget att hålla sig i. *Magmusklerna, använd magmusklerna!* Svajade en stund, måste stiga ner igen.

Det går, Ingrid, tänk på Titus så går det.

Hon tänkte på Titus. Såg hans tärda ansikte och ögonen som fått en vattnig, urblekt färg. Det lysande blå hade mattats. Hon skulle få det att lysa igen. Bara hon kom upp så skulle hon riva åt sig şina kängor, lämna huset, fly. Hon skulle springa tillbaka till bebyggelsen. Hon skulle bulta på vid första bästa hus.

"Hjälp mej!" skulle hon ropa. "Ring efter polisen, rädda mej!"

Hon klev på nytt, nu var det båda fötterna. Hävde sig framåt för att hitta en tyngdpunkt. En punkt där hon inte skulle rasa, utan hålla sig uppe och rak. Hon kurade som en apa, pressade in fingrarna i stolens cirkelhål, nöp sig fast. Hela stolen darrade, stolen och hon. Darrade, men rubbades inte.

Jag klarar det här, jag är stark.

Uppe på stolsitsen nu, satt på knä. Böjd över sig själv och den onda armen. Lyssnade. Ännu inga ljud.

Höjde handen och nu, nu nådde hon luckans svala yta. Tryckte på den, sköt ifrån. Först var det trögt. Med hårt spända magmuskler vågade hon ta i, vågade fördela lite av kraften till den friska armen, och nu rördes luckan, ja, nu höjdes den.

Hon tänjde sig lång och rak. Böjde hakan ner mot bröstet, tog nacken som stöd. Nacken och handen tillsammans. Tills luckan fälldes upp och det blev bländljust.

HON BLEV SÅ TRÖTT med ens. Så oändligt trött.

Hon gick till köket. Kaffebryggaren stod framme. Hon hällde i vatten och mätte upp kaffe. Såg sig omkring medan hon väntade. Diskbänken avtorkad och blank, enkla stolar av formplast. På kylskåpet satt en lapp med saker som skulle handlas. Lättmjölk, läste hon. Diskmedel, tomater och smör. Hon fick lust att skriva dit något, men kunde inte komma på vad. I en kakburk med rosenmönster plockade hon åt sig några mandelskorpor. Det knastrade och malde mellan tänderna. Smulor föll ner i hennes knä.

Hon hällde upp kaffe och drack.

Sedan hittade hon arbetsrummet.

Han hade behållit det tunga gamla skrivbordet, som han ärvt efter sin farfar Frans. Det var ett dubbelskrivbord som samtidigt kunde användas av två. Hundra år tidigare hade två tjänstemän suttit vid detta skrivbord med de vassa knäna mot varandra och plockat med sina papper. Nu stod det placerat mot väggen.

Titus hade varit stolt över sin farfar. Rose hade sett foton på honom, en senig kortväxt karl med mustascher.

"Det är av honom jag har ärvt min manlighet", brukade Titus skämta. Gubben hade många barn, han hade sått sin vildhavre över nejden, men tydligen också tagit ansvar för sin avkomma. En av dem var Titus far. Han hade varit den ende som ville överta det gamla skrivbordet och han hade putsat upp det och skaffat nya beslag.

Rose satte sig på stolen, en bekväm kontorsstol med hjul. Först då upptäckte hon tavlan över datorn. Det var ett inramat foto. Det föreställde några människor i en gummiflotte. De hade hjälmar på sig och de skrattade. Alla utom en. Ingrid. Paniken riktigt lyste ur ögonen på henne. Bakom henne satt Titus med en åra i handen. Frisk och lugn.

Medan hon väntade på att datorn skulle bli varm drog hon ut skrivbordslådorna. Hittade brevpapper och kuvert. Ingrids namn var tryckt på kuverten. Namnet och adressen. Hon la ner en bunt i väskan. Hon hittade också passen, både hans och hennes. I Titus pass fanns samma foto som hon sett i Ingrids plånbok. Det var taget för några år sedan. Han såg ut precis som han brukat innan sjukdomen kom in i honom. Den intensiva blå blicken. Hon la tillbaka det i lådan.

Hon bläddrade i Ingrids pass. Längst bak låg en del av ett boarding pass. Economy class till Barcelona. Seat 26 A Med en hastig rörelse stoppade hon ner passet i sin väska ihop med kuverten.

I den mittersta lådan upptäckte hon en dagbok. Den var röd med ett barnsligt litet hjärta som symboliskt lås. Hon bände isär ett gem, pillade in ena änden och fick upp det. Ingrids täta, bakåtlutade stil fyllde sidorna.

Har varit med T. hos dr M. Verkar så där. Jag tror att det är nånting med gallan, mamma hade precis samma symtom. T. är låg och lättretad.

Skrivet för två år sedan.
Hon bläddrade.

Känner mej utnyttjad. Ingenting som går att prata om. Har verkligen försökt med J+J. Funkar inte. Ensam just nu och ledsen.

Och tidigare, i september 2005:

T och jag på operan med Agneta o Stig. Vi firade. Hade min nya bruna dräkt. Fick komplimanger. Sedan supé här hemma med räkor och en underbar Chablis. Älskar honom över allt förnuft.

Sista noteringen var från i måndags.

Åker nu, som jag har lovat. Vill inte, men gör det för hans
skull. Önskar att jag redan vore hemma.

Hon slog igen dagboken och låste den. Stoppade även den i väskan.
Melodin var kvar i henne. En entonig, sågande melodi, hon kunde
inte bli av med den.

Hon drack upp det sista av kaffet. Startade datorn. Det var en pc,
en likadan som hennes egen. Med sammanpressade käkar öppnade
hon ett tomt dokument och började skriva.

INGRID

GOLVET VAR SMUTSIGT. Det var det första hon såg. Ljusa hårstrån och tussar av damm som rörde på sig när hon andades. Som for iväg som små levande bollar. Det var ännu dag. Solen flödade genom fönstret, lyste upp hela köket som en jättelik strålkastare. Hon bländades, det gjorde ont i ögonen.

Hon såg ett bord och en kökssoffa. Underifrån. Hon såg ett par tofflor intill tröskeln. Roses tofflor, hon hade klivit ur dem och lämnat dem vid ingången till vardagsrummet. Det var där de hade suttit i måndags. Hon och Rose. Vad var det nu? Onsdag?

Hon skymtade mattan i vardagsrummet och benen på soffan som hon sjunkit ner i den gången. Mindes sitt värkande skoskav.

Jag har kommit med bud från Titus.

Två oändliga dygn hade förflutit. Hur var det nu med Titus, han kanske inte levde mer! *Nej, så får du inte tänka!* Hon spände ut näsvingarna, kippade efter luft. Såg sig om efter något som hon kunde gripa tag i. Något som skulle underlätta för henne att klara den sista och svåraste etappen.

Längst in vid listen låg en skärva vitt porslin. Hon mindes råttan och en frysning spred sig i henne. Hon klamrade med fingrarna runt kanten. Halva hennes huvud befann sig ovanför luckan. En omöjlig position. Hon fick upp armen och vek den över golvet framför sig. Hon skulle behöva sparka ifrån med benen för att orka ta sig upp. Ta spjärn mot något. Och hon skulle behöva båda armarna.

Hon prövade att lägga tyngden på sin friska arm. Stolen under henne vinglade. Hon måste stillna, tänka. Om hon bara kom upp en bit med överkroppen. Så som hon sett på bilder. Hur man tog sig upp ur en vak. Man skulle häva sig framåt och kava. Hugga med dubbar och pik.

Det här var som en isvak. Fast värre. Värre.

Hennes ögon hade börjat vänja sig vid ljuset. Hon såg fönstret nu och en flik av himlen. Hon såg den nakna grenen på ett träd. Hörde hur den rörde sig, hur den liksom vinkade åt henne.

Gör ett knyck nu så kommer du upp.

Det var inte sant. Hon kunde inte göra något knyck. Inte ens en yrkesakrobat skulle ha klarat av att komma ur den position hon nu befann sig i. Alla hennes ansträngningar hade varit förgäves.

Nej! Hon ville inte tro det, inte acceptera.

Ett flöde av toner nådde henne genom fönsterglaset. Koltrasten. Den fanns där ute och den sjöng för henne för att ge henne tillförsikt och mod. Hon grymtade våldsamt och gjorde ett försök att dra sig upp enbart med högerarmen. Hon skulle behöva stöta ifrån med tårna. Men det gick inte. Då skulle hon helt tappa fästet.

Så nu satt hon här. Som i en fälla. Hennes huvud stack upp ur hålet. Oskyddat, skört som ett äggskal. Hon föreställde sig Roses min när hon kom tillbaka. Och mycket snart skulle hon det, komma tillbaka.

"Nej", sjöd det i henne, "nej!"

Ett skrik växte fram i henne, en sugande förtvivlan, över sig själv, sin oförmåga, pessimism. Hon hade utfört en övermänsklig prestation. Hon hade nästan nått dit hon ville. Men allting var över nu. Det var bara att inse.

Ett ljud fick henne att vrida på huvudet. Rasp över golvet, en rörelse av grått. Två stilla svarta ögon som betraktade henne. Skräcken pressade fram svett i handflatan, gjorde det svårt att hålla sig fast. Pennan, hennes vapen och försvar. Hon hade glömt den. Den låg kvar där nere på bordet.

Råttan tog några snabba steg emot henne. Hon såg dess morrhår, de stod ut som små kvastar. Hon såg svansen också, lång och naken som en mycket stor daggmask.

"Gå din väg", flämtade hon.

Djuret skvatt till och sprang in under soffan, men kom omedelbart tillbaka. Inte ensam den här gången utan i sällskap med ytterligare en råtta. De sniffade med nosarna och närmade sig. Som om de hämtat mod hos varandra.

"Ge er iväg!" skrek hon.

Råttorna verkade inte rädda längre. Den största av dem liksom rann över golvet och var nästan framme vid hennes hand när den stannade. Den öppnade munnen och hon såg de gula tänderna.

Hon fick ur sig ett kvidande läte. Sedan släppte hon taget och föll.

ROSE

HON TOG PENDELTÅGET HEM. Klev av vid Södertälje Central och gick längs gågatan. Solen tyngde henne i nacken, parkasen kändes på tok för varm. Det var livligare än vanligt i centrum. Överallt på bänkarna satt människor med uppknäppta jackor. En del av dem blundade och vände ansiktet mot himlen. Rose noterade att till och med invandrarkvinnorna satt så där och solade, något som annars var så typiskt svenskt. Att bjuda ut sig mot värmen efter allt det snål-kalla och frusna.

Två mörkögda småpojkar klättrade omkring på det stora leksaks-loket som man kunde krypa in i. En av dem tappade taget och ram-lade ner. För några sekunder blev han sittande, häpen och förvirrad. Det rann blod på läppen, pojken drog efter andan och hävde sedan upp ett illvrål. En ung kvinna med stuprörsjeans och glansigt hår-svall skyndade fram till barnet. Tog honom i famnen, kysste honom. Mumlade ord på ett främmande språk. Den andre pojken tultade bort till sin mamma och kröp upp i hennes famn.

Just då hördes flöjtmusik. Den gråtande pojken tystnade tvärt. En grupp peruanska musiker i färgglada dräkter hade fattat posto vid Politikertorget. Rose kände igen melodin. Förr hade den spelats ofta, på den tiden när Tomas var liten. Den hette någonting i stil med "El condor pasa". Det fick henne att tänka på Ramírez och det gnagde till av stress i mellangärdet. Hon passerade några a-lagare som med yviga gester diskuterade vem av dem som skulle ha störst chans att bli expedierad inne på Systembolaget. En av männen höll en hund i koppel, en tung och lufsig blandrashund som låg med nosen platt mot gatan. Den gav henne en sorgsen blick.

Systembolaget hade relativt nyligen tagit över de tidigare biblio-

tekslokalerna i gatunivån, medan det stora och väl fungerande bib-
lioteket förvisats en trappa upp. Detta hade föranlett åtskilliga fräna
kommentarer, inte minst i Länstidningen. Rose hade aldrig varit
inne i den nya butiken. Gripen av en impuls vände hon och gick
in. En av männen hängde på, som om han kände henne. Han hade
glest halvlångt hår och skinnväst. En dunst av gammal fylla omgav
honom. Han gav henne en lekfull knuff på armen.

"Hörru, kan du rekommendera nåt lämpligt dryckjom?"

"Jag?"

"Ja. Du."

"Du får väl fråga nån ur personalen."

"Äh, de … de säger aldrig nåt. Vad brukar du köpa? Vin förstås?
Rödtjut. Rödvinsvänstern. De röda maoisterna. Tjoho!"

En anställd närmade sig avvaktande. Mannen höll nu definitivt på
att försitta sina chanser att få handla.

"Det här!" sa Rose. Hon högg tag i en flaska Campos de Luz för
48 kronor. "Ta den, den är god." Till hennes förvåning tog man-
nen emot flaskan och försvann mot en av kassorna. Hon valde ut en
flaska Campari till sig själv. Hon och Titus hade ibland om somrarna
brukat dricka något litet glas Campari med is. Hon hade inte smakat
drycken sedan dess. En plötslig längtan efter den bittra smaken mot
tungan. Hon betalade och stoppade ner flaskan i sin väska.

Sedan gick hon in på Åhléns och köpte en matta. Den var vit och
ljusblå och ganska lång, men inte särskilt tung. Hon slängde upp den
över axeln. Den dumma melodin om snigeln kom in i henne på nytt.
För en stund hade den drivits bort av peruflöjterna. Men nu tilltog
den, fick henne att gå i takt, nästan marschera.

Tamta, tamta, tamta, taaaaa. Tamta taaaa. Tamta taaaa.

Hon märkte att folk tittade på henne. Hon brydde sig inte om
det.

Ikväll ska jag fortsätta med Ramírez, tänkte hon. Så fort jag kom-
mer hem sätter jag mej med korrekturet. Jag kan jobba hela natten
om det behövs. Oscar Svendsen ska aldrig få någon hållhake på mej.
Aldrig någonsin.

Hon undrade om han hade försökt ringa. Mobilen låg i fickan, hon lyckades hala fram den och trycka in koden.

Inga meddelanden.

Skönt.

Till sin förvåning kände hon sig röksugen. Hon hade inte rökt på över tio år. Titus rökte, hade rökt. Inte inomhus, tydligen. Hon hade inte känt minsta spår av röklukt i lägenheten. Eller förstås, han kunde ha slutat. Hon visste inte så mycket om Titus längre. Men det gjorde ingenting.

"Nej!" sa hon högt. "Hans liv och leverne rör mej inte i ryggen."

Hon svängde av vid torget och köpte ett paket Prince i Pressbyrån. Nästan femtio kronor. Så fruktansvärt mycket. Hon ångrade sig så fort hon hörde summan, men skämdes för att visa det. *Rökning dödar* stod det på paketet. Vilken dubbelmoral.

När hon vek ner på gångvägen under bron ringde telefonen. Det var en kvinna.

"Ursäkta, är det du som är Rose Bruhn?"

Hon kände inte igen rösten. Den bar spår av en dialekt, kanske småländska. Nu visste hon. Ingrid pratade så.

"Ja", sa hon kort.

"Mitt namn är Maria. Du undrar kanske varför jag ringer ... men jag är syster till Ingrid. Du vet, Ingrid Andersson, hon som är Titus fru."

"Jaha."

"Alltså ... jag vet inte, men ... det verkar som om Ingrid har försvunnit."

"Ja, jag hörde nåt om det."

"Alltså ... det verkar nästan som om du är den som såg henne senast. Hon var ju tydligen hemma hos dej i måndags och efter det ..."

"Jag har redan sagt vad jag vet." Hon hörde hur avvisande hon lät. Hon ansträngde sig att låta mjukare. "Jag har varit uppe hos Titus på sjukhuset idag, jag kommer precis därifrån. Och där berättade jag allt om vad som hände vid det tillfället."

"Vad hände då?" envisades kvinnan.

Rose lämpade över mattan till andra axeln.

"Hon sa till mej att hon tänkte resa bort. Att hon funderade på att göra det i alla fall."

"Va? Det verkar inte alls likt min syster."

"Nehej."

"Sa hon verkligen det?"

"Ja."

"Vart skulle hon resa i så fall, sa hon nåt om det?"

"Nej."

"Du får ursäkta att jag ringer så här … men jag är så förfärligt orolig. Ingrid har aldrig förut gjort så här. Vi brukar berätta allt för varandra, jag vet allt om henne. Och hon vet nog allt om mej. Vi står varandra så väldigt nära. Har du några systrar?"

"Nej."

"Nehej … Men nu är jag så rädd att …" Rösten blev grumlig.

"Vadå?"

"Jag känner på mej att det har hänt henne nåt", snyftade kvinnan i luren. "Hon har aldrig, aldrig gjort så här. Och när Titus är sjuk och allting … Hon skulle aldrig … Så nu måste jag faktiskt ta kontakt med polisen."

INGRID

HON LANDADE I SÄNGEN. Precis som hon hade räknat ut. Men hon föll på den skadade armen och smärtan var som järn, rinnande rakt in i nerverna. Stolen hade vräkts omkull, den låg på golvet med spretande ben. Bordet stod kvar. Genom den vidöppna luckan strömmade luften ner till henne, luften som hörde till Rose. Den var varm av solen, små dammpartiklar flöt i tunna strängar.

Hon väntade sig att se de båda råttorna kika ner på henne. Kanske ta sats och hoppa. Hon spände sig och väntade, lyssnade efter deras rörelser. Tänkte på de små skålarna som hade stått på köksgolvet. Hade Rose katt? Knappast. Katter tog råttor. Lekte med dem med indragna klor, lät dem tro att de skulle komma undan. Sedan bet de nacken av dem.

Om Rose hade katt skulle inte råttorna ha funnits i huset. Det var råttornas skålar hon sett. Hon insåg det nu. Rose matade dem. Råttorna var hennes skyddslingar och en av dem hade hon, Ingrid, förgripit sig på när hon kastade muggen i försvar. Hon hade träffat den och gjort så att den dog.

Hon låg med öppna ögon. Låg och såg. Länge hade allting varit mörker. Det var som om hennes ögon inte kunde få nog. Blicken följde bokhyllan, sektion efter sektion, böcker och travar av noter. Då kom en tanke: kanske detta hade varit pojkens rum? Han hade varit duktig på att spela. Den där pojken som Rose var mamma till, vad hette han? Något på T. Tobias? Nej, inte Tobias. Tobias var en fånge som hon själv. Tobias Elmkvist, författaren. Titus hade trott så mycket på honom. Hoppats att hans första deckare inte bara var en engångsföreteelse. Han hade skrivit noveller och dikter tidigare.

Men så slog han igenom med en kriminalroman. Det var Titus som lett honom dit. Hon mindes hans glädje när han först läst igenom manuset. Det var hemma hos henne på Ringvägen. Han hade rest sig och lutat knogarna mot bordet. Han hade haft på sig en ljusblå Gantskjorta. Att hon kom ihåg sådana detaljer! Sådana oväsentligheter som vad folk hade haft på sig. Så meningslöst och typiskt henne.

"Det här du, gumman!" hade han ropat så det skallade mot väggarna. "Det här blir en dundersuccé."

Det blev det också.

Hon försökte läsa titlarna på böckerna i hyllan. Flera av dem kände hon igen. *Det näras brunnar* av Tobias Elmkvist. Vilken konstig slump. Eller kanske inte. Egentligen inte alls. Roses grabb hade väl fått den av Titus. Tomas hette han. Det mindes hon nu. Tomas med den okända pappan.

Det näras brunnar var noveller. Hon hade haft ett exemplar i bokhandeln, men aldrig lyckats sälja det. Annat blev det när deckaren kom ut. Hon mindes inte vad den hette, läste den aldrig. Deckare intresserade henne inte. Berättelser om ondska och våld. Världen var full av sådant. Varför skulle man då hitta på?

Vad hade han gjort, den där Tobias? Titus ville aldrig prata om det. Hon mindes höstupptakten i Bladgulds trånga lokaler. Den unge författaren, tyst och inåtvänd. Nästan blyg. Hur kunde han ha haft så mycket mörker inom sig?

"Han är mästerlig på att skildra de mänskliga avgrunderna", sa Titus. "Men noveller, inte fan blir vi rika på noveller." Så han bestämde sig för att försöka lotsa in Tobias Elmkvist i ett mer lukrativt skrivande. Han var en skicklig förläggare, han var känd för det. Kunde föra litterära och konstruktiva samtal med sina författare. Sådana förläggare var det ont om.

"Jag tycker det är roligt", hade Titus förklarat för henne. "Det gör mej delaktig i själva skapandet."

Ingrid hade blivit svartsjuk när hon tänkte på hur han måste ha varit delaktig i skapandet av exempelvis Sissi Nords chick-lit-blask.

Han hade skrattat. Smickrad. Hetsad. Han hade retats med henne, fått henne att börja skrika.

Men nu är det över. Allt det där är över. Livet, kärleken, allt. Kvar finns bara sorgen och smärtan.

Hon grät på nytt.

Sorgen och smärtan. Vilka patetiska ord. Likväl högst påtagliga. De fick henne att gnälla och yla, att kasta sig på madrassen: *smärtan, ja, smärtan!* Hon vaggade och tjöt, *låt hela jävla armen gå åt helvete!*

Blev lugn med ens och stilla. Ligga här och vänta. Offer på en slaktbänk, att kniven när som helst ska sänkas ner i hjärtat på mej. Lika bra, allting är ändå slut, nu finns det ingenting mer för oss, min kära, nu dör vi båda två.

Hon stirrade med svidande ögon. Ljuset hade flyttat sig, strimmor av dansande partiklar. Och där i tystnaden steg ljudet av en röst, hans röst:

"Var är du lilla harpalt, jag saknar dej? Var är du, lilla musungen min?

Och handen, den friska högerhanden! Nuddade vid något vasst. Det låg intill henne i sängen. Det var pennan.

Ett tecken var det. Ett tecken. Hon visste direkt vad hon måste göra.

ROSE

NÅGONTING VAR ANNORLUNDA, någonting med själva luften. Hon kunde förnimma det så fort hon öppnade dörren. Stråk av lukt från rummet under golvet. Den hade trängt upp i huset.

Hur?

Snabbt fick hon av sig skorna och störtade in, ännu med mattan över axeln.

Luckan! Den var öppen.

Polisen!

Det dunkade i tinningarna. Hon bet sig hårt i läppen och smög fram till luckgapet, beredd att när som helst känna en hand på sin axel.

"Vi har väntat på dej, Rose Bruhn! Nu får du vara snäll och följa med oss!"

Hon lutade sig fram och kikade.

Tomt. Rummet under golvet var tomt. Sängen stod vid väggen, bordet bredvid och stolarna prydligt vid sidan. På sängen låg den gröna täckjackan som Ingrid haft på sig när hon kom. Om hon försvunnit borde hon ha tagit jackan med sig. Men hon kunde inte ha försvunnit.

Var fanns hon då? Satt hon och tryckte inne på toaletten?

Hon lät mattan glida ner på golvet och la sig på mage. Vattenflaskan tom. Grötplasten renäten och slankig. Om hon inte var i toalettskåpet måste hon väl ha kommit upp på något sätt. Men hur? Inte själv, det var inte möjligt utan stege. Hon borde inte ens ha kunnat öppna luckan själv. Alltså måste någon ha hjälpt henne. Men vem?

Claes Schröeder? Var det han? Hade han anat något igår kväll och bara låtsats att han skulle till Arlanda. Hade han i själva verket vänt bilen när han släppt av henne och åkt tillbaka? Han visste ju att luckan fanns. Eller hans gode vän, den där Johnny? Claes Schröeder kanske hade ringt till Johnny och sagt åt honom att åka och titta. "Jag tyckte att jag hörde ett ljud." Men hur hade han i så fall kommit in? Fanns det en extranyckel?

Jag måste ner och se. Jag måste hämta stegen.

Hon gick genom rummen, sökte spår. Fylldes av en kurande oro. Tittade i vardagsrummet. Ramírez låg och väntade, *ja, jag tar honom sedan.* Ingenting som tydde på att någon varit där. Sedan sovrummet, där sängen stod på sin vanliga plats mitt på golvet. Trots tröttheten imorse hade hon skakat lakanen och sträckt ut dem ordentligt när hon bäddade. Allting orört nu, som när hon lämnade rummet. Ingen hade varit i sovrummet, ingen mer än hon själv.

Hon knöt på sig skorna och gick ut. Den gamla mattan låg kvar på marken där Claes Schröeder hade knuffat ner den. Hon kände på den. Fortfarande fuktig, snart skulle den börja mögla. Den skulle inte ha en chans att torka. Hon såg mot himlen, där en vall av täta moln växte fram. Det var april och vädret kunde snabbt slå om. Hon lyfte upp mattan och släpade den med sig bort mot redskapsboden. Där bakom fanns en hög med skräp som legat där i årtionden. Gamla förvridna resårbottnar, en rostig cykel, ett trasigt bildäck, lump. Hon slängde mattan på högen. Stod en stund och hämtade andan. Några regnstänk föll på hennes hjässa. Hon strök håret bakom öronen, gick sedan bort till äppelträdet och hämtade stegen.

Fikon och Smultron satt och väntade på köksgolvet när hon kom in. Smultron skuttade fram till henne, satt på baktassarna, gjorde sig lång.

"Nå, ni är förstås hungriga", mumlade Rose. "Ni ska få mat. Alldeles snart ska ni få mat. Jag måste bara göra en sak först. Nåt viktigt."

De fina morrhåren vibrerade. Smultron vände plötsligt och kilade in under soffan. Kom tillbaka ut på golvet och så in igen. Som om hon ville visa henne något.

"Vad är det, Smultron?" frågade hon. "Lilla hjärtat mitt, vad är det?"

Råtthonan knastrade med tänderna. Hon vände rumpan mot henne och släppte ifrån sig en droppe. Klar som en pärla av dagg. Rose gick ner på knä. Var det något under soffan? Jo, det var det. Något böljande och rörligt, som en dunkel massa av liv. Först begrep hon inte riktigt. Sedan urskiljde hon svansar och nosar. En hord av nya små råttor.

"Men vad är det här?" ropade hon till. "Var kommer alla ni ifrån?"

Hon la sig på mage och stack in handen. Djuren spratt iväg längs golvlisten. Hon reste sig och sköt undan soffan. Satte foten för hålet, böjde sig och lyckades gripa en av råttorna. En stark liten rackare. Den fräste och bet efter henne. Hur gammal kunde den vara? En månad? Hon gick fram till fönstret och höll upp den mot ljuset. Det var en hanne. Pungen syntes tydligt.

"Förbannat!"

Med råttan i handen gick hon ut på gården. Regnet hade tilltagit. Hon sprang hukande mot skjulet och tog skydd under det utskjutande taket. Hon avskydde att göra det hon nu skulle göra. Men det var nödvändigt. Hon hade redan varit alldeles för eftergiven. Hur många av de nya råttorna var hannar? Hon tänkte på den stora råttmafioson i rummet under luckan. Det var säkert han som varit framme och parat sig. Med hur många honor då? Och den här? Sonen? Hur många av sina systrar hade han hunnit sätta på? Liksom hans bröder. Honorna blev könsmogna redan vid fyra, fem veckor. Troligen också hannarna, hon visste inte säkert. I alla fall måste hon hålla stammen nere, de fick inte bli hur många som helst.

Hon stirrade på djuret i sin hand. Det var en tuff och modig liten krabat. Hon kände de små hjärtslagen mot tummen.

"Förlåt", sa hon.

Djuret fräste och slingrade sig, slog och vispade med svansen. Rose slöt ögonen. Hon stoppade in fingrarna runt halsen på den vilt sprattlande råttan och vred om. Ett lätt och knastrande ljud. Några ryckningar i kroppen innan den slaknade. Hon strök med pekfingret över den ännu varma pälsen. Så mjuk och sidenlen.

"Förlåt", sa hon på nytt innan hon med ett våldsamt kast slungade ut den livlösa kroppen mellan träden.

HON HADE LAGT SIG nära väggen, tätt intill golvlisten. Med kortändan av handen kände hon de mycket små fördjupningarna i golvplattorna. Någon hade inrett det här rummet. Någon hade en gång bemödat sig om att göra det beboeligt. Tomas. Pojken. Var det han? Och var fanns han nu i så fall? Kunde hon förvänta sig att få någon hjälp av honom? Nej. Det var tydligt att han inte bodde kvar i huset längre. Och det var förstås helt normalt. Han måste vara runt tjugofem vid det här laget.

Spänd och skräckslagen låg hon och väntade. Hjärtat slog på henne, det dånade och bultade. Hon var törstig. Hon tänkte på vatten och is. Hur munnen skulle fyllas, hur allt det torra, spruckna skulle mjukna och bli läkt. När hon till slut hörde steg ute på trappan tappade hon kontrollen över blåsan. Det blev vått och varmt i trosorna, en tiondels sekund av fullkomlig lättnad. Som en orgasm. Sedan vällde skräcken tillbaka. Hon smackade med läpparna, ljudlöst.

"Var med mej nu, Gud, var med mej!"

Hon trodde inte längre på Gud. Hon hade lämnat statskyrkan när hon blev myndig. En grym och skoningslös Gud som står på de starkas sida. Trots att så många hävdar motsatsen. Fjällen föll från hennes ögon, all den smörja som de hade tutat i henne. I församlingen. I söndagsskolan. Gud är sanningen och livet. Gud är god.

Hon hade aldrig berättat det för sina föräldrar. Inte ens för systrarna.

Nu låg hon här på golvet och bad.

Rose var hemma.

Inne i huset, hon var här.

Rose pratade där uppe.

Med vem?

Rose rörde sig och kröp över golvet. Hennes skugga föll genom luckan. En flämtning av förundran, ett rop.

Och så: ett skarpt och plötsligt hasande av möbler, ljudet av små tassar, av flykt.

Ingrid kramade pennan, så hårt att hon fick kramp.

"Gode Gud, förlåt mej för allt ont som jag har gjort! Käre gode Gud, jag ber Dej: hjälp mej, hjälp mej, ge mej av Din kraft!"

Rose gick ut ur huset. In och ut. Hon var ute nu. Långt bortifrån ringde en mobil. Inte Ingrids, även om den borde finnas någonstans där uppe. Ingrids signal var en annan. Hon hade valt den där gamla, så som telefonerna lät förr i världen. När allt ännu var tryggt och hederligt. Livet. Hennes liv. När hon stod i sin affär och sålde böcker. De små tanterna med sina mjuka kassar, det var tanterna som stod för all kultur.

Åh, att få vara bland tanterna nu, de skulle sitta i en ring i sina kappor, de skulle böja sig över henne och skydda henne, med sina noppriga kappryggar skulle de bilda en mur omkring henne så att ingenting farligt kunde hända.

Dörren gick upp. Något tungt som släpades. Hon hörde Roses ansträngda andetag. Mobilen på nytt. Och rösten:

"Det är Rose Bruhn."

Sedan:

"Jaha. Jaså. Ja, men det var ju … Du, får jag ringa dej lite senare. Jag är upptagen. Jag ringer sedan. Det säger vi. Hej då."

Ljud och rörelser kring luckan. Så en duns helt nära Ingrid. Hon kände vibrationerna, höll andan. Prassel av kläder, av tyg.

Rose hade kommit ner till henne. Hon hade hämtat en stege och klättrat ner. Vaksamt på tysta fötter. Sockor, inga skor. Det gnällde lätt när dörren till toalettskåpet öppnades. Roses hesa stämma av bestörtning, som ett rop.

Därpå slets sängen hastigt ut från väggen. Hon var beredd. Hon flög upp som en spiralfjäder, kastade sig framåt och högg pennspetsen rakt in i Roses mage.

ROSE

FÖRST BEGREP HON INTE vad som hände. Ingenting. Foten vek sig under henne och hon föll. Något stort och massivt hade kastat sig över henne, det gick inte upp för henne att det var en människa, Ingrid. Det kom ett vrål, ett djuriskt vrål och en rispande sveda i sidan. De låg på golvet, Ingrid över henne, hackande i luften, något vasst. Överraskningen lamslog Rose. Liggande vid stegen med uppdragna knän kände hon hur Ingrids häl trampade till henne över kinden, ett knaster som om tänderna slogs ur. Då först förstod hon! Då först slungade hon fram sina händer och fick grepp, just som Ingrid var på väg upp mot öppningen. Höll om hennes vrister, ryckte till. Ingrid dunsade ner och blev sittande, utbredda ben och ett ansikte vanställt av rädsla.

Rose föll fram över henne så att hennes skalle klang mot golvet, naglade fast henne i skuldrorna. Ett gurgel av smärta, av hat:

"Du är sjuk, Rose, du är galen, sjuk i hjärnan!"

Låg över henne, bröst mot bröst. Höjde ena handen. Slog. Ingrids huvud föll åt sidan, snor och blod.

"Säg aldrig mer att jag är sjuk eller galen!"

Kroppen under henne sjönk ihop. Som om revbenen bräcktes och vek sig. Rose gled av henne och satt på knä.

"Aldrig, aldrig mer, förstår du det!"

Grep henne om öronen, skakade.

"Neeeej", kom det sluddrigt.

"Vad menar du, nej?"

"Säger … aldrig … mera … så."

Rose stötte till henne med armbågen. Hon nöp om hennes hand-led, pennan. Bände upp hennes fingrar, berövade.

”Vad tänkte du göra?”

Inget svar.

”Du tänkte skada mej.”

”Nej …”

”Tänkte du döda mej?”

Huvudet vaggade på golvet.

”Tänkte du det? Din falska lilla hora. Tänkte du sticka livet ur mej?”

”Nej … förlåt … nej …”

Rose släppte henne och drog upp sin tröja. Huden hade rispats, en skråma bara, knappt ens synlig. Hon lutade sig över Ingrid och klämde henne bryskt om hakan. Tvingade henne att se.

”Jo, det tänkte du. Du ville skada och förgöra mej, det ville du. Som om du inte redan …”

Inget svar.

”Som om du inte redan.”

”Men det är inte jag som …”

”Vadå inte jag som?”

”Jag vet inte.”

”Du ville skada och förgöra mej. Det hade du funderat ut.”

”Nej … inte så.”

”Hur då? Förklara.”

Hostande gråt och hulkningar.

”Jag sa: förklara!”

”Men jag vet inte … förlåt …”

”Du har öppnat luckan!”

”Ja …”

”Hur då?”

”Snälla … jag vet inte.”

”Vet du inte hur du har öppnat luckan?”

”Nej …”

Slog på nytt. Flata handen mitt i allt det hala.

”Nej, nej, snälla … jag klev…”

”Du klev. Vad klev du på?”

"Bordet där … och stolen."

"Du klev på bordet och stolen?"

"Ja."

"Du tänkte alltså ge dej härifrån?"

"Men Rose! Hur länge måste jag … Jag vill ju hem, förstår du inte det! Jag vill ju hem till mitt." Det bubblade av rosa snor ur näsan.

"Du skulle aldrig ha kommit hit. Du har förstört mitt liv, inte en gång, utan två. Två gånger har du nästlat dej in i mitt liv och raserat det."

"Om du släpper mej …"

Rose såg på henne.

"Om du släpper mej … jag lovar, jag ska aldrig, aldrig mer."

"Mitt liv. Du har förstört det."

"Snälla Rose … jag vet inte alls hur du tänker … men jag kan ju inte vara kvar här i evigheter? Det vore väl skönare att inte ha mej här. Att slippa mej."

"Tyst!"

"För man kan inte leva så här … varken du eller jag kan leva så här. Ingen av oss kommer att orka."

"Nej."

"De kommer att börja leta efter mej också, har du inte tänkt på det? De kommer att förstå att det var hit jag åkte, att det var du som såg mej sist. Och då kommer de att leta, poliserna kommer att leta igenom huset, de kommer att ha hundar med sig, hundarna kommer att nosa reda på var jag är, de kommer att hitta mej."

Ingrid hade satt sig upp. Hon hasade sig bakåt mot väggen. Strök sig över ögonen med armen.

"Och vad händer med dej då, Rose. Har du aldrig tänkt på det?"

Rose klev upp på stegen.

"Jo då", sa hon. "Det har jag."

Hon lät stegen vara kvar och luckan uppfälld. I köket tog hon fram ett glas. Hon öppnade väskan och fick tag i flaskan, hällde upp en skvätt Campari och drack. Hon fällde upp sin dator. Hon var lugn.

"Vi ska skriva ett kontrakt, jag och du", ropade hon ner mot luck-hålet. "Ett slags kontrakt ska vi skriva."

Hon såg hur Ingrid reste sig och haltade fram i ljuset.

"Ett kontrakt?"

"Just det."

"Kommer du att släppa mej sedan?"

Rose såg ner på kvinnan.

"Vad du ser ut", sa hon vänligt. Hon stack ner handen i väskan och fick tag i det svala och silkiga. Slängde ner det rakt på Ingrid.

"Jag tog med mej det här åt dej. Tänkte att du kunde behöva byta."

"Va?"

Behån hade fastnat över axeln på henne. Trosorna låg vid hennes fötter.

"Du kanske inte vet om det. Men du är inte precis fräsch."

Ingrid tog tag i behån och stirrade på den.

"Är den min?"

"Allt det där är ditt. Känner du inte igen dina egna paltor?"

"Jo. Men …"

"Jag har hämtat dem åt dej. Du har inte gjort dej förtjänt av det. Men jag hämtade dem."

Snigelsången steg i hennes öron. Allt det mjuka, den där vatten-madrassen. Deras kroppar, hur de slingrade sig om varandra, hen-nes särade utbredda lår. Han brukade ta hennes hand under bordet, lägga den över sitt skrev. Le mot henne över tallrikarna. Försiktigt, vädjande, du gör väl inte narr av mej för det här? Att jag begär dej, att jag är så svag att jag inte kan lägga band på mej. Det var vår sak, din och min. Vi drack av Camparin, den hetsade mej, trots att jag var en sådan som annars stod emot. Efter Leonard. Som ett slags straff. Inte mer av detta, du har fyllt din kvot. Då kom du och förlöste mej.

Ingrid hostade. Ingrid. Han gjorde samma sak med henne, samma ritualer, samma lek. Det bågnade av rött kring hennes ögon. Och där nere stod hon, förde plagget mot sin näsa, som en robot, sög in luft.

Rose hörde sin egen torra röst:

"Byt om, du. Jag ska inte titta."

"Har du …?"

"Vad då?"

"Har du varit hemma hos mej?"

"Jag hämtade det där i dina lådor. I skåpet i ert vackra hem."

"Hur kom du in?"

"Spelar det nån roll?"

"Och Titus då? Titus." Det ljöd som ett skrik från hålet.

"Vad är det med honom?"

"Snälla … Vet du hur Titus mår?"

"Det vet jag", sa hon lugnt.

"Jaha?"

"Han förstår mycket väl att du inte längre orkar."

Ingrid kastade ifrån sig behån. Hon gick fram till stegen och klev upp en bit. Ena armen hängde bakåt på ett groteskt och vridet sätt. Rose tog en ny klunk av Camparin.

"Du stannar där du är", sa hon.

Ingrid klev tillbaka.

"Men det är inte sant", ropade hon.

"Vilket då?"

"Att jag inte orkar."

"Jo då. Det är påfrestande att leva med en dödssjuk man. Och han förstår det. Så han klandrar dej inte."

"Men jag har aldrig sagt att jag inte orkar."

"Vill du ha en skvätt Campari, Ingrid?"

"Va?"

"Antar att ni brukade dricka det ibland. Han var förtjust i Campari. Det är nåt särskilt med Campari, det tycker jag också. Jag köpte en flaska. Vi kan dricka skål sedan, när du har signerat kontraktet."

"Vad är det för kontrakt?"

"Två brev bara. Jag har skrivit dem åt dej, du behöver bara skriva under dem."

"Vad då för brev?"

"Ett till Titus. Och ett till Maria. Din syster. Imorgon ska jag posta breven, då kommer de fram på fredag."

"Titus", viskade Ingrid. "Då är han alltså inte …"

"Död? Nej. Men orolig. Och det förstår man ju. Så jag tycker att han har rätt till lite information. Liksom din stackars syster. Hon som tror att hon vet allt om dej. Hon kommer att bli förvånad. Men samtidigt kommer hon att förstå att en syster har sitt eget liv. Att alla har rätt till sina hemligheter."

HON VEK IHOP BEHÅN och la den bredvid jackan på sängen. Plockade sedan upp de fem trosorna, borstade av dem och la dem i en rad. Titus hade köpt dem till henne. Han tyckte så mycket om att överraska. Prassel av papper under kudden, krusiga gyllenband. Eller en lapp vid hennes tekopp om morgonen.

Titta bakom palmen i vardagsrummet.

Där låg ännu en lapp:

Någonstans i närheten av datorn.

Och så vidare tills hon hittade det lilla paketet.

"Du är värd det, jag är värd det jag med. Att få famna den kvinna jag älskar. Att få svepa henne i siden och lyx."

I början hade han köpt small eller medium. Han förstod inte det. Att det var extra large som hon behövde. Hennes breda, feta rumpa och så brösten. Som dignande påsar av hud. Han hade fyllt sina händer med dem. Sina vackra, starka händer. Lagt huvudet i hennes knä, hans snabba hårda tungspets. Lirkat av henne till slut, det hala sidenet. När hon var tillräckligt upphetsad och redo att ta emot honom.

Nu var plaggen här. Rose hade fört dem till henne.

Hon skulle aldrig mer ta dem på sig.

Flyktförsöket hade misslyckats. Men luckan var öppen och där uppe satt Rose vid sin dator och skrev. En strimma av hopp ändå. För någonting hade förändrats.

Rose hade gett henne att dricka, Ingrid hade fått klättra upp en bit på stegen och lämna henne pet-flaskan. Efter en stund hade hon fått den tillbaka, fylld med rent, kallt vatten.

Hon talade om brev och kontrakt.

Och Titus. Han levde, han fanns.

Men vad visste Rose om hennes syster Maria?

"Sätt dej vid bordet!"

"Va?"

Rose hängde fram över öppningen.

"Jag skickar ner en penna. Men jag ska ha tillbaks den sedan, glöm inte det." Hötte med pekfingret. Skämtsamt.

"Va, ja, ja." Hon gick haltande fram mot bordet. "Vad är det för kontrakt?" frågade hon.

"Det får du se. Gör nu som jag säger. Sitt vid bordet."

Rose höll en korg i handen. Samma sorts nätta lilla svampkorg som hon själv hade där hemma, i källarförrådet. Som de brukat fylla med gula kantareller och smörsopp. Med trattkantareller och små barr. Nu kom den nersinglande, fastknuten i ett snöre.

"Ta emot!"

Som någon sorts lek. Som Ingrid och Maria hade lekt när de var små, hissat saker till varandra vid trädkojan.

Vi sa att du var skeppsbruten.

Sa.

Barn lekte ju alltid i imperfekt.

Nu var det inte imperfekt, nu var det nu. Presens.

Hon tog emot korgen och ställde den på bordet. Två maskinskrivna pappersark låg på botten. En penna likaså och två kuvert. Hon kände igen kuverten. De var hennes egna med påtryckt avsändare och adress. Det skar genom hjärnan av förvirring. Hon kikade mot Rose. Kvinnan satt på huk vid luckhålet med de magra knäna uppdragna kring öronen. Det såg avspänt ut, precis så som kvinnor i små avlägsna byar brukade sitta. Indiskor, afrikanskor. Som den naturligaste ställningen i världen.

Hon nickade mot Ingrid.

"Sätt dej nu tillrätta och läs. Sedan skriver du under."

Första brevet var till Titus. Det gjorde ont att se hans namn. Rose hade formulerat texten. Men Ingrid skulle stå som avsändare. Hon höll pappret nära ögonen och läste:

Kära Titus. Förlåt att jag måste göra detta, men det finns just nu ingen annan utväg. Faktum är att jag inte längre orkar. En gång lovade vi att älska varandra i nöd och lust. Nu, Titus, får man väl säga att det är nöd, och jag borde vara stark nu. Dock kan vissa löften vara omöjliga att hålla. Det vet du ju själv, eller hur?

Jag står vid randen nu, vid randen av ett sammanbrott. Därför måste jag resa bort ett tag, bort till ett annat land. Jag förstår om jag gör dej ledsen och att du kanske tycker att jag sviker dej. Därför ber jag dej: Tänk inte så. Försök i stället att minnas allt det fina som vi haft. Tack för våra år tillsammans.

Hon kastade ifrån sig pappersarket. Grät. Rose satt kvar i samma ställning. De smala ögonen hade fått en egendomlig glöd.

"Varför gråter du?"

Ingrid förmådde inte svara.

"Har du läst?" fortsatte Rose.

"Ja! Men Rose ... det här är ju inte sant, det vet du. Jag kan aldrig skriva under nåt sånt här, det förstår du väl? Det vore ju att ..."

"Då så."

"Vadå då så? Han kommer ju att tro att ..."

"Vill du inte att det här ska upphöra? Denna minst sagt tärande situation som vi båda har hamnat i."

"Jo!" storgrät hon.

"Det här är den lösning som är bäst för alla parter."

"Vad menar du?"

"Du kommer härifrån. Uppriktigt sagt, Ingrid, så är det din enda chans."

"Men Titus ... Han kommer ju att tro ..."

"Läs det andra brevet nu."

Hon tog det. Handen skakade så att hon blev tvungen att stödja den mot bordsskivan. Innebörden i nästa brev var ungefär densamma. Det var ställt till hennes syster.

> Kära Maria. När du läser det här brevet är jag långt borta.
> Jag måste dra mej undan ett tag. Jag orkar inte längre. Jag
> har beslutat mej för att resa utomlands på obestämd tid.
> Klandra mej inte. Jag står just nu vid randen av ett sam-
> manbrott. Som systrar måste vi stötta varandra och du
> stöttar mej bäst om du inte tänker illa om mej. Förr eller
> senare blir vi alla svaga.

"Pennan ligger i korgen", hörde hon Rose uppifrån hålet. "Skriv under båda de där breven. Och försök inte förvränga handstilen. Jag vet precis hur din handstil ser ut."

Hon höll upp någonting, en liten bok med ett lås som var format som ett hjärta.

"Min dagbok!"

"Skriv under nu. Och det ligger två kuvert i korgen också. Skriv dit deras adresser och namn."

"Om jag vägrar?"

Rose ryckte på axlarna.

"Om jag skriver under då? Är det alldeles säkert att du släpper mej?"

"Förr eller senare."

"Nu, jag vill härifrån nu!"

"Hördu, en sak ska du ha klart för dej. Det är inte du som ställer kraven."

"Men lovar du mej, lovar du mej?"

Rose skrattade.

"Ett löfte är ett löfte. Eller hur?"

"Ska jag alltså åka utomlands?" sa hon tonlöst. "Är det så du har tänkt dej. Eller är det bara nåt som du har skrivit här i breven?"

"*Du* har skrivit."

"Va?"

"Det är du, kära Ingrid, som har skrivit breven."

"Du kan inte tvinga mej!" ropade hon till.

"Jag kommer med ett erbjudande. Ganska generöst till och med. Valet är ditt helt och hållet."

"Jaha. Vart ska jag åka då?"

"Det löser sig. Jag ska skaffa dej en flygbiljett. Vart längtar du helst?"

"Hem", viskade hon.

"Dit kan du inte komma. Välj ett land. Jag skaffar en flygbiljett och kör dej till Arlanda. Jag kanske till och med följer med dej så att du säkert kommer fram."

"Du kan inte tvinga mej!" ropade hon på nytt.

"Du vet ju alternativet."

"Jag kan inte bli kvar här! Jag kan inte. Förstår du inte det!"

"Det är ju precis det jag säger."

"När jag kommer fram till det där landet då, vilket det nu blir, förstår du inte att jag går till polisen direkt? Polisen i det landet … Du kommer att hamna i fängelse, det här är ju kidnappning. Det är vad det är. Människorov."

"Det är inte ditt bekymmer."

"Jag tycker inte att det här verkar riktigt genomtänkt."

"Men det är det."

"Jag har ju inga kläder heller för en resa, inga grejer."

Rose skrattade till.

"Man behöver inte så mycket. Det blir bara krångel vid incheckningen. Du vet väl hur noga de är nuförtiden. Man får stå i kö i timmar innan man kommer igenom säkerhetsspärrarna."

"Och passet! Jag har ju inget pass?" En ilning av vild triumf! Men Rose sträckte sig bakåt och viftade sedan med ett mörkrött pass.

"Jag har tänkt på det också." Och hon öppnade passet och höll det över lucköppningen. Ingrid såg sitt eget foto stirra ner på henne.

"Skriv under nu. Så vi får det avklarat. Jag har arbete att göra. Jag ligger efter med det jag håller på med."

Ingrid skakade på huvudet. Hon vaggade fram och tillbaka.

"Nej. Jag kan inte göra det. Jag älskar honom. Jag kan inte lura honom så. Och jag vet att du också har älskat honom. Kanske gör du det än. Hur kan du hata oss så mycket?"

ROSE

HON LÄT LUCKAN VARA ÖPPEN. Stegen hade hon dragit upp, den låg lutad mot väggen. Hon gick in i vardagsrummet och bläddrade i den stora korrekturbunten. Klockan var åtta. Hon hade natten på sig.

Korgen hade kommit upp igen med de två breven utan underskrifter. Det störde henne inte särskilt mycket. Ingrid skulle mogna. Hon visste det.

Precis när hon satt sig ljöd mobilsignalen på nytt och hon mindes att hon lovat ringa. Oscar Svendsen var det, som sökt henne tidigare. Nu var det han igen. Han lät mör. Ingenting av den vanliga arrogansen.

"Hej, Oscar Svendsen här på Karlbacks."

"Du, jag vet var du arbetar."

"Vadå? Jo visst. Jo det är klart."

"Hur känns det i skallen? Mosigt?"

Han pressade fram ett skratt.

"Vad menar du?"

"Jag pratade med din hustru igår kväll. Fabiola. Hon var inte så glad."

Det blev tyst en stund i luren.

"Hur har det gått med vår vän Ramírez?" kom det sedan som ett motdrag.

"Det var det jag hade tänkt prata med dej om igår kväll. Om du hade varit hemma."

"Börjar du bli klar med läsningen?"

"Du förstår, nåt annat kom emellan. Jag blev tvungen att åka till sjukhuset idag och ta farväl av en svårt sjuk person. Det var tungt. Det kan jag avslöja för dej."

Hon märkte att balansen hade rubbats.

"Jag förstår. Vem …?"

"Min före detta man, Titus Bruhn."

"Åh ja. Titus."

"Vi är alltså inte gifta längre. Men ändå. När man en gång har älskat varandra … inför döden försonas man."

"Det låter vackert."

"Ja. Men döden är inte vacker. Inte heller döendet."

"Är det så illa med honom alltså? Jag har ju hört att han är dålig."

"Så illa är det nog."

"Åh, jag förstår."

"Bra. Då förstår du kanske också att jag har haft svårt att läsa korrektur idag. Och jag ringde dej i morse också, för att berätta det. För att förvarna. Men du hade sjukanmält dej."

"Jag fick nånting åt magen. Trodde ett tag att det var vinterkräksjukan. Men nu har det gått över, tack och lov. Den där vinterkräksjukan är nåt så fruktansvärt obehaglig. Har du haft det nån gång? Man tror att man ska …"

"Nej. Faktiskt inte. Men jag sätter mej med korret nu inatt. Då kan du skicka hit ett bud imorgon."

"Nej, du får torsdagen på dej också, Rose. Inte behöver du sitta uppe hela natten, du måste vara dödstrött."

"Du sa att det var bråttom."

"Det är det i och för sig också. På måndag ska det gå iväg till tryckning. Men får jag det på fredag kan jag avsätta helgen åt att göra ändringarna."

En seger. Hon hade vunnit en seger över Oscar Svendsen.

Hon la upp gröt i råttornas skålar. Satte sig att vakta så att inte någon av de små nya hannarna skulle dyka upp och försöka slafsa i sig. Tranbär kom, skygg som vanligt, men hungrig. Även Salmbär stack fram sin lilla nos. Hon hade trott att hon aldrig mer skulle få se Salmbär. Hon haltade fram på tre av tassarna, den fjärde var förkrympt och obrukbar.

"Men lilla vän, att du har klarat dej!" sa hon lågt. "Jag trodde att du var död. Precis som din feta mamma. Hoppa fram till skålen nu så får du mat. Det var värst vad du är mager och tufsig."

Det var som om de förstod vad hon sa. De åt rent från skålarna på någon minut. Hon reste sig för att fylla på mer gröt, men då försvann de in under soffan. Av de nya främmande råttorna syntes inga spår. Hon hoppades att de hade hittat ut och bestämt sig för att stanna kvar där ute. Att de på något vis hade förstått vad som hänt med deras bror och kamrat.

Ingrid skymtade nere på sängen, som en mörk och hopkrupen skugga.

"Är du hungrig?" ropade Rose.

Ett kvidande mummel till svar.

"Jag skickar ner en grötkorv så fort du är beredd att signera."

Själv var hon inte det minsta hungrig. Hon mindes cigaretterna. Skakade ut en ur paketet och tände den. Drog några långa, djupa bloss. Yrseln slog omedelbart ner i henne, fick händer och fötter att pirra. Hon hade glömt att det var så det kändes. Att nikotinet var så starkt. Men varje morgon när hon tänt den första cigaretten hade samma sorts yrsel kommit över henne. Det var femton år sedan hon slutade.

Hon drog ännu ett bloss och blåste ut en rökring. Läste några sidor Ramírez, hittade inga fel.

"Barcelona!" ropade hon bort mot luckan och uttalade det med en överdriven läspning. "I know nothing, I am from Barcelona."

Ingen reaktion.

"Tog han med dej också dit? Strosade ni hand i hand nerför La Rambla? Klättrade ni i de lustiga trapporna uppe vid Güellparken? Det kanske är dit du vill åka nu? För att uppleva gamla minnen. Där hittar du ju. Jag såg ett gammalt boardingkort och förstod att du har varit där. Annars kan du ta nåt annat. Det är bara att välja, världen är stor."

Ingrid rörde sig där nere. Hon stönade och jämrade sig.

"Är du beredd att skriva på?"

Nu kom hon hasande till hålet.

"Hur kan du ..."

"Vad säger du?"

"Hur kan en människa vara så iskall och grym?"

"Vad menar du? Är det mej du talar om?"

"Du är ju mor! En kvinna som har burit och fött fram ett barn ..."

"Vad har det med saken att göra?"

"Vet du att han tycker om din pojke. Titus tycker jättemycket om din pojke Tomas."

Rose fimpade cigaretten. Den hade lämnat kvar en frän och oljig smak i munnen.

"Han pratar ofta om Tomas, om hur duktig han är. En oerhört begåvad grabb, brukar han säga. Han köpte till och med en gitarr till honom."

"Jag vet det."

"En son som du ska vara stolt över. Du ska vara stolt över att vara mamma till en kille som Tomas. Och han måste väl också få vara stolt över sin mor."

"Vart vill du komma?"

Ingrid sänkte rösten.

"Det har varit tyst så länge. Jag vill prata bara."

"Lämna min son utanför."

"Var är han?"

"Jag sa lämna honom utanför!"

"Förlåt."

Hon läste några sidor. Frågade sedan:

"Du har aldrig själv skaffat barn? Eller?"

Ingrid stod kvar i ljuset.

"Det blev inte så."

"Varför inte?"

"Jag var väl inte ämnad för det."

"Du har ju en bra kropp för, vad ska man säga, barnalstring. Breda höfter och så."

"Det räcker inte."

"Själv var jag egentligen för smal. För trång i bäckenet. Men det gick bra ändå."

"Det ska du vara glad över. Jag har sörjt över min barnlöshet. Det har varit mitt livs största sorg."

"Barn är inte allt."

"Det var så många sånger som jag hade samlat på mej. Från när jag själv var liten. Jag hade velat sjunga dem för mina egna barn. Och sagorna. Den lilla, lilla gumman. Ja, du vet."

"Är det nåt biologiskt fel på dej? Har du gjort nån utredning?"

"Nej."

"Varför inte?"

"Det blev aldrig av."

"Du har väl haft andra män ändå? Titus var väl knappast den förste?"

"Alla män passar inte som fäder. Det borde väl du veta."

Hon borde ha blivit arg. I stället skrattade hon. Det kändes mjukt och vekt inom henne.

"Du har rätt i det. Vill du förresten skriva under nu?"

"Det går inte, jag kan inte."

"Det avgör du själv."

"Snälla du, inser du inte att det här är ohållbart?"

"Är det?"

Ingrid hade talat lugnt och samlat. En lång stund hade hon gjort det. Nu grät hon igen.

"Vad tror du att Titus kommer att tycka när han får reda på allt det här? Förstår du inte, han kommer att förakta dej, hata dej för att du gör så här. Hata dej! Vill du inte att han ska ha kvar bilden av dej som jag vet att han bär i sitt hjärta, han tycker om dej. Rose, han högaktar dej och nånstans ... tror jag också att han älskar dej. Han är fruktansvärt ledsen för att han kan ha gjort dej illa, vi är det båda två, det har jag sagt förut, hur många gånger ska jag behöva säga det igen, jag ligger ju här och fullkomligt krälar nedanför dina fötter, förlåt oss, förlåt oss, det var aldrig meningen att skada dej ..."

Rose tände en ny cigarett fast hon egentligen inte ville. Handen med tändstickan darrade.

"Men du märker ju själv", sa hon kort. "Dina nerver är slut, du orkar inte längre, eller hur?"

Hon satt en stund och läste. Sida efter sida i korrekturet. Hällde upp mer av Camparin och drack. Titus hade lagt is i deras drinkar. En gång lät han en isbit glida runt hennes bröstvårtor och ner över hennes nakna mage. Dropparna smalt i hennes navel, fick henne att hisna. De hade båda sett Mickey Rourke leka med en isbit på Kim Basingers avklädda kropp i filmen *9 ½ vecka*. Hon kände hur andetagen tjocknade när hon tänkte på det. Ställde sig upp, gick fram till fönstret. Fingrarna pressade mot skötet. På nytt låg hon i den gungande vattensängen, och hans ansikte kom nära, hans armar och hans doft. Drog henne ner till sig, naken, strök längs hennes korsrygg, hennes bak.

Då. Ett skrik. Ett vilt och vettskrämt skrik nerifrån källaren. Ett skrik utan besinning. Ett vrål.

"Rose! Rose! Kom!"

INGRID

UNDER EN LÅNG STUND hade hon trott att hon nått fram till Rose, in i hennes djupaste mörker. Att det skulle kunna gå att prata med henne. Påverka.

Hon hade tagit fel.

Hon släpade sig tillbaka till sängen. Luckan var öppen, ännu hade Rose inte stängt den, och det måste ändå vara något positivt. Likaså att de kunnat föra ett samtal. Hon låg och sög i sig av ljuset. Om hon någonsin kom härifrån skulle hon aldrig mer utsätta sig för mörker, aldrig mer! Lampor skulle vara tända till och med när hon sov. Strålkastare! Hon erinrade sig de vita ljusrum som en gång ställts i ordning vid Sergels torg. En kvart i ett sådant utrymme sades påverka hormonbalansen och motverka depression. En dag i december hade hon gått in och satt sig där, låtit sig omslutas av den totala renheten. Som i ett rum av snö, men varmt. Och mycket riktigt hade hon känt sig en smula lättare till sinnes efter det. Eller kanske var det bara självsuggestion.

Det luktade rök. Titus hade varit rökare när de just hade träffats. Han rökte minst ett paket om dagen. Själv hade hon för länge sedan slutat och hon lyckades få även honom att fimpa för gott. En kramande rädsla för att han skulle tas ifrån henne, drabbas av lungcancer och dö.

"Vet du att det är livsfarligt att röka, Rose?"

Nej, hon sa det inte.

"Vet du att en av mina grannar på Ringvägen, när jag bodde där, hon rökte som en borstbindare, hade rökt sedan hon var fjorton år. Dagen efter hennes 60-årsdag hittade de en tumör i hennes ena lunga. Stor som en hasselnöt. Det låter kanske inte mycket, men i såna sammanhang så. Jag brukade möta henne i trappan när hon väntade på färdtjänsten. De försökte stråla bort det. Hon är död nu. Jag var på hennes begravning, det var i Bromma kyrka, har du varit inne i den nån gång? Den är urgammal, jag tror att den är från elvahundratalet. Rundkyrka kallas det, sättet de är byggda på, de där kyrkorna. Det finns visst några till här uppåt, Solna och Munsö, tror jag."

Prata, babbla på, en tyst monolog, men aldrig sinande. Om allt som kom i hennes tankar. Ropa på Rose, dra igång dialogen. Nej, farligt, farligt, det kunde gå helt snett. Locket på för alltid och det sugande mörkret, nej!

Men om hon hade vågat:

"Berätta om dej själv, Rose. Din mamma och pappa, vilka är de, lever de, är ni här uppifrån Stockholm? Hur var ditt hem, fanns där kärlek och respekt och värme? Fanns det det? Vet du att jag är från Småland, det kanske hörs, men jag har verkligen försökt att jobba bort den där dialekten, Jönköpingsmål, det låter lite bonnigt ibland. Fast nu på sista tiden har jag nästan börjat tycka om det. Det är tryggt på nåt vis, ungefär som hemma. Har du nån dialekt? Jag har inte tänkt på om du har det. Prata med mej lite så att jag får höra. Sitt inte så långt borta ifrån mej, jag orkar inte vara ensam mer. Snälla, kan du inte komma ut i köket. Du arbetar? Vad håller du på med, läser korrektur, kan man försörja sig på det? Du jobbar inte åt Bruhns längre, men jag vet att Annie och du ... Hon är snäll, Annie, jag tycker om henne, tycker väldigt mycket om Annie. Det är så skönt att hon har blivit gladare igen. Hon var ledsen så länge. Man riktigt såg det på henne, hur knäckt och nere hon var när den där Berit hade försvunnit. Hennes arbetskamrat. Träffade du henne nån gång? Berit menar jag. Berit Assarsson. Det gjorde du säkert, hurdan var hon? Det är länge sedan nu, vad kan det vara, tio år? Tänk att det i alla fall fanns en förklaring till slut, de hittade henne, de förstod vad som hade hänt. Och nu är det jag som är försvunnen."

Skulle det bli likadant för henne? Att hon inte hittades. Inte förrän om sex år när någon råkade öppna luckan. Nej, Ingrid, nu är du destruktiv igen, tänk positivt, du vet att Titus blir arg annars, han vill att du ska tänka positivt, att tänka negativa tankar alstrar ingen nyttig kraft, du ska tänka att du kan, att ingenting i världen är omöjligt."

Plötsligt kom ilskan tillbaka. Titus, alltihop var Titus fel. Hade han inte tvingat henne att åka hit så skulle hon ha varit hemma nu. Eller hos honom på sjukhuset. Han skulle ha haft henne intill sig, hon skulle ha varit hos honom så som en hustru ska vara nära sin man. I lust som i nöd. Han skulle inte ha behövt ligga där och oroa sig för vart hon tagit vägen. Han borde ha förstått det här, att allting kunde krascha. Han borde ha känt henne tillräckligt, Rose.

Det kom som svarta fläckar för ögonen. Hjärtat började rusa, var det sådant där flimmer nu som hon hade fått, sådant som Marias svärmor hade? Vreden ebbade ut och ersattes av en stickande rädsla.

"Prata med mej, Rose. Prata. Jag behöver höra ljudet av en människas röst. Det är nåt konstigt med mitt hjärta, det slår så ojämnt, tänk om jag dör. Jag är rädd Rose. Prata med mej. Prata om breven om du måste. Bara jag får höra din röst."

Om hon skrev på? Vad skulle hända? Skulle Rose verkligen släppa henne? Förr eller senare, hade hon sagt. Vad menades med det? Det fanns en hake någonstans, någonting som inte stämde. Hon måste ju inse att Ingrid skulle avslöja alltsammans så fort hon fick den minsta chans. Även om hon svor och bedyrade.

När hon tänkte så började hon frysa.

Hon borde vara hungrig, men det var hon inte. När hon kom härifrån. Om hon gjorde det. Hon skulle ha tappat i vikt. Hon fnissade till i sängen. Alla hennes meningslösa kurer genom åren. GI-metoden. Banta med Aftonbladet. Fyra dagar med enbart soppa, ett slags gasbildande bantningssoppa som fick magen att svullna och svälla. Ingenting hade hjälpt. Hon hade sett hans döttrars blickar, äcklade av det som vällde ut kring midjan på henne. Fettet. En dag skulle de själva bli runda, alla la på sig med åren. Men det insåg de inte, man vet så lite när man är ung.

Rose hade inte lagt på sig. Vig och senig som en markatta.

Hon hade varit hos honom idag. Och han levde, levde. Flickorna satt säkert där nu. Hon såg på sin klocka, en kvart i nio. Var det kväll? Ja, det måste det vara. Då hade de kanske gått hem igen förstås. Och han. Ensam och ångestfylld. Hans febriga fingrar som försökte ringa, den gnagande oron som till slut skulle övergå i bestörtning. När han hade öppnat det där brevet och läst det.

Hon blundade och försökte se honom framför sig. Den fina grå kostymen som han bar vid högtidliga tillfällen. När de gifte sig till exempel. Under den en vit kortärmad skjorta, hon brukade pilla in sitt finger vid hans handled och smeka den mjuka huden runt armbandsuret. Bilden flöt undan, löstes upp och försvann. Hon orkade inte ligga längre. Det var svårt att hitta en ställning som var skonsam för armen. Värken blev värre när hon låg. Lättast var det om hon bara stod rakt upp och ner.

Ljuset föll över henne. Hjärtat hade stillnat. När hon höll andan uppfattade hon det lätta prasslet av papper som vändes. Rose satt och arbetade.

Jag vill inte det, jag vill att du ska vara i köket, nära så att vi kan prata.

"Rose", viskade hon. "Snälla, rara Rose, kom ut i köket."

Då var det någonting vid hennes fötter. Någonting levande. Hon kände något mjukt och såg en svans. Skräcken steg i vita vågor. Hon stampade och slängde med benen. Hon öppnade munnen och skrek.

INGRID STOD TRYCKT mot toalettskåpet. Hon stod på tå, munnen var vidöppen, blicken irrade vilt. Rose hade blivit rädd av skriket. Överraskad och rädd. Nu stod hon vid luckan och visste. Mafiosoråttan. Han var tillbaka. Hon såg honom tydligt. Med blottade tänder och höga ben hade han kommit fram till Ingrid. Den grova svansen dunkade mot golvet.

Rose rev åt sig stegen och fick ner den genom hålet. Hon drog ut knivlådan och grabbade tag i förskäraren. När hon klättrat ner var råttan försvunnen.

"Vart tog han vägen?" flämtade hon.

Ingrid stirrade.

"Såg du inte, människa, vart tog han vägen?"

Kvinnan lyfte handen, pekade stumt mot sängen. Och där, uppkrupen på Ingrids gröna jacka, satt den stora råtthannen beredd till språng. Det ilade längs ryggraden på henne. Hon rörde sig långsamt mot sängen. Råttan iakttog henne, orörlig. Det kom som ett väsande ur dess strupe.

Hon kramade kniven och höjde den. När hennes ena knä vidrörde sängkanten högg hon till. Blixsnabbt, men inte tillräckligt. Djuret gjorde ett kast och slank undan. Hon hörde klorna raspa mot golvet. Kniven hade trängt ner i Ingrids jacka. Hon ryckte upp den. Snodde runt. Råttan var tillbaka hos Ingrid nu och hon gav ifrån sig ett läte, tunt och utdraget, som från en hårt spänd nylonsträng. Rose tog några hastiga steg, måttade med kniven, miss igen. Svett bröt fram under armarna, röksmaken i gommen blev starkare. Det var så mörkt här nere, bara ljust rakt under luckan. Hon visste att råttan hade slunkit in i utrymmet mellan väggen och toalettgarderoben. Hon hörde honom. Han började bli hetsad, stötte fram små klickande, metalliska ljud. Det lät som något icke levande. Som en maskin.

När hon kom närmare anade hon honom som en mörk upphöjning nere vid golvet. Hon skulle behöva se bättre för att rikta in stöten. Nu blev hon tvungen att chansa. Men när hon på nytt höjde kniven gick besten till anfall. Den tog ett smidigt skutt rakt på henne och högg sig fast vid hennes handled. Hon släppte kniven. Smärtan var förlamande. En rännil av blod trängde ut ur henne, tänderna måste ha träffat pulsådern. Ursinnigt riste hon till med hela armen så att råttan tappade taget och slungades bort mot stegen. Där blev den liggande, bedövad. Hon böjde sig stönande ner och fick tag i knivskaftet. Måttade hugg efter hugg. Råttan välte över på rygg och sjönk ihop. Den låg med särade läppar, dragna som till ett grin. Slog några gånger med svansen och var död.

Rose klättrade upp. Blodet rann i strömmar nerför hennes handled, men när hon undersökte såret såg hon att det inte var så djupt som hon befarat. Det svartnade för ögonen och hon böjde ner huvudet mellan benen tills det gick över. En lång stund höll hon handleden under kallvattenkranen och letade sedan fram en gasbinda. Lyckades få till ett förband.

Ingrid stod kvar på samma plats. Hon var omöjlig att få kontakt med. Hennes axlar skakade. Rose rafsade fram en plastpåse och en rulle hushållspapper. Hon klättrade ner igen.

"Äntligen fick vi honom!"

Inget svar.

"Jag har försökt klämma åt det där monstret länge. Det är en hanne. Han ska inte vara här. Han bara förstör."

Hon rev av en bit hushållspapper och lyfte råttan i svansen. Den var tung. Ovanligt tung för att vara hanne. Blodet sipprade längs tassarna och in i nosen.

"Titta! Har du nånsin sett ett så maffigt exemplar. Det är nästan rekord. Egentligen borde vi ta en bild på honom och skicka till Guinness rekordbok."

Ingrid glodde med tomma ögon.

"Jag förstår att du blev rädd", sa Rose. "De brukar inte vara så här argsinta. Men den här ... Han var nåt i särklass. Jag har kallat honom mafioson. Jag har fajtats med honom förut. Men han har alltid vunnit."

Hon öppnade plastpåsen och sänkte ner den stora döda kroppen. Golvet var blodigt. Hon rev av lite papper och försökte torka bort det. Det var svårt. Det hade hunnit tränga ner i perforeringarna.

Ingrid stod kvar i samma förstelnade ställning. Rose gick fram till henne, rörde vid hennes axel. Kvinnan ryckte till som av ett slag.

"Du, det är över nu. Jag går upp och slänger den här påsen. Jag tror inte det finns fler så här ilskna. Du behöver inte vara rädd."

Hon drog upp stegen, men lät luckan vara öppen. Gick ut till soptunnorna och kastade påsen. Ingen risk att det skulle börja lukta. Imorgon var det torsdag. Då skulle sopbilen komma och tömma.

Det regnade. Hon lät dropparna skölja över ansiktet. Hon var trött med ens. In i själen.

Ingrid hade flyttat sig fram till ljuset när hon kom tillbaka. Hon stod och höll sig i en stol. Ansiktet var stramt, liksom åldrat, blicken stirrig. Som om hon fruktade att när som helst få syn på en ny stor råtta.

Något som liknade ömhet fladdrade till i Rose.

"Hur är det med dej?" sa hon milt.

"Jag vill skri ... skriva på ..."

"De där breven?"

"Ja."

"Har du bestämt dej?"

"Ja."

"Vi ordnar det."

Hon tog fram korgen och beredde sig att fira ner den. Då upptäckte hon att blod trängt igenom bandaget.

"Först får du nog lov att hjälpa mej med en sak", utbrast hon.

Hon hämtade rullen med gasväv och en sax. Sedan packade hon

ner flaskan med Campari och två glas i korgen. Hon klättrade ner.

"Hoppas du tål se blod bara", sa hon.

De satt bredvid varandra på sängen. Rose höll upp Ingrids jacka. En kraftig reva skar tvärs genom ena framstycket, det ljusa fodret vällde ut.

"Den här kan du inte använda mer."

Ingrid tycktes inte höra. Med iskalla fingrar lyfte hon Roses skadade hand och la den i sitt knä. De kraftiga låren darrade.

"Vi får hjälpas åt", sa hon entonigt. "Jag kan bara använda ena handen."

"Då sitter vi i samma båt."

Gemensamt vecklade de av bandaget. Ingrid vek ihop det, tryckte varsamt runt såret.

"Gör det ont?"

"Det klarar sig."

"Du måste få en stelkrampsspruta."

"Jag ska ordna det. Jag går upp till Tallhöjden imorgon. Det är vårdcentralen här uppe, de är bra."

Hon studerade avtrycken efter råttans tänder, där blod hela tiden trängde ut.

"Jag hade tur ändå, titta. Han missade pulsådern med några millimeter."

Ingrid böjde på huvudet.

"Ja", viskade hon.

Rose gav henne gasvävsrullen och satt beredd med saxen. Tillsammans lyckades de åstadkomma ett relativt stabilt förband. Hon log mot Ingrid, nickade.

"Har du aldrig tänkt på att ta jobb inom vården?" sa hon glättigt. "Tack för hjälpen."

Därefter plockade hon fram de båda breven och kuverten.

Ingrid satt med pennan. Det var en reklampenna från Karlbacks Förlag. Hon knäppte fram stiftet. Knäppte och knäppte. Rose såg på henne.

"Jag håller fast papperen åt dej så de inte glider."

"Det blir inte så fint", mumlade Ingrid.

"Skriv som du brukar."

"Det kan jag inte. Jag är vänsterhänt."

"Vad har hänt med din arm? Den ser konstig ut."

"Bruten."

"Jaså."

"Jag bröt den när jag ramlade ner här."

"Gör det ont?"

"Ja."

"Du kan få en magnecyl sedan. Men skriv under först."

Hon såg hur kvinnan kramade om pennan och krafsade ner något oläsligt. Hon höll tillbaka en impuls att slå henne.

"Det där duger inte!" sa hon. "Det är inte din handstil." Hon vände på papperet, la texten neråt.

"Öva!" befallde hon.

På nytt denna raspiga krumelur, omöjlig att tyda. Rose reste sig.

"Jag går upp och jobbar lite. Du får sitta här och öva tills det blir snyggt. Tills det blir som det brukar vara. Ropa på mej när du är klar så kommer jag med nya kopior."

INGRID

ÄN EN GÅNG hade hon misslyckats. Det gick inte att överlista Rose. Hon hade försökt låtsas att hon var vänsterhänt. Hon hade tänkt att Maria, åtminstone Maria, omedelbart skulle se att det var något konstigt med namnteckningen. Att hon skulle ta med sig brevet till polisen, att de äntligen skulle börja leta efter henne.

Nu fanns det ingen utväg. Hon tog pennan och skrev sitt namn under de båda texterna. Snabbt. Innan hon hann ångra sig. *Ingrid.* Aningen bakåtlutat, så som hon alltid skrivit, ända sedan skoltiden. Titus hade skrattat åt det.

"Barn skriver så där. Tolvåringar."

Alla hennes dagböcker var fyllda av denna barnsliga tolvårsstil. En av dem, den senaste, fanns där uppe hos Rose. Hon kunde öppna den och bläddra i den, läsa hennes innersta tankar.

Hon brydde sig inte om det. Hon brydde sig inte längre om någonting.

Hon tog kuverten, sina fina kuvert som hon fått i födelsedagspresent av Titus. Vackert linnepapper, hennes namn och adress på baksidan. Hon skrev hans namn. Titus Bruhn. Och så adressen.

När hon skulle skriva Marias adress visste hon inte postnumret. Gatan kunde hon. Men inte postnumret.

Hon ropade upp till Rose.

"Hur går det?" hörde hon.

"Jag kan inte postnumret till min syster."

"Vilken gata är det?"

"Ugglevägen 18 i Hässelby."

"Jag går ut på nätet och kollar."

Efter en stund:

"Vad heter hon i efternamn?"
"Strandberg."
"Maria Strandberg. Här har jag det. 165 70."

Rose hade kommit ner till henne igen. Hon la en duk på bordet och
ställde upp två små glas och en öppnad flaska Campari. I korgen
fanns också en tallrik mannagrynsgröt och en skvätt mjölk.
"Du är väl hungrig, kan jag tro."
"Lite."
"Vill du ha kanel till?"
"Ja tack …"
"Och socker?"
"Tack."
Det låg en sked på bordet. Hon sträckte sig efter den, men för-
mådde inte. Hade inte någon styrsel i handen.
"Vänta, jag hjälper dej."
Rose stack ner skeden i grötfatet och förde den sedan mot hennes
mun. Hon hade värmt gröten. Ingrid gapade och tog emot. Gröten
var kryddig och varm, smakade helt annorlunda än de kalla gröt-
korvarna. Ändå började hon må illa efter tre skedar. Rose torkade
henne om hakan, som man gör på mycket små barn. Hon la huvudet
på sned.
"Du måste äta, förstår du."
"Mår illa."
"Ta lite Campari då. Vi skulle dricka skål. Nu gör vi det."
Den starka drycken fyllde hennes mun. Tungan kändes sprucken.
Hon svalde och satte i halsen. Rose bultade henne varligt mellan
skulderbladen.
"Han skulle se oss", sa hon. "Han skulle se hur vi dricker honom
till."
Ingrid lyfte glaset och fick i sig det som var kvar. Det klibbade och
rann längs hakan.
"Får jag gå nu", sa hon tungt. "Som du lovade."
Rose tittade upp genom luckhålet. Hon gnolade på en liten me-

lodi, Ingrid kände igen den. En barnvisa om en snigel. Den fanns bland dem hon sparat för att ha till sina barn. *Lilla snigel, akta dej, annars tar jag dej.*

"Du sa att jag skulle få gå!" kraxade hon.

"Jag sa att du skulle få resa", rättade Ingrid. "Men jag har inte köpt nån biljett ännu. Och du har inte sagt vart du vill åka. Innan du gör det kan jag inte köpa nån biljett. Det förstår du väl."

Hon vräkte sig bakåt i stolen. Tyckte att allting snurrade. Taköppningen for runt, krympte från rektangel till cirkel.

"Jag har ju skrivit det där som du ville", hörde hon sin egen röst, den var liksom utanför henne.

"Du var klok som gjorde det."

"Det var svårt", gnällde hon.

"Men du klarade det. Ingen kan se att du inte brukar skriva med den handen."

"Jag vill inte vara här nere mer." Nu kom tårarna igen, de förbannade, förhatliga tårarna. "Jag orkar inte mer, snälla, jag är rädd, jag orkar inte vara ensam mer. Jag kan väl få vara hos dej, snälla, snälla Rose, jag kan väl …"

Rose reste sig. Hon ställde sig bakom Ingrid och la armarna om henne. Strök henne över huvudet, tårarna sögs upp av bandaget. Och gråten förändrades, blev till en ny sorts gråt. Lugn och sköljande, en gråt som kunde tröstas och som tröstades.

"Du är så snäll. Du är så snäll mot mej … fast jag inte är värd det …"

Rose tryckte hennes huvud mot sin mage.

"Vet du vad klockan är", sa hon mjukt. "Halv elva. Gå bort till sängen nu och lägg dej. Jag ska stoppa om dej."

"Nej, jag vill inte, jag vill inte."

"Du ska göra som jag säger, Ingrid. Allting blir så bra, så bra."

Och hon gjorde det. Som en sömngångare reste hon sig och vacklade bort till sängen. Rose hade hängt upp hennes jacka på en stol. Hon såg den glipande revan. Hon la sig på sidan med den brutna armen framför sig så att hon kunde skydda den från häftiga rörelser. Rose bredde på henne filten.

"Sov gott inatt", sa hon. "Själv skall jag arbeta."

Ingrid hörde henne klättra upp mot luckan. Svagt var hon medveten om att stegen drogs undan och att det åter blev mörkt omkring henne.

DEL 4

BARNEN

FLICKORNA

BREVET LÅG PRECIS INNANFÖR DÖRREN. Det hade hamnat ovanpå tidningarna och några vita fönsterkuvert. Jennifer lyfte upp det, stilen var vagt bekant. Vem skrev så? Jo, Ingrid. Ingen annan än hon. Julkorten de brukade skicka till dem, hennes nördiga bakåtlutade handstil. Hon vände på kuvertet och mycket riktigt, Ingrids namn och adress. Varför skickade hon brev till Titus? Hon visste ju att han inte var hemma. Var det alltså sant det som Rose hade antytt? Att ludret hade stuckit. Var de av med henne nu, för gott? Hon älskade det där gamla ordet, luder. Det var så kladdigt och obehagligt. Precis som hon. Ingrid.

Hon samlade ihop det som kommit, DN och Svenskan för flera dagar och kuverten, som väl innehöll räkningar. Vem skulle betala dem nu, slog det henne. Fadern orkade inte. Ändå hade han bett henne hämta all post och ta med den till sjukhuset.

"Det kan vara nåt viktigt", hade han viskat och kramat hennes hand så hårt att det nästan gjorde ont.

Ingenting är viktigt längre, lilla pappa, hade hon tänkt. Ingenting annat än att du blir frisk. Men det var ju inte riktigt sant. Räkningar var viktiga och måste betalas i tid. Annars blev det bekymmer.

Kunde man ringa någonstans, någon bank eller så, och be om uppskov med betalningarna? Tills adressaten blev bra igen. Fanns det någon sådan central funktion? Plusgirot? Hon hade ingen aning. Nåja, hon kunde alltid fråga mamma.

Titus hade blivit sämre under torsdagen. Jennifer och Julia hade turats om att vaka hos honom. Det var lättare när de var där tillsammans. Men de hade kommit överens om att de måste spara sina krafter. När den ena vakade fick den andra gå hem och vila. Jennifer tyckte illa om sjukhus. Hon kände panik när hon klev in i det trånga lilla rummet till mannen i sängen som var hennes far. Så fort någonting i hans andning ändrades tryckte hon på larmknappen. Till slut sa en sköterska till henne.

"Vi kan inte springa vid minsta lilla flämtning. Vi har fler än din pappa att ta hand om, det måste du vara vuxen nog att förstå."

Jennifer rodnade. Det var den hårda nya sköterskan, Mariana. *Marijuana. Fucking beast.*

Julia verkade coolare. Hon hade gråtit mycket, men nu var det som om hon börjat acceptera.

"Vi kanske måste ställa in oss på att möta sorgen", sa hon högtidligt när hon avlöste Jennifer på fredagsmorgonen. "Vi ser att han är sämre, eller hur, och glansen i hans goda blick har slocknat." Hon hade börjat tala på ett annat sätt, poetiskt, med liknelser och udda ord. Jennifer antog att det hade med litteraturstudierna att göra. Julia tycktes ha snöat in på de romerska poeterna, Catullus, Horatius och allt vad de hette.

Hela kroppen värkte på henne. I åtta långa timmar hade hon suttit hos fadern, från klockan elva till klockan sju. Hon hade skjutit fram fåtöljen till hans säng och någon gång mellan klockan tre och fyra hade hon fallit i en kort och drömlös slummer. Det var den mest obekväma fåtölj hon någonsin hade suttit i. Hon hade lagt upp fötterna på sängen så att hon kunde känna hans feberheta ben. Hon hade haft med sig fruktyoghurt och energidryck, men när hon såg slangarna som gick ut och in i faderns kropp tappade hon lusten att äta.

"Han har sovit bra i alla fall", sa hon.

Systern betraktade henne.

"Du ser helt färdig ut, Jennie. Mera färglöst blek än ängens strå. Far hem till Blackeberg och vila." Hon avbröt sig och rösten fick en mer vardaglig ton:

"Fast det vore bra om du kunde kolla posten hemma hos dem först. Han vill ju det. Och ingen av oss var där igår."

Hon hade tagit bussen till Odengatan och gick den korta biten där- ifrån till Tulegatan. Regnet strilade. Som väl var hade hon med sig sitt lilla hopfällbara paraply. Hon frös. Vätan hade trängt igenom hennes jympaskor.

Hon gick ut i köket. Någon verkade ha varit där. Ett använt kaffe- filter satt i hållaren. Vem då? Julia? Nej, Julia drack inte kaffe. Kan- ske var det ludret själv? Innan hon stack. Hon måste väl hämta lite grejer att ta med sig. Ludret Ingrid.

Om det nu verkligen var så att hon åkt. På ett vis var det konstigt. Hon påstod sig ju älska deras pappa. Varför skulle hon då bara lämna honom när han var så sjuk?

Hon satt och tittade på brevet. Vände och vred på det. Det var ställt till hennes pappa och man öppnade aldrig andras brev, det var en dödssynd. Men nu är ju döden på ingång, tänkte hon och insåg att hon sugits med i Julias jargong. Hård, jag måste göra mej hård.

Hon tog fram en bordskniv och sprättade upp kuvertet. Så drog hon fram det hopvikta arket och läste.

En lång stund gick hon runt i lägenheten. Planlöst från rum till rum. Tröttheten var försvunnen och hade ersatts av en frätande vrede. Hon kikade in i det gästrum som fadern ställt i ordning åt henne och Julia. Ingen av dem hade någonsin sovit över där. Även om det skulle ha varit skönt många gånger, att slippa sitta och skaka hem på tunnelbanan mitt i natten bland fyllon och tonårsgäng. Rummet var enkelt möblerat. En säng med en grå filt. På ett lågt bord bredvid fönstret stod två askar av mörkt exotiskt trä, som fadern måste ha köpt på någon resa. Inga gardiner. En vas med ett torkat risknippe där någon, Ingrid, knutit fast små färgglada pappersägg. Kvar från i påskas tydligen.

Han hade velat att de skulle vara här ibland. Känna sig hemma. Hur hade han kunnat tro något sådant? När hon tittade in i sov- rummet ökade ilskan. Hennes pappa och det feta ludret, hur de … Äckligt var det! Äckligt!

Hon ställde sig vid fönstret. Regnet gjorde ränder på rutan. Det stod en liten växt i fönstersmygen. Den slokade.

"Pappa", sa hon högt. Hon drog i koftmuddarna, huttrade till. Nere på gatan gick en man med en hund, en spaniel. Den hade på sig ett gult regnskydd och ruskade ideligen på huvudet så att öronen fladdrade. Fadern hade köpt en liten hund till dem en gång, men inte tänkt på att man inte kunde lämna hundar utan tillsyn. I alla fall inte hur länge som helst. Det var en mjuk och liten hund med lena öron. Rufus. Någon annan fick ta över den. Hon hade inte känt saknad, snarare en otillbörlig lättnad. Den bet sönder deras saker och kissade i sängar och på mattor.

"Lilla pappa", viskade hon. Rutan blev immig av hennes andedräkt. Hur skulle han reagera när hon gav honom brevet? När hon läste upp det för honom, det som fittan Ingrid hade skrivit. Allt hade hon förstört. Nästlat sig in i deras liv och tagit deras pappa ifrån dem. Den feta äckliga horan, genomfalsk och ful. *Cunt, cunt, cunt!* Det här var det slutliga sveket. *Vid randen av ett sammanbrott.* Vafan!

"Vi kan väl försöka vara vänner."

I helvete heller.

Hennes lismande taffliga trevare.

Pappa hade härsknat till en dag. Tagit dem i enrum.

"Ingrid är min hustru. Det är jag som har valt henne och jag älskar henne. Jag vill att ni respekterar detta. Nu får ni fan ta mej skärpa er! Det ni håller på med kan jämföras med mobbning."

Julia och Jennifer hade bytt blickar. Hatet växte till en mur. Hur kunde man hata någon så mycket som hon och Julia hatade den nya kvinnan? Underligt egentligen. Hon hade ju aldrig gjort dem något. I alla fall inget konkret. Men de eggade och eldade varandra. Någon gång kunde Jennifer drabbas av medlidande, korta hugg av ånger. Det gick över snabbt. Så fort hon såg på sin syster.

Och Rose, Rose, den fördrivna. Som de hade tyckt så mycket om. Utåt hade hon inte visat så mycket. Men Jennifer visste. När de såg henne på nytt i onsdags, då visste hon hur hårt allt det här hade tagit på henne. Rose hade förändrats. Blivit gammal. Strecken kring munnen hade blivit vassa veck och i ansiktet fanns mörka åldersfläckar.

Det var starkt av henne att komma till sjukhuset. Trots att Ingrid hade bett henne, pappa hade skickat Ingrid. Jennifer kunde inte få det att gå ihop. Han kunde vara så okänslig ibland, hennes käre far. Sakna allt sinne för nyanser.

Hur skulle hon göra nu? Åka hem till tvårummaren i Blackeberg, som hon och Julia alldeles nyss hade lyckats komma över. Ett andrahandskontrakt visserligen, men ändå. De hade flyttat in för bara några veckor sedan och ännu inte hunnit få allt i ordning. Mamma hade varit lättad över att bli av med dem även om hon inget sagt. Hon hade ju gott om plats i radhuset. Hon och Elmer började för övrigt tröttna på förortens charm. De funderade på att sälja. Flytta till en lägenhet innanför tullarna.

Hur skulle det gå med pianot, tänkte hon. Kan man ha ett stort piano i en lägenhet? Vad säger grannarna?

De borde väl ha avskytt Elmer minst lika mycket som de avskydde Ingrid. Men så var det inte. De hade helt enkelt varit för små när modern flyttade. Och Elmer var en helt annan personlighet. Mera rak. Han hade charmat dem med sin lustigt sjungande svenska. Han hade lyft upp dem i sitt knä och spelat för dem, fört deras små fingrar över tangenterna.

Hon stod och höll i brevet, läste det på nytt. Var befann sig Ingrid nu? Låg hon utfläkt på en playa och solade sin blekfeta kropp? Medan mannen som behövde henne låg och dog.

Hon ringde till Julias mobil. Systern svarade direkt.

”Tja, det är jag, hur går det?”

”Han har varit vaken en stund.”

”Jaha. Och frågat efter henne förstås.”

”Ja.”

”Vad sa du till honom?”

”Vad ska man säga? Jag ser ju hur han lider. Hur kan en kvinna göra så mot den hon påstår sig älska?”

"Jag är på Tulegatan nu. Det har kommit ett brev."

"Vad då för brev?"

"Från henne."

Julia sänkte rösten:

"Ludret?"

"Ja."

Det skramlade och klirrade i bakgrunden.

"Jag går ut", sa Julia. "Ronden kommer."

"Ska du inte vara med då?"

"Jag går ut."

Hon gick medan hon pratade. Ute i entréhallen nu. Det ekade omkring henne.

"Hallå, är du kvar?"

"Ja."

"Jag måste få veta. Är det alltså Ingrid som har skickat ett brev till pappa?"

"Yes."

"Är du säker?"

"Ja, säger jag ju!"

"Undrar vad hon skriver."

"Jag har läst det."

"Öppnade du det?"

"Ja."

"Fan, Jennie, fan."

"Hon har stuckit. Det var precis som Rose sa. Det feta falska monstret har lämnat landet."

"Nej!"

"Jo, hon skriver det. *Jag står vid randen av ett sammanbrottet.* Jävla formulering. Hon ber honom om förlåtelse också. Hon ber honom minnas alla år de har haft tillsammans. Det är så cyniskt så jag tror jag smäller av."

Långt bortifrån hördes sirener. Det ekade och klang.

"Hallå, är du där?" ropade hon.

"Vad ska vi göra, Jennie? Vi kan väl inte visa honom brevet heller. Eller kan vi det?"

"Jag vet inte."

"Vad är värst? Att ligga och oroa sig så där som han gör nu? Eller att få klart besked."

"Vet inte."

"Tänk om det är så ... tänk om han blir så förbannad på henne att alltihopa liksom vänder. Att han liksom ..."

"Du menar om vi visar det för honom?"

Julia verkade vara utomhus nu. Jennifer hörde måsar skrika gällt och skärande. Hon tänkte på sommaren, tänkte på hur fadern lärt dem simma, tålmodigt hade han stått i det dyiga vattnet och visat dem simtagen, två, trefyr. Huden på hans ben hade knottrat sig av kylan, det var säkert bara femton grader i vattnet. Själv hade hon frusit så hon hackade tänder. Men han gav sig inte, han var obeveklig. Efter en vecka kunde de simma, båda två.

"Jag kommer till sjukhuset", sa hon. "Vänta på mej, jag kommer."

POJKEN

MAYA VAKNADE när de flög in över Sverige. Hon hade sovit med huvudet mot Tomas axel och han hade inte velat röra på sig av rädsla för att hon skulle vakna. Hon hade svept flygfilten över huvudet. När hon nu tog bort den sprakade det svarta håret av statisk elektricitet.

”Var är vi?” sa hon och gäspade. Lutade sig mot fönstret och försökte se.

”Vi lämnade nyss Danmark och har precis kommit in över en del av Sverige som kallas Skåne. Det är allra längst ner i söder.”

”Skauni”, upprepade hon.

Han skrattade trött.

”Ungefär så ja.”

”Hur långt är det kvar?”

”Det tar cirka en timme upp till Arlanda.”

Hon reste sig och krånglade sig förbi honom ut i gången. Mannen som suttit till vänster om honom hade också rest sig. När han stängde pocketboken förstod Tomas att han var svensk. De hade smålett mot varandra, artigt, men inte pratat.

Jag är här igen, tänkte han. Welcome back to the silence.

Maya tog god tid på sig. Det luktade tandkräm om henne när hon kom och hon hade målat läpparna med ett rosa läppstift, som hon köpt på flygplatsen i Bangkok. Det gav henne ett lätt vulgärt utseende. Hon höll sig i ryggstödet och betraktade honom tankfullt. När hon stod så där och lutade sig aningen bakåt syntes det på henne. Byxorna gick inte att knäppa, hon hade löst det provisoriskt med ett band genom knapphålet och runt knappen.

Hon trutade med munnen.

"Love you so much", viskade hon.
"Love you, too."

Klockan var fem på eftermiddagen när de landade. Han hade glömt att det var så ljust. Han växlade in de få dollar han hade kvar till svenska kronor. Häpnade över hur lite det blev.

"Ibland går det regionaltåg ända till Södertälje", sa han. "Men jag vet inte när, jag måste kolla."

Maya fick passa gitarren och deras väska medan han gick och frågade. De hade bara en enda väska. Den hade spruckit i ena kanten och någon vänlig själ hade lindat om med kraftig tape. Han gick till en informationsdisk. Nästa tåg skulle avgå om tolv minuter, de skulle inte hinna. Han bestämde att de i stället skulle ta flygbussen till T-centralen och därefter pendeltåg. Det skulle säkert också bli billigare.

Han såg på henne att hon frös. Hon satt med uppdragna axlar och ena handen hårt om väskans handtag. Gitarren stod lutad mot bänken. Han tänkte att den när som helst skulle ramla, men den var i sitt fodral, den skulle klara det.

Maya hade ingen jacka, bara en kofta över blusen och tunna tygskor utan strumpor.

"Vi får ta en buss", sa han.

Hon svarade inte.

Han krängde gitarren över axeln, lyfte upp väskan och började gå mot utgången. Skyltar pekade mot busshållplatserna. Vad kunde det kosta för två personer? Han vände sig om. Maya stod kvar på samma plats.

Vad är det, tänkte han och trötheten susade i honom. Han ställde ner väskan och vinkade åt henne att komma. Motvilligt började hon röra sig mot honom. Utstuderat långsamt. Det grova håret hängde fram och dolde hennes ansikte. Han hade sett henne så där förut. När han pratade med Cindy, den amerikanska tjejen som reste ensam. Hon var så lätt att prata med. Hon kom från Dallas, Texas, han gillade den dialekten. En kväll hade han ackompanjerat henne när hon sjöng en låt av Dolly Parton. "Jolene". Hon hade en förbannat vacker sångröst.

Efter det hade Maya tigit i två dagar.

Han väntade in henne.

"Skynda dej lite, bussen går!" ropade han.

När hon kom närmare såg han att hon grät. Han tryckte henne intill sig, kramade henne.

"Du är helt slut förstås. Jag förstår, det är jag också. Men snart ska du få sova."

Tyget i hans t-shirt blev vått.

"Fryser du?" frågade han.

Hon vände upp sitt stora mjuka ansikte mot honom.

"Jag hade hoppats att nån skulle möta oss", sa hon grusigt.

"Hade du?"

"Ja."

"Ingen visste ju att vi skulle komma."

"Ja, men ändå. Jag hade hoppats att din mamma skulle stå här."

"VI GÅR OCH ÄTER NÅT, en kopp te och en bagel. Åh, vad jag längtar efter en bagel med chèvre." Julia snodde ihop håret och fäste det med ett spänne bak i nacken. Lukten av sjukhus satt kvar i kläderna, satt i själva huden. Vidlådde, tänkte hon.

"Vågar vi lämna honom då?" frågade Jennifer.

"De håller på och bäddar där uppe nu och stökar runt. Man är ändå bara i vägen. Och vad är klockan förresten? Snart måste det vara lunchdags."

"Det finns förstås servering på sjukhuset." Jennifer gjorde en gest mot entrén.

"Nej, jag vill bort härifrån, jag behöver en paus från alla kanyler och sprutor."

De gick ner till Ringvägen och hittade ett litet kafé. Ägaren hade optimistiskt ställt ut bord och stolar på trottoaren. Regnet tilltog. Det droppade och sjöd, i rännstenen rann grus i strida strömmar.

Inne på kaféet fanns gott om plats. De slog sig ner vid ett fönsterbord och beställde te och varsin bagel. Julia lirkade upp sin bok ur fickan. Den hade klarat sig från att bli alltför våt. Hon hade suttit och läst hos fadern. Horatius sista dikter, hon älskade dem. Sedan hon började på litteraturvetarkursen i höstas hade hon tillägnat sig en förmåga till koncentration som hon tidigare saknat. Om hon verkligen gick in för något kunde hon koppla bort alla störningsmoment. Nu var ju inte hennes far precis något störningsmoment. Men han sov medan hon läste:

"Vart flög tjusningen hän, vart ditt behag, din färg? Vart din rörelses rop? Var är nu det, ja det, vilket andades vällust, allt som intog med brus min själ?"

Han öppnade ögonen.

"Ja, läs för mej, Julia. Läs högre."

Hon fumlade med boken, slog ihop den.

"Du blir bara trött."

"Tror du det?"

"Hur mår du? Skönt att se dej vaken."

Fadern svarade inte. Plockade med händerna på det randiga lakanet, kunde inte hålla fingrarna stilla.

"Vill du ha någonting? Lite nyponsoppa?"

Hon böjde sig över honom och då högg han tag i henne. Hon satt som i en järnsax.

"Julia."

"Ja …"

"Svara mej ärligt nu. Vet du och din syster nånting om det här?"

"Va … vilket då?"

"Ingrid."

Voodoodockan, for det genom henne. Han har fått nys om voodoodockan.

"Pappa", sa hon högt, "vad tror du om oss egentligen!"

"Har ni sagt nåt till henne som har fått henne att … Eller har ni …?"

"Pappa, nej!"

"Hon är en mjuk och sårbar tjej … vilket ni tyvärr aldrig har förstått. Eller också har ni det. Och då är det så mycket värre."

Han släppte henne.

"Det är oförklarligt", fortsatte han rosslande och det blev svårt att uppfatta vad han sa. "Jag kan inte tro … det där om att hon skulle … ha rest bort."

"Jag vet inte, pappa. Vi vet ingenting om det här. Varken jag eller Jennie, det förstår du väl! Du måste tro oss!"

"Rose sa …"

"Tänk inte så mycket på det."

"Jag är övertygad om att hon har råkat ut för nåt. Tänk på alla kvinnor som försvinner. Mördare och våldtäktsmän. Världen är inte säker."

Han avbröt sig och började hosta och hon stirrade förfärad på hans mun. Nej. Inget blod den här gången. Hon blötte en handduk och torkade honom försiktigt i ansiktet. Hans hud var brännhet.

"Kära lilla pappa", mumlade hon.

"Var är min mobil?"

"Här." Hon höll fram den mot honom.

"Jag har ringt så många gånger. Hon borde ha svarat. Hon brukar svara. Det här är inte min Ingrid, det är inte hon som gör så här mot mej."

"Nej."

"Jag ringer polisen nu. Vad är det för nummer till polisen?"

"Pappa, vi kan göra det. Jennie och jag. Vi kan ringa åt dej. Vi kan till och med gå in på en polisstation så att vi ser att de säkert har förstått."

Telefonen gled ur hans hand. Ett snarkande ljud ur hans strupe. Han hade somnat.

"Här är det!" Jennifer räckte henne det svagt färgade linnekuvertet och hon kände genast igen Ingrids handstil. Hon läste. Hon märkte att Jennifer iakttog henne.

"Nå?" sa hon när Julia hade läst färdigt.

"Det är ju precis vad man skulle kunna tro om den falska horan!"

"Men ändå inte", invände Jennifer. "Hon verkar inte ha så mycket power … eller vad jag ska säga. Så att hon drar iväg så där, menar jag."

"Nu har hon tydligen gjort det ändå. Vi har ju det här, svart på vitt."

"It sucks."

"Ja. Verkligen. Förresten, pappa vill att vi går till polisen. Jag lovade honom att vi skulle göra det, du och jag. Men nu behövs det väl knappast."

"Eller hur?"

Julia tuggade i sig det sista av brödet. Då ringde hennes mobil.

"Ska jag ta det åt dej?" frågade systern.

"Nej, det är lugnt."

Hon svalde och svarade. Rösten var obekant. Den påminde en smula om Ingrids. Först trodde hon nästan att det var Ingrid. Men kvinnan som ringde hette Maria.

"Är du Julia?" sa hon upphetsat. "Är du dotter till Titus Bruhn?"

"Ja."

"Du vet inte vem jag är, men jag är Ingrids syster. Ingrid alltså, som är gift med din pappa."

"Jag vet."

"Det har hänt nåt så konstigt … jag har ingen aning om vem jag ska ringa till … jag försökte med Rose, men hon svarar inte."

"Nehej?"

"Jag har fått ett så konstigt brev från Ingrid. Hon skriver att hon reser utomlands. Jag menar, det är en sak att antyda nåt, som hon tydligen gjorde hemma hos Rose, och en annan sak att verkligen göra det."

"Vet du att hon har gjort det då? Rest, menar jag."

"Jag ser ju det här, i brevet. Jag har beslutat mej för att resa utomlands på obestämd tid. Så skriver hon. Exakt så. Och det måste ju nästan stämma, hon verkar ju ha försvunnit också, från jordens yta. Eller vad tror du?"

"Har ingen aning."

"Jag har faktiskt kontaktat polisen. Alltså, jag gjorde det igår, innan jag fick det här brevet. Det kom idag. Precis nu, i brevlådan."

"Vad sa de då?"

"Vadå?"

"Polisen. Vad sa de?"

"De sa att folk brukar komma tillrätta av sig själva efter några dagar."

"Jaha."

"Jag tyckte att de verkade ointresserade. Som om ett kvinnoliv inte var nåt att fästa sig vid."

"Det är väl som de säger, att de flesta kommer tillrätta."

"Ni har inte hört nåt då? Titus menar jag, har han hört nåt?"

"Inte vad jag vet."

"Ja, förlåt att jag ringer och stör dej, Julia. Men jag blev så chockad när det här brevet kom. Chockad blev jag."

"Det gör inget."

"Hur … Förresten, hur är det med din pappa?"

"Oförändrat."

"Ja, det är dystert. Det är sorgligt och dystert. Jag vet ju hur glad hon är i honom. Hon måste ha fått en total blackout. Om jag ändå visste. Ett tag var jag inne på att hon hade stuckit iväg till Brasilien. Vi har en syster som bor där nämligen, Cecilia heter hon. I Rio. Jag lyckades få tag i henne, men hon visste inget."

"Nehej."

"Om hon har rest nånstans, tror du i så fall att man kan ta reda på vart? För då kanske man kunde resa efter henne tänkte jag, och försöka prata med henne. Hon mår ju inte bra, den saken är klar. Tror du man kan ringa runt till flygbolagen? Eller kanske Arlanda? Svarar de på sånt eller är det sekretessbelagt?"

"Fast har du tänkt på en sak?" sa Julia. "Hon kanske har stuckit med nån annan?"

Kvinnan flämtade till.

"Du kanske inte känner din syster så där väldigt väl", fortsatte hon. "Man tror att man känner nån, men i själva verket …"

Kvinnan avbröt henne.

"Jo, jag känner henne. Ingrid och jag vet allt om varandra."

"Hon tycks ju vara lite av en mansslukerska ändå."

Det sista var onödigt, men hon kunde inte låta bli. Maria hade mer och mer börjat låta som Ingrid, samma bonnläppsdialekt.

"Mansslukerska?"

"Pappa hade ju redan en kvinna, han levde i ett fint och bra äktenskap med Rose. Tills din syster dök upp och saboterade alltihop."

"Vad jag förstår har hon alltid sett din far som sina enda stora kärlek", kom det hest i luren.

"Ja. Du får ursäkta. Jag vet inte. Men borta verkar hon ju vara."

DET KOM FÖR HONOM att han borde ha ringt till Rose och förvarnat. Hon kanske inte ens bodde kvar. När talade han med henne senast? Han mindes inte. Men det var innan han träffade Maya. Ett kort hade han i alla fall skickat, och det borde hon ha fått för några dagar sedan. Vad hade han skrivit på det? Någonting om en överraskning?

De satt på bussen nu, längst bak. Han hade svept sin jeansjacka om henne. Tvåhundratjugo kronor hade deras bussbiljetter in till Stockholm city kostat. Först trodde han inte att han hörde rätt och blev tvungen att be chauffören upprepa. Mannen flinade mot honom.

"Varit borta ett tag va?"

"Okej, men vafan! Tvåhundratjugo spänn!"

Han hoppades att Maya inte förstått något av ordväxlingen. Han hade berättat för henne om landet som han kom från. Att det var kallt. Att det var dyrt. Men att möta den krassa verkligheten nu när de varit på väg så länge, nu när hon var nästan genomskinlig av trötthet, det ville han inte utsätta henne för. Sådant fick komma successivt.

Hon satt och tittade ut och han plågades av att detta var det första av Sverige som hon skulle få se. Industrier och förorter. Ett tunt lager smutsig snö. Hon hade aldrig sett snö, men kommenterade den inte. Hon var väl för trött förstås.

"Var är du född?" frågade hon.

"I Stockholm."

"Ja, men var?"

"Karolinska heter det. Ett stort sjukhus. Vi åker nog förbi det, men jag vet inte om vi kan se det från vägen."

"Vilken veckodag?"

"Va?"

"Vilken dag i veckan är du född?"

"Inte en susning."

Hon såg allvarligt på honom.

"Jag ska fråga din mamma om det. Hon ska berätta allt om hur det var när du föddes."

Maya hyrde ut sovplatser i sitt lilla hus vid floden. Bed and breakfast. Det var så han hade träffat henne. Hon var flera år äldre än han och in i det längsta försökte hon hålla detta hemligt för honom. Det var först inför resan han fick veta det. När han bläddrade i hennes pass.

Det gjorde honom ingenting att hon var äldre. Han hade alltid känt sig väl till mods med äldre kvinnor. Och det syntes inte på henne, huden var slät som grädde. Hon var liten till växten, räckte honom knappt till hakan.

När han första gången trängde in i henne var han rädd att han skulle skada henne. Hon skrek högt, men han visste inte om det var av smärta eller njutning. Det fick honom att slakna. Senare den kvällen berättade hon om sina barn. Två pojkar som nu var fem och åtta. De bodde hos släktingar i norr.

"Varför?" frågade han.

"De har det bättre där. Mycket bättre."

"Saknar du dem inte?"

"Jo, ibland. Men så får man inte tänka."

Han märkte att hon väntade sig flera frågor. Pappan till barnen. Var det samma person? Och var fanns han nu i så fall? Underligt nog intresserade det honom inte.

Han blev kvar hos henne och hjälpte henne med uthyrningsverksamheten. Hon hade länge velat öppna en liten restaurang och han byggde den åt henne. Mycket enkel med ett tak av korrugerad plåt och en bardisk där han göt in snäckor och släta stenar. Stället blev snabbt populärt, inte minst bland alla ryggsäcksluffande ungdomar. Européer mest, men även amerikaner, kanadensare och australiensare. Vissa kvällar tog han fram gitarren. Han hade komponerat en sång till henne, Mayas sång, och utan blyghet brukade hon stå i sin korta vita klänning och sjunga den.

Hon hade en lustig och klagande liten röst. Hon väckte hans beskyddarinstinkter. Samtidigt var hon lynnig.

"En morgon lämnar du Maya och drar vidare", kunde hon utbrista och vända sig från honom med slutet ansikte. "En morgon tar du med dej gitarren och går."

Han tänkte att han alltid ville stanna i den lilla varma byn vid floden. På kvällarna innan de gick till sängs brukade hon massera hans fötter. Hon filade bort det hårda på hans hälar med en pimpsten. Hon tryckte med tummarna i hans hålfot, det högg till.

"Du måste äta bra och sköta om din mage. Här är tjocktarmen, här är det fel."

"Det är inget fel på min tjocktarm", protesterade han och ryckte åt sig foten.

Hon lät handen glida upp längs benet på honom.

"Jag känner nånting här, jag känner längtan. Är det Maya som du längtar efter? Eller räcker inte Maya till för dej? Du längtar efter andra stränder, gör du det?"

Som om hon försökte pådyvla honom en hemlig inre önskan om att lämna henne.

Då kunde han bli arg och osäker. Ändå måste han säga det, och på hennes barnsliga sätt:

"Det är Maya jag längtar efter, bara Maya."

I SAMMA ÖGONBLICK som Julia stoppade ner sin mobil ringde Jennifers. Det var en sköterska, syster Marja-Liisa, en av dem som aldrig varit vresig.

"Jo, Jennifer, jag tror att det är bäst ni kommer nu, din syster och du."

"Va, vad är det?"

"Er pappa, han frågar efter er."

Hon blev torr i munnen. Smaken av chèvre kändes kväljande.

"Vadå? Är han …?"

"Han vill ha er hos sig. Har ni möjlighet att komma? Tror du det?"

"Självklart. Vi är alldeles i närheten, vi skulle bara …Vi kommer direkt."

Hon avslutade samtalet. Stirrade på Julia som satt med uppspärrade ögon.

"Vad var det?"

"Sjukhuset. De vill att vi ska komma dit. Eller … hon sa att det var pappa som ville det."

Julia reste sig omedelbart.

"Hur gör vi med brevet?"

"Shit! Vet inte."

"Inte jag heller. Vi får helt enkelt stämma av och se hur läget är."

De sprang hela vägen tillbaka till sjukhuset. Regnet hade blivit snöblandat, på gräsmattorna låg blöta vita sjok. Ett slags små blå blommor stack upp i allt det vita. Jennifer tänkte att de skulle frysa sönder nu. Eller var de härdade? De kanske kunde sluta sina kronblad runt det ömtåliga inre, ståndarna och pistillerna. Då skulle de klara sig. Hemma i villan hade de haft den sorten i rabatterna. Hon hade glömt vad de hette, något på s.

Julia sprang en bit framför henne. Hon såg hur det stänkte bakpå systerns vita manchesterbyxor. Fläckar som aldrig gick bort.

"Vi springer för livet", flög det för henne. "Eller nej, det är döden vi springer för, döden."

Gråten växte i henne, hård och värkande, men hon tänkte inte ge efter, inte ge efter för sorgen, leva skulle han, han skulle leva. Hennes starka, osårbara pappa, han hade alltid, alltid funnits och en gång för länge sedan, när hennes farfar dog, hade han lovat henne att han själv skulle leva i evighet. Hon var sex år den gången, och otröstlig.

Syster Marja-Liisa väntade på dem. Hon var en sliten medelålders kvinna med hennafärgat hår, som gjorde hennes ansikte blekt och urholkat. Hon hade målat sina ögonbryn med penna, det såg oproffsigt ut.

"Vi är här nu", flämtade Jennifer.

Marja-Liisa nickade.

"Gå ni in till honom bara. Jag vet att han behöver er."

Fadern låg på rygg i sängen. Över ansiktet löpte som en grimma av plast, in i näsborrarna och runt öronen. Han öppnade ögonen när de kom in, men slöt dem genast. Sköterskan ställde in en pall så att de båda kunde sitta.

Rummet var tyst och kvavt. Språngmarschen hade fått Jennifer att svettas. Hon längtade efter en dusch och efter att få gå på toaletten. Hon vågade inte släppa fadern med blicken.

Julia la sin hand över hans.

"Gör det du också!" sa hon. "Håll i honom, så han känner kraften från oss."

Hon gjorde så, flyttade pallen till andra sidan sängen och la ner kinden mot faderns bröstkorg. Ljudet där inifrån fick henne att genast lyfta på huvudet.

"Ska vi ringa till mamma, tycker du?"

Julia gjorde en avvärjande min.

"Varför det?"

"Ja, men ..."

"Hon har väl ingenting med honom att göra längre. Nu är det vi, bara vi."

"Vad ska vi göra? Gud, vad ska vi göra!"

Marja-Liisa kom in.

"Håll honom i handen bara", sa hon. "Andas lugnt. Då går det lättare för honom själv att andas." Hon öppnade fönstret en springa. "Här är på tok för varmt, kära barn."

"Men om det drar på honom", protesterade Jennifer. "Tänk om han får lunginflammation."

Sköterskan skakade på huvudet.

"Nej då. En gnutta frisk luft får han inte nån lunginflammation av."

Jennifer ville rusa upp och gripa tag i henne, hålla henne kvar. Skrika åt henne:

"Kommer han att klara sig?"

Hon visste att hon inte skulle orka höra svaret.

"Prata med honom", sa sköterskan. "Det är mycket möjligt att han uppfattar vad ni säger, även om det kanske inte verkar så."

Hon hörde Julias gråtröst:

"Pappa, det är jag, det är Jullan. Vi är hos dej nu, båda två. Du vet att vi älskar dej. Åh, vi älskar dej så mycket, så mycket."

Sköterskan nickade uppmuntrande. Hon stängde om dem och försvann.

"Ja, det gör vi", instämde Jennifer. "Du är den bästa lilla pappa man kan ha. Stanna hos oss nu, det gör du väl! Du stannar väl hos oss, pappa. Kommer du ihåg att du lovade mej det, för länge sedan, när farfar dog, minns du det?"

Det ryckte i hans ögonlock. Han smackade med läpparna.

"Vad säger du?" sa Jennifer. "Pappa, vi hör inte, snälla pappa säg det igen."

Då hörde de det båda två. Ett enda ord var det:

"Ing–rid."

Jennifer satt med brevet i handen.

"Ska vi läsa det för honom?"

"Vänta lite."

"Ja."

Hon såg hur systern öppnade boken som hon haft med sig hela tiden.

"Vad gör du?" frågade hon.

"Han ville att jag skulle läsa förut. Ur boken alltså. Han sa det, han bad mej om det."

"Jaha."

"Så jag tänkte …"

"Ja, ja. Läs."

Julia harklade sig. Hon slog upp en sida på måfå och började läsa med stel, omelodisk stämma.

> Den förstör sitt liv som vill vinna mera
> än en gudom satt som hans gräns och gåva.
> Söka slikt är synd! Du och jag, vi två har
> skapats för varandra.
> Kom, min älskogs mål och mitt leklivs slut – för
> aldrig blir jag kär i en kvinna sedan –
> kom, sjung ljuvt din sång, hjälp mig fly de små och
> svarta bekymren!

"Lägg av!" väste Jennifer.

"Vadå?"

"Ja, men hör du inte? Leklivs slut! Sånt där passar sig väl inte just nu."

Systern slog ihop boken

"Han ville ju att jag skulle läsa."

Jennifer öppnade brevet.

"Alltså, jag tror att vi ska ta det som ett tecken."

"Vad menar du?"

"Det han sa. Att du skulle läsa. Jag tror han nånstans menar att han faktiskt vill veta."

"Tror du det?"

"Ja. Vi läser brevet för honom. Gör det du."

Hans ansikte förändrades medan Julia läste. Han fick en smula färg på kinderna. Fläckvis och svagt, ner över halsen. Hans hand for upp mot näsan och krafsade efter plastgrimman. Jennifer högg tag i honom.

"Sluta, pappa, du måste ha den där grejen, den ger dej syre ju."

Men det var för sent. Med ett ryck hade han slitit av sig plastslangen. Han stirrade på dem och på brevet. Han kastade huvudet bakåt. Han rosslade och hela kroppen ryckte.

"Tryck på larmet", hörde hon Julia ropa. "Fan, Jennie, tryck på larmet för helvete!"

Hon slet till sig larmknappen och kramade den. Hon var nätt och jämnt medveten om att folk kom in i rummet. Långt bortifrån hörde hon Julia gråta, gällt och klagande som en mycket liten flicka. Hon reste sig, sprang ut på toaletten och slog båda händerna för öronen.

POJKEN

EN MAN KOM till Mayas hus. Det var mycket hett. Tomas vilade i hängmattan på verandan, han låg och dåsade och långt bortifrån hörde han det genomträngande ljudet från en insekt. Som en sågklinga lät den, skarp och skärande. I slummern var han tillbaka på sina morföräldrars sommarställe. Morfadern i säckiga kortbyxor, sågens vassa sång. Och vedhögen som växte under trappan.

Ett plötsligt stråk av något främmande. Sött och syrligt, rakvatten? En skugga föll över honom. Han spratt till. Det stod en man på verandan. En man i vit skjorta och beige, välpressade långbyxor. Han petade lite på hängmattan, fick den i gungning.

Tomas reste sig generad. Han hade en känsla av att ha legat med öppen mun, han strök sig över hakan, vått.

"Söker ni nån?" sa han.

Mannen tog ett steg bakåt och lutade sig mot en gammal tunna som Maya brukade ha blommor på. Hans hår var grått och bakåtkammat, det slöt sig kring hans hjässa som en hjälm.

"Are you the proprietor?"

"What? No, I am not."

"The new proprietor?"

"What do you mean?"

Just i det ögonblicket råkade han kasta en blick mot plastbanden som hängde framför ingången. Han såg en skymt av Mayas ansikte, han såg skräck.

"Vem söker ni?"

"Hälsa kvinnan som bor i huset att Bernhard har varit här."

Mannen bugade sig överdrivet, vände och försvann bort längs byvägen.

Tomas gick in, men Maya var försvunnen. Han hittade henne inte förrän framåt kvällen. Hon sa ingenting om var hon varit. Hennes nakna ben hade revor som efter taggar och snår

"Jag såg att du blev rädd", sa Tomas. "Du blev rädd för den där mannen som kom. Bernhard hette han. Han bad mej hälsa. Vem är han?"

"Jag vet inte. Jag såg ingen man."

Han visste att hon ljög.

Den natten vaknade han av röklukt. Han sprang ut i rummet och märkte att det brann i bakre delen av huset. Platsen bredvid honom i sängen var tom. Han hittade henne i trädgården där hon stod och försökte fylla vatten i en gammal plasthink. Det var hål i botten, men hon tycktes inte märka det.

Ingen lyckades efteråt reda ut hur elden uppstått.

Maya sa:

"Det känns inte säkert att stanna här längre. Nån vill ont."

"Varför säger du så?"

"Jag vet det. Nåt ondskefullt har kommit hit till byn."

"Har det med den där Bernhard att göra?"

"Jag vet inte vem Bernhard är."

"Vi ger fan i Bernhard. Vi bygger upp ditt hus igen. Du vet att jag är bra på att bygga. Jag ska göra starka väggar den här gången och en ny och ännu finare bardisk."

Hon tog hans hand och la den mot sin mage.

"Nej, Tomas. Nej."

En ilning av obehag steg upp i honom.

"Maya", började han, men hon avbröt honom.

"Det är bara en enda sak som jag vill. Jag vill följa med dej till det kalla landet. Jag vill höra hur det låter när man går i snö."

"Du skulle aldrig trivas i *det kalla landet*." Han spottade ur sig uttrycket. "Du hör hemma här."

"Och du?"

"Jag stannar hos dej. Det vet du."

"Nej. Jag har bott färdigt här. Vi ska fara tillsammans. Och när barnet föds ska din mor vara den som tar emot det, mitt barn ska möta ljuset i en blåögd kvinnas blick. Det är det allra första som mitt barn ska se."

Hon var gravid. Han hade aldrig tänkt på den möjligheten. Han insåg att han varit naiv. Till en början försökte han vara envis, försökte på alla sätt att övertala henne. Inresetillstånd, uppehållstillstånd, alla papper och blanketter.

"Myndigheterna är oerhört rigida, Maya, du förstår inte det här."

"Men du är svensk?"

"Det är klart att jag är svensk."

"Som din hustru blir jag också svensk. Som din hustru får jag bo med dej i landet."

Hustru, tänkte han.

De vigdes vid en enkel ceremoni nere vid floden. Han tänkte att det inte var på riktigt. Snarare ett slags infödingshokupokus som han gick med på för att inte göra Maya ledsen. Han hade köpt en ring till henne, billig, grön av jade. Maya gav honom en guldring. Någonting var inristat i den, men han kunde inte läsa det.

"Min far har haft den", sa hon.

Han frågade om hennes söner.

"Ska du lämna kvar dem här? Saknar de inte sin mor!"

Då log hon blekt och inåtvänt och ville inte svara. När de gick till sängs den kvällen, de bodde tillfälligt hos en av Mayas vänner, tog hon om hans nacke och sa med låg röst:

"Kanhända att de kommer för att bo med oss en dag. I det kalla landet som är ditt."

ROSE

DEN STORA RÅTTAN VAR DÖD. Hon hade besegrat den. Hon mindes inte om hon hade släpat bort den eller om den var kvar där nere under golvet. Det brann och surrade i hjärnan. Som om någonting hade gått sönder.

Hon hade suttit med Ramírez hela natten och halva dagen. Strax före klockan tre var hon klar. Det hade inte blivit tid att äta, hett starkt kaffe och cigaretterna, hela paketet hade hon rökt upp. Nu efteråt förstod hon inte varför. Hela munhålan smakade tjära.

Hon ringde till Oscar Svendsen. Han svarade omedelbart.

"Förträffligt, Rose. Jag beställer bud på momangen."

"Gör det. Jag går ut och väntar vid brevlådorna så spar vi tid."

Det var som om hon ville fortsätta prata med Oscar Svendsen, som om hon behövde hans röst. Men det fanns inget mer att säga. Hon insåg det och även han.

"Lägg i en faktura som vanligt", sa han och någon var i rummet hos honom och han hade bråttom. Innan hon hunnit svara hade han lagt på.

Hon försökte stoppa ner den tjocka bunten i kuvertet som den kommit i. Det var svårt, arken spretade och vek sig, svårt att samla dem. Hon prövade med att ställa dem på högkant och skaka, några åt gången, men hon tappade dem och måste krypa runt på golvet för att plocka upp dem. Det smällde bakom ögonen, små blixtar. Hela rummet var ett flimmer av sken. Till slut hade hon äntligen fått ner alla papper i kuvertet. Hon rev av tejp för att försegla det, men tejpen fastnade i sig själv och snodde in sig. Halva rullen rev hon av, remsorna blev smala och långa. Hon använde dem som snören och åstadkom en klumpig dubbelknut.

Det var snö i luften och hon frös. Hon hade glömt ta på sig ytterkläder. Hon stod vid brevlådan och väntade. Öppnade locket, inga brev. Bara tidningarna. Hon såg rubrikerna, men suddigt, det var som om hon inte kunde tyda dem. Vad hade hänt med hennes ögon? Var hon utbränd nu, var hon förbrukad?

Hon gick till soptunnan för att titta efter råttan, hade hon lagt en råtta där? Hade hon dödat den? Hon mindes inte. Soptunnan var tom. Den tömdes på torsdagar, det trodde hon i alla fall. Vad var det nu? Var det fredag?

Ljudet av en motor kom närmare. Budbilen. Mannen som körde bar en keps med något tryck. Hon urskiljde ett T och ett A, men kunde inte läsa själva texten.

"Vad står det?" ville hon fråga, men orden som kom ut lät inte så. Han sa något. Hon hörde inte. Hon förstod inte. Han stack ut huvudet genom bilrutan och pekade upp mot himlen.

"Fred inde", sa hon. "Är det snörd?" Hon hörde hur fel det lät, men kunde inte få det annorlunda.

Hon gav honom det tjocka kuvertet.

"Han är viktigt, " sa hon. "Det är snabbt."

Det lät fel. Allting som hon sa lät fel.

Hon hade burit ut stegen och lutat den mot trädet. Det svallade och glödde bakom pannan. Hon borde lägga sig och sova, men hon kunde inte. Hon mindes inte om hon kastat råttan.

Om den var kvar?

Den skulle förvandlas till en mumie. Kanske skulle det lukta under några dagar. Kanske skulle lukten vara så stark att den trängde upp till henne. Hon fick stå ut de dagarna. Den skulle lösa upp sig och förtunnas. Spädas ut med skogens tallbarrsdoft, hon kunde öppna alla dörrar och fönster.

Men inte luckan, inte öppna och se efter.

Varför inte? Någonting hindrade henne, hon förstod inte vad. Hon hade burit upp Tomas böcker och noter och lagt dem på bordet i köket. Om råttan fanns där nere kunde den skada hans noter. Så hade hon tänkt. Råttor var extremt duktiga på att klättra. De kunde bli platta som pennor. Om den stora råttan inte var död? Genom luckan skulle den inte få komma. Så hon hade dragit upp stegen, den var obeskrivligt tung och svårhanterlig. Hon lade ner den på golvet medan hon stängde. Hon fumlade med luckan och tappade den. Den for igen med en smäll. Handen värkte efter råttans bett. Men det var inte det. Det var något annat, som hon inte visste.

Hon klämde åt om stegen med armbågen och släpade den ut genom dörren. Det stackars nakna trädet som hon bara klippt till hälften. Nu måste hon göra färdigt. Allting måste göras färdigt. Allt det som hon planerat och tänkt.

Ja. Hon hade förslutit luckan och täppt igen det svarta hålet. Vatten i hinken, på knä. Hon famlade med såpa och trasa. Hon borde tagit gummihandskarna, men mindes det för sent, först när hon såg det smutsiga bandaget.

Till sist rullade hon ut mattan. Den var ny och lång och bred, den täckte bra.

Snart skulle hon vila. Ramírez var tillintetgjord, nej, råttan var det, råttan. Den största best hon någonsin hade sett.

Hade hon dödat den? Hade hon släpat den till soptunnan?

Hon mindes inte.

FLICKORNA

DE FICK VÄNTA UTANFÖR medan Titus gjordes i ordning. Jennifer grät, hennes egen gråt hade tystnat. Torkat in och upphört. Hela situationen var overklig. Julia var övertygad om att hennes pappa skulle ligga levande där inne i sängen, att han skulle sätta sig upp och sträcka armarna mot dem.

"Mina duktiga flickor", skulle han säga. "Förlåt om jag trodde nåt illa om er. Det är ju hon, nu vet jag vem hon är. Nu vet jag hennes riktiga väsen. Tack för att ni lät mej få veta."

I fantasin var Julia redan inne i en dialog med honom. Och i dialogen försvarade hon kvinnan.

"Men pappa, alla har väl rätt att visa svaghet."

"Har de?" skulle han fråga och vika undan lakanet. Hans ben skulle vara de vanliga pappabenen, kraftiga, vältränade, ännu med solbränna kvar. "Nehej, nu kan vi det här", skulle han säga och skrattet skulle bölja fram i honom, komma rullande nerifrån mellangärdet och sprida sig upp genom bröstkorgen och ut. Hon och Jennifer skulle dras med i skrattet, *ja, pappa, nu kan vi det här*.

Jennifer satt med ansiktet dolt i händerna. Hon hade dragit koftkragen över nacken och kröp ihop som en sköldpadda i sitt skal. Det svarta håret såg risigt ut, slitet och kluvet i topparna. Julia flyttade sig en bit ifrån henne. Systerns sorg berörde henne illa. Hon ville säga något, men visste inte vad.

En läkare kom ut från expeditionen. Doktor Stenström. Hon stannade till framför dem och de små guldclipsen i hennes örsnibbar glänste.

"Hej på er", sa hon dovt.

Julia nickade.

"Jag är ledsen", fortsatte läkaren. "Det är en lynnig och obeveklig sjukdom som vi har haft att tampas med. Men så mycket kan jag säga, att er far var en kämpe. En riktigt tapper kämpe och krigare. Så ska ni minnas honom."

Då först insåg hon.

Hon bläddrade i boken, letade efter något att läsa när de väl kom in igen. Han hade velat att hon skulle läsa. Ur boken. Inte brevet. Brevet hade varit farligt. De borde inte ha läst det. Brevet hade dödat honom.

Ingrid.

Det var hon som hade dödat honom.

En hand på hennes axel. Marja-Liisa. Hennes sätt att röra sig, försiktigt, nästan haltande, huvudet lätt åt sidan. Det fanns något vädjande i hela hennes uppenbarelse.

"Flickor små. Nu kan ni komma in."

Julia reste sig och tappade boken. Marja-Liisa tog upp den åt henne

"Tänkte du läsa nånting för din pappa?"

Hon sneglade på Jennifer. Systern satt kvar i samma frusna ställning.

"Ja", sa hon, nästan argt.

Två höga ljus brann på sängbordet. Fadern verkade så stor när slangar och kanyler var borta. Hans armar låg sträckta längs med sidorna. Inga knäppta händer, tack och lov. Det skulle ha känts fel. Fadern var ateist.

Någon hade lagt en ros på hans bröst.

Var kommer den ifrån, tänkte hon. Har de alltid ett lager rosor i beredskap på sjukhus?

Rosens skaft var taggigt. Skulle det blöda om en tagg trängde in i hans hud? När slutade blodet att rinna på en död? När blev det segt som klister?

Hon hade aldrig sett någon död förut. Ingen av dem hade det. Hon gick fram till sängen, Jennifer tätt bakom henne. Högljutt gråtande nu.

"Jaha", sa hon och tittade ner på hans ansikte. Hon hade hört att döda ofta såg ut som om de sov. Att anletsdragen slätades ut, att de hade fått något lugnt och slutgiltigt över sig, någonting av frid. Så var det inte med fadern. Hakan sköt fram, som om han när som helst skulle störta upp och gå i närkamp. Munnen var till hälften öppen och mungiporna dragna neråt, in i skägget så att tänderna blottades. Hon tänkte att hon aldrig sett hans tänder förut. Ögonen var slutna, men inte helt, vänster ögonlock hade glidit upp en smula, hon anade hans öga där innanför, en klump av gelé utan liv. Hon försökte att inte titta på det.

Sängen var renbäddad med den gula filten svept om faderns kropp så att konturerna framhävdes. Stelt och prydligt, det var filten, tänkte hon, det var den kliniskt rena sjukhusfilten och sättet på vilket den var placerad över kroppen, som var det verkliga beviset för att fadern aldrig mer skulle stiga upp. Där kanylen gått in i handen på honom satt ett plåster. Fönstret stod öppet, ljuslågorna fladdrade.

"Er pappa lider inte mer", hörde hon sköterskans röst bakom dem. "Det är så vi måste tänka. Läs ett litet stycke om du vill."

Hon öppnade boken, blicken irrade över stroferna. Hon ställde sig vid fotänden och läste högt och forcerat:

"Den starke alstrar stark och förträfflig ätt. Det syns bland boskap, synes på hästar ock. Den raska örnen giver aldrig liv åt en tam och beskedlig duva."

Vi, tänkte hon. Vi!

Hon såg på Jennifer att hon inte förstod ett ord.

De fick med sig hans saker i vita pappkassar. Klockan, glasögonen, plånboken. Två nyckelknippor, en hem och en till bilen. Och så kläderna han haft på sig när han kom.

"Titta här", viskade Julia. Hon höll upp faderns ena sko, såg avtrycken efter hans hälar och tår i innersulan. Hon stoppade in pekfingret och strök över de små fördjupningarna.

"Känn", sa hon. "Det här har hans fötter gjort."

Jennifer petade in sitt finger. Hon stod en stund och blundade. Så knep hon ihop ansiktet.

"Packa ner det nu, så åker vi!"

De tog en taxi till Tulegatan. Betalade med pengar som de tog ur faderns plånbok. Julia hade en vag aning om att man kanske inte fick göra så, att man måste vänta in någon sorts bouppteckning. Sedan tänkte hon att det ju ändå var deras pengar, skulle bli. Allt som fadern ägde skulle nu tillfalla henne och Jennifer. Inte Ingrid. Hon hade valt att överge och lämna honom och därmed avsagt sig sin del av boet. Hon var inte berättigad ett ruttet lingon.

Hon gick runt och tände upp i lägenheten.

Det här är vårt nu, tänkte hon. Allt det här.

Jennifer hade letat fram ett foto av fadern.

"Titta, Julia. Vad fin han är."

Han stod i sin långa rock och med hatten framdragen i pannan. En cool hatt var det, han liknade en skådis. Hon mindes inte vem. Fotot var taget uppe på en brant. I bakgrunden syntes silhuetten av ett kalt och spretande träd. Det var vårvinter. Fadern log mot kameran. Ett ömt och kärleksfullt leende. Hon undrade vem han log mot, vem som höll i kameran. Antagligen horan. Men det spelade ingen roll, det var ett fint kort, det var han, deras pappa. Hon ställde det på bordet i vardagsrummet och tände de tre blockljusen. Grått och vitt. Faderns färger.

Hon gick in i arbetsrummet och satte sig vid skrivbordet. I en ram hängde ett foto från en forsränning. Hon kände igen Ingrid, hennes skräckslaget förvridna ansikte under hjälmen.

"Det är ditt fel", sa hon högt. "Det var du som dödade honom."

Hon lyfte luren och ringde hem till modern.

"Hej, det är Julia. Jo … pappa är död nu. Jag ville bara tala om det. Vi var hos honom, det hände för några timmar sedan. Klockan fjorton och fyrtiosju."

Hon hörde hur modern flämtade till.

"Men Julia!"

"Jo. Så är det."

Till hennes förvåning började modern gråta.

"Är Titus död, jag kan inte fatta det."

"Ja."

"Älskade barn, så ni var alltså med?"

"Ja. Både Jennie och jag var där uppe."

"Åh, så tungt för er, för oss alla. Jag hade ingen aning om att det var så nära förestående. Jag hade ingen aning faktiskt. Vad hände?"

Hon orkade inte berätta om brevet.

"Det var väl dags helt enkelt", sa hon kort. "Hans tid var väl ute." Som om hon talade om en helt annan person, en främling.

"Var är ni nu?"

"Jennie och jag, vi är på Tulegatan nu, vi har tagit hem hans saker hit. Vi har tänt några ljus, vi sitter här och minns och tänker."

"Hur är det med Ingrid då?"

"Hon är inte här."

"Nehej?"

"Hon var inte med på sjukhuset heller."

"Va?"

"Nej, hon gav sig iväg för flera dagar sedan. Alltsammans blev för mycket för henne. Hon har rest utomlands."

"Va? Vad säger du?"

"Hon har stuckit."

"Men … Jag fattar ingenting. Har Ingrid rest utomlands?"

"Ja", sa hon tvärt.

Modern svalde. Hon prasslade med en näsduk.

"Det var konstigt."

"Tja!"

"Och Rose? Har ni meddelat henne om att Titus …?"

"Nej. Men jag tänkte just göra det."

"Vad ska ni hitta på nu då, Jullan? Lilla gumman. Kan ni inte komma hit?"

"Jag vet inte."

"Jo, det kan ni väl? När nån har gått bort är det viktigt att vara nära och tillsammans."

"Jennie och jag. Vi är tillsammans. Det känns bra att vara här hemma hos pappa."

"Imorgon då? Kan ni inte komma hit imorgon? Så bjuder jag på mat och så sitter vi och minns ... Vi har en liten minnesstund tillsammans ... jag ska be Elmer spela för oss också, vacker fin musik."

"Tror du pappa skulle ha velat det?"

"Allt det där är över nu, det är glömt och förlåtet."

"Bra. Vi ses imorgon då."

Jennifer hade kommit in i rummet. Hon lyfte ner fotot från forsränningen och stirrade på det.

"Kolla på ludret!" sa hon och ögonen smalnade på henne. "När jag ser henne slutar jag att gråta."

"Jag också. Det är hennes fel att pappa dog."

"Ja. Hennes fel."

Jennifer gick ut i köket och Julia hörde henne öppna dörren till skåpet under diskbänken. Hon hörde ljudet av glas som krossades. Systern var strax tillbaka.

"Nu slipper vi se det avskummet mer", fnös hon.

"Jag ringer till Rose nu."

"Gör det."

Julia slog numret till Roses mobil, men signalerna gick fram utan att någon svarade. Inte ens telefonsvararen. Hon hörde systern gå runt och öppna dörrar, hon hörde rasslet av klädhängare.

"Vad gör du?" ropade hon.

Jennifer stod i sovrummet. Hon hade öppnat alla garderobsdörrarna och höll nu på med att vräka ut Ingrids kläder i en hög på golvet. Skor och kläder, långbyxor, tunikor, kjolar.

"Vilken jävla klädsmak!"

"Vad tänker du göra?"

"Slänger skiten. Det ska inte vara kvar här mer. Det måste väl finnas nåt grovsoprum nånstans."

"Jag kollar."

Julia rev åt sig nyckelknippan och tog hissen ner. När hon steg ur hissen stötte hon ihop med ett medelålders festklätt par som var på väg ut. Ja, det var ju fredagskväll. De berättade för henne att grovsoprummet låg tvärs över gården och att en av nycklarna passade dit.

"Är du nyinflyttad?" frågade mannen.

"På sätt och vis", svarade Julia.

Mannen såg frågande på henne, men hon brydde sig inte om att förklara.

De fick åka ner i flera omgångar. Allt som påminde om Ingrid tog de med sig. Allra sist rev de sängkläderna ur vattensängen och kastade även dem. Julia hittade linneskåpet och bäddade med rena lakan.

Jennifer sprang ner till en restaurang och köpte varsin sushi till dem och de satt vid bordet i vardagsrummet och såg på fotot av sin far medan de åt. I ett av köksskåpen hade de hittat en flaska vin som de delade på.

De la sig tätt tillsammans i vattensängen. Så som de legat när de var små, medan de väntade på att pappa skulle komma hem, rygg mot mage, mage mot rygg. De smekte varandra över ryggarna, tjugo gånger var. Precis som då. Det hade fått dem att slappna av, att glömma bort att lyssna efter konstiga ljud.

Det fick dem till slut att somna.

PÅ PENDELTÅGET TOG HAN fram mobilen för att ringa Rose och be henne komma och möta dem vid Södertälje central. Telefonen var stendöd. Hela batteriet hade laddat ur trots att han laddat det innan de åkte. Apparaten började bli för gammal. Han måste skaffa sig en ny. Han svor för sig själv.

"Faan!"

Fredagskväll. Det var stökigt på tåget. Några säten ifrån dem satt ett gäng killar med rakade skallar. De skränade och drack öl. De slog efter varandra med en trasig gammal tidning. Pappersremsor lossnade och for omkring. Tomas blev orolig att de skulle få ögonen på Maya och börja provocera. Kanske skulle det vara bäst att stiga av vid nästa station och byta vagn. Han tog ett tag om gitarren och beredde sig att säga det till Maya, men till hans lättnad dröp hela gänget av i Flemingsberg. Han såg på Maya att hon blivit rädd.

Han kände sig elak. *Vad sa jag? Jag varnade dej. Jag berättade ju för dej att det här är ett kallt och fientligt land. Du får fan ta mej skylla dej själv.*

Hon hade blivit illamående på flygbussen och när de kom fram till Cityterminalen försvann hon in på en toalett. Hon var mycket blek när hon kom tillbaka. På koftkragen satt rester av spyor. Hon skämdes, han såg det på henne. Med matt röst förklarade hon att det handlade om hunger. Så fort hon blev hungrig mådde hon illa. Han tyckte att det lät konstigt. Han köpte en flaska mineralvatten åt henne och en kexchoklad.

De steg av vid slutstationen. Det var sig inte likt. Nästan hela vänthallen hade gjorts om till Pressbyråbutik. Den var för övrigt stängd så här dags och det var dumt, för Maya började på nytt må illa. Klockan var tjugo över elva. Hon frös så att hon skakade. Han märkte att folk tittade på henne, de nakna fötterna i skorna.

"Vi tar en taxi", sa han kort. Till hans lättnad väntade flera taxibilar utanför stationen. Han gick fram till en av dem.

"Vad kostar det till Borgviks gård?"

"Var ligger det?" sa taxichauffören ointresserat.

"Va … Ja vid Ragnhildsborg ungefär."

"Jag kör på taxameter."

"Men ungefär? Räcker en hundring?"

Mannen gav honom en värderande blick.

"Är det vad du har?"

"Inte alls, men jag vill ändå veta."

"Ska ni åka med eller inte?"

Maya hängde på hans arm. Han märkte hur hon darrade.

"Okej", sa han.

Det var mörkt och släckt i stora huset. Han såg på klockan, tjugo i tolv. Maya spanade mot fönstren och hennes tunna sulor halkade i snömodden.

"Är det där?" frågade hon. "Åh, jag trodde att din mammas hus var litet."

"Det där är inte hennes hus. Gör dej inga illusioner. Hon hyr en liten backstuga, det har jag ju berättat. Den där flådiga byggnaden ägs av en stenrik snubbe som bara är här ibland. Du kommer inte att hamna i nån lyx, Maya. Det har jag talat om för dej."

Han lyfte upp väskan och gitarren och gick in genom grindstolparna. Maya kom halkande efter honom.

"Nu får du i alla fall pröva på hur det känns att gå i snö", ropade han, men utan att vända på huvudet. "Det var ju vad du ville. Eller hur?" Han längtade tillbaka till värmen. Varför hade han gått med på att resa hem igen och framför allt på att ta med sig Maya hit? Han hade aldrig fått något svar på vem den där Bernhard var. Kanske var han far till hennes pojkar. Hennes tystnad och hemlighetsfullhet störde honom mer och mer. Han borde ha stått på sig, avkrävt en förklaring.

Hon skyndade ifatt honom och var nära att ramla.

"Tomas", sa hon tyst. Hon stack sin iskalla hand i hans. Han ställde ifrån sig väskan och kramade henne.

"Förlåt mej", mumlade han ner mot den bleka benan i hennes hårbotten. "Jag är så in i helvete dödstrött."

När de närmade sig stugan såg de hur ljuset tändes innanför fönstren. Dörren öppnades på glänt.

"Mamma!" sa Tomas.

Hon kom ut på trappan i sina fula gamla manchesterbyxor och en tröja. Frågan var om det inte var exakt samma paltor som hon haft när han för länge sedan gav sig iväg. Byxorna såg sjaskiga ut. De hade gått sönder, hon hade snörpt ihop och lagat dem. Hennes ena hand var omlindad med ett blodigt och smutsigt bandage.

"Hej, mamma, det är jag, Tomas." Han tog några steg emot henne och ville ta henne i famnen. Någonting hos henne hejdade honom.

"Tomas", sa hon med tunn, förvandlad röst.

"Ja. Jag skrev ju att du skulle få en överraskning. Eller present kanske jag skrev. Visst fick du kortet när du fyllde år? Där skrev jag ju det."

Hon stirrade förbi honom, stirrade på Maya som hade blivit stående med hängande armar.

"Det här är Maya, mamma. Och Maya, det här är alltså Rose, min mamma."

"Ha", sa Rose. "Haya."

"Får vi komma in? Vi är nära att frysa ihjäl." Han sköt henne åt sidan och gick in med väskan och gitarren. Det stank av gammal tobaksrök där inne.

"Har du börjat röka?" ropade han. "Det trodde jag aldrig du skulle börja med igen." Hon kom efter honom och skakade energiskt på huvudet.

"Hur är det med dej egentligen?" sa han lågt. "Mamma, vad fan är det med dej?"

Hon undvek att prata. Det måste ha hänt något med hennes tal. Men efter en stund drogs munnen till ett snett och stillsamt leende. Hon föste honom med sig in i sovrummet och pekade på sin stora breda säng, som stod som den alltid hade gjort. Hon öppnade ett skåp och tog fram några lakan. Han förstod att hon erbjöd honom och Maya sängen. Men varför pratade hon inte? Långt inom sig anade han att han nog borde vara mer orolig för henne än vad han orkade just nu. Han var ihålig av trötthet.

Rose hade gått fram till Maya. Hon lyfte upp en test av hennes hår.

"Strong", sa hon.

Maya gav honom en orolig blick.

"Vadå strong?" frågade han.

"Strong black hair."

Engelska kunde hon tydligen prata. Hon pekade på sängen.

"Tired?" sa hon skrovligt.

Maya lyste upp.

"Yes, very, very tired. We have been travelling for a very long time. Very long time."

Rose pekade på nytt mot sängen.

"Then go to bed."

"Vi är faktiskt lite hungriga också", sa Tomas. "Skulle vi möjligen kunna få nåt att äta, tror du. En kopp te och en smörgås eller nåt. Särskilt Maya är hungrig. Du förstår, hon …"

Rose lyssnade inte färdigt. Hon skyndade ut i köket, hällde upp vatten i vattenkokaren och tog fram en grötkorv. Snabbt skar hon hål i plasten och spritsade ut innehållet i två tallrikar som hon värmde i mikron. På köksbordet såg han sina gamla böcker och noter.

"Oj, varför ligger de här?" frågade han. "Varför har du tagit upp dem?"

Hon hukade som inför ett slag. Hon rörde läpparna.

"Vad säger du?"

Han tyckte att han hörde ordet rat.

"Vadå rat? Menar du råtta?"

Kvinnan som var hans mor korsade händerna över bröstet.

"Big, big rat. But I am going to kill it. I am strong. I will kill the big rat."

Han rös. Tydligen hade rummet under golvet blivit invaderat av råttor. Fy fan. Han avskydde råttor, det hade vimlat av dem i Mayas by. Glupska utsvultna varelser som gick till anfall. Mayas lilla get med den toviga raggen hade blivit dödad av råttor och till hälften uppäten.

"Prata svenska", väste han. "Jag vill inte att Maya ska höra."

Han kastade en blick mot köksgolvet. Luckan var stängd och täckt av en matta. Den vägen skulle de inte kunna komma upp.

"Vad har förresten hänt med din hand?" frågade han.

Hon fingrade nervöst på bandaget.

"Råttan", sa hon på svenska.

FLICKORNA

JULIA VAKNADE FÖRST. Hon visste direkt var hon var och vad som hade hänt. Jennifer låg tätt intill henne, på mage, med ena armen tungt över hennes bröst. Försiktigt lyfte hon undan den.

"Pappa", ropade hon och gråten kom, sköljande och våldsam. Hennes syster vaknade. Hon grät hon också, de kröp in i varandras famnar och grät tröstlöst.

"Var är han nu, tror du?" sa Julia. "Vad har de gjort med honom? Tror du han ligger kvar i rummet ... och den där rosen ... jag hatar rosor, jag ska aldrig nånsin ha några rosor i mitt hem! Om jag får en ros från nån enda jävel ska jag döda honom eller henne!" Hon snöt sig häftigt och kastade näsduken på golvet.

"Nej då", sa Jennifer. "Han är inte kvar, förstår du väl. De har flyttat ner honom till källaren, det är där som kylrummen finns."

Hon kunde vara så cynisk och hård. Julia slog till henne. Hårt över kinden, det small.

"Inte vår pappa, han ska inte vara i nåt kylrum!"

"De börjar ruttna annars. Fatta det! Det gäller ju att stoppa förruttnelsen."

Julia jämrade sig. Hon kände systerns nattfuktiga händer över sin haka. Hon grep om hennes pekfinger, stoppade in det i munnen och sög på det. Hennes smala, salta finger.

Klockan var halv sex på lördagsmorgonen.

"Sedan kommer det en man", fortsatte Jennifer okuvligt. "Han bär svarta kläder. Han går ner i kylrummet och hämtar de döda och han går en bakväg så att ingen ska se. Sin bil har han ställt alldeles utanför och dörrarna står öppna. En likbil är det, en grå."

"Sluta!" gnällde Julia. Men hennes syster kunde inte sluta. Hon hade alltid tyckt om att pina henne, berätta spökhistorier om blod-drypande monster, påstå att hon egentligen inte var Jennifers riktiga syster, utan att de hittat henne i ett dike.

"Och mannen i den svarta kostymen, han tar så kärleksfullt i kroppen … Han lyfter och han bär. Han lägger den döda i en kista som är fodrad med det mjukaste tyg. Han klär den döda kroppen i en svepning. Kan du tänka dej vår pappa i en svepning?"

"Nej!" skrek hon. "Nu får du ge fan i det där, jag hatar dej!"

Jennifer satt upp bland lakanen. Hon hade sovit i sina trosor. De små vassa brösten petade rakt ut.

"Du minns väl *Six Feet Under*?" sa hon och sträckte på sig. "Du minns väl hur skönt det såg ut i de där kistorna, som ombonade sängar att vila i. För det är ju den eviga vilan nu. Där man slipper vara rädd och ha ont."

Julia satte sig hon också. Snyftningarna fick hennes kropp att rista.

"Jag vill inte att han ska ligga i nån kista", hickade hon. "Han ska inte ha nån begravning heller. Jag vill inte det, jag vill inte!"

"Det måste man", sa Jennifer.

"Det måste man fan inte."

"Jo. Men det behöver förstås inte vara i en kyrka. Förresten var han ju inte ens med i kyrkan. Så det får bli nån annanstans."

"I så fall ska du och jag välja kistan! Vi ska välja ut den coolaste kista man nånsin kan hitta. En som han själv skulle ha valt."

"Vi får väl prata med mamma också", sa Jennifer och hon lät sansad nu och rationell. "Förresten måste vi nog ringa runt lite. Och berätta. Vi får göra upp nån sorts lista. Det finns ju folk som måste få veta. De på förlaget och så. Mamma får hjälpa oss. Fast i och för sig. Allt det där kan vänta. Ingenting är bråttom längre. Inte nu."

Julia svepte lakanet om sig.

"Men Rose måste vi i alla fall få tag i så fort som möjligt", sa hon. "Jag vet att hon skulle vilja det … få reda på det av oss, menar jag. Dej och mej. Inte av nån annan."

"Absolut."

Jennifer klev ur sängen. Hon gick ut i badrummet. Julia hörde hur hon fällde upp toalettlocket och kissade. Sedan hur duschen började strila. Hon klev upp, hon också.

De drack kaffe och åt några mandelskorpor, som de hittade i en burk.

"Titta", utbrast Julia. "Ser du mönstret på den här, det är rosor." Hon lyfte upp burken och skakade den så att skorporna rasslade omkring på botten. "Det är säkert horan som har köpt den. Vi borde ha kastat den med."

"Låt bli att prata om henne nu", sa Jennifer. "Jag orkar inte bli förbannad mer. Nu är det pappa, nu måste vi ha värdighet."

"Ja, ja."

"Vad är klockan, kan vi ringa till Rose nu, tror du?"

Julia nickade. Hon lyfte luren och slog numret. Som vanligt inget svar.

"Hon sover säkert", sa hon.

Jennifer bet i en skorpa. Hon betraktade faderns plånbok och nycklarna som de lagt på bordet igår när de kom hit. Förutom lägenhetsnyckeln var det också nycklarna till bilen. Hon hade kört den några gånger, fadern hade övningskört med henne innan hon fick sitt körkort. Det var mer än ett år sedan. Sedan dess hade hon inte kört alls.

Hon bestämde sig.

De tog sig ner i garaget och hittade bilen ganska snart. Det syntes på den att den hade stått ett tag. Den var täckt av ett tunt lager damm. Möjligen kunde det bli lite problem med att komma ut eftersom garaget var fullt av grova pelare. Jennifer tänkte sig att hela huset vilade på dessa pelare. Hon såg för sin inre syn hur hon rammade en sådan pelare och hur byggnaden långsamt vek sig och föll ihop. Som elfteseptembertornen. Ett annat problem var den lilla uppförsbacken innan man körde ut på själva gatan.

Nåja. Det måste gå. Hon låste upp och sjönk ner på förarsätet. Drog fram stolen en aning, rätade upp ryggstödet.

Det här är min bil nu, tänkte hon och trots nervositeten erfor hon ett sug av stolthet. Julia hade aldrig brytt sig om att ta körkort. Hon tänkte säkert aldrig göra det heller. Jennifer trampade ner bromsen och vred om startnyckeln. Motorn mullrade omedelbart igång.

"Du får kolla!" ropade hon genom den öppna rutan. "Kolla så jag inte kör på nån jävla pelare."

Det gick bra. Bilen hade automatlåda, hon behövde inte tänka på dragläge och sådant. Bara glömma bort vänsterfoten, som om den inte existerade. Långsamt backade hon ut och rätade upp bilen, krypkörde mellan pelarna och upp mot utfarten. Hon ropade åt Julia att trycka på knappen till garagedörrarna och de öppnades med ett rasslande. Hon gasade på och körde ut.

Snön var borta nu, några plusgrader. Inte särskilt mycket trafik. Det var alldeles för tidigt på morgonen. Lördag. Folk sov ut. Hon tittade på bränslemätaren. Nästan full tank. Skönt. Då slapp hon krångla sig in på någon mack. Hon kom inte ihåg på vilken sida tanklocket fanns.

"Så där ja!" Julia hade stängt garagedörrarna och satte sig bredvid henne. På *hennes* plats, tänkte Jennifer. Den feta horans plats. Och hon sa det också. Trots att hon inte ville reta upp sig mer sa hon det.

"Julia, du sitter på den feta horans plats, har du tänkt på det?"

Systern gjorde en grimas. Hon öppnade handskfacket och plockade fram ett par damhandskar. Höll dem i nypan, äcklad. Slängde sedan ut dem genom fönstret.

"Undrar hur det aset har det nu", sa hon. "Vart tror du hon stack nånstans? Vilket land?"

"Mallorca", sa Jennifer frånvarande. "Säkert Mallorca." Det var svårt att prata och köra på samma gång. "Du får hjälpa mej att kolla efter skyltarna. Jag har ingen aning om hur man hittar till Södertälje."

Julia hade böjt sig ner och halade fram någonting under sitt säte. En GPS.

"Titta här!" sa hon triumferande. "Var är det hon bor nånstans?"

De lyckades aldrig få igång GPS:en. Det gjorde ingenting. Ganska snart upptäckte de skyltar, som pekade mot Essingeleden söderut.

Julia var imponerad. Hon hade aldrig förut åkt med sin syster.

"Vad bra du kör!" sa hon uppskattande.

Jennifer log snabbt. Hennes små hörntänder glimmade.

"Jag trodde jag hade glömt det. Jag har inte kört på ett år. Men det är ungefär som att cykla. Har man väl lärt sig det så sitter det."

De åkte fel några gånger och fick fråga. Till slut var de ändå framme vid den gula herrgårdsliknande byggnaden. Den såg öde ut. Men det måste vara rätt. Jennifer styrde in mellan grindstolparna och parkerade bilen. De klev ur. Luften var hög och ren, inte alls som inne i Stockholm. En bit över deras huvuden kretsade två svarta fåglar. De gav ljud ifrån sig. Det lät som *korp, korp*.

"Är det riktiga korpar, tror du?" sa Jennifer. "*Korpen flyger* typ … den där filmen. Några såna har jag aldrig sett i verkligheten. Och som de låter!"

"Hugin och Munin. Ja, korpar låter nog så där."

"Tur det inte är gamar i alla fall."

"Jennie!"

"Förlåt."

"Är du helt säker på att det är här nu då?" frågade Julia.

Jennifer pekade på skylten.

"Borgviks gård. Det måste vara här. Men Rose bor tydligen i nån mindre kåk som ligger bakom här nånstans. Kommer du inte ihåg att Tomas berättade om det innan han stack."

Julia nickade.

"Ja just det, hon hyr av den som äger gården."

Jennifer låste bilen och stoppade nycklarna i fickan.

"Tänk att vi inte har varit här nån endaste gång!" utbrast hon. "Det är ju fan skandal! Synd att vi har kommit ifrån varandra. Jag gillar Rose. Jag har alltid tyckt om henne."

"Jag med."

De började gå längs den lilla stigen som ledde förbi huvudbyggnaden och ner mot sjön. Och där låg stugan, en bit ner i sluttningen.

En stege stod rest mot ett träd. På marken låg grenar och kvistar. De såg inga tecken på liv.

Julia stannade. Ett slags skygghet hade kommit över henne.

"Tror du hon är hemma?"

"Vi får väl knacka på."

"Åh, Jennie, så här vill jag också bo en gång! Tänk att sitta här och skriva böcker. Med den här utsikten." Hon tänkte på hur hennes far alltid hade försökt uppmuntra henne att skriva.

Du kan, Julia. Du har alla anlag för att bli en bra författare. Och lyssna på mej, tjejen, jag kan bedöma sånt. Det vet du.

Hon hade spjärnat emot, det var som om han ville tvinga henne. Tvinga fram någonting som inte uppstått ur henne själv. Varför lyssnade jag inte mer, tänkte hon. Hennes pappa kanske hade haft rätt. Men det skulle han i så fall aldrig få veta.

Tårar steg upp i hennes ögon. Så var det med sorgen, tänkte hon, att den kom och gick. Böljade upp som en gejser, stillnade och drog sig undan. För att sedan komma vällande igen.

De var framme vid dörren.

"Tänk om hon inte är här", viskade Jennifer. "Tänk om hon också har försvunnit."

Hon lyfte handen och knackade.

Dörren slogs upp så fort att de nästan fick den på sig. Rose stod på tröskeln. Hon var påklädd och färdig att gå ut.

"Flickor", sa hon tonlöst.

Det var något dämpat över henne. Som om hon redan visste.

"Rose", började Jennifer. "Vi …"

Bakom Rose, en rörelse. En lång, solbränd man kom ut på trappan. Han var rufsig i håret och gnuggade sig i ögonen. Han hade inte upptäckt dem ännu.

"Mamma, vänta!" ropade han.

Då såg de vem han var.

"Tomas!" utbrast de samtidigt.

"Men Jennie! Och Julia! Ni!"

De kramade honom hårt och länge. Han hade förändrats. Det barnsliga, förvuxna var borta. Jennifer hade retat sig på honom ibland, som på en äldre bror.

"Vad gör du här?" frågade hon. "Är inte du i Hotaheiti?"

"Nej, vi kom hit sent inatt." Hon hörde ordet *vi*, men såg ingen annan. Hon mindes deras ärende och sjönk ihop. Julia trängde sig förbi henne.

"Det är nåt sorgligt som har hänt, nåt hemskt. Det är därför vi är här. Det är pappa. Han är död, han dog igår."

"Va?" utbrast Tomas.

Julia suckade.

"Jo ... Och vi är så ledsna, så ledsna."

"Kom in! Vi måste prata." Han steg ner i det fuktiga gruset. "Mamma", ropade han. Rose hade långsamt börjat gå längs stigen, åt det håll varifrån de kommit. Hon gick som en mycket gammal kvinna, axlarna uppdragna, ryggen krum. Tomas sprang ifatt henne och tog tag i hennes arm.

"Mamma, hörde du? De är här för att berätta om Titus."

De var i vardagsrummet. Tätt intill Tomas satt en kvinna vid namn Maya. Hon hade asiatiskt utseende och verkade äldre än han. Han sa att det var hans hustru.

"Vi kom inatt. Vi är ännu ganska trötta. Det var en lång och jobbig resa."

Han var märkbart skakad av beskedet om Titus död. Maya satt som klistrad vid honom. Hon sa inte ett ord. Gång på gång fick de berätta.

"Egentligen var det Ingrid som tog livet av honom", sa Julia. "Nej, det är faktiskt ingen överdrift. För hon övergav honom. Hon bara stack."

"Nu förstår jag inte hur du menar."

"Hon skickade ett brev där hon talade om att hon inte orkade längre. Vi hittade brevet hemma i deras lägenhet. Det kom med posten. Vi visste inte om vi skulle våga läsa upp det för pappa. Jag menar, en människa som är så sjuk, vi visste ju inte hur han skulle ta ett sånt besked. Men till slut gjorde vi det i alla fall." Hon snyftade till.

"Förstod han vad det stod i brevet?" frågade Tomas. "Var han så pass klar?"

"Jo då", sa Julia grumligt. "Nog förstod han allt. Och det var det som faktiskt krossade honom. Alltså är det hennes fel."

Tomas såg förbryllad på henne.

"Men vadå inte orkade? Jag fattar ingenting."

"Nej, vi fattar ingenting vi heller. Men hon skrev så i brevet. Och hon bad att han skulle förlåta henne."

Hela tiden medan de pratade vankade Rose omkring. Det var något konstigt med henne. Hon gick till dörren och tog på sig parkasen.

Tomas for upp och hann ifatt henne.

"Mamma", sa han vädjande. "Kan du inte stanna här hos oss nu?"

Rose slet sig fri och gick ut.

"Vad är det med henne?" frågade Jennifer. "Hon verkar ju helt …"

"Ja", fortsatte Julia. "Vi träffade henne i onsdags och då var hon inte alls så här. Då verkade hon helt normal. Och vad är det med hennes hand, varför har hon det där läbbiga bandaget?"

Tomas strök sig över pannan. Han såg orolig ut. Jennifer noterade små fina rynkor kring hans ögon.

"Alltså hon pratar om några jävla råttor. Jag vet inte. Tydligen har hon blivit biten av en också. Men hon vill inte låta mej titta. Det kanske är blodförgiftning! Och hela tiden ska hon ut till soptunnan och kolla efter nåt."

"Efter vadå?"

"Inte fan vet jag. Om det ligger nån råtta där kanske."

Julia slog händerna för munnen.

"Råttor? Finns det råttor här?"

"Äh, jag vet inte. Men hon har hämtat upp mina grejer från rummet i källaren. Ni minns det där rummet vi gjorde i ordning för att sitta och repa i. Så det kanske är där som det finns råttor i så fall. Fast jag tyckte att vi isolerade så bra."

Julia rös. Hon sneglade ut mot köket.

"Såna där kan väl ta sig in överallt."

"Men fattar ni inte", utbrast Jennifer. "Det här är allvarligt! Tänk om Rose har blivit förgiftad. Om det är råttor … de kan vara livsfarliga, tänk på alla hemska sjukdomar som de bär med sig. Om hon har blivit biten av en råtta så kanske det har gått upp i hjärnan på henne. Hjärnhinneinflammation eller nåt. Vi måste ta henne till sjukhus och det snabbt. Nånting är fel, det märks ju."

Tomas gav henne ett skamset ögonkast.

"Okej, du har rätt, Jennie. Jag borde ha tänkt på det. Grejen är att vi kom så sent inatt och vi har knappt hunnit vakna ännu."

Det hördes en flämtning från Maya. Sedan ett kort litet skrik. Tomas vände sig mot henne.

"What's the matter, darling?"

Den främmande kvinnan som var Tomas hustru pekade ut mot köket. Då såg de det alla tre. Ett djur satt under bordet. En råtta. Den satt på baktassarna och stirrade in i vardagsrummet. Svansen var lång och kal.

"Åh fy fan!" ropade Tomas. "Fy fan, fy fan, fy fan. Och här har vi sovit inatt." Han flög upp ur soffan och tog några klampande steg ut mot köket. Råttan fräste till och försvann.

Maya hade slagit händerna för ögonen. Det kom små kvidande ljud ifrån henne. Plötsligt lutade hon sig över armstödet och kräktes rakt ut på golvet.

"I am sorry", jämrade hon sig. "I am so very, very sorry."

Jennifer klappade henne tafatt på axeln.

"It's okay, it's okay." Hon hörde Julia ropa.

"Vi sticker härifrån nu. På stört! Jag tänker inte vara här en sekund längre! Det är skitäckligt ju. Vi drar. Först åker vi med Rose till akuten. De måste kolla henne, vad det är för fel. Och sedan hem till mamma. Jag känner att jag måste duscha igen. I timmar! Mamma har lovat att bjuda på mat. Hon kommer att bli glad över att få några gäster till och över att se dej, Tomas. And you, Maya. It is our mother."

Tomas försvann in i sovrummet och kom tillbaka med en väska och gitarren. Julia ledde ut Maya på toaletten och hjälpte henne att tvätta av sig. Jennifer hörde hur hon pratade med henne, lugnande och mjukt. På svenska.

"Vilken chock för dej, vännen, vilken chock. Lilla gumman, stackars du."

Hon kände igen deras mammas mogna tonfall hos systern. Det förvånade henne.

"Och sedan kan ni få bo hos oss, antingen i vår lilla lya i Blackeberg eller också på Tulegatan. Ett tag i alla fall. Tills allting ordnar sig. I den här skiten kan ingen människa stanna."

"Jag går och hämtar Rose", sa Jennifer. "Kom ut till bilen sedan. Så åker vi."

INGRID

EN GAMMAL ODALMAN, en bonde. Fragment av dikt i hjärnans vrår, poeten Setterlind.

Döden. Han var odalmannen med sin korg.

Hon hade sett de orden när hon läste dödsannonser, korgen över odalmannens arm, hur han böjde sig ner och lyfte upp henne.

Jag stod som harens unge när han kom.

Hon hade tyckt att det var vackert. Så fullt av nästan lycka, av tröst.

Då tog han mej och satte mej i korgen och när jag somnat började han gå.

Hon var beredd nu. Beredd att lämna över sitt liv.

Titus, tänkte hon, men utan sorg och fullständigt utan förtvivlan.

Titus var som odalmannen. Och hon själv den lilla haren. Han kom för att hämta henne. Hon tyckte ibland att hon skönjde honom. Att han stod lutad över henne med sitt milda varma grin.

”Var har du varit, lilla musunge, var är du?”

Alla hans namn på henne. Som djurens små ungar, dem tog han fram, dem hittade han på åt sin älskade. Han fanns i mörkret, hon var inte rädd.

Inte heller hade hon ont längre. Mörkret som omslöt henne var luddigt och mjukt. Hon hade sjunkit in i mörkret, avslappnad och fullkomligt stilla.

Vid något tillfälle hade det hörts ljud där uppifrån. Nya sorters ljud och vibrationer. Hon hade tänkt att de skulle hitta henne, nästan likgiltigt hade hon tänkt så. Med stor möda hade hon öppnat ögonlocken. Flimret av det fyrkantiga ljuset. Svagare nu. Men inget mer. Hakan hade fallit ner på henne som om hon ville säga något, ropa. Ingenting förmådde hon för allt var över nu.

Hon låg i odalmannens korg. Han hade hämtat henne. Korgen svängde när han gick.

Hon gled in i den gungande sömnen.

JENNIFER

HON FOR TILLBAKA till stugan på eftermiddagen.

"Jag behöver få vara ifred", sa hon, men berättade inte vart hon skulle.

"Okej", sa Julia, men utan intresse. "Vi ses ikväll då."

Hon var upptagen av Maya. Kvinnan hade just berättat för dem om orsaken till sitt illamående.

"I am pregnant. I am going to have a little baby. And I wanted this baby to live in your country, I wanted it so much."

Hon gav Tomas en anklagande blick och Jennifer såg hur han krympte.

"Jaha", tänkte hon. "Stackars Tomas, här har du ditt liv."

Det var en lättnad att få ge sig iväg.

Först hade de åkt till sjukhuset med Rose. Södertälje hade ett eget akutsjukhus visade det sig. Tomas och Jennifer följde med henne in och när de sa vad saken gällde tog man hand om henne direkt.

"Vi tror att min mor har blivit förgiftad", förklarade Tomas. "Hon har blivit biten av en stor råtta. Och hon beter sig underligt, hon har blivit helt personlighetsförändrad. Giftet kanske har gått upp i hjärnan på henne."

Kvinnan vid anmälningsdisken ryggade tillbaka.

"En råtta?"

"Ja. Tyvärr vet vi inga detaljer. Jag kom hem från utlandet inatt. Men jag känner knappt igen henne, min egen mamma. Och vi såg en råtta i hennes hus också. Inne alltså. Så det stämmer säkert."

Två biträden tog hand om Rose. Hjälpte ner henne på en brits och rullade iväg med henne. Hon såg så liten ut där hon låg.

"Jag orkar inte stanna", sa Tomas när de gick tillbaka till bilen. "De får ringa mej, jag orkar inte."

Jennifer hade hittat Rose vid soptunnan. Locket var öppet, hon hängde ner med halva kroppen och tycktes leta efter något. Hon var barfota.

Jennifer såg att soptunnan var tom.

"Men vad gör du, Rose?" frågade hon och oron steg i henne. Kvinnan snodde runt. Hon vred ihop sitt smala kattliknande ansikte i en skuldmedveten grimas.

"Vad är det med dej?" frågade Jennifer och rösten blev hård på henne, hårdare än hon avsett.

"Råttan", kom det hest.

"Råttan? Vad pratar du om?"

"Den stora råttan ... under golvet."

"Under golvet? Är det en råtta under golvet?"

Rose nickade.

"Varför går du ut till soptunnan hela tiden?"

"Vet inte ... om jag har dödat den."

Hon steg fram till Rose och la handen på hennes axel. Kvinnans kropp blev stel, hon vände undan ansiktet.

"Vad är det?" sa hon mjukt. "Snälla, rara Rose, vad är det med dej?"

Hon tog henne i handen, den torra, nariga handen, den som inte var lindad i bandage.

"Kom nu så går vi", lockade hon. "Vi kör dej till sjukhuset. En doktor måste få titta på dej. Det förstår du väl? Och din hand. Var det där som råttan bet dej?"

"Måste veta ... om jag ... dödade råttan ..." kom det på nytt, svagare nu, men Rose spjärnade inte längre emot, utan slappnade av och följde med.

De andra stod och väntade vid bilen. Jennifer slängde åt dem nycklarna.

"Hoppa in så länge", ropade hon. "Vi kommer strax. Vi måste bara hitta skor åt Rose."

Det var när de kom in i hallen som hon upptäckte dem. Hon hade dragit undan draperiet, som var gult med ett mönster av svarta ibisfåglar. Och där stod de. Ingrids gamla fula kängor. Det gick inte att ta fel på dem. Stora som båtar jämfört med Roses nätta små. Och med de töntiga röda banden. Det kunde bara finnas ett enda par sådana kängor.

Det smakade som aska i munnen. Hon tittade på Rose.

"Vems är de här?"

Rose blev grå i ansiktet. Hon började andas snabbt och väsande. Pupillerna irrade.

Jennifer ställde tillbaka kängan och drog för draperiet. Hon tryckte ner Rose på en pall.

"Vänta här!" sa hon och halsen kändes sårig som om hon skulle till att bli förkyld. Hon letade fram skor och ett par torra rena sockor. Hukade framför Rose, började klä på henne. Fötterna var mycket smutsiga. De minsta tårna liknade små runda pärlor. Hon klappade Rose på benet. En egendomlig upphetsning började spridas i henne.

"Jag tror jag börjar ana ett och annat", sa hon lågt.

Kvinnan stirrade på henne, blicken i ögonen hade slocknat. Jennifer tog ifrån henne nycklarna till stugan och låste omsorgsfullt.

"Nu lämnar vi det här", sa hon hurtigt.

Mamma Birgitta mötte dem med öppna armar. Hon hade dukat upp en buffé, hon var expert på sådant, att snabbt ordna till ett kalas. Även om det här ju knappast var särskilt festligt.

Jennifer var inte hungrig. Hon kände en gnagande rastlöshet. För syns skull la hon upp lite sallad på sin tallrik. Hon måste iväg. Hon måste få klarhet och visshet.

Maya hade piggnat till sedan hon ätit. Hon hade ställt sig vid fönstret och visat upp sin lätt rundade mage. Barnet skulle födas i september. Jennifer tänkte på ett gammalt talesätt hon hört någonstans. Att ett nytt liv ofta blir till när någon i en släkt har gått vidare.

På sätt och vis är vi ju också släkt, tänkte hon. Det kändes ganska bra.

De märkte knappt att hon gick. Medan hon klev nerför trapporna hörde hon hur hennes mor var i färd med att planera.

"Vi måste köpa henne lite vettiga kläder. Vi kan ta en tur till Kista centrum i eftermiddag om hon orkar. Vad tror du, Tomas? Orkar hon? Du får vara extra rädd om lilla Maya nu. Hon är ömtålig, förstår du. Glöm inte det."

Hon parkerade bilen på samma ställe där hon ställt den på morgonen. Himlen var blåare nu, den välvde sig över henne som en oändlig kupol. Högt uppe i en trädtopp satt en koltrast och sjöng. Det lät jublande ödsligt och vackert. Hon stirrade upp i rymden.

Pappa, är du där?

Hon tyckte att hon hörde honom svara.

Ta hand om dej, min flicka. Ta hand om Julia med. Jag älskar er båda så mycket.

Det kändes tungt i bröstet när hon låste upp och klev in i hallen. En frän lukt av djur slog emot henne. Att hon inte märkte den i morse? Men den var starkare nu, när människorna hade lämnat huset. Hon vek undan draperiet och lyfte upp den ena kängan. Lät snörena löpa mellan fingrarna, de var röda och fullkomligt fel. Ingrid hade trätt dem i hålen. Kanske hade hon tyckt att det blev fint?

Den stora råttan, tänkte hon, men kände ingen tillfredsställelse, bara en växande sorg.

Hon stod i köket nu. Satte foten på mattan och började dra den mot sig. Snabbare och snabbare, sparkade undan den till sist.

Och där. Luckan med sin nerfällda järnring.

Gick ner på huk, på knä.

"Pappa", viskade hon, "snälla lilla pappa, förlåt oss!"

Handen slöts runt ringen, den var sval. Hon lyfte den och drog den sakta uppåt. En stank slog emot henne, hon flämtade till och måste släppa taget. Luckan for igen med en smäll.

Hon svalde och bet sig hårt i kinderna.

"Shit", mumlade hon och hon grät nu, tyst och sammanbitet. "Shit, shit, shit!"

Tog ett tag på nytt och lyfte.

Sängen var det första hon såg. Blicken drogs till sängen och till det som låg på den. Ett bylte under en filt. En kropp.

"Ingrid", sa hon trögt.

Det fanns ingen trappa, inget sätt att ta sig ner. Det vitnade omkring henne och snurrade.

"Ingrid!" hörde hon sig själv ropa. "Det är Jennifer. Är det du som är där nere? Kan du svara?"

Hon lutade sig över hålet, tvang sig att se, tvang sig att andas in stanken. Byltet på sängen låg stilla. Hon rotade i fickan och fick fram sin mobil. Slog larmnumret och väntade.

"Skicka en ambulans", skrek hon, "till Borgviks gård. Skynda er, snälla, det är bråttom!"

Hon la sig på golvet medan hon väntade.

När hon hörde sirenerna tittade hon ner i hålet.

Det såg ut som om byltet rörde på sig.

FÖRFATTARENS TACK

JAG VISSTE ingenting om råttor innan jag började skriva den här boken. Precis som Ingrid trodde jag att alla råttor var stinkande, äckliga och aggressiva. Genom Beatrice Eriksson har jag fått lära mej att så är det verkligen inte alls. Beatrice är råttränare på Tom Tits Experiment i Södertälje. Jag har fått bekanta mej med hennes egna råttor, Virvel, Dimma, Frost, Dis och Flinga. Sympatiska och vänliga små varelser med högst förtjusande svansar. Tack till både er och er matte.

Tack också till er som svarat på olika frågor jag haft under skrivandet. Anna Jansson, Rigmor Hansson, Anna-Carin Thomas och Kajsa Berglund till exempel. Och till er som läst manus och kommit med värdefulla synpunkter. Jan Frimansson, Helena Librand samt Fredrik Librand. Ni tre var de som läste allra först.

Sist, men inte minst, tack till Peter Karlsson, redaktör med hökblick på Norstedts förlag. Han lämnar ingenting åt slumpen och det känns som en stor, stor trygghet.

Kanske bör jag också nämna att miljöerna i boken är autentiska men att jag har tagit mej en del arkitektoniska friheter. Personerna är dock huvudsakligen sprungna ur min egen fantasi.

Södertälje, våren 2009
Inger Frimansson